A NAMORADA PERFEITA

A NAMORADA PERFEITA

KAREN HAMILTON

TRADUÇÃO
CLÁUDIA MELLO BELHASSOF

Rocco

Título original
THE PERFECT GIRLFRIEND

Copyright © 2017 *by* Karen Hamilton

O direito de Karen Hamilton de ser identificada como autora desta obra foi assegurado por ela em concordância com o Copyright, Design and Patents Act 1988.

Primeira publicação em 2018 por
Headline Publishing Group

Nenhuma parte desta obra pode ser reproduzida, ou transmitida por qualquer forma ou meio eletrônico ou mecânico, inclusive fotocópia, gravação ou sistema de armazenagem e recuperação de informação, sem a permissão escrita do editor.

Todos os personagens nesta publicação são fictícios e qualquer semelhança com pessoas reais, vivas ou não, é mera coincidência.

Direitos para a língua portuguesa reservados
com exclusividade para o Brasil à
EDITORA ROCCO LTDA.
Av. Presidente Wilson, 231 – 8º andar
20030-021 – Rio de Janeiro – RJ
Tel.: (21) 3525-2000 – Fax: (21) 3525-2001
rocco@rocco.com.br|www.rocco.com.br

Printed in Brazil/Impresso no Brasil

Preparação de originais
LUIZA RAMOS

CIP-Brasil. Catalogação na fonte.
Sindicato Nacional dos Editores de Livros, RJ

H188n   Hamilton, Karen
           A namorada perfeita / Karen Hamilton; tradução de Cláudia Mello Belhassof. – 1ª ed. – Rio de Janeiro: Rocco, 2019

           Tradução de: The perfect girlfriend
           ISBN 978-85-325-3151-3
           ISBN 978-85-8122-777-1 (e-book)

           1. Ficção americana. I. Belhassof, Cláudia Mello. II. Título.

19-58383   CDD-813   CDU-82-3(73)

Vanessa Mafra Xavier Salgado — Bibliotecária — CRB-7/6644

Para A, A, O & E.

PRÓLOGO

Julho de 2000

Olhando para baixo, há dois pares de pés pendurados. Estou usando sandálias brancas e amarelas. O sapato dele é marrom enlameado com tiras de velcro e um trator azul-marinho de cada lado. As meias não combinam; nunca consigo encontrar duas iguais. Uma é vermelha e a outra é preta. E são muito apertadas – um padrão sulcado já formou um anel de pequenas marcas nas suas panturrilhas, pouco acima do elástico. Ele chuta a borda da parede. Tum, tum. Tum, tum. O barulho ecoa nas quatro paredes. Lá embaixo, gerrídeos deslizam sobre a água estagnada e turva que eu sei que esconde um golfinho de azulejos em tons de prata e azul, igual ao que está visível no chão exposto da parte rasa. Faixas de limo fino roçam a inclinação pouco acima da borda da água.

O sol queima; o vermelho se espalha nas suas bochechas, manchando a ponta do nariz. Ele devia estar usando um chapéu. Todo mundo sabe que crianças pequenas devem usar chapéus ou um fator de proteção solar alto, mas não consegui encontrar nenhum dos dois hoje de manhã quando chegou a hora de sair com pressa. Temos comida suficiente para um piquenique, no entanto; preparei hoje de manhã mais cedo. O pão branco que eu tinha fatiado desigualmente estava um pouco velho, por isso passei mais cream cheese do que o normal para compensar. Também temos batatas fritas de pacote, então, quando estico a sacola de compras para usar como toalha de mesa no piso de concreto, separo os triângulos de pão e coloco algumas batatas fritas dentro antes de fechá-los de novo.

É um erro.

Ele cai no choro.

— Não quero batata frita no meu sanduíche!

— Bom, você devia ter avisado.

Os gritos dele vibram dentro dos meus ouvidos. Meu estômago se agita. Eu o puxo por baixo dos braços, para longe da borda. Tiro rapidamente as batatas fritas e as coloco de volta na embalagem laminada. Mas isso também é errado – porque resíduos quase invisíveis de queijo continuam colados nelas. Sento em frente a ele com as pernas cruzadas.

— Come algumas uvas!

Ele para e me encara. Lágrimas se acumulam nos cantos dos olhos inchados.

Nossa mãe não gosta que ele coma uvas se não forem cortadas ao meio ou em quatro, para ele não engasgar, mas não pensei em trazer uma faca. Eu poderia dividi-las ao meio com os dentes, mas não gosto de comer nada doce antes do sanduíche. Além disso, nossa mãe não sabe muito bem o que ele apronta e, sério, comer algumas uvas é algo muito, muito abaixo na lista de possíveis perigos dos quais eu já o salvei.

— Come algumas – repito, com a voz mais calma do que me sinto. – São roxas. Suas preferidas. – Uso o dedo indicador e o polegar para tirar as uvas dos caules e entregá-las a ele.

Ele as aperta com as mãos e coloca uma de cada vez na boca, mordendo com força. O suco escorre pelo queixo.

A namorada perfeita

Alívio. Quanto mais velho ele fica, mais difícil acalmá-lo. Ele sabe se impor e exigir tudo que deseja.

Dou uma mordida no meu sanduíche, esmagando as batatas fritas junto com o pão. Uma brisa muito suave – quase como se soubesse que não é desejável num dia tão glorioso – toca de leve nos meus braços e pernas, depois se dissipa. Quietude.

– Mais! Por favor.

Ele franze a testa.

Quando pego mais uvas, me pergunto o que a minha vizinha está fazendo. Ela tem onze anos, quase um ano inteiro a mais do que eu. Tomando sorvete? Enterrando os pés na areia macia? Fui convidada a acompanhar a família dela até a praia hoje, mas tenho uma responsabilidade na forma de uma criança de quatro anos, então a resposta foi não.

Inspiro o cheiro forte de lavanda. Perto de mim, abelhas zumbem. Não muito longe, um cortador de grama é ligado. Viro a cabeça para ver se é o jardineiro chefe, aquele que sempre sorri para mim e diz que eu tenho um rosto bonito. Coloco a mão encurvada sobre os olhos semicerrados. Consigo ver apenas um vulto masculino usando macacão, mas seu rosto está escondido por um chapéu de pano.

– Estou com sede!

– Não tem água, você vai ter que beber isso.

Abro uma lata de limonada. Ele não pode tomar bebidas com gás nem com muito açúcar. São tantas regras para ele que às vezes não sei se devo rir ou chorar – se fico feliz por ela se preocupar ou simplesmente me irrito. Muitas vezes eu me sinto assim – como se não soubesse como deveria me sentir em certas situações.

Ele faz careta para as bolhas de limonada efervescendo na boca. Deve estar com muita sede, pois não reclama. Ele parece um pouco fofo com o rosto espremido e, por alguns segundos, eu me sinto carinhosa em relação a ele. Mas aí ele deixa a lata cair. Ela cai fazendo barulho ao lado dele, espalhando o líquido enquanto rola pela borda. Ela atinge a água com um respingo tão leve que eu mal escuto. Nós dois nos inclinamos para a frente e olhamos para baixo.

– Os sapos ou os peixes vão beber – *digo, animada.*

Estendo os braços para puxá-lo para perto.

Seus braços são fortes, e seu empurrão é violento.

– Não! Eu quero de volta.

Não consigo suportar essa ideia. Não consigo suportar a ideia dos seus gritos; eles me atravessam e me fazem querer tampar os ouvidos e gritar também.

– Então vai procurar uma vara longa – *falo rapidamente.*

Ele se levanta e corre ansioso até depois da lavanda, em direção à base dos carvalhos.

A última coisa que eu grito é:

– Você vai precisar de uma bem comprida!

Coloco os pés sobre a borda de novo e deito outra vez, fechando os olhos, aproveitando os segundos de paz abençoada. Sinto o piso de concreto quente nas minhas coxas, através da saia de algodão, enquanto a metade superior do meu corpo fica na grama. Ela faz cócegas no meu pescoço. Escuto o cortador de grama se afastando. A preguiça toma conta de mim, e eu respiro profundamente o ar do verão antes de fingir que sinto areia – não concreto e grama – embaixo de mim.

A realidade vai e vem. Acho que escuto um barulho parecido com o de uma gaivota mergulhando ao ver um peixe desavisado.

A namorada perfeita

Em seguida, nada.

Eu me levanto num choque, tonta e desorientada. Olho ao redor e para baixo.

Corro, escalo, estendo a mão, seguro, puxo.

Mas é inútil, porque Will não está lá. Ele não está lá porque está mortalmente imóvel. Em algum lugar, no fundo, um pedaço de mim se desprende antes de se desconectar completamente.

Desde então, minha mente é excelente em me levar para lugares seguros quando eu mais preciso.

CAPÍTULO 1

Presente

Aplico um batom fúcsia para completar minha transformação. Todas as melhores ideias são tão brilhantemente óbvias, depois que você pensa nelas. Meu reflexo no espelho salpicado de água é de alguém com maquiagem pesada e cabelos castanho-escuros, mas com meus próprios olhos. A gravata de poliéster arranha a minha pele e, embora pareça estranho vestir o uniforme, o terninho de calça engomada com ombreiras no estilo anos 1980 permite que eu me transforme numa funcionária anônima de companhia aérea. Minha expressão é neutra e profissional; calma e controlada. Um novo ano, uma nova eu.

O reflexo de Amy ao meu lado enruga o nariz.

– O fedor desses banheiros me lembra da escola.

Enrugo o meu em resposta.

– O papel higiênico barato e o som desesperador de água pingando não ajudam.

Nós duas paramos por um segundo ou dois, ouvindo.

Ela olha o relógio.

– É melhor a gente ir, não queremos causar má impressão.

Eu a sigo para fora do banheiro. Seu cabelo castanho-avermelhado está preso num coque tão certinho que não parece real. Seu perfume é floral e discreto. O meu é forte demais, o cheiro enjoativo está irritando as minhas narinas a manhã toda. Quando nos juntamos aos outros dezoito aprendizes que voltam à sala de aula, Brian, um dos nossos instrutores, levanta a mão, com a palma para fora.

– Hum-hum.

O silêncio se instala. Eu me pergunto se alguém se sente como eu, sufocando o desejo de gritar, porque – sério – esse trabalho é tão difícil assim? Pretendo aparecer, decolar, pegar uma bandeja de comida, guardá-la de volta, trabalho feito. Espero que os passageiros sejam capazes de se divertir com o sistema de entretenimento do voo depois que receberem comida e bebida. Depois de pousar, imagino que vou ter muito tempo para relaxar numa piscina de hotel ou explorar os mercados locais.

Percebo que Brian ainda está falando. Eu me obrigo a ouvir.

– Não há necessidade de sentar, já que vamos para a área modelo para analisar o equipamento de treinamento.

Saímos e nos reunimos no corredor, antes de sermos conduzidos pela parceira de crime de Brian: Dawn. Nós a acompanhamos descendo a escada e atravessamos a área de recepção principal. Dawn digita um código num teclado, e entramos numa pequena sala. As paredes têm ganchos enfileirados, com vários macacões de aparência suja pendurados.

– Atenção, pessoal. Gostaríamos que vocês usassem um macacão por cima do uniforme. Coloquem seus sapatos na parte inferior das prateleiras e calcem os protetores de pés brancos.

A namorada perfeita

Congelo. Todo mundo, exceto eu, começa a pegar um macacão nos ganchos e a verificar o tamanho. Meu Deus, eu não consigo fazer isso. Eles estão imundos. Parecem que não são lavados desde... nunca.

– Juliette? Algum problema? – A expressão de Brian é de preocupação exagerada.

– Não. Nenhum problema. – Sorrio.

Ele se afasta.

– Agora, senhoras, as que estão usando saia, cubram as pernas adequadamente. O velcro em alguns dos equipamentos provoca estragos nas suas coxas.

Droga. Eu vou ter que fazer isso. Visto os braços antes de abotoar. Não sei por que me preocupei em mandar meu terninho para a lavagem a seco. Pareço ridícula no macacão largo com material elástico em torno dos meus tornozelos. Só falta uma máscara de rosto para eu parecer alguém prestes a investigar uma cena de crime. Até Amy parece menos imaculada que o normal.

– Isso vai ser divertido – sussurro em voz baixa para ela.

Ela fica radiante.

– Mal posso esperar para fazer os exercícios práticos. Sonho com isso desde que era pequena.

– Sério?

Por que alguém sonharia em se tornar uma garçonete, embora voadora, desde a infância? Quando eu era jovem, tinha planos. Grandes. Adequados.

– É para hoje, Juliette. – Brian está segurando uma porta aberta.

Ele realmente está me irritando, e eu ainda tenho que suportar mais cinco semanas da sua companhia. Eu o sigo até um armazém gigantesco contendo seções de várias aeronaves; algumas no nível do solo, outras em plataformas elevadas com uma escada de acesso. Alcançamos os outros que estão caminhando ao longo do prédio. A porta da frente de um avião explode e se abre, e várias pessoas de macacão se lançam para fora e descem pela rampa. Um tripulante uniformizado opera a porta, gritando as instruções mais alto que um alarme estridente.

– Pulem! Pulem!

Andamos rapidamente até que Dawn e Brian param ao lado de uma massa cinza prateada explodida, não muito diferente de um castelo inflável infantil.

– Agora, antes de subirmos na rampa-bote, vou explicar para vocês sobre o equipamento de sobrevivência. Um pouso na água, a partir de agora, será chamado de "abandono"...

A voz de Dawn desaparece enquanto eu me desligo. Conheço as estatísticas. Podem chamar como quiserem, mas as chances de sobreviver à queda de um avião na água não são boas.

Às cinco em ponto, somos liberados pela área de segurança fechada e voltamos ao mundo real; a rua no perímetro do aeroporto. O rugido das aeronaves voando baixo e do tráfego do horário de rush me desorienta brevemente. Inspiro o ar frio e revigorante. Minha respiração forma uma névoa quando expiro. O grupo se divide entre os que vão para o estacionamento e nós, que vamos para Hatton Cross. Só escuto parte da conversa animada deles. O grupo se divide outra vez; aqueles que vão pegar ônibus se afastam primeiro e o resto de nós, incluindo Amy, entra na estação de metrô. Ando ao lado dela enquanto seguimos em direção à plataforma.

– Não vai para o lado oeste hoje? – pergunta ela. – Achei que o trem para Reading saísse de Heathrow.

Eu hesito.

– Vou visitar um amigo. Em Richmond.

– Você tem mais energia do que eu. Estou tão cansada que acho que não conseguiria sair hoje à noite. E quero repassar as minhas anotações.

– É noite de sexta – comento.

– É, mas eu quero recapitular enquanto está tudo fresco – diz Amy.

– Faz sentido; já sei ao lado de quem devo sentar na hora da prova. – Dou um sorriso.

Amy ri.

Finjo que entro na brincadeira, depois olho pela janela; a luz de dentro nos reflete na escuridão lá fora.

Amy salta em Boston Manor. Aceno e observo enquanto ela caminha em direção aos degraus de saída, altiva e orgulhosa em seu uniforme.

Depois da baldeação em Hammersmith, sou a única pessoa uniformizada no meio da multidão de passageiros. Ao saltar em Richmond, atravesso a rua, fechando bem o casaco em torno de mim. Minha bolsa afunda no ombro direito. Busco a familiaridade do beco, meus saltos clicando e ecoando a cada passo decisivo. Evito uma garrafa quebrada e vou para os arredores do Green. Ao parar do lado de fora de um quarteirão de casas do período de recessão, eu me apoio na cerca e tiro o sapato de salto alto, trocando por outro par de salto baixo. Puxo o capuz do casaco e o deixo cair sobre a testa antes de seguir caminhando. Minha chave se encaixa na porta do prédio. Entro, procurando sons.

Silêncio.

Subo os degraus até o terceiro andar, o mais alto, e entro no apartamento 3B. Em seguida, fico quieta e inspiro o cheiro acolhedor de um lar.

Recorro ao brilho do aquário em vez de acender a luz. Eu me afundo no sofá e tiro roupas da bolsa. Tiro o uniforme, dobrando-o com cuidado, e visto uma calça jeans preta e um collant. Usando meu celular como lanterna, vou descalça até a cozinha e abro a geladeira. Está quase vazia, como sempre, exceto pela cerveja, alguns pimentões e um macarrão com queijo pronto para uma pessoa. Dou um sorriso.

Quando volto à sala de estar, me arrisco a acender um abajur lateral. Pego uma foto na bolsa e a coloco no consolo da lareira. Num mundo perfeito, ela estaria emoldurada, mas eu gosto de mantê-la perto, para vê-la sempre que quiser. Na foto, estou sorrindo alegremente, ao lado de Nate, o homem com quem vou me casar. Dobro o uniforme por sobre o braço esquerdo e vou até o quarto. Em seguida, coloco a calça, a blusa e o paletó na cama e me abaixo, enterrando o rosto no travesseiro dele. Inspiro profundamente antes de levantar a cabeça e espalhar a luz pelo quarto. Nada mudou desde a última vez que estive aqui. Ótimo.

Quando abro a porta corrediça espelhada do guarda-roupa, um flash do reflexo da minha alegria me chama a atenção. Eu pisco, enquanto minha visão se reajusta. O uniforme extra de piloto do Nate, seus paletós, camisas e calças, todos pendurados com perfeição, mas não com a perfeição com que eu os penduro. Eu os afasto com cuidado, cada cabide com uns três centímetros de distância. Deixo um espaço ao pendurar meu uniforme ao lado do dele. Como deve ser. Recuo para admirar o meu trabalho. A luz ilumina o emblema de ouro no chapéu dele. Fecho a porta do guarda-roupa.

Minha última parada sempre é o banheiro. Verifico o armário de remédios. Ele teve um resfriado recentemente; o inalador de mentol e o remédio da tosse são novos.

Voltando à sala de estar, pego uma maçã na fruteira. Pressiono a testa contra a janela da sala de estar, mastigando aos poucos enquanto olho para baixo. Não consigo ver ninguém. A hora do rush já passou e, supostamente, a maioria das pessoas está em casa, aconchegada e instalada. Diferente de mim. Estou na periferia da minha vida.

Esperando. É isso que faço: espero muito. E penso...

Sei muitas coisas sobre Nate: que ele adora esquiar e está sempre cheiroso; o aroma de sabonete cítrico gruda na sua pele. Sei que ele quer ser promovido a capitão antes de chegar aos trinta e cinco anos.

Conheço seu histórico de dentro para fora: as férias em Marbella, Nice, Verbier e Whistler na infância; aulas de tênis, equitação e críquete; a falta de aprovação do pai quando Nate escolheu seguir o sonho de ser piloto em vez de seguir seus passos como banqueiro de investimentos.

Sua irmã mais nova o admira, mas não gosta de mim.

Pelas fotos nas mídias sociais, vejo que está na hora de ele cortar os cabelos; seus cachos louros estão quase encostando no colarinho.

Mas o que sei, acima de tudo, é que, no fundo, ele ainda sente alguma coisa por mim. Nate apenas sentiu um medo temporário de compromisso. Embora tenha sido esmagador na época, agora entendo as coisas um pouco melhor. Então, quando chegar o momento perfeito para revelar que eu agora também trabalho para a companhia aérea – quando ele entender tudo o que eu fiz só para *nos* salvar –, tudo vai se encaixar.

Até lá, preciso ser paciente. Mas é difícil. Sempre que vejo uma nova imagem dele, sinto dificuldade para comer durante dias.

O alarme do meu celular me lembra que é hora de ir embora. Tive que me disciplinar para fazer isso, porque aprendi que é possível escapar de uma situação uma vez. Depois, duas vezes. Em seguida, antes que você perceba, está arriscando mais. O tempo passa num piscar de olhos e acaba rápido. Verifico se o voo de Nate vindo de Chicago já pousou. Já – com cinco minutos de antecedência. Corro até a minha bolsa e mexo dentro dela. Embrulho o miolo da maçã num lenço de papel e pego um pacote de minimuffins de chocolate. Os preferidos do Nate. É um hábito que não consigo interromper – adicionar suas preferências às minhas

A namorada perfeita

compras de mercado. Abro a porta do congelador, fazendo a luz branca iluminar a parede. Empurro o pacote para o fundo, atrás da carne que eu sei que ele nunca vai descongelar e das ervilhas que nunca come. Eu adoraria deixá-los em algum lugar mais óbvio, como ao lado da cafeteira, mas não posso, então é melhor assim. Quando ele os encontrar, espero que pare por um instante para pensar em mim. Minhas listas de compras sempre foram cheias de comidas que ele adorava. Eu nunca me esquecia de nada.

Refaço meus passos até o quarto e pego meu uniforme dos cabides que balançam, depois se batem quando encostam na parte de trás do guarda-roupa. Voltando à sala de estar, recolho a foto antes de guardá-la, relutante, na bolsa. Calço o sapato de salto baixo e desligo o abajur lateral. Os peixes multicoloridos olham para mim enquanto nadam. Um, em particular, me observa com a boca aberta. Ele é feio. Nate o chamou de Rainbow. Eu sempre o odiei.

Engulo em seco. Não quero ir embora. Este lugar é como areia movediça, ele me engole.

Pego a bolsa e saio, fechando a porta em silêncio ao sair, antes de retornar à estação para pegar o trem até o meu apartamento em Reading, parecido com uma caixa de sapatos, um carimbo postal, uma casa de boneca. Não posso chamá-lo de lar, porque estar lá é como ficar na sala de embarque da vida. Esperando, sempre esperando, até o portão para minha vida de verdade reabrir.

CAPÍTULO 2

Deito na cama e espreguiço. Graças a Deus chegou o fim de semana. Embora a companhia aérea funcione vinte e quatro horas por dia, o treinamento é estruturado numa semana de trabalho normal. Hoje à noite, pretendo participar de um evento de angariação de fundos de caridade para crianças, num luxuoso hotel de Bournemouth. É um leilão, com um bufê de frutos do mar e assentos sem reservas, e estou ansiosa, apesar de não ter um convite formal. Isso não importa, como descobri em eventos semelhantes; contanto que eu pareça e me vista de acordo e não chame atenção desnecessária para mim (claro), as pessoas raramente questionam a minha presença e, no caso de angariar fundos, faz sentido que quanto mais participantes, melhor.

Eu me levanto, tomo banho, me visto e aperto o botão para ligar a cafeteira. Adoro o som e o aroma da moagem de grãos. Se fechar os olhos, por um segundo ou dois a cada dia, posso fingir que estou em casa. São essas pequenas coisas que me fazem continuar. A amargura encosta na minha língua enquanto bebo meu espresso. Entre um gole e outro, olho para o tablet. Rolo a tela. Bella, a organizadora do evento de hoje à noite, sempre publica muitas fotos de eventos anteriores. Ela está na maioria delas, sorrindo, sem um fio de cabelo com mechas coloridas fora do lugar, e suas joias, geralmente ouro ou safiras, parecem caras, mas não ostentosas. Perfeita, como sempre. Bella se destaca na arrecadação de dinheiro para boas causas, e isso faz com que pareça uma Boa Samaritana da vida real sem ter que sujar as mãos. Qualquer um pode organizar uma festa e andar com leveza de um lado para o outro bebendo champanhe, mas, se você quisesse muito, e de verdade, fazer o bem, beberia um vinho barato e seria voluntária para alguma coisa que não fosse popular. Mas a principal habilidade de Bella é ser fantástica em brilhar.

Meu celular vibra. Uma mensagem de texto.

Minha colega de apartamento decidiu fazer uma festa hoje à noite. Se você não consegue vencê-los... :) Que tal? Também vou convidar outras pessoas do curso. Amy x

Estou dividida. Quanto mais amigos eu fizer na companhia aérea, melhor para mim. E realmente preciso de amigos. Não sobrou quase ninguém da minha antiga vida – além daqueles com quem mantenho contato nas mídias sociais e alguns desistentes da minha época de figurante no cinema – tudo porque resolvi colocar minha vida em espera por causa de Nate Goldsmith. Estar perto de Bella é como futucar uma ferida. Mas... quanto mais eu estiver perto do mundo dela, mais a sorte e a fortuna vão se aproximar. Olho para o meu celular, sem me decidir, ouvindo a chuva escorrendo pelas calhas da janela.

Quinze dias depois da bomba de Nate, ele ficou parado ao meu lado enquanto eu arrumava as minhas coisas.

– Paguei o aluguel de seis meses num lugar maravilhoso em Reading. É um presente. Vou até levar você de carro até lá e ajudar a resolver tudo que você precisa para se instalar.

– Por que Reading?

– Eu morei lá um tempo durante o meu treinamento, e é um lugar fantástico para começar de novo. Cheio de vida.

– Sério?

Ele não perdeu a pose, o que, considerando o quanto era pão-duro, foi uma indicação dolorosa do quanto estava ansioso para se ver livre de mim. Pelo menos, isso o fez parar de insistir que eu voltasse para a casa da minha mãe delirante. O apartamento era básico, limpo e continha todos os elementos essenciais para levar uma vida sem graça e funcional. Eu tinha analisado a sala de estar, na qual nós dois estávamos em pé rígidos, num silêncio constrangedor. Acho que ele estava esperando que eu agradecesse.

– Adeus, Elizabeth.

Elizabeth, olha só, pelo amor de Deus! O que aconteceu com Lily, baby, querida, docinho? Ele me beijou na testa e saiu, fechando a porta sem fazer barulho. O silêncio ecoou. Olhei pela janela, através de um borrão de gotas de chuva, e observei enquanto as luzes traseiras do carro dele desapareciam, borbulhando com fúria e humilhação recentes. Eu o amava e, mesmo assim, não consegui impedi-lo de cometer o maior erro da sua vida. Ele era meu. Enquanto estava sentada ali – me esvaziando mentalmente no sofá duro –, foi nesse momento que meu Plano de Ação nasceu. Elizabeth/Lily estava desaparecendo no seu casulo e esperando emergir

A namorada perfeita

como Juliette – meu nome do meio – para completar uma metamorfose e se transformar numa borboleta social.

Humm. E agora... Amy? Bella? Bella? Amy? *Uni duni tê...* Estendo a mão para baixo da mesa de centro para pegar a minha bagagem de mão, procuro a minha bolsa e pego uma moeda. Eu a jogo. Cara, Bella; coroa, Amy. A moeda gira sobre a mesa e para em coroa. Bella perdeu para outra pessoa, nesta ocasião. Mando uma mensagem de texto para Amy: *Vou adorar, xxx.*

Ela me manda o endereço. O único problema agora é que isso me deixa com um dia inteiro para ocupar. Não preciso me preocupar tanto com a minha aparência, agora que só estou indo a uma pequena festa doméstica. Está muito cinza, quase escuro. Ando de um lado para o outro na sala minúscula. Lá fora, dá para ver os faróis dos carros iluminando a chuva forte com seus fachos. Eu devia aprender a dirigir. Assim, poderia ir até Richmond agora mesmo. Poderia sentar do lado de fora da casa do Nate. Ele nem ia saber que eu estava lá. Seria muito reconfortante estar perto dele. Tomo banho, visto uma calça jeans e um collant preto, calço o tênis e ponho o casaco, depois ando rápido até a estação.

A chuva, no fundo, é uma autêntica dádiva dos céus. Quem poderia pensar, depois de tantos verões encharcados, que eu acharia um luxo me esconder debaixo de um capuz e passar anônima pelas portas de lojas e pelos becos. A Mãe Natureza está do meu lado. Durante esse dia infeliz do fim de janeiro, as pessoas estão distraídas, desanimadas, os ombros encurvados, guarda-chuvas abertos. A água se espalha para os lados com os pneus dos carros. Ninguém toma conhecimento de mim.

As luzes da sala do Nate estão acesas. Ele provavelmente deve estar vendo um filme na Netflix ou um box de DVDs recém-comprados. Sinto saudade dele. Não pela primeira vez, me arrependo do meu comportamento e da minha rendição. Quase tenho um momento de fraqueza quando o desejo de correr pela rua e derrubar a porta dele ameaça me dominar. No entanto, tenho que jogar de acordo com as regras, senão ele não vai me valorizar. Na segunda vez, as coisas vão acontecer de acordo com os meus termos.

O apartamento da Amy fica em cima de um cabeleireiro. Ainda bem, porque, se ela tivesse vizinhos normais, eles já teriam chamado a polícia. A música dançante no estilo de Ibiza produz um estrondo. Aperto a campainha, mas depois percebo que a porta está aberta e vou adiante. Subo para o andar de cima e entro. Amy está rindo, cabeça jogada para trás, abraçada numa garrafa de cerveja. Fico parada em pé por um instante. Ela me vê e se aproxima, me dando um beijo em cada bochecha.

– Entre! Estou muito feliz por você ter vindo. Essa é minha companheira de apartamento, Hannah – ela aponta para uma mulher no canto mais distante da sala –, e você já conhece alguns dos outros... Oliver, Gabrielle...

Os nomes dos outros amigos da Amy se registram apenas por um breve instante na minha mente: *Lucy, Ben, Michelle...* Aceito uma garrafa de cerveja, apesar de detestar

A namorada perfeita

beber na garrafa. Tomo uns goles e converso educadamente com Oliver; um trabalho árduo, porque ele é uma das pessoas mais caladas do nosso curso. Sou resgatada pela Amy, que parece determinada a se soltar hoje à noite. Nós dançamos. Amy flerta. A noite está bem agradável. Interpretei Amy erroneamente. Achei que ela não seria muito útil para mim, mas agora pretendo mantê-la por perto e conhecê-la melhor. Eu me solto. Dou muitas risadas. Sinceras. Eu não me divertia tanto desde... bem, não consigo me lembrar exatamente. Mas com certeza foi com Nate. Óbvio.

Quase sete meses atrás, Nate apareceu num capítulo da minha vida como uma cena de livro romântico. Assim que afastei meu olhar da tela do computador na mesa de recepção do hotel – com um sorriso profissional estampado no rosto –, lutei para não ofegar alto. O homem na minha frente parecia ter absorvido as melhores partes da vida e afastado tudo de desagradável ou triste. Os cachos louros acenavam por baixo do chapéu, e a pele era suavemente bronzeada. Atrás dele, tripulantes uniformizados seguiam o seu rastro, os passos ecoando no chão de mármore.

– Acho que você tem reservas de última hora para nós, certo? Tivemos uma parada noturna não programada, depois que um problema no motor nos obrigou a voltar para Heathrow.

Até aquele momento, o evento mais emocionante nos oito meses que eu estava trabalhando no Airport Inn tinha sido uma celebridade pouco importante levando duas mulheres escondidas para o quarto, e nenhuma das duas era sua esposa.

— Você vai trabalhar hoje à noite? – perguntou Nate quando lhe entreguei o cartão-chave. Deixei para alocar o quarto dele por último.

— Saio às oito – respondi, sentindo uma pontada latente de expectativa começar a despertar outra vez.

— Que tal nos mostrar os melhores bares nas proximidades?

— Claro.

Naquela noite, eu também me tornei hóspede do hotel. Era inevitável. Desde o momento em que nossos olhos se encontraram, eu tinha decidido encantá-lo.

Seis semanas depois, me mudei para o apartamento de Nate...

— Juliette?

— Desculpe, Amy, eu estava a milhas de distância.

— Quer dormir no sofá daqui?

Analiso a sala, surpresa por ver apenas algumas pessoas. Tive uma vaga consciência das pessoas se despedindo e de Oliver me oferecendo uma carona, mas eu não estava pronta para ir embora. Amy vai ser um bom contato social.

Pego meu celular na bolsa.

— Tudo bem, obrigada. Preciso voltar.

Durante a viagem de táxi, verifico as fotos do evento de Bella no Twitter. Outro sucesso para a Linda Bella, a julgar pelo fluxo de comentários elogiosos. As luzes da via expressa diminuem e a destacam. Ela parece deslumbrante, como uma rainha do gelo. Pérolas – sem dúvida verdadeiras – sufocam

A namorada perfeita

seu pescoço. O cabelo louro comprido está preso de maneira elegante. Em todas as imagens, ela está sorrindo, rodeada de pessoas em ótimos locais. Passo o dedo indicador ao redor de seu contorno na tela, desejando poder apagá-la com a mesma facilidade com que se apaga uma imagem.

Em casa, ando de um lado para o outro.

Enquanto reflito sobre a situação, me asseguro de ter tomado a decisão certa ao evitar Bella hoje à noite. Não que eu fosse abordá-la nessa ocasião; eu simplesmente ia observar. A prática leva à perfeição. Quando eu decidir o momento certo para enfrentar Bella, será planejado até o último detalhe.

A vingança é um prato que se come frio, e o meu vai ser congelado.

CAPÍTULO 3

As últimas cinco semanas do curso me mantêm distraída. Apesar de eu ainda estar de olho em Bella, on-line, e visitar o apartamento do Nate pelo menos uma vez por semana, quando ele não está em casa, passo muito tempo com a Amy. Ela gosta de estudar comigo. Isso realmente não é algo que me agrade, mas significa que ela gosta e confia em mim. Sua companheira de apartamento, Hannah, é tripulante de longo curso de uma companhia aérea diferente, e Amy é o tipo de pessoa que não se sente confortável sozinha. Ela é a sexta de sete filhos.

Finalmente, depois de infinitas descidas em rampas, de usar máscaras contra fumaça e entrar em câmaras cheias de fumaça para lutar contra incêndios imaginários, de ressuscitar bonecos, de algemar uns aos outros, de enfaixar colegas, de uma quantidade ridícula de dinâmicas de grupo, de visitas a aeronaves no hangar, de aprender a colocar uma mala no porta-malas de um carro sem danificar as costas e, o pior, de ouvir Brian e Dawn falando sem parar... depois de tudo isso, nosso "Dia de Voar" chegou. Parece um bom momento, já que os sinais da primavera estão começando a aparecer: narcisos, casacos mais finos, dias um pouco mais longos, novos começos.

Todos apertamos a mão de um gerente que, aparentemente, é "muito importante", de acordo com Brian, e agradecemos a ele enquanto recebemos um emblema dourado de aparência vagabunda. Nós o prendemos no paletó, acima do crachá, e sorrimos. Todos sorrimos um pouco mais quando tiram fotos. Não só estou passando para a próxima etapa do meu PDA, como também não verei mais o Brian. Na próxima terça-feira, viajo para Bombaim. Todo mundo no curso foi escalado para um voo de longa distância para ter mais tempo de treinamento em voo. Amy está indo para Dallas. Num pub ali perto, com uma iluminação clara demais e carpetes de padrão escuro, sem dúvida escondendo todo tipo de mancha, comemoramos com taças de prosecco.

– Saúde! – diz Amy.

Batemos as taças.

– Saúde! – repito.

Amy toma um grande gole.

– Estou nervosa com a minha primeira viagem, e você?

– Não.

Ela parece surpresa.

Eu me sinto segura, porque verifiquei a escala do Nate e ele está escalado para um voo a Nairóbi na segunda-feira. Nosso caminho profissional não vai se cruzar, por enquanto. Embora Nate tenha me removido da sua lista de amigos, deixado de me seguir, feito tudo de ruim comigo, ele não trocou suas senhas. Na verdade, ele nem tem consciência de que eu sei suas senhas. No entanto, só me deixou essa opção para me manter a par da situação por enquanto. As mídias sociais se tornaram minha ferramenta essencial. Amy sabe um pouco sobre "Nick", mas não sua identidade e ocupação verdadeiras, só que estamos dando um tempo no relacionamento. Amy é a confidente perfeita: ela critica "Nick" o suficiente para ser solidária, mas não tanto a ponto de eu me sentir obrigada a defendê-lo. Eu tive que compartilhar alguma coisa. É assim que funcionam as amizades: você compartilha segredos.

Meu celular toca. Isso é tão incomum que eu quase derramo a bebida. *Tia Barbara*. Seu nome ilumina a tela. É uma conversa curta. Não vou a Bombaim na terça, no fim das contas.

Minha mãe morreu.

A casa em que morei na infância fica no sul, perto da cidade comercial de Dorchester, aninhada num pequeno povoado. Muitas pessoas me dizem: "Ah, Dorset, adoro Dorset, é tão linda", depois falam do mar. O Sweet Pea Cottage fica no meio do nada, e não dá para ver a costa. Há várias fazendas nas proximidades e, nas raras ocasiões em que penso na minha antiga casa, imagino o carvalho no coração do povoado, cercado de casas de pedra e casas com telhado de palha. As trilhas públicas serpenteiam pelas colinas próximas e são sempre populares entre excursionistas e passeadores de cachorros.

Meu pai aparece no funeral, o que proporciona uma pequena distração. Enquanto os Beatles cantam "In My Life", analiso o velho no corredor oposto e o comparo com as lembranças de quando eu era mais nova. Eu tinha dez anos quando ele foi embora de vez. Ele fumava cachimbo; eu me

A namorada perfeita

lembro mais do cheiro do que dele. Uma dor cresce na garganta quando uma imagem dele como Papai Noel mal disfarçado invade meus pensamentos. Seu cabelo castanho selvagem e encaracolado não conseguia ser domesticado embaixo do pequeno chapéu vermelho com pompom branco. Engulo em seco.

Este é apenas o segundo funeral a que já fui na vida, e não tenho certeza se entendo o motivo do pesar público coletivo. Se alguém morreu, morreu. No início, fiquei surpresa com a grande congregação, mas logo percebi que era por causa da Barbara. As pessoas parecem gostar dela de verdade. Enquanto esperamos o início dos procedimentos, ela sussurra trechos da história da igreja para aqueles que estão no corredor na frente; pontadas de orgulho ficam evidentes na sua voz, apesar do sofrimento. Escuto pela metade, porque é melhor do que a espera inútil e silenciosa.

– ... originalmente do século XIII, sabe. Centenas de anos de reuniões. Imagine! Tantas pessoas. Em 1838, um pastor insatisfeito pôs fim ao costume de dar pão, tortas de carne moída e cerveja no dia seis de janeiro, Dia de Reis...

Um silêncio indica que os procedimentos vão começar.

– ... e assim nos reunimos para honrar a vida de Amelia...

Eu me levanto. Pego um livro de hinos. Sento. Minha mãe ficaria furiosa. Ela vai voltar e assombrar Barbara por tê-la enterrado numa igreja. Barbara disse que, como Amelia sempre conseguiu tudo que queria, agora era a sua vez de tomar as decisões. Ao meu lado, seus ombros oscilam. O cabelo louro com mechas cinza está preso num coque. Ela está usando preto da cabeça aos pés, interrompido apenas por uma corrente e uma cruz de prata. Também estou vestindo preto, mas só porque é a cor dominante no meu guarda-roupa. Dou um toque no seu braço, mas rapidamente tiro a mão, para o caso de ela tentar segurá-la.

O vigário para de falar. Acabou.

Sigo Barbara até a porta e fico ao lado dela, acenando com a cabeça e agradecendo por todas as palavras de simpatia. De vez em quando, eu me lembro de secar os olhos com um lenço de papel – no entanto, a dor na garganta é verdadeira. Eu me obrigo a não ceder à ameaça das lágrimas, porque, se eu me permitir chorar, acho que não serei capaz de me controlar. Frases interrompidas flutuam ao redor.

Meu pai aparece no meu campo de visão.

– Por que você está aqui? – pergunto.

– Podemos conversar na casa da Barbara.

Enquanto comemos sanduíche de ovo e agrião – pão branco sem casca – bebendo xícaras de chá forte, meu pai e eu atualizamos nossas lembranças um do outro. Ele carrega todas as características clássicas do envelhecimento: uma mistura de cabelos brancos, óculos, rugas e barriga, com uma tosse agressiva para completar. A fumaça do cachimbo gruda nas roupas dele.

– Amelia disse que você simplesmente desapareceu – comento. – Que nem se importou em manter contato.

– Bom, é, mas parecia a coisa certa a fazer quando eu soube... vir até aqui... e ver você.

– Meio tarde. Havia telefones na década de 1990. Até Amelia tinha um.

– Eu me casei de novo.

Não sei o que dizer em resposta a isso. Nos cartões de aniversário, suas únicas tentativas de contato, ele sempre escreveu: *Para a querida Lily-flor.*

– Elizabeth Juliette Magnolia – ele sorri da própria brincadeira ultrapassada.

Ele sempre disse que, se fosse por ele, eu teria me chamado Imogen, mas minha mãe foi insistente. Enquanto as pessoas nos anos 1980 e 1990 faziam permanentes no cabelo, usavam ombreiras e adotavam o consumismo, minha mãe decidiu continuar nos anos 1960 e 1970. Flores. Os Beatles. Festas. Drogas. Bebidas. Diversão, diversão, diversão. Meu pai era motorista de caminhão de longa distância, e a "desculpa" da minha mãe era que ela não se sentia confortável sendo a única adulta na casa. Ela inventou um medo de assassinos e assaltantes que formavam uma fila na porta de casa no instante em que ele saía para o trabalho.

Meu pai dá um tapinha no relógio.

– Tenho que ir. Trem para pegar. Não vamos nos afastar. Eu até tenho e-mail, agora. Vou anotar para você. Talvez você possa me visitar um dia.

– Talvez. – Improvável.

– Eu realmente penso nela e *nele*, sabe...

– Adeus – digo.

Ele hesita. Por um instante apavorante, acho que vai tentar me abraçar, mas não faz isso.

— Adeus, Lily-flor.

Viro para a sala cheia de desconhecidos. Amy tinha se oferecido para vir, mas velhos hábitos são difíceis de romper; nunca fiquei à vontade misturando familiares e amigos.

— Espero que você fique por mais alguns dias – diz Barbara. – Você precisa me ajudar a arrumar a casa.

Ela não acrescenta que isso é o mínimo que posso fazer. Surpreendentemente, minha mãe deixou um testamento. Em sua lógica distorcida, provavelmente pensou que isso compensaria o passado. Agora eu sou a única e orgulhosa proprietária do Sweet Pea Cottage.

— Vou ficar lá hoje à noite.

— Sozinha?

— Sozinha.

— Tchau, Babs. O lanche estava ótimo – diz um homem alto e magro segurando um bastão de caminhada.

— Tchau. Se cuida – diz outra mulher, tocando de leve no braço da minha tia antes de pegar seu casaco.

Todos saem. A cozinha está impecável devido às inúmeras ofertas de ajuda. Todo mundo gosta de uma tarefa quando a alternativa é uma conversa casual com pessoas que você não conhece de verdade, sobre uma pessoa morta que você conhece ainda menos.

— Tem certeza? – pergunta Barbara enquanto arrumo minha mochila, pronta para a curta caminhada até o Sweet Pea Cottage.

Aceno uma pequena lanterna – a que o pessoal do trabalho sugeriu que comprássemos para usar na área de descanso da tripulação.

A namorada perfeita

– Absoluta. Te vejo de manhã.

Minhas reservas de simpatia estão vazias, e anseio pela solidão. Além disso, estou no humor certo para enfrentar fantasmas.

Meus passos ecoam na estrada e depois no caminho. Pego minhas chaves antigas, inspiro profundamente e viro a fechadura. A porta de madeira range. Sempre rangeu, mas só é perceptível agora que a casa está em silêncio.

Os anos iniciais foram repletos de pessoas. Elas simplesmente estavam *lá*; de bobeira, rindo. Eu me lembro de muitas risadas. Estridentes, bêbadas, graciosas. É disso que eu me lembro mais. E das *discussões*. Minha mãe colocou na cabeça que o que estava *errado* no mundo era que as pessoas não se expressavam mais.

– Tony Blair se expressa – alguém havia dito.

– A princesa Diana se expressava – outra voz tinha opinado. – E veja o que a morte dela fez. Liberou as pessoas para expressarem abertamente suas emoções.

Quanto mais o álcool infundia ideias no cérebro deles, mais inflamadas as *discussões* se tornavam, junto com uma mistura eclética de música. Aprendi a me tornar invisível. Nada como uma criança para acabar com a *diversão*. Mas era diferente com meu irmão de dois anos. Quando conversava sobre ele com outras pessoas, os adjetivos que minha mãe usava eram "fofo", "engraçado" ou "adorável", enquanto eu era "silenciosa", "temperamental" e "fria".

Durante os últimos anos em casa, quando o fluxo constante de visitantes parou, minha mãe geralmente dormia no fim da tarde. A TV ou o rádio, às vezes os dois ao mesmo tempo, ficavam ligados a todo volume. Eu abaixava o som, tirava os sapatos dela e a cobria com um lençol. Depois que eu colocava Will para dormir, sentava numa poltrona, lendo ou inventando histórias e brincadeiras.

Agora, um relógio faz tique-taque. Eu sempre detestei esse som, mesmo antes do "Incidente", como todos passaram a chamar. William Florian Jasmin, de quatro anos, sorri para mim de cima do consolo da lareira. Ele teria se chamado Nicholas se meu pai tivesse conseguido convencê-la. Seis anos mais novo do que eu, ele tinha um talento inerente para encantar as pessoas. Tudo isso agora é informação irrelevante e inútil.

Eu me dirijo ao armário de bebidas em madeira brilhante. Uma garrafa de gim se aninha entre uma seleção aleatória de bebidas alcoólicas. Surpreendentemente, está quase cheia. Abro a geladeira, sem saber o que esperar. No meio das refeições prontas, algumas cebolas e três maçãs murchas, há seis latas de água tônica. Nada de limão nem lima. Dentro do compartimento do congelador existem várias bandejas de gelo. Preparo a bebida preferida da minha mãe e vou para o andar de cima. O estalo de um cubo de gelo me faz pular quando abro a porta do quarto dela, inalando o frio e a umidade.

Entro. O piso range em lugares familiares. Abro uma porta do guarda-roupa e sou atingida pelo perfume que minha mãe usava. Opium. Odeio perfumes que parecem uma camuflagem, que servem para esconder o mau cheiro da bebida e do abandono. Estremeço com a lembrança e olho para trás, meio que esperando ver Amelia subindo a escada com suas bebidas numa bandeja coberta com guardanapo, numa tentativa de tornar o vício respeitável. Sinto o cheiro de fumaça apesar de ninguém ter fumado nesta casa há anos.

Voltando à tarefa em questão, tiro do gancho cabides que contêm principalmente vestidos. Encaro um que tem padrão de rosas antes de colocá-lo diante do meu corpo. Olho no espelho; não combina comigo. Era o preferido da minha mãe. Ela o usava em todos os verões, antes de a bebida absorvê-la completamente. Pelas manhãs, antes do vinho do almoço, ela às vezes nos levava – Will e eu – até o bosque ali perto, falando nomes de flores pelo caminho. Eu me lembro das prímulas, das campânulas e das dedaleiras.

Havia uma mulher de dedo verde que tinha morado ao longo do caminho, e Amelia adorava seu jardim, ainda mais na primavera. A mulher morreu pouco depois do Incidente. Os novos donos do bangalô estavam loucos para reformar o local, e os anos de construção destruíram toda a beleza. Mas, nessa época, Amelia não teria notado nem se importado.

Abro as gavetas do armário embutido, cada frente de madeira com belos desenhos de flores. Roupas íntimas. Meias-calças. Macacões bolorentos. Um livro de jardinagem. Dentro da capa há duas margaridas amassadas. Tomo toda a bebida antes de descer a escada para pegar sacos de lixo e encher o copo.

Abro a última gaveta com força. É mais leve do que eu esperava, e ela dispara, me fazendo recuar. Está vazia, exceto por um envelope amarelado colado no fundo. Eu o rasgo. É aí que tudo gira; lembranças reprimidas escoam pela minha mente como água descendo por uma calha. E eu percebo.

Corro para o banheiro e vomito. Ligo a torneira fria e respingo água no rosto, evitando meu reflexo no espelho. Preciso ir embora.

Saio e peço um táxi para me levar até a estação. Espero no fim do caminho, ao lado do portão de madeira. Conforme o táxi se aproxima, os faróis iluminam as sebes abandonadas e a hera sufocante que sempre ameaçou engolir a casa. Preciso continuar forte e não me permitir ser arrastada pelo passado. Repito silenciosamente meus mantras em voz baixa, escondida na escuridão do banco traseiro, enquanto o motorista escuta uma partida de futebol no rádio.

Fique atenta ao plano, fique atenta ao plano.

Fracassar no planejamento é planejar para fracassar.

Contanto que eu não desvie do curso, nada pode me fazer mal de novo.

CAPÍTULO 4

Desembarco do trem em Heathrow. As portas automáticas do Centro de Informações se abrem. Flashes de verde e azul – as cores da empresa – passam apressados. Na cantina, vejo uma mesa de canto vazia enquanto peço um espresso duplo. No alto, os monitores atualizam constantemente a tentadora lista de destinos. Roma. Nairóbi. Atenas. Meus olhos param em Los Angeles: meu primeiro destino como membro da tripulação operacional. Quero distância do Sweet Pea Cottage, de Dorset e do passado. Pensamentos inundam a minha mente.

Tripulação de LAX, favor se apresentar na sala nove aparece nas telas.

Eu me levanto, junto meus pertences e me dirijo à sala de instruções pré-voo. Recebo uma posição de trabalho na parte de trás do avião.

O voo em si seria muito mais fácil se não houvesse tantos passageiros. Entrar na cabine econômica não é diferente da minha ideia de subir num palco, porque centenas de olhos me observam, e eu sinto sua expectativa silenciosa. Solto o freio do carrinho e o empurro na minha frente. Garrafas chocalham. Quando paro no corredor que foi alocado para mim – fileira trinta e seis –, quase posso ouvir os passageiros recalculando mentalmente a ordem em que serão servidos, e isso me provoca uma onda de poder.

Dou um sorriso.

– Lasanha ou frango ao curry? Vinho tinto ou branco?

Na primeira classe, há um chef famoso que aparentemente compartilha dicas de culinária com a tripulação da cozinha e com outros passageiros. Fico meio tentada a me juntar a eles; talvez ele possa me ensinar algo novo que vai impressionar o Nate. No entanto, estou me preparando para o serviço de chá da tarde. E, antes que eu tenha uma chance, estamos começando a descer.

Depois do pouso, as pessoas fazem planos no ônibus da tripulação.

– Alguém quer fazer um passeio pelas casas dos famosos? – pergunta um tripulante.

Não consigo pensar em nada pior do que pagar para vislumbrar estilos de vida inatingíveis. Decido me juntar a um grupo de cinco pessoas que sugere um brunch em algum lugar da costa amanhã. Estamos a oito horas a menos que no Reino Unido, então até eu vou querer mais do que um café nesse horário. Não menciono que esse foi o meu primeiro voo, só que eu era relativamente nova e nunca tinha ido a Los Angeles. Eu tinha ouvido boatos sobre "trotes" – detesto a palavra em si e as imagens que ela evoca –, como informar a um recruta que era responsabilidade dele carregar uma bolsa de gelo da aeronave até uma festa no quarto de hotel ou que ele tinha que carregar a mala do capitão até o quarto dele.

A namorada perfeita

• • •

Venice Beach.

Agora estou aqui, num lugar tão familiar que parece que entrei num set de filmagem, e quero me beliscar. Não consigo acreditar que estou aqui, vivendo o estilo de vida do Nate. E pensar que... todas as vezes eu estava na nossa casa, esperando por ele, enquanto ele estava passeando ao redor do mundo, se divertindo. Como eu era idiota. Olho para a vasta praia. Sob as palmeiras altas e estreitas, as pessoas malham distraídas em academias ao ar livre. Uma barraca salva-vidas chama minha atenção. Assisti a *Baywatch* algumas vezes na casa de Babs e fiquei fascinada.

Caminho pelo calçadão com meus novos melhores amigos temporários – meus colegas –, vendo as barracas cheias de óculos escuros, camisetas, cristais e suvenires, enquanto desvio de pessoas lindas e magras correndo, andando de patins ou de skate. Um artista quer desenhar meu retrato, mas recuso com um sorriso. Eu me sinto quase relaxada.

Escolhemos um restaurante com cadeiras ao ar livre para o brunch. Peço uma omelete de clara de ovo e uma água com gás.

– Não quer um Buck's Fizz, então? – pergunta Alan, o gerente do serviço de cabine. – Você pode beber, desde que pare pelo menos doze horas antes do serviço.

– Não bebo muito – digo. – Não sou tão estressada.

Todos caem na gargalhada.

– Que foi? – digo. – É verdade. – Olho para os rostos pensativos na mesa.

– Você não vai dizer que não bebe muito por muito tempo – diz Alan, tomando dois goles da sua taça. – Te dou seis meses. No máximo.

Eles podem rir e fazer as suposições que quiserem. Eu me desligo.

Enquanto caminho a trinta e cinco mil pés acima do Atlântico operando o voo para casa, a única coisa que me mantém cumprindo as inúmeras demandas é saber que tudo isso é um meio para chegar a um fim. Tenho um momento desconfortável quando sou convocada por Alan via interfone para falar com um passageiro francês na primeira classe que tem algumas perguntas.

– Ele não sabe falar inglês? – pergunto.

– *Ela*. Não muito bem. É por isso que precisamos de você.

Sigo pelo corredor o mais devagar possível, desejando que alguém desmaie e caia ou me faça muitas perguntas complicadas. O problema é que eu exagerei na minha capacidade de falar francês no formulário de inscrição. Eu mal tenho nível secundário. No entanto, arrisquei e passei raspando na prova oral piedosamente curta usando um audiolivro *Aprenda sozinho* algumas semanas antes e fingindo que estava muito resfriada no dia. Foi um alívio tão grande sair da sala de prova que eu me esqueci de pensar em longo prazo. Vi isso como mais um obstáculo superado, não como um problema potencial no futuro.

A namorada perfeita

Sorrio quando sou apresentada à madame Chauvin, uma senhora idosa, que sorri com expectativa para mim de seu assento e inicia um longo discurso.

— Pode deixar comigo — digo a Alan, que está por perto de maneira servil.

Ele dá de ombros e desaparece na cozinha.

Aprendi uma frase de cor em francês, e a repito.

—*Je ne parle pas très bien...* Eu não falo francês muito bem. A senhora pode falar mais devagar, por favor?

Ela franze a testa, depois sorri de novo e diminui a velocidade do discurso.

Eu me agacho ao lado do assento, esperando que ninguém mais consiga ouvir. Entendo as palavras *bagages* e *Paris*. Acho.

Ainda sorrindo, digo: "*Pas de problème*", numa voz que é quase um sussurro, e ofereço a ela um *café au lait*.

Ela abre a boca, mas dou um tapinha no seu braço e digo: "Por nada" em francês, me levanto e me afasto. Antes de fugir de volta para a classe econômica, peço à equipe da cozinha para fazer um café com três biscoitos, de preferência de chocolate.

Alan, que está apoiado numa bancada, digitando no seu iPad, para e me olha por trás dos óculos.

— O que a madame Chauvin queria?

— Ela estava preocupada com a bagagem no voo de conexão para Paris.

— Ah. Só isso?

– Bom, ela também está com saudade dos netos e ansiosa para vê-los. Ela ficou longe por muito tempo, visitando outros parentes. É melhor eu voltar, porque ainda não terminei de preencher a papelada do bar.

Caminho rapidamente pela classe executiva, depois pela classe premium até chegar à segurança da cabine traseira. O mar de rostos da classe econômica é um alívio bem-vindo, mas não relaxo totalmente até pousarmos. Toda vez que o interfone toca, meu coração pula, no caso de "A pessoa que fala francês" ser convocada de novo.

Depois de aterrissar, volto para casa brevemente para deixar as malas, tomar banho e mudar de roupa antes de pegar o trem para Dorchester. Mando uma mensagem para Babs, pedindo a ela que me pegue, depois fecho os olhos para cochilar um pouco no trem. Ela está me esperando na estação com seu Mini vermelho.

– Acho que vou vender a cabana – digo a ela quando passamos pela casa. – Mas vou ter que esperar por alguém que adore todo o tema de *João e Maria*, fadas, flores e cogumelos no estilo florestal alegre.

– Concordo, meu amor.

Eu esperava uma lista de objeções, todas enfileiradas como aviões aguardando o controle de tráfego aéreo. Minha mãe ganhou a casa dos meus avós, que morreram antes de eu completar meu primeiro ano de vida. Barbara era casada com Ernie, na época, e eles estavam felizes numa casa moderna e afastada, onde "tudo funcionava".

A namorada perfeita

– Eu vinha falando com ela havia anos para vender, mas ela se recusava veementemente. A cabana era para uma família, e o terreno...

– ... uma selva, pelo que vi pela janela.

Amelia gostava de comprar pacotes mistos de sementes de flores, juntar tudo numa enorme tigela, e depois ficar no meio do jardim, atirar punhados para o alto e olhar com uma expectativa alegre enquanto as sementes caíam ao acaso. Claro, algumas cresciam; explosões de cor por entre as ervas daninhas aleatórias e a grama, até serem estranguladas ou desistirem da briga após longos períodos de clima quente sem água.

– Ela nunca ia se curar aqui, sozinha, cercada de lembranças – diz Babs baixinho, quase para si mesma.

– Ela tinha a mim – digo.

Não menciono a sucessão de homens inadequados depois que meu pai foi embora.

– Eu ficava de olho em você – diz Babs rapidamente. – Fazia sopa e torta de maçã. E você sabia que minha casa estava sempre aberta para você.

Às vezes, as palavras me escapam. Sopa e uma maldita torta de maçã. Cartões de aniversário do meu pai. Minha família é como os Waltons. Amelia renunciou à responsabilidade materna quando recebi uma bolsa de estudos de teatro num internato, uma instituição que se orgulhava dos seus *valores*. As palavras luz e verdade em latim – *lux et veritas* – eram esculpidas num painel de madeira na sala de jantar. Quando não estava usando o uniforme da escola, minhas roupas fora de moda e meus pijamas infantis da Disney garantiam que eu ficasse ainda mais separada da rainha e das amigas dela, com seus pijamas de seda combinando e suéteres, calças e sapatos de grife.

Chegamos à casa da Barbara. Ela estaciona fora da garagem, que não é usada desde a morte súbita de Ernie, vítima de um ataque cardíaco sete anos atrás. Ele adorava se esconder lá, escutando a Radio Four e esculpindo baús de madeira que gostava de vender em bazares. Babs vira a chave na fechadura da porta de frente de PVC branco e eu entro atrás dela, levando minhas malas até o quarto de hóspedes.

– Você me ajuda a esvaziar a cabana? – pergunto quando volto para o andar de baixo. – Quero chamar uns corretores imobiliários. Talvez, depois que ela for vendida, comece a ser possível deixar uma parte do passado para trás.

– É claro, Lily querida.

– Eu me chamo Juliette, agora.

Não faz mal ela saber disso.

– Ah. Okay. Tudo bem, desde que você não espere que eu me lembre disso o tempo todo.

– Vamos tomar um café e depois andar até lá – digo. – Quero acabar logo com isso.

O frio do inverno está diminuindo, agora que o fim de março se aproxima. As flores de cerejeira cobrem os galhos das árvores da aldeia, e aglomerados de açafrão empurram os canteiros de grama. A época favorita de Amelia. Mas não para mim, porque é um lembrete claro de que o tempo está

A namorada perfeita

passando. Sem Nate. Nós nos encontramos em julho do ano passado, e a minha intenção é que a gente volte a ficar bem antes de completar um ano. Acelero o passo, reunindo um novo sentido de determinação e abro o portão do Sweet Pea Cottage com um empurrão.

A primeira coisa que faço é ir até o quarto da minha mãe no andar de cima e recuperar a foto que deixei cair na outra noite; a foto de seu precioso Will, eu e minha melhor amiga, Kim, que morava na casa ao lado. Eu me obrigo a encará-la por alguns segundos e, em seguida, a rasgo em pedaços minúsculos. Foi uma das últimas fotos tiradas dele – eu sei disso porque o elefante azul fofinho que ele está segurando só lhe foi dado pela Babs na semana anterior à sua morte, e é por isso que Amelia deve tê-lo escondido. Não quero lembretes. A família da Kim a tirou daqui logo após o Incidente, me deixando para trás com o resto das crianças locais na nossa pequena escola, que ou não sabiam o que me dizer ou simplesmente me tratavam como se eu estivesse amaldiçoada.

Fico em pé, parada.

Silêncio.

Fecho os olhos.

Quase consigo sentir o sol na minha pele, como *naquele* dia. Mal havia uma brisa. Eu raramente faço isso. Raramente vou até lá, e não há necessidade de fazer isso agora, mas um desejo irresistível de automutilação mental me desafia a ir. Só mais uma vez. Minha respiração acelera com a lembrança de sentir um descuido ressentido. E preguiça. Até eu me sacudir e sentar. Enjoada, senti uma baba quase imperceptível no canto da boca. Eu a sequei enquanto o silêncio atravessava o ruído incessante das abelhas.

Ou terminou ou começou nesse momento; eu nunca tenho certeza.

Estremeço agora, abro os olhos, desço a escada correndo e vasculho a cozinha. Rasgo vários sacos de lixo de um rolo e dou alguns para Babs.

– Aqui. Se quiser alguma coisa, pode ficar. Caso contrário, vai para a caridade ou para o lixo.

Precisamos de dois dias. Acabo tendo que ficar na casa da Barbara, mas o trabalho está feito.

Antes de ir embora de Dorchester, faço algumas chaves sobressalentes. Deixo-as com vários corretores imobiliários antes de pegar um trem de volta para a caixa de sapatos.

Minha vida está voltando lentamente ao seu rumo. Depois que a casa for vendida, terei dinheiro. As coisas podem estar mais para tartaruga do que lebre ultimamente, mas todos sabem quem ganha no final.

Pela primeira vez desde que me mudei, dormi a noite toda.

No meu penúltimo dia de folga no trabalho, acordo cedo e vou até a casa do Nate. Ele está em casa, infelizmente, mas preciso da minha dose. Passo pelo teatro e por um banco, depois atravesso a rua. Encaro o prédio dele, que também abriga outros cinco apartamentos. Fica atrás da área principal do Green, descendo uma pequena travessa. Jardins comuni-

A namorada perfeita

tários bem conservados, tanto na frente quanto atrás, cercam a propriedade. Passo por ali várias vezes, dando voltas sinuosas no amplo espaço aberto. Fico por ali até Nate sair para sua corrida habitual perto das nove horas, antes de se recompensar com um café na sua cafeteria preferida. O clima está me favorecendo de novo. Embora as nuvens escuras pareçam prontas para explodir, ainda não caiu uma gota, mas isso significa que tenho uma justificativa para continuar usando o capuz da capa de chuva.

Do meu ponto de vista, perto da entrada da cafeteria, vejo pelo vidro que Nate pediu um croissant. Incomum. Uma onda de esperança; comer algo reconfortante pode ser sinal de solidão. Pego meu celular e olho para a tela. Nate bebe o café devagar e aproveita os jornais gratuitos. Quando tiro os olhos do celular, o medo me inunda. Nate está andando direto para a saída. Com a cabeça baixa, eu me afasto, depois entro na loja mais próxima, prendendo a respiração. Ele passa direto. Meus batimentos cardíacos estão acelerados. Respirações profundas.

Caminho na direção oposta, indo para o rio, e ligo para Amy. Preciso de uma distração.

– Quer me encontrar para comer uns tapas em Richmond hoje à noite? – digo. – Conheço um lugar bom, barato e divertido.

Não há perigo de esbarrar em Nate, já que ele vai viajar para Boston.

Amy concorda.

– Vem à minha casa antes para um drinque – diz ela.

O restaurante de tapas era um dos nossos preferidos. Alejandro, o gerente fofoqueiro, vai contar ao Nate como eu pareço feliz, se eu mencionar – uma ou duas vezes – como estou mais relaxada com um novo namorado inventado. Nate *deve* sentir uma pontada de ciúme. É da natureza humana querer o que você não pode ter, eu sei muito bem disso, e acho que o Nate verifica a minha página do Facebook de vez em quando, por curiosidade, apesar de gostar de dar a impressão de que não se importa mais. Vai fazer bem a ele me ver saindo com uma nova amiga. Mesmo que ele não faça isso, talvez *alguém* veja alguma coisa e fale de mim sob uma perspectiva positiva. Tive que criar duas contas no Facebook – Elizabeth e Juliette – e tomar muito cuidado com as fotos que publico em cada página, porque eu abriria o jogo se aparecesse em Melbourne num dia e em Cingapura, no outro.

Volto para a estação de trem, olhando para o relógio quadrado característico – ainda não é nem meio-dia – e vou para casa passar a tarde lá. Posso muito bem usar o meu tempo de forma produtiva antes de ir para a casa da Amy, então pego meu notebook e começo a trabalhar. Depois de perseguir alguns corretores imobiliários, verifico o que Bella está aprontando. Está apoiando mais uma instituição de caridade. Desta vez, uma contra o bullying. A raiva me domina. Ela não tem esse direito, não mesmo.

Ins-maldição-pira, ex-maldição-pira. Inspira. Expira. Inspira. Expira.

A paciência é uma virtude.
Fique atenta ao plano.

A namorada perfeita

Ocupo a mente procurando um instrutor de autoescola e finalmente agendo algumas aulas.

Pego o ônibus para Heathrow para mudar de cenário, depois outro para Brentford, apesar de isso tornar minha jornada mais longa. Não importa, já que ainda tenho muito tempo, apesar do meu dia agitado. Cada viagem que fazemos gera entre dois e cinco dias de folga, dependendo do destino – dias de "Tempo na Base", geralmente conhecidos como dias de TNB. O ônibus para e recomeça a andar, serpenteando por Hounslow, depois volta para a A4, passando por fileiras de casas recuadas na estrada principal. Apesar do barulho do motor, tenho consciência do fluxo constante de aeronaves gemendo na descida final. Olhando pela janela, em cada avião que se aproxima, eu vejo – apesar da luz do dia – as luzes anticolisão piscantes e o trem de pouso; pneus pretos grossos surgindo na parte metálica de baixo.

Salto na Brentford High Street, em frente ao Tribunal da Cidade, e dali faço uma caminhada de quarenta minutos até a casa da Amy. Passo por prédios de vidro altos e brilhantes e pelas colunas cinzentas deprimentes que suportam as pontes da M4. A etapa final da minha viagem me leva a uma rua ampla e residencial.

Estou suando quando aperto a campainha da Amy.

Ela abre a porta usando um roupão atoalhado cor de pêssego.

– Desculpa! Estou meio atrasada. Fica à vontade e pega uma bebida na geladeira – grita ela por sobre o ombro enquanto desaparece no quarto. – Não vou demorar.

Não me incomodo. Em vez disso, espero no sofá. Ela leva séculos. Entediada, abro uma gaveta na mesa de centro. Está quase toda cheia de lixo. Não consigo evitar de arrumá-la, agrupando canetas aleatórias e tirando um pacote, em decomposição, de pastilhas pegajosas para tosse, que precisa ir para o lixo. Tem um chaveiro do Homer Simpson, uma explosão de azul-celeste e amarelo, prendendo duas chaves. Chaves sobressalentes? Eu as pego e coloco na minha bolsa – nunca se sabe quando essas coisas serão úteis.

– Você se lembra do Jack, da minha festa? – pergunta Amy quando finalmente estamos a caminho. Ela não espera uma resposta antes de continuar. – Espero que você não se importe. Ele não tinha programa para hoje à noite, e eu disse que ele podia se juntar a nós.

Dou um sorriso.

– Que adorável. Quanto mais melhor.

É claro que eu me importo.

Assim que entro no restaurante, meu humor fica ainda pior. Não há nenhum sinal do Alejandro acolhedor, e eu sinto sua ausência, mais evidenciada ainda pela ausência de um cacto em decomposição num peitoril alto e pelo sumiço das toalhas de papel, decoradas com *sombreros* mal ilustrados. Em vez disso, o lugar parece... elegante. Acabo de saber que ele vendeu o restaurante e seguiu em frente. Sinto uma pequena facada de traição. Eu era uma cliente fiel.

Uma garçonete nos conduz a uma mesa arrumada para quatro pessoas. Vejo a parte de trás da cabeça de um homem; ele vira e sorri.

A namorada perfeita

— Oi, Jack — digo com um grande sorriso. — Para quem é o assento vazio? — pergunto casualmente ao sentar diante de Amy.

— Meu amigo, Chris — diz Jack com outro sorriso.

Uma sensação de desconforto se infiltra no meu peito quando as coisas ficam fora de controle. Não quero sair em casal nem com outros homens — não faz sentido. Tenho Nate. Fechando os punhos embaixo da mesa, eu me obrigo a pegar o cardápio e analisá-lo.

Bem quando estou prestes a sugerir que a gente decida não comer e, em vez disso, ir para um bar, Chris chega. Ele é enorme em todos os sentidos: alto, barulhento, com uma barriga de cerveja. Embora eu sorria e pareça acolhedora, as horas seguintes são uma tortura. Eu me sinto presa. Odeio o fato de estar aqui, vivendo uma vida errada, com as pessoas erradas. Não aguentei o pesadelo de uma montanha-russa nos meus vinte e poucos anos para agora receber uma facada tão brutal de vazio. Minhas crenças me dão direito a uma recompensa cósmica, como... a satisfação ou a estabilidade. Meu lugar é em casa, com Nate. Cada momento que ficamos separados é uma perda de tempo, porque o resultado é óbvio — nós *vamos* ficar juntos. Estar com Nate era como se eu tivesse começado uma viagem de trem para casa, apenas para ser expulsa no meio do caminho, numa noite de inverno, e instruída a chegar ao meu destino por meio de uma série de ônibus substitutos.

Eu quero tudo: Nate, a aceitação acolhedora da sua família, o estilo de vida confortável, um filho que vai ser jogador de futebol — Will adorava chutar sua bola de futebol — e uma filha que vai ser atriz. Eu cuidaria dos meus filhos; não confiaria em mais ninguém para ficar de olho neles. Quero ser o tipo de pessoa que outras pessoas podem olhar – num restaurante, digamos, ou até mesmo levando as crianças para o parque – e desejar ser. Quero que eles imaginem que sou o tipo de pessoa "estável" e pensem na minha casa arrumada, com fotos de crianças grudadas com ímãs na geladeira de grife, meu marido abrindo uma garrafa de vinho gelado e caro enquanto eu mexo um risoto.

Perto de meia-noite, todos estão bêbados e rindo de coisas que não são engraçadas. Se Jack me mostrar mais um clipe do YouTube de um homem voando de uma moto para um monte de feno convenientemente localizado, vou gritar. E acho que não vou conseguir parar.

Agora estamos presos numa longa fila no ponto de táxi deserto. O cheiro de *kebabs* de uma lanchonete nas proximidades é esmagador. Não aguento mais um segundo. A rebeldia infantil assume o controle.

– Tenho uma ideia – digo. – Um amigo meu mora aqui perto, e ele está fora, mas me deixa usar seu apartamento de vez em quando. Ele me pede para alimentar seus peixes e ficar de olho nas coisas. Vamos lá para tomar a saideira.

– Tem certeza? – diz Amy. – Que tal...

– Vamos lá! Não aguento mais esta fila nem por um segundo. Podemos tomar uma bebida no quentinho, e eu chamo um táxi pirata.

Amy ainda hesita.

– Me sigam – digo e caminho pelo beco em direção ao Green. – Vocês vão precisar fazer silêncio enquanto subimos, porque alguns vizinhos trabalham à noite. Depois que entrarmos no apartamento, tudo bem.

Eu me sinto orgulhosa ao deixar todo mundo entrar, como se eu tivesse assumindo mais controle sobre as rédeas. Meus olhos disparam pela sala de estar. Está arrumada. Nenhum manual de trabalho, nenhum bilhete, nada muito pessoal. Nate e eu somos organizados. Não acredito que os opostos se atraem; tenho certeza de que isso é um mito. Fecho as persianas e insisto para todo mundo beber um licor de café. Nate não vai notar se a quantidade na garrafa diminuir, porque ele odeia esse negócio. Jack está sentado ao lado da Amy no sofá. Há um espaço ao lado do Chris, que está sentado no outro sofá, no lugar do Nate. Faz sentido que outro homem – embora seja um homem inadequado – esteja no lugar dele.

Os peixes estão dando voltas. Se os peixes pudessem falar... Pela primeira vez, eu os alimento, salpicando uma camada de formas de confete com cheiro nojento sobre a superfície. A boca do Rainbow se abre e se fecha enquanto ele me olha.

– Volto num minuto – digo. – Vou só dar um pulinho no banheiro, depois eu chamo um táxi para mais tarde.

Eles me ignoram; estão rugindo para mais um vídeo do YouTube no celular do Jack.

No quarto de hóspedes do Nate, verifico sua escrivaninha. Quase vazia, como sempre, exceto por um pote contendo uma variedade de canetas de hotel. Ele costuma levar sua agenda consigo, mas não resisto a verificar as gavetas. Com o celular preso entre a orelha e o ombro, ligo para uma empresa de táxi.

O telefone toca.

Uma voz masculina atende.

– Alô?

Meus olhos se concentram num elegante envelope bege. Um convite? Para quê? De quem? Puxo o cartão com cuidado, apesar de já estar cortado com a espátula de papel do Nate.

– Alô? Carros de Bob? – Eu me obrigo a falar. – Ah, alô, sim... Eu gostaria de agendar um táxi, por favor...

Desligo e me jogo na cama, lendo as palavras enquanto elas ficam borradas na minha frente.

CAPÍTULO 5

Sempre que decido encontrar Bella, seja on-line, de longe ou em fotos, eu me preparo mentalmente. Formo uma barreira protetora imaginária à minha volta. Para qualquer outra pessoa, o que estou vendo não parece nada – mas, para mim, é mais um obstáculo. Outro lembrete doloroso de como *ela* leva o tipo de vida que eu desejo.

É um convite para a casa de Bella para comemorar o aniversário de trinta anos de uma amiga. E não é o fato de que sua amiga é uma celebridade mais ou menos conhecida – eu não poderia me importar menos –, e sim a *exclusividade* descarada que me afeta. Eu adoraria ser convidada e andar misturada nos mesmos círculos sociais do Nate. Houve uma época em que eu também conhecia Bella.

– Juliette?

Amy está parada na porta, franzindo a testa, claramente intrigada, apesar do olhar vidrado.

– Desculpa, eu me distraí. Mandei mensagem para o meu amigo, avisando que estávamos aqui, e ele me pediu para verificar uma coisa para ele.

Coloco o cartão na gaveta, apago a luz e a sigo de volta até a sala de estar.

– Mais licor de café? – pergunto com um sorriso de anfitriã. – O controlador do táxi pirata disse que está muito ocupado. O táxi vai demorar mais ou menos uma hora.

É uma luta para continuar presente. Sorrio e faço que sim com a cabeça e tento me misturar o melhor possível. Mas quero gritar de alívio quando o táxi telefona depois de quarenta e cinco minutos para dizer que está no andar de baixo.

– Pedi dois – minto. – Vou pegar o próximo para a minha casa. Quero ficar e arrumar um pouco mais, de qualquer maneira – acrescento quando Amy abre a boca, como se fosse protestar.

É verdade que preciso verificar se coloquei tudo de volta no lugar certo. Não posso deixar sinais; Nate é meticuloso. Verifico se está tudo bem com seu voo para Boston e se segue na rota antes de me sentir segura o suficiente sobre a decisão de passar a noite aqui. Não vejo por que não devo. Volto para o quarto de hóspedes e, mais uma vez, retiro o rígido cartão de convite.

Eu ficaria encantada se você pudesse se juntar a nós para comemorar...

A decisão de Amelia de me inscrever para uma bolsa de estudos num internato, em vez de me deixar continuar na escola secundária mais próxima, coincidiu com o período em que meus hormônios adolescentes começavam a dar sinal de vida. Ela me ajudou a me preparar para a prova, apesar de eu achar bem simples discutir monólogos contrastantes e realizar uma série de improvisos. Chefe das alunas daquele ano, Bella foi designada pela Mãe da Casa para cuidar de mim e me mostrar o funcionamento da escola. O que, para ser justa, ela fez. No início. Bella era elegante, inteligente, espirituosa, magra e linda. Sob a asa de Bella, eu estava protegida daquelas que olhavam com desprezo para minhas roupas muito apertadas e sem graça, que não disfarçavam minha gordura da infância.

A maioria da "panelinha" era de residentes semanais. A família de Bella morava numa área exclusiva em Bournemouth. Eu era evasiva em relação à proximidade da minha casa.

– Moro no campo – eu respondia, se me perguntavam, quando, na verdade, minha casa ficava a trinta e dois minutos de carro – marquei o tempo do motorista de táxi que me levou no primeiro dia. Os fins de semana se arrastavam. Eu costumava manter a cabeça baixa na biblioteca e fugir folheando as revistas permitidas – *Vogue* e *Tatler* –, imaginando os futuros convites para festas em que eu também ia aparecer nas fotos das últimas páginas.

No teatro, os papéis de Bella eram sempre o equivalente ao de Maria numa peça de natividade da escola primária, e os papéis das suas amigas mais próximas – Stephanie e Lucy – eram comparáveis, em status, aos reis magos. Meus papéis eram insignificantes – como o de um pastor ou de um burro –, apesar da minha bolsa de estudos e de eu ter outros papéis nos bastidores, como escrever e dirigir roteiros. Tentei não me importar, mas doía porque eu queria ter a minha vez de brilhar, que todos aplaudissem e elevassem meu status de popularidade.

– É porque a família dela é muito rica. Eles fazem doações generosas para a escola. Ninguém mais tem chance –

sussurrou Claire, uma tranquila colega de estudos que se destacava na maioria dos esportes, quando Bella conseguiu outro papel cobiçado.

Eu gostava muito da Claire, mas não podia fazer amizade com ela, porque sentia que Bella – embora tivesse feito uma exceção para mim – geralmente não aprovava alunas com bolsa de estudo recebendo um "passe grátis" enquanto a maioria da panelinha tinha pais que trabalharam muito para conseguir sua riqueza. A ideia de Bella um dia saber de onde eu vinha me enchia de vergonha. À noite, eu extravasava os meus sentimentos de inadequação escrevendo meu diário à luz de uma lanterna enquanto prestava atenção aos detalhes precisos.

As coisas doem mais se forem devidamente reconhecidas.

Bocejo; são três da manhã. Lá fora, a lua cheia flutua.

Vou ao banheiro, tiro a maquiagem com sabão e água morna e escovo os dentes com a escova de dentes elétrica do Nate (ele tem uma que funciona com bateria, que ele leva para trabalhar).

Subo no lado dele da cama e caio no sono.

Quando acordo, vivo segundos fugazes e preciosos, durante os quais acredito que tudo está como era. Estou na nossa cama, feliz e contente, enquanto Nate faz o café da manhã ou sai para correr. Mas, como sempre, a realidade esmagadora me atinge, e a felicidade instável e intangível explode.

A namorada perfeita

Olho para o celular; meio-dia. Faço um café e verifico o congelador. Os muffins continuam intactos, e eu os puxo um pouco para a frente.

Meu celular toca. Um corretor imobiliário.

– Notícias fantásticas, senhorita Price – diz a jovem voz masculina. – Já recebemos uma oferta por um preço quase igual ao solicitado. Sem contrapartida, porque eles estão pagando aluguel.

Isso em breve vai me dar mais dinheiro do que eu jamais tive acesso na vida. O dinheiro da culpa de Amelia. Isso significa que posso escolher onde vou morar; não preciso continuar exilada em Reading. Busco propriedades em Richmond, mas o preço é extorsivo. Sendo realista, tudo que posso comprar é um pequeno apartamento. Marco várias possibilidades.

Entro no Facebook. Amy está quieta. Um amigo meio italiano da minha época de figurante do cinema, Michele Bianchi, conseguiu um pequeno papel num drama de TV como assistente de um veterinário. Digito *Parabéns!* Ninguém jamais o chamou pelo primeiro nome – ele sempre foi conhecido como Michele Bianchi. Costumávamos almoçar juntos, observando os atores de verdade trabalhando. Se eu tivesse me esforçado, ia gostar de estudar para ser atriz. Eu gostava da ideia de levar uma vida dupla; uma como eu mesma, outra como personagem fictício. Mas, como saí da escola na primeira oportunidade, acabei pulando de um emprego para outro: florista, garçonete, assistente de administração, representante de vendas, só para lembrar alguns. A mesma coisa com as minhas moradias. Eu tinha alugado uma série de quartos, mas sempre voltava para Dorset depois de alguns meses, porque odiava morar com desconhecidos. Pensando bem, minha vida seguiu um padrão semelhante em relação a homens e amizades também. Sempre que conheço pessoas, elas geralmente me decepcionam. Mas eu tenho fé no Nate. Com ele, parece *certo*. Não tem outro jeito de descrever.

Navego pela sua página do Facebook; ele foi à academia em Boston.

Bella tuitou que vai experimentar uma aula de ioga apimentada hoje de manhã.

Vasculho tudo, como sempre. Nunca faz mal, e, mesmo quando eu morava aqui, sempre havia coisas úteis para copiar ou pegar. Porque, na vida, você nunca sabe, você simplesmente nunca sabe. Não há nada que se destaque como novo ou incomum, então lavo e seco minha caneca, guardando-a na árvore de canecas, depois verifico três vezes se tudo está em ordem. Encaro a porta da geladeira; há umas manchas foscas entre as poucas fotos e folhetos. Costumava ser cheia de brilho. Nate me comprava ímãs de geladeira ou canecas em cada país novo que visitava. Lembranças turísticas adequadas, porque ele sabia que eu adorava coisas assim – para mim, não são cafonas. Ele disse que fazia isso para que eu soubesse: "penso em você enquanto estou fora." Guardei todas embaladas; não vou usá-las de novo até poder colocá-las de volta aqui, na sua casa original.

Dou uma última olhada na minha antiga e futura casa, depois me obrigo a sair, pegando o trem de volta para a caixa de sapatos. Quando chego lá, disco o número do cabeleireiro da Bella para marcar um horário. Bella ainda vive em Bournemouth, perto da casa da família, que não fica tão longe daqui. Eu me ajeito no sofá e estudo para a prova teórica de direção. Nate não vai reconhecer a futura esposa confiante e independente que deixou escapar por entre os dedos.

Ele não vai ter a menor chance.

Acordo cedo para uma breve viagem de ida e volta a Frankfurt.

Na volta, troco de roupa no banheiro do aeroporto, entrego meu uniforme na lavanderia a seco e pego um ônibus para Bournemouth.

– O que posso fazer por você hoje? – pergunta a cabeleireira preferida da Bella, a sorridente Natasha.

Faço uma pausa. Eu ia ficar loura, como Bella, mas, pensando bem, Amy é tão confiante com seu cabelo castanho-avermelhado. Ela exibe a combinação certa de confiança, mas ainda é disciplinada o suficiente quando necessário. Talvez eu pudesse aprender alguma coisa imitando-a.

– Eu gostaria de experimentar – digo. – Estou pensando em fazer uma coisa um pouco mais drástica...

Enquanto tomo café, aponto para a tabela de cores e escolho o tom mais próximo ao de Amy, depois relaxo e folheio uma revista. Enquanto Natasha penteia e corta meu cabelo – "só uma aparadinha", insisto (não quero *exatamente* o mesmo estilo que Amy) –, converso sobre alguns dos passageiros mais difíceis que encontro, tentando fazê-la se abrir sobre suas clientes mais complicadas. Tenho certeza de que

Bella deve ser uma delas. Eu simplesmente não consigo imaginá-la tratando alguém com respeito. Natasha, no entanto, não morde a isca. Deixo uma gorjeta gorda para garantir que ela fale um pouco mais na próxima vez. Caminho até a estação com o vento costeiro soprando meu cabelo, me surpreendendo todas as vezes que vejo as mechas castanho-avermelhadas.

Conforme me aproximo da plataforma, meus olhos veem um nome na lista de partidas. É o nome do povoado onde ficava o meu internato. Não há motivo para viajar até lá, mas sinto um impulso de voltar, apesar de a escola agora ser um lar para idosos. Antes que eu consiga me convencer do contrário, compro um bilhete e embarco no trem seguinte. No entanto, cometi um erro ao não verificar os horários, porque leva mais de uma hora para ser transportada até a parte mais profunda de Dorset. É uma caminhada de oitocentos metros da estação até a entrada de carros. Um cartaz dourado brilhante revela o novo nome, abaixo do qual afirma: *Nós nos importamos*. Espero que eles *se importem* mais com os idosos do que se importavam com as adolescentes. Passo direto, vagando pela estreita calçada do povoado – uma rota familiar há muito tempo.

O jornaleiro do povoado continua lá. No intervalo da tarde, entre quatro e quatro e vinte e cinco, tínhamos permissão para enfrentar a caminhada de três minutos e fazer um estoque de porcarias para comer. Abro a porta. Não consigo me lembrar dos funcionários, então não tenho ideia se o homem atrás da caixa registradora antiquada costumava me servir, mas suspeito que sim.

A namorada perfeita

– Estou vendo que a escola mudou de dono – comento, fingindo vasculhar a prateleira de revistas.

Ele faz que sim com a cabeça.

– Eu costumava vir aqui quando era adolescente.

– É mesmo? Eram tantas.

Ele não menciona os meninos do povoado que costumavam ficar do outro lado da rua, rindo de nós. Sempre recebemos instruções para ignorá-los, mas eu não os culpava. Qualquer violação no regulamento dos uniformes significava um toque de recolher imediato com duração de quinze dias, então, quando não estávamos usando chapéu de palha no verão, estávamos usando capas de inverno – não casacos, como alunas normais – que nos marcavam como figuras para divertir, como se fôssemos adolescentes de um culto religioso rígido ou de outra era.

Escolho duas revistas de noivas. Enquanto faço o pagamento, vejo sacos de papel marrom. Eu costumava encher o meu com o máximo possível de guloseimas; uma tentativa flagrante de subornar as outras para passarem tempo comigo. Nós nos despedimos, e eu saio na direção do lar para idosos. Não tenho ideia do que esperar, mas, agora que estou aqui, não vai fazer nenhum mal.

Ao me aproximar do edifício vitoriano, vejo imediatamente que a área de recepção está no mesmo lugar, embora a entrada principal esteja mais ampla. Portas duplas se abrem para fora, em vez da velha porta branca de madeira que rangia. Ali ao lado há uma rampa metálica para cadeira de rodas. Folhas giram, presas em pequenos redemoinhos. Os carros são novos; o velho Rover da diretora e o VW Polo da professora de teatro desapareceram. De onde estou, dava para ver uma porta preta à minha esquerda. Em vez disso, agora há uma parede de tijolos. Durante o intervalo matinal, a antiga porta preta se abria, e os monitores distribuíam encomendas ou cartas de casa: cartões de aniversário ou de Dia dos Namorados, cartões-postais e cartas de parentes mais velhos, especialmente aqueles que ainda não tinham adotado a comunicação por e-mail.

Respiro fundo agora e entro na minha antiga escola. O espaço está totalmente diferente, mas o cheiro institucional permanece. É um choque, porque espero *vê-la* ou ouvir seus passos característicos. Enraizada no local, me lembro de algo – Bella me dizendo que eu não podia sentar ao lado dela na mesa de jantar uma noite, porque ela havia guardado o lugar para Stephanie. Levei alguns minutos humilhantes para encontrar um lugar sobrando no refeitório lotado. Adiciono isso à minha lista mental de ofensas.

Eu me concentro no ambiente atual. As janelas de vitrais continuam embutidas nas paredes altas, e a grande lareira aberta original ainda está no mesmo lugar. Mas pregada na parede acima há uma placa de madeira brilhante. Meus olhos passam direto pelo latim, parando na tradução: *A sorte favorece os destemidos*. Enquanto tento descobrir a relevância desse lema num lar para idosos, meus pensamentos são interrompidos.

– Posso ajudar? – uma voz feminina.

Viro e sorrio para uma recepcionista que está vestida com uma blusa azul-pavão extravagante. Seus óculos de lei-

A namorada perfeita

tura estão presos a um cordão ao redor do pescoço. Parece que ela *se importa*.

– Desculpa – digo. – Eu estudava aqui. É estranho estar de volta.

– Quando foi isso?

– Saí daqui há uns dez anos. Eu estava pensando... posso dar uma olhada?

– Me desculpe, mas acho que não. Não sem uma autorização prévia. E, se você não tem nenhum parente aqui, sinto muito, mas não.

– E o terreno ao redor? O riacho ainda corre no fundo?

– Corre, sim, mas vou ter que verificar se você pode ir até lá – diz ela, pegando o telefone da mesa. – Mas não vejo por que não.

O riacho é raso. Nas minhas lembranças, era mais profundo. Embora a grama das margens esteja naturalmente alta, ainda dá para chegar até lá pelo caminho antigo. Eu me pergunto se alguém vem aqui, atualmente. Não é como se os moradores precisassem fugir para fumar um cigarro escondido ou qualquer outra coisa clandestina.

Este costumava ser o meu esconderijo. Eu tirava os sapatos e patinhava com os pés descalços.

As pessoas acharam que eu instintivamente me afastaria da água depois da ocorrência com Will. Mas, em vez disso, eu a achava reconfortante.

Os salgueiros-chorões ainda roçam na margem da água quando uma brisa fria faz a superfície ondular. Sento nas pedras desiguais, depois viro para trás e olho para o prédio principal.

Sentei aqui pela última vez na noite do baile de verão das alunas que deixavam a escola.

Dez anos atrás.

Alunos do quinto e do sexto ano de outras escolas – garotos também – foram convidados, chamados de todo o município. Os boatos de que os alunos do sexto ano que compartilhavam sua cota de álcool tinham batizado o ponche de frutas se espalharam rapidamente. Bebi o meu, apesar de estar com gosto de xarope para tosse, mas, no fundo da minha mente, eu não queria acabar me comportando de maneira estúpida, como minha mãe, toda risonha e boba. Usei um vestido vermelho comprado com um dinheiro que a Babs tinha me mandado. Mas, apesar de eu parecer diferente por fora, por dentro ainda era a mesma. Fiquei entediada por me sentir insignificante, sentada numa cadeira na lateral, ao lado da Claire, então fugi do prédio principal quando os professores que supervisionavam não estavam prestando atenção e atravessei a ladeira com grama, descendo até o local escondido. Minha garganta queimava um pouco, e eu sentia calor. Tirei o sapato de salto alto e mergulhei os pés na água. O cinza mais escuro da noite que se aproximava ficou mais denso quando a temperatura caiu um pouco. Eu me sentia quase feliz; em pouco tempo, eu ficaria livre do lugar que detestava. Uma brisa suave roçava nos meus braços e pernas, e eu me sentia anônima, segura e protegida. Sentei perto da margem do riacho, abraçando os joelhos.

A namorada perfeita

Quando a luz ficou ainda mais fraca, minha intenção era a de escapar para o meu dormitório e me encolher embaixo do edredom, mas pedras deslizantes e passos me alertaram de que havia outra pessoa por ali. Levantei rapidamente, pronta para me defender, mas, para minha surpresa, consegui ver que era um garoto do sexto ano, um dos conhecidos como "legais" e que fazia parte do grupo de garotos que se reuniu ao redor de Bella, Stephanie e sua gangue.

Sozinho.

Por um instante, me questionei se ele tinha me seguido, mas seus olhos estavam distantes, e ele pareceu intrigado ao ver outra pessoa. Ele tinha tirado a gravata preta, e dois botões da sua camisa estavam abertos. Segurava um copo na mão direita. Sentei de novo, e ele se juntou a mim, colocando a bebida no chão e girando-a ligeiramente no solo para criar uma superfície plana.

– Oi – disse ele enquanto acendia um cigarro, a chama de um isqueiro iluminando seu rosto ao fazer isso. Ele tirou os sapatos e as meias com a mão livre e mexeu os dedos dos pés na água. – Está fria!

Eu ri.

A ponta âmbar do cigarro brilhava. Ele me ofereceu.

Eu não queria dizer não, por isso o peguei, mas traguei com o máximo possível de delicadeza. Senti minha cabeça ficar leve. Procurei alguma coisa para dizer, algo que o fizesse rir ou querer ficar aqui comigo, porque uma leve esperança começou a me invadir. Talvez esta noite se transformasse em alguma coisa que poderia mudar tudo.

— Você já foi a muitos bailes ou festas? — soltei, amaldiçoando internamente as palavras desajeitadas e ingênuas.

— Três, nesta temporada.

Não consegui pensar em como responder, apesar de ele me fazer sentir que eu era alguém com quem valia a pena conversar; que eu não era feia. Nem estava muito acima do peso. Meu estômago estava vazio. Desejei ter trazido minha bebida para cá.

— Posso tomar um gole? — perguntei, apontando para o copo pela metade.

— Claro. — Ele levantou o copo e encostou a borda nos meus lábios.

Tomei um pequeno gole, depois outro, maior. O gosto foi melhor do que antes. Balancei a cabeça quando ele me ofereceu outro gole.

— E você?

— Já tive o suficiente. Por que você está aqui sozinha?

Hesitei.

— Senti vontade. Estar com as mesmas pessoas no dia a dia é muito desgastante.

Ele riu.

— Nem me fale. Pelo menos a sua escola é grande o suficiente para você se esconder em lugares como esses. E há muito mais alunas do que na minha.

Ele esmagou o cigarro no chão, e eu fiquei surpresa com a quantidade de luz que aquele leve brilho ofereceu enquanto percebia a rapidez com que a escuridão se acelerava. Nenhum de nós falou. Dava para ouvir a água correndo suavemente e,

A namorada perfeita

bem mais longe, a pancada da música estrondosa, mas não consegui identificar a canção. Fiquei surpresa com o quanto o momento era surreal, como se eu tivesse sido temporariamente tirada da minha vida real.

Não sei quem se inclinou para a frente primeiro, mas nossos lábios se tocaram, e nós nos beijamos. Ele tinha gosto de álcool e cigarros.

– Você cheira muito bem – disse ele quando nos afastamos.

Devia ser o spray de cabelo, porque eu não tinha dinheiro para um perfume e não me arrisquei a roubar o da Bella. Eu me inclinei para a frente e tomei um pequeno gole do copo dele antes de devolvê-lo. Nós nos beijamos de novo. E depois nos deitamos. Senti o solo, as pedras e o musgo sob as minhas costas e, por um instante, só me importei com o vestido. Mas aí ele me beijou com mais força, e eu me esqueci de tudo. Nada mais importava. O tempo começava aqui. Eu me lembro de pensar que era *isso*. Ele era meu bilhete para a vida real e, de hoje em diante, minha vida ia começar do zero. Tudo ia ficar bem de novo.

Cedi aos meus sentimentos. Eu me sentia protegida. Tudo parecia certo.

Quando acabou, o momento todo pareceu escurecer, como uma sombra desintegradora num sonho.

– Você tem cigarro? – perguntou ele. – Aquele foi o meu último.

– Não – respondi, mas desejei desesperadamente ter.

Antes que pudéssemos dizer alguma coisa um para o outro, eu o ouvi puxar a calça para cima e fechar o cinto. Ele calçou os sapatos. Eu me esforçava para me recompor; as minhas pernas pareciam fracas.

– Você vai voltar? – perguntou ele.

– Vou. Daqui a pouco. – Pareceu mais legal do que *por favor, não vai embora*.

– Okay. Até já.

Levantei e tentei abraçá-lo. Ele me deu um aperto rápido e um beijinho nos lábios. Eu queria dizer que o amava, mas senti que seria cedo demais. Assim, eu o deixei ir. Ouvi seus passos lutando contra a ladeira. Se afastando de mim. Apalpei ao redor, procurando sua bebida, mas o copo tinha virado e estava vazio. Tentei tirar um sentido daquilo tudo, me perguntando se agora eu era adulta, mesmo ainda estando com quinze anos, de vez em quando levando os dedos aos lábios, onde ele dera o último beijo. Eu me concentrei na batida da música, finalmente conseguindo identificar a canção – "Switch", de Will Smith.

Quando o frio e o desconforto me dominaram, voltei para a área do dormitório e me limpei. Sangue, sêmen, lama. Eu me obriguei a voltar para a festa. Ele também estava de volta, e eu ingenuamente achei que fosse se aproximar de mim, que anunciaria que éramos namorados e que eu subiria na popularidade social naquele instante, mesmo que apenas por um tempo. Mas ele parecia estar contando uma piada para Bella. Ela riu em resposta a alguma coisa que ele disse. Pouco depois, ele estava com o braço ao redor de Stephanie.

Durante o pouco tempo que restava da noite, fiquei assistindo de lado, obrigada a fingir que ouvia a Claire, fugindo sem motivo para o banheiro, esperando que ele se aproximasse. Odiei a mim mesma por não ter coragem de me aproximar e me juntar a eles, porque eu tinha todo o direito de fazer isso. Culpei Bella pela minha falta de confiança. Ainda culpo Bella por isso. Se ela fosse uma pessoa melhor, uma amiga, eu teria me encaixado naturalmente no seu grupo social. Mas eu tinha medo dela. Tinha medo de ela me fazer parecer idiota na frente dele.

Achei que ele olhou para mim duas vezes. Mas foram olhadas rápidas demais para eu encontrar seu olhar. Olhei para o meu relógio várias vezes; me torturando, porque, às onze e quarenta e cinco, os treinadores tinham que ir embora. Às onze, eu estava começando a me desesperar. Diminuí minhas esperanças para uma breve promessa de que ele ligaria ou mandaria um e-mail. Às onze e quinze, eu me convenci de que ele estava com vergonha. Mas não houve olhares furtivos, nenhuma sensação de que alguma coisa tinha acontecido. Seus olhos nunca encontravam os meus. Comecei a suspeitar de que eu tivesse imaginado tudo – mas não podia ter imaginado –, e a raiva e o ódio se alojaram dentro de mim, junto com uma determinação amarga.

Prometi a mim mesma que ninguém jamais me trataria assim de novo. Eu nunca mais me permitiria ser descartada.

Mas eu ainda não estava pronta para abrir mão de toda a esperança. Durante as poucas semanas restantes daquele período, eu verificava meus e-mails toda vez que ia à biblioteca. Ou esperava na porta preta por um cartão romântico ou um pequeno presente – alguma coisa, qualquer coisa – durante todos os intervalos. Cada vez que o telefone perto da sala comum tocava à noite, eu desejava que fosse para mim. Porque, junto com todo o anseio e a esperança, isso também teria feito uma diferença; tornaria o outro resultado horrível da noite mais suportável. Mesmo hoje em dia, eu me encolho quando sou pega de surpresa e ouço certas palavras, aquelas que usaram comigo quando meu erro foi noticiado.

Eu me levanto com uma sensação renovada de otimismo e crença em mim mesma. Foi bom voltar aqui, me lembrar da promessa de uma década atrás de que eu mereço ser tratada com respeito pelos outros.

Especialmente pelos homens.

De volta ao trem, naturalmente tenho muito tempo para pensar em tudo:

Nate não tinha o direito de me largar em Reading como se eu fosse inútil.

Ele definitivamente me levou a acreditar que tínhamos um futuro, que ele me amava tanto quanto eu o amava.

Eu devia ter engravidado. Eu me permiti o luxo de um período de lua de mel, e isso me custou caro, mas não vou desistir.

Vou reconquistá-lo e garantir de maneira cuidadosa que as nossas vidas sejam logo interligadas por conexões indestrutíveis.

Li em muitos livros de autoajuda que nada no passado pode ser desfeito, que apenas no futuro está contida a esperança de mudar. Então, entre minhas próximas viagens a Bahrain, Washington, Lusaka e Barbados, preciso ocupar o meu tempo com passos puramente positivos, como espremer horários para aulas de direção em todas as oportunidades. E procurar um apartamento. Eu geralmente me sinto muito melhor quando tenho um foco adequado.

Folheio as revistas que comprei na loja do povoado. Uma das modelos se parece com a Bella. Vou cortar essa foto em casa e adicioná-la à coleção no meu quadro de avisos, que é uma obra de arte, um labirinto com centenas de fotos de Bella e Nate: rostos, braços, pernas, roupas, corpos.

Na alegria e na tristeza. Na riqueza e na pobreza. Na saúde e na doença. Até que a morte nos separe.

Em vez dos meus mantras, repito essas palavras na minha cabeça, fantasiando sobre o meu futuro com Nate para me manter ocupada na viagem de volta à minha vida temporária.

CAPÍTULO 6

Meu voo para Barbados está atrasado depois do embarque. Duas horas, até agora. No início, sou paciente com as reclamações, mas em pouco tempo eu me esforço para conter a frustração. Há um problema numa das portas de carga. Os engenheiros estão tentando consertar. Só isso. Explico – *educadamente* – que não faz sentido decolar assim, permitindo que as preciosas bagagens dos passageiros caiam no meio do voo e desabem sobre Londres. Lidar com os hóspedes do hotel era mais fácil. Eles não estavam presos no quarto, presos no hotel sem nada para fazer além de exigir minha atenção infinita.

– Com licença?

Eu giro, pronta para retrucar um pedido, mas percebo que a voz é de uma menina que não passa dos nove ou dez anos. O assento ao lado dela está vazio.

Eu me agacho até o nível do seu olhar.

– Sim?

– Vai ficar tudo bem com o avião? Estou viajando sozinha.

– Vai ficar tudo bem, sim. Temos um pequeno problema com uma porta que está presa, e vai ser consertada com facilidade. Por que você está sozinha?

A namorada perfeita

– Vou visitar minha mãe. Moro com a minha avó, porque minha mãe tem um novo namorado. Mas agora ela disse que eu posso ir passar o feriado com ela.

Uma onda familiar de raiva me atinge com tanta selvageria que eu quase perco o equilíbrio. Eu me seguro num apoio de braço e me levanto.

– Vou te falar uma coisa: não tenho permissão para te levar à cabine do piloto durante o voo, mas, depois de pousar, enquanto todo mundo estiver desembarcando, eu te levo lá, se quiser.

Ela faz que sim com a cabeça.

– E, durante o voo, se sentir medo, vem falar comigo. – Aponto para o meu crachá. – Chame a Juliette.

– Okay. – Ela vira e olha pela janela. – Obrigada.

Procuro o tripulante responsável por cuidar do bem-estar da menina e informo que vou assumir o controle.

Finalmente, nós nos afastamos da passarela. Um grande grupo de turistas perto da frente começa a aplaudir. Eu quase me junto a eles.

Barbados.

Quente. Ensolarada. Arenosa. Relaxada.

De acordo com a equipe de recepção do hotel, esta época do ano – fim de abril – é ótima para vir aqui. São nove horas de sol por dia, e a temporada de furacões ainda está bem longe. Eu me junto a todos na piscina na primeira manhã e deito numa espreguiçadeira, bebericando uma margarita fraca. Uma rara sensação de calma se instala em mim. Fecho os olhos e deixo o calor invadir os meus ossos.

Nate está em Xangai. Pensando no que ele está fazendo, eu sento, pego meu celular e vou para um ponto sombreado sob uma árvore próxima.

Rolo a tela.

Continuo esperando que Nate altere suas senhas. Vou ficar puta quando ele fizer isso. Mas, até agora, tenho liberdade para controlá-lo o quanto meu coração quiser. Não me sinto mal. Vale tudo no amor e na guerra. Além disso, ele não estava pensando nos meus sentimentos quando me pediu para ir embora.

Eu tinha feito um curry especial para ele naquela noite, e foi nessa época – sete meses atrás – que comecei a vivenciar momentos em que tinha a sensação de estar caindo fisicamente. Em certo ponto, eu me lembro de segurar na beira do balcão da cozinha, como se isso fosse me salvar. A intensidade dos meus sentimentos enterrados aflorou para o primeiro plano da minha consciência e ameaçou me dominar. Algo brilhava no meio da confusão na minha mente: eu tinha cometido um erro de julgamento. Tinha pensado que o nosso futuro era uma conclusão predeterminada, que estávamos simplesmente pisando nas pedras na ordem correta: amantes que moram juntos, pedido de casamento, noivado, casamento e assim por diante.

Eu estava na cozinha quando ouvi a porta da frente se fechar. Corri para cumprimentá-lo, mas ele não reagiu ao meu abraço.

A namorada perfeita

– Não é que eu não tenha sentimentos por você, é que eu acho que não posso dar o que você precisa de um relacionamento agora. Preciso de espaço – disse ele, depois de anunciar que tínhamos terminado.

Grudei meus olhos nos dele.

– Você vai ter que inventar coisa muito melhor do que "não é você, sou eu"...

– Bom, vamos falar a verdade – até *você* deve concordar que foi tudo muito apressado. Você... eu... devia ter levado as coisas num ritmo mais lento.

Tentei respirar. Pensar. Eu sentia que a noite que eu tinha planejado estava virando um nada, e meu cérebro ainda não tinha entendido. Eu precisava ajeitar as coisas, fazer tudo ficar bem. Atrás dele, analisei a sala de jantar de plano aberto. Todos os toques femininos eram meus. As prateleiras estavam cheias de decorações e vasos de bom gosto. Fotos, porta-copos, talheres, louças, taças de vinho, uma tigela de frutas. *Coisas*. As almofadas espalhadas na sala de estar. E um tapete com as cores do outono. *Eu* tinha transformado este lugar num lar.

Virei de costas para ele e, com cuidado, soltei a colher de pau com a qual estava mexendo – passei a tarde toda seguindo a receita *ao pé da letra*, pelo amor de Deus – e desamarrei o avental para revelar meu vestido novo, curto e grudado no corpo. Calma por fora, enjoada e com o estômago revirando por dentro, virei para encará-lo.

– Você está cansado e com jet lag. Até esgotado, pobrezinho. Fazer um zigue-zague entre o leste e o oeste não é saudável. Vou servir uma bebida enquanto conversamos e resolvemos tudo juntos. – Até eu me surpreendi com a minha generosidade de espírito, dadas as circunstâncias.

– Eu estava falando sério. – Nate aumentou a voz vários tons e não tentou aceitar a garrafa de cerveja perfeitamente gelada que eu estava tentando dar a ele. – Lily, Elizabeth... isso não está funcionando. Para mim. Isso tudo é muito intenso. Eu quero, não, eu realmente preciso... de espaço. – Ele passou as mãos pelos cabelos, os olhos encarando fixamente, como se realmente achasse que eu ia concordar.

– É outra mulher?

– Não. Não, não tem mais ninguém. Eu juro.

Virei de costas de novo, sem confiar em mim mesma para falar, e derramei a cerveja no curry. O som de cachoeira foi muito gratificante naquele momento. Adicionei mais alguns pimentões picados, além de duas pimentas caribenhas. Mexi com fúria.

Meus pensamentos galopavam.

Eu podia me recusar a ir embora. De jeito nenhum – de jeito nenhum! – eu ia voltar para a casa da minha mãe. Richmond tinha se tornado a minha casa.

Faixas de ansiedade se amarraram, revirando as minhas entranhas e invocando o sentimento familiar de injustiça. Não era justo, eu tinha sido a namorada perfeita. Ele não podia fazer isso comigo. Meus sonhos estavam escapando, e eu queria agarrá-los de novo. No entanto, no meio de tudo isso, houve um momento de grande clareza. Se isso tivesse alguma coisa a ver com outra mulher, se Nate estivesse mentindo, era melhor ela ter medo, muito medo.

Porque eu sabia que, se descobrisse que outra mulher era a causa dos meus sonhos destruídos, eu não teria dúvidas em destruir os dela.

A raiva não é útil no momento, não enquanto estou aqui, no paraíso.

O sol vai descendo. "Caribbean Queen", de Billy Ocean, ecoa nos alto-falantes presos na lateral da cabana de palha do bar. Os coquetéis são misturados, as bebidas estão rolando. Inspiro o cheiro de mar e filtro solar.

Risos. Felicidade. Diversão.

Era *isso* que eu queria fazer com Nate.

Viajar.

Preciso de um momento sozinha, então volto para a espreguiçadeira, guardo o celular na bolsa e tiro os óculos escuros. Mergulho na piscina quente e boio como uma estrela do mar. A água abafa o som. Adoro a sensação de isolamento e entorpecimento, a sensação de estar sozinha e afastada de um mundo distorcido.

Uma das poucas coisas boas resultantes dos meus anos no internato foi eu ter sido obrigada a aprender a nadar.

Três semanas depois que Nate e eu nos separamos, esbarrei num casal com o qual conversamos no pub uma ou duas vezes.

Eles pareceram surpresos com a notícia da decisão de Nate.

— Mas vocês pareciam tão felizes – disse a mulher. – Vocês estavam planejando umas férias, não estavam?

— É. Em Bali.

Eu tinha passado horas on-line, escolhendo o lugar perfeito. Massagens para casais, passeios românticos, praias desertas. Ioga e meditação. Teria sido a oportunidade ideal para Nate explorar o "significado da vida" que agora parece estar procurando. Seu tremor pelo medo de compromisso teria sumido em quinze dias.

— Sinto muito – disse ela. – Ele deve estar louco, para te deixar ir embora. Rimos tanto com vocês dois. Eu achava que ele te adorava.

Dei de ombros.

— Tenho que respeitar os sentimentos dele. Não tem mais nada que eu possa fazer.

Mas parecia reconfortante saber que eu não era a única que estava cega.

E eu não estava completamente cega, na verdade, porque ele não agia como se não estivesse mais apaixonado por mim. Dormimos juntos mais uma vez antes de eu me mudar.

Saio da piscina, me sentindo revigorada. Penteio o cabelo e deito para me secar antes de ir me vestir para o jantar.

Pego o celular e publico várias fotos da área da piscina na página do Facebook da Juliette.

Verifico a escalação do Nate, que acabou de ser publicada. Ele e eu devemos ir a Nova York na mesma época no próximo mês, felizmente em voos diferentes. No entanto, vou ter que ficar alerta.

A namorada perfeita

Bella está quieta no momento, o que me faz pensar no que está aprontando. Ela raramente faz uma pausa na autopromoção.

Amy está se divertindo muito em Nairóbi; a tripulação toda fez um safári de dois dias.

No voo de volta para casa no dia seguinte, durante a decolagem e a subida inicial, encaro o azul brilhante acima do tapete de nuvens. Eu desejo Nate. Não falta muito tempo, agora, até eu poder mostrar a ele como cumpri bem o nosso acordo e lhe dei espaço. *Equipe sênior, se apresente às suas estações.*

O anúncio ecoa pelo sistema de comunicação, estilhaçando minhas fantasias. É a chamada de alerta de emergência para nos avisar que devemos nos preparar para alguma coisa fora do comum. Não estou no clima para a) morrer hoje, nem b) evacuar um bando de passageiros desobedientes e em pânico pelas rampas de evacuação. Olho para a cabine. Os passageiros perceberam que alguma coisa estava errada e tiraram os fones de ouvido. Alguns estão olhando com expectativa na minha direção. Minha colega na porta oposta olha para mim. Seu rosto está branco. O interfone toca, com as cores de emergência piscando no painel acima. É o supervisor do voo.

– Temos uma suspeita de incêndio no motor do lado direito e estamos retornando a Bridgetown. O capitão indicou que isso pode levar até trinta minutos enquanto despejamos combustível. Embora esse motor tenha sido desligado como precaução, devido a outra complicação potencial, temos que preparar os passageiros para uma possível evacuação em terra. Alguma pergunta?

Silêncio.

– Certo, começando pela Porta Um, repita suas instruções...

Enquanto coloco meu interfone de volta no encaixe, Anya, minha colega da Porta Quatro, começa a chorar e a tremer na cozinha.

– Acabei de voltar da licença-maternidade – ela soluça. – Não quero morrer.

– Então não morre, ora. Se prepara. Você foi treinada para saber o que fazer. Se recompõe mentalmente, depois vai lá fora e faz o seu trabalho. O tempo vai passar mais rápido. Esteja pronta para abrir sua porta quando pousarmos e, se necessário, salve a si mesma. Não se preocupe com mais ninguém. – Um pensamento mórbido de repente pisca na minha mente – eu também posso me machucar –, e acrescento: – A menos que seja eu que precise de ajuda.

Ela olha para mim, seca os olhos e se desloca para sua posição na cabine de passageiros. Ambas ficamos em pé como policiais de trânsito enquanto o anúncio do procedimento de emergência pré-gravado ressoa pelos alto-falantes, antes de iniciarmos os exercícios e as instruções para os passageiros. Eu me obrigo a me concentrar no meu trabalho, para não ser sugada por nenhum tipo de pânico. Eu sei o que fazer e tenho a vantagem de estar sentada perto de uma porta. Fico agradavelmente surpresa porque, no geral, as pessoas estão calmas e dispostas a ouvir, para variar. Praticamos a posição fetal – cintos de segurança fechados, passageiros encolhidos e com as mãos sobre a cabeça –, e todos apontam para a saída mais próxima. Todos os infinitos exercícios e práticas repetitivas parecem ser úteis. Deixo a cabine em segurança guardando bolsas e itens soltos. Verifico duas vezes todos os prendedores de latas e carrinhos da cozinha.

Tripulação da cabine. Assentos para pousar.

Fecho o cinto de segurança com firmeza. Os lábios de Anya estão se movendo, como se ela estivesse rezando.

Eu queria que Nate estivesse na cabine do piloto. Ele é egoísta demais para morrer. O avião balança de um lado para o outro. Um vento deve ter nos atingido. Isso me lembra de um passeio numa feira local ao qual minha mãe e um de seus namorados me levaram uma noite. Adorei a euforia, a vertigem da montanha-russa e queria voltar, mas nunca voltamos.

Atravessamos as nuvens. O chão está à vista. O anúncio vem da tripulação de voo: *mil pés*.

O mar azul-marinho aparece a distância, assim como casas com piscinas azul-turquesa entre retalhos de terra marrom-esverdeada.

O gemido dos motores aumenta.

Na cabine, vejo alguns passageiros de mãos dadas.

Uma criança chora.

Há um silêncio vindo da cozinha, apesar do chacoalhar das garrafas de café nos apoios de metal. *Cem pés.*

– Fetal, fetal – grito, também adotando a posição fetal virada para a frente, minhas mãos protegendo a cabeça, por mais que seja insignificante tentar.

– Fetal, fetal – grita Anya, com uma força que eu achava que ela não teria.

O cinto está rígido no meu tronco. O chão está vindo nos encontrar quando vislumbro a pista de aterrissagem e batemos no asfalto com um rugido ensurdecedor. O avião começa a reduzir a velocidade. A pressão do meu cinto de segurança começa a diminuir à medida que ficamos um pouco mais lentos. A aeronave faz uma curva fechada antes de parar bruscamente.

Estamos seguros. Acabou o drama.

Até que... o grito dos alarmes de evacuação interrompe a calma. Luzes de emergência vermelhas piscam em todos os painéis.

Fumaça. Sinto cheiro de fumaça.

Solto meu cinto de segurança e puxo a porta pesada para abri-la, recuando para um vão de modo a não ser empurrada para fora com o tumulto. Uma rampa cinza se desenrola durante vários segundos enquanto é inflada. O ar quente lá fora me atinge; um forte contraste com o ar-condicionado.

– Venham por aqui e pulem – grito. – Continuem andando.

No piloto automático, empurro um homem que hesita uma fração de segundo. Ele grita durante toda a descida. Em pouquíssimo tempo, a cabine dos passageiros está vazia.

Não há sinal de fogo, e já não sinto cheiro de fumaça; no entanto, não vou ficar aqui por mais tempo. Já fiz o meu trabalho. Pego as minhas malas. Sei que não devo fazer isso, mas, se vamos ficar presos aqui por um tempo, não vou dei-

A namorada perfeita

xar as minhas coisas para serem queimadas ou perdidas. Fico feliz por ter ficado com meus sapatos de cabine de salto baixo; o asfalto está escaldante. Quando deslizo para baixo, a saia de poliéster provoca queimaduras de fricção nas minhas coxas.

Demoro quarenta e oito horas para preencher a papelada interminável, ser entrevistada, dar declarações e recusar acompanhamento psicológico. Toda vez que penso que o meu papel no não drama acabou, sou chamada da piscina por alguém com uma prancheta ou um tablet e questionada sobre alguma coisa que já respondi.

Eu me animo ao lembrar que, enquanto estou aqui – melhorando o bronzeado e espionando minha inimiga e meu amado –, estou ganhando muito dinheiro em horas extras.

Voltamos para Heathrow dois dias depois, o que significa que viajamos como passageiros, não como equipe operacional. Vejo dois filmes recentes: um de comédia e um de terror.

Ao pousar, sinto uma certa inquietação. O primeiro feriado bancário de maio está se aproximando, e eu vou ficar presa em casa porque tenho quatro dias de *standby* no trabalho. Isso significa que posso ser chamada com apenas duas horas de antecedência, se eles precisarem de cobertura para a equipe devido a doenças ou contratempos no voo. Babs foi para Lake District com alguns amigos do tênis. Não quero voltar para o meu apartamento claustrofóbico. Nate está em casa, então não posso ficar lá.

Mas... tenho a chave da Amy.

Fico de olho nas escalações dela, por isso sei que ainda está no Quênia e que Hannah foi passar três semanas na Nova Zelândia para visitar a família. Eu poderia ir para o apartamento delas. Se eu molhar uma planta ou duas, não vai ser tão ruim. Eu estaria fazendo uma coisa útil. Veja bem: não tenho certeza se elas têm plantas.

Em vez de fazer meu caminho até a estação de ônibus, vou para o metrô. Estou me sentindo satisfeita comigo mesma, junto com o enjoo constante que acompanha o jet lag. Arrasto minha mala e minha maleta em direção ao metrô. Elas saltam com os buracos nas calçadas.

Ao sair da estação da Amy, o sol quente me atinge enquanto ando até a casa dela. O verão não está longe. Eu me sinto otimista porque está chegando o momento perfeito para dar ao Nate a notícia de que, mais uma vez, sou uma presença em sua vida.

CAPÍTULO 7

Meu celular está tocando. Não percebo logo de cara, porque mudei o toque há pouco tempo para que o meu coração não dê um pulo com a vã esperança de que seja Nate toda vez que o escuto. Cai direto na secretária eletrônica. E toca de novo. Não reconheço o número local. Estou na cama da Amy. Isso me desorienta um pouco. O sol pálido abre caminho ao redor do retângulo da persiana.

Eu atendo.

– Alô?

– Elizabeth? – diz uma voz alegre.

– Quem está falando?

É um trabalho árduo, no mínimo, lembrar quem são as pessoas e qual é o meu relacionamento com elas. Preciso de café. Saio da cama, ainda segurando o celular, e vou até a cozinha.

– Aqui é Lorraine – a voz continua. – A nova gerente da sua equipe de trabalho. Gostaríamos de convidá-la para uma conversa sobre sua viagem a Barbados.

– Oi, Lorraine. Uso meu segundo nome no trabalho: Juliette. Está no sistema. Já falei com todos os departamentos que existem, mas ainda assim meu nome aparece como Elizabeth. Por favor, você pode mudar? É muito confuso. – Ligo o interruptor da chaleira.

— Sinto muito, mas isso é uma questão para a administração central. Vou te dar o endereço de e-mail.

— Não se preocupe, obrigada. Já mandei pelo menos dez e-mails para eles. Quanto à conversa, parece ótimo, mas acho que não posso ajudar mais do que já ajudei. Me desculpe por isso.

Desejo que ela suma. Tenho tantas coisas para remoer. Preciso pensar seriamente e especificar o momento ideal para me aproximar do Nate. Tenho a amizade da Amy para manter, minhas contas de mídias sociais para atualizar, e Babs quer que eu a visite em breve. Além disso, tenho as aulas de direção e a procura de apartamentos para espremer na agenda. Minha vida está realmente muito cheia e exaustiva, e agora eu simpatizo totalmente com as discussões sobre o equilíbrio entre vida profissional e vida social que ouvi em programas de rádio. Despejo água sobre os grânulos de café. Não sou fã de café instantâneo, mas é necessário.

— Elizabeth? Desculpe, quero dizer, Juliette? Temos que insistir que você venha para uma reunião o mais cedo possível. Quatro horas hoje ou amanhã às onze? Seu tempo vai ser remunerado e vai valer a pena. — Ela diminui a voz. — Não quero falar muito por telefone, mas prometo que você vai ficar encantada.

Duvido disso, mas quanto mais cedo eu me livrar do trabalho, mais cedo vou voltar à minha vida real.

— Vou hoje às quatro — eu me escuto concordando.

Levo meu café de volta para o quarto da Amy e deito na cama. Os sons externos são desconhecidos. O caminhão de

A namorada perfeita

lixo passa num dia diferente do meu. É desorientador. Eu me sinto exausta e fecho os olhos. Não é só o trabalho, é tudo. Eu me sinto uma atriz no palco, esperando até poder terminar as minhas cenas. De vez em quando, passa pela minha cabeça desistir, seguir em frente. Mas não sei como fazer isso. Tudo é diferente quando acontece com você. Como eu simplesmente me esqueço? A ação parece o único caminho a seguir. Além disso, eu amo o Nate de verdade. E o que eu quero não é muito horrível: alguns amigos, um trabalho temporário. Depois, uma vida adulta adequada, madura, com uma velhice confortável, de preferência sem ser abusada num lar para idosos com cheiro de jantares escolares. Não estou pedindo muito.

Tenho direito a isso.

Eu me levanto, tomo um banho e troco de roupa. Vou ter que deixar minha mala no porta-bagagens no Centro de Informações antes de ir para a minha reunião misteriosa, porque não posso deixá-la aqui. Um pensamento súbito surge na minha mente: talvez eles queiram me colocar num voo de serviços especiais, como levar o Primeiro-Ministro para uma conferência da paz ou uma celebridade profundamente reclusa para uma ilha exclusiva. Meu humor melhora.

Antes de sair, não consigo evitar de arrumar o armário de roupas lavadas, dobrando as toalhas com jeitinho e colocando-as em ordem de cores. Essa é a parte boa dos colegas de apartamento: uma vai pensar que foi a outra que fez aquilo, apesar de ser a mim que elas deviam agradecer. Cedo à tentação de explorar o apartamento, sem nenhum outro motivo além de entender melhor a *Amy* e o que mexe com ela. Ela é tão à vontade, tão segura de si. Quero ser mais assim e não deixar meu coração tão exposto.

Os quartos são sempre os lugares em que encontro segredos, e o da Amy não é exceção. Os ladrões devem adorar a falta de imaginação das pessoas em geral. A terceira gaveta dentro do guarda-roupa contém uma pequena coleção de brinquedos sexuais, roupas transparentes e várias perucas, mas é o conteúdo da gaveta de cabeceira de Amy que me choca. Antidepressivos. Quem poderia imaginar? Eu me sinto um pouco traída pela descoberta. Pensando bem, não é *normal* ser feliz o tempo todo. Talvez eu devesse experimentar alguns. Tiro seis da embalagem, enrolo num lenço de papel e coloco na minha bolsa.

Na sala de estar, coloco um CD sem fazer barulho, e depois outro. Tudo me faz lembrar do Nate. Todas as letras poderiam ter sido escritas sobre nós e o nosso amor, como se os artistas tivessem vivido exatamente a mesma dor que estou sofrendo. Que bagunça as pessoas fazem da vida. Tanta coisa desperdiçada, tempo perdido sem sentido, quando as coisas poderiam ser tão diferentes. Seleciono uma música final, cantando junto com o refrão.

Tomo duas das pílulas da Amy antes de me obrigar a ir embora. O transporte público está se tornando cansativo; decidi aumentar meu número de aulas de direção. Li que uma pessoa comum precisa de quarenta e cinco horas de instrução e vinte e duas horas de prática para passar na prova. Pretendo ser muito mais rápida do que isso.

A namorada perfeita

• • •

No Centro de Informações me conduzem por uma série de salas que nunca percebi, até chegarmos à última. Três pessoas estão sentadas ao longo de uma mesa de frente para mim. Dois homens e uma mulher: Lorraine. Três pessoas é uma coisa boa ou ruim? As imagens do local do não acidente são exibidas numa tela grande. O avião parece um inseto branco com pernas cinzentas.

— Por favor, sente — Lorraine sorri. — Muito obrigada por ter vindo. Convidamos você para vir aqui hoje porque queremos agradecer pessoalmente. Recebemos inúmeras mensagens de elogios dos passageiros que você ajudou durante o incidente recente. Por favor, vamos fazer silêncio por um instante, enquanto leio uma amostra das palavras usadas para descrever você. *Calma. Profissional. Legal. Cabeça no lugar. Reconfortante. Corajosa. Um crédito para sua companhia aérea. Capaz. Uma heroína.* — Ela para.

Todo mundo me encara.

— Uau — digo, com uma sensação de pavor crescente.

— Então, além do Prêmio Para o Alto e Além, também gostaríamos que você se tornasse nossa Embaixadora de Segurança. Este é um cargo novo e de vital importância e exigirá que você fique altamente visível entre a comunidade aérea. É uma conquista surpreendente para alguém que está voando há tão pouco tempo. Então, parabéns. Você vai receber muitos benefícios como resultado e...

Não aguento escutar isso. Quero colocar as mãos nos ouvidos. Que desastre. Todas as boas histórias de relações públicas são incessantemente promovidas na revista interna. Fotos sorridentes da tripulação favorecida, sem nenhum fio de cabelo fora de lugar, enfeitam a capa. *Merda.* O homem da extrema direita pega uma câmera gigante com uma lente comprida. Cubro o rosto com a mão.

— Para! Por favor. Isso tudo é muito gentil e extremamente lisonjeiro, mas vocês sabem que não fui eu que aterrissei o avião, não é? Não houve algum tipo de confusão? Eu fiz o meu trabalho, para o qual fui mais do que adequadamente treinada pela empresa para fazer. E, por mais que eu não consiga pensar em nada mais agradável do que ser embaixadora de segurança, devo insistir que não sou a pessoa certa para essa tarefa. Há muitos tripulantes mais conscientes da segurança do que eu...

Paro porque estou me sentindo mais distante e desligada do que o habitual. Será que tem a ver com as pílulas da Amy?

Lorraine sorri.

— Pode parar, Juliette. Talvez você esteja sobrecarregada. Por que não vai para casa e dorme enquanto pensa nisso? Eu te ligo amanhã.

Que inferno. Tudo está conspirando para consumir meu tempo e minha energia, que são valiosos, bem no momento em que preciso voltar todos os meus esforços para coisas mais importantes, como finalizar meu reencontro com Nate.

No caminho para casa, eu me permito uma pequena fantasia. Isso *poderia* funcionar. Quando voltarmos a ficar juntos, ele poderia posar comigo, como um casal de celebridades na revista *Hello!*.

Nathan e Elizabeth em seu apartamento de Richmond. Nathan e Elizabeth na primeira classe.

Não, não tenho certeza...

Parece um pouco cedo demais para destruir o meu disfarce, e Nate vai me reconhecer se eu estiver grudada em todo o Centro de Informações, não importa qual seja o meu nome ou a cor do meu cabelo. Ele queria *espaço*. Se eu reaparecer na vida dele cedo demais, há um risco de ele perceber que tem alguma coisa errada. Vou ligar para Lorraine amanhã e inventar umas fobias. Medo de falar em público, esse tipo de coisa. Vou lembrar a ela que Anya segurou a mão de uma senhora enquanto elas deslizavam pela rampa de evacuação juntas. Eles vão adorar isso.

Em casa, trabalho no meu PDA. Agendo umas aulas intensivas de direção a mais e começo a organizar umas visitas a apartamentos.

Antes que eu perceba, já é meia-noite. Eu me obrigo a ir para a cama. Preciso de energia para a manhã, mas não consigo dormir porque pensei em algo que esqueci de perguntar.

Ligo para Lorraine assim que ela chega ao escritório.

– *Se* eu concordar em me tornar uma embaixadora de segurança, quando isso vai entrar em vigor?

– Estamos planejando o lançamento do novo cargo em agosto ou setembro, ainda não tenho uma data exata, mas você provavelmente receberá um treinamento no fim do verão.

— Nesse caso, eu adoraria aceitar sua oferta, obrigada.

Chegando à estação de trem de Bournemouth, vou a pé até a academia de Bella. Marquei uma hora para falar com a gerente, Stephanie Quentin.

Dou meu nome para uma recepcionista e sou encaminhada até um sofá, onde espero, observando a entrada só para o caso de Bella entrar. Pessoas anônimas empurram as catracas segurando bolsas de ginástica, garrafas de água ou raquetes de tênis.

— Elizabeth?

Eu me levanto enquanto Stephanie, a mão direita da Bella, entra em foco vindo na minha direção. Seu modo de andar é muito familiar.

— Stephanie? Que surpresa. Nunca esperei ver você trabalhando numa academia. Não que tenha algo de errado nisso – acrescento rapidamente, e isso é muito magnânimo da minha parte, por conta dos insultos que ela já me lançou.

Ela sorri, mas seus olhos revelam que atingi uma ferida. Eu *realmente* fiquei surpresa quando mergulhei no mundo de Bella e o nome de Stephanie surgiu como gerente da sua academia. Ela estava num caminho direto para se tornar advogada, como a mãe.

— É uma longa história – diz ela. – Vamos para o escritório?– Ela aponta para uma sala visível através das paredes de vidro.

Eu a sigo e sento em frente à mesa dela. Existem várias fotos de um menino que, num palpite por alto, deve ter cerca de oito anos. *Essa* deve ser sua longa história.

A namorada perfeita

– Gostaria de um chá ou um café? – pergunta ela, me entregando um questionário numa prancheta.

– Um café preto, por favor. Já preenchi um formulário on-line e expliquei que ainda estou indecisa se vou me inscrever e que tipo de plano vai ser melhor para mim.

Ela faz uma cara envergonhada.

– Sim, mas precisamos que você preencha este também. Volto num instante, vou pegar seu café.

Stephanie sai.

Eu inspiro. E expiro.

Consciente de que estou sendo vista através do vidro, olho discretamente ao redor, mas não há nada interessante. Sem fotos de amigas da escola – não que isso fosse provável –, mas, se houvesse, definitivamente seriam dela com Bella, Lucy e Gemma.

As quatro principais.

Bella tinha permissão para levar duas amigas nas férias anuais de inverno da família para a casa da tia em Whistler. Stephanie sempre foi escolhida, Lucy e Gemma tinham que revezar. Eu costumava mentir e fingir que também ia esquiar "na França".

O formulário fica embaçado na minha frente. Não consigo me lembrar do endereço falso que dei. Não que isso realmente importe, lembro a mim mesma, porque ela não tem mais poder.

O primeiro semestre na escola foi suportável. Eu sabia – e aceitava com relutância – o meu lugar. Eu queria desesperadamente ser amiga de verdade da Bella. No fundo, eu sabia que nunca seria permitida na sua panelinha, mas me contentaria em ficar por perto.

Todas as meninas tinham o mesmo perfil, elas simplesmente *sabiam* as coisas certas a dizer e fazer, simplesmente *sabiam* que todas tinham o potencial de se dar bem com facilidade e sem esforço. Elas esquiavam, falavam francês com fluência e sabiam assar suflês.

Eu tentei me encaixar – dizer e fazer as coisas certas –, mas, quanto mais eu errava, tudo ficava pior. Eu era desajeitada e tímida perto delas. Eu deitava na cama à noite, fingindo dormir, enquanto ouvia conversas sobre garotos, maquiagem, moda, música e professores de quem elas gostavam ou não, tentando pensar em maneiras de participar.

E, quando isso não funcionou, comecei a pensar em outras opções.

– Aqui está o seu café – diz Stephanie, voltando e colocando uma caneca na sua mesa. – Certo, vamos continuar...

– Há quanto tempo você trabalha aqui? – perguntei, me inclinando para a frente e tomando um gole lento.

– Alguns anos. Se você terminar o formulário, vou dar uma olhada em algumas coisas e depois pedir para alguém te mostrar a academia.

– Não pode ser você? Seria bom para colocar a conversa em dia.

– Bem...

– Você *é* a gerente – digo, sorrindo.

A namorada perfeita

– Mas vai ter que ser rápido. Tenho outro compromisso. – Ela olha para o relógio na parede. – Daqui a pouco.

– Obrigada.

Depois de concluir e assinar os formulários, ela me conduz à área principal da academia e eu faço que sim com a cabeça de maneira educada, enquanto ela aponta para os equipamentos mais modernos, mostra os estúdios das aulas de ginástica e fala de personal training e sessões de indução. Eu a sigo enquanto descemos a escada para ver a piscina. Eu poderia empurrá-la. Seria preciso um empurrão violento, mas, se eu fizesse isso de forma adequada, ela levaria uma bela queda. Olho para a lente escura e arredondada da câmera de segurança.

– Você tem contato com Bella ou alguma das outras?

– Tenho.

Os saltos do sapato profissional batem na escada de madeira. Meus tênis são silenciosos.

– Como está Bella?

Ela para e olha para trás, como se tentasse avaliar a minha reação.

– Bem.

Dou de ombros.

– Eu só queria saber. Foi há tanto tempo.

– Ela está prestes a anunciar seu noivado.

Agarro o corrimão.

– Com quem?

– Um consultor de finanças pessoais, Miles.

Eu o vi marcado nas fotos de vários eventos. Ele parece um nerd.

Pego meu celular na bolsa e olho para a tela.

– Droga. Tenho que ir. Eu me oriento sozinha, se me inscrever. Vamos manter contato.

– Sim – ela sorri, virando para subir.

– Qual é o número do seu celular? – pergunto, fazendo uma pausa em frente ao escritório dela.

– Você pode falar comigo ligando para a recepção – diz ela. – Se precisar.

– E o Facebook? – investigo. – Ah, sim, achei você. Enviei um pedido de amizade.

Fico em pé, parada. Ela não tem escolha a não ser pegar o próprio celular e me aceitar. Suas mãos tremem ligeiramente.

– Maravilha. Foi um verdadeiro prazer, Stephanie. Adorei te ver. – Saio e não olho para trás.

A jornada para casa passa em disparada enquanto investigo a página do Facebook dela.

Graças à Stephanie, consigo obter uma nova visão do mundo interior da Bella. Outra porta de oportunidade se abriu para mim.

Adoro a internet; ela é minha amiga.

CAPÍTULO 8

Eu sabia que Nate estaria sozinho em casa. Ele tinha publicado sua intenção de ficar em casa e assistir à série mais recente sobre um *serial killer*. Com certeza, seu Jaguar preto está estacionado no lugar de sempre. Ando de um lado para o outro. Uma vez, tivemos uma conversa sobre qual papel de filme antigo ou histórico escolheríamos, se pudéssemos. O dele era o Maximus Decimus Meridius de Russell Crowe em *Gladiador*; o meu era a Helen de Gwyneth Paltrow em *De caso com o acaso*.

– Eu definitivamente seria aquela que cortou o cabelo curto e abandonou o cara – falei, me apoiando na confiança do amor. – Eu jamais aceitaria não ser tratada de maneira adequada.

Uma vez ouvi alguém dizer que você sempre tem que engolir as próprias palavras; espero sinceramente que isso não seja verdade. Não quero que as minhas crenças se transformem numa profecia autorrealizável.

Nate ainda não abriu as persianas, então espero, só um pouco mais, na esperança de ter um breve vislumbre. Eu não o vejo ao vivo há mais de uma semana, porque passei dois dias presa na caixa de sapatos, em espera, antes de ser chamada para uma viagem a Kingston com o mínimo de duas horas de antecedência. Enquanto o cinza precoce da noite de maio anormalmente sem graça fica mais forte, minha paciência é recompensada. A silhueta dele hesita, e tenho certeza de que ele está olhando na minha direção. Viro e me afasto lentamente, embora as minhas pernas se sintam fracas e o habitual vazio comece a encher o meu peito.

Como Nate nasceu privilegiado, não é totalmente sua culpa o fato de ele não levar as coisas a sério. Ele não sabe como é viver sem nada. Tudo que ele quer, ele consegue. Assim como Bella e outros como ela. O dinheiro lhes dá proteção contra os inconvenientes da vida. Tento dar ao Nate o benefício da dúvida, eu realmente tento ao máximo. Mas há momentos, como agora, em que eu poderia dar um soco nele pela frustração de desperdiçar o nosso tempo. Paro e me apoio na parede fria de tijolos.

Inspira.

Expira.

A paciência é uma virtude. Fique atenta ao plano.

Meus ombros relaxam.

Continuo andando.

De volta à minha casa, mando uma mensagem de texto para Amy perguntando se ela gostaria de vir a Reading na próxima semana, quando nossos dias de folga coincidem. Nossa escalação entrou em conflito recentemente, e não tive oportunidade de vê-la durante semanas. Tenho a sensação de que poderíamos ter uma noite divertida. E, possivelmente, por intermédio dela, eu poderia seguir com o meu plano de começar a ampliar a minha rede de amizade.

Ela responde com um "sim".

A namorada perfeita

Reservo um restaurante asiático ao lado do rio Kennet para a próxima quarta-feira.

Antes da chegada de Amy, tomo muito cuidado para arrumar a minha casa, removendo o quadro de avisos e colocando-o com segurança em cima do armário do quarto. Também escondo as minhas compras da viagem mais recente: duas bonecas vodu, uma masculina e uma feminina. Ao abrir a porta para recebê-la, ela me encara.

– Seu cabelo?

Fiquei tão acostumada a ele que esqueci.

– Gostou? Sei que está um pouco parecido com o seu.

– Está legal... mas estamos meio parecidas com os gêmeos Tweedledee e Tweedledum.

Merda. Eu chateei minha única amiga. E, pensando bem, castanho-avermelhado poderia ser mais um farol do que um disfarce.

– É só um xampu tonalizante. Eu estava fazendo testes. – Pego sua bolsa de roupas e a coloco ao lado do sofá. – Vamos sair logo.

Pedimos champanhe para comemorar nossos primeiros três meses de voo.

– É como um sonho que se tornou realidade – diz Amy. – Toda vez que pouso num lugar diferente, toda vez que entro num hotel de quatro ou cinco estrelas, simplesmente não consigo acreditar que essa é a minha vida.

– Devíamos pedir uma viagem. É a única maneira possível para trabalharmos juntas.

– É, parece uma boa ideia. – Ela faz uma pausa. – Aconteceu uma coisa estranha enquanto eu estava fora – diz ela.

– Eu ia perguntar como foi o safári. Ouvi dizer que pode ser meio parecido com o programa *Sou uma celebridade,* com todas as cobras, insetos e uns restaurantes realmente estranhos que servem comidas preparadas com a vida selvagem exótica.

– Parecia bem seguro. Havia lugares que serviam carne de crocodilo. Mas, de qualquer forma, não foi enquanto eu estava em Nairóbi – foi quando cheguei em casa.

– Ah.

– Pois é. Bom, a Hannah ainda está viajando, mas era como se... alguém tivesse estado na nossa casa. As coisas pareciam mais arrumadas.

Dou uma risada.

– Isso é bom, não é?

– É, talvez. Mas não consigo entender. Nós definitivamente não fomos roubadas, porque um ladrão teria...

– Roubado – termino.

Nós duas rimos.

Como um pedaço de lula, mas está borrachudo demais. Então, pego umas azeitonas cobertas com wasabi e gengibre, arrumando os caroços cuidadosamente ao redor da borda do prato.

– Foi um CD que me chamou a atenção. Quando liguei o aparelho, ele estava preso na repetição. Numa faixa muito brega.

– É culpa sua por ter equipamentos da última década. – Faço uma careta e sorrio.

A namorada perfeita

Ela retribui o sorriso.

– É, pode ser.

– Não importa, essas coisas sempre têm uma explicação lógica no fim. Confie em mim. Como está Jack?

– Não o tenho visto muito ultimamente. A coisa parece que acabou.

– Sinto muito por isso. – Disfarço um sorriso. – O que aconteceu?

– Ele não apagou o perfil dos aplicativos de encontros on-line. Parece que queria manter as opções abertas. Mas eu tenho me mantido ocupada. Alguns dos meus antigos amigos da escola vão fazer uma refeição de reencontro na próxima semana, e eu realmente estou ansiosa.

– Que dia? Talvez eu possa ir com você.

Ela se ajeita no assento e murmura alguma coisa vaga sobre ela não ser a organizadora principal.

Entendo a indireta, mas me sinto ofendida.

Os olhos de Amy ficam vidrados depois da segunda taça de champanhe. Não estou surpresa. Suas pílulas escondidas tinham um aviso de *não misture com álcool*. É estranho quando você sabe uma coisa sobre outra pessoa que ela não sabe que você sabe. É, tipo, se ela olhasse nos seus olhos com força suficiente, poderia perceber.

Penso muito nesse tipo de coisa.

– Vamos para uma boate – sugiro, para despertá-la.

Enquanto andamos até um ponto de táxi, com os braços entrelaçados, rindo, quero dizer em voz alta como é útil ter uma amiga, mas me contenho. Eu falei isso para alguém uma vez, e ela me deu uma olhada esquisita.

Espero que a Amy continue como está e não faça nada para estragar a nossa amizade.

Assim que Amy vai embora no dia seguinte, ligo para marcar uma hora com a cabeleireira da Bella para pintar o cabelo de louro.

Infelizmente, ela está de férias.

Decido fazer isso na minha próxima viagem de trabalho – para Miami – depois de amanhã.

O voo para Miami leva quase nove horas. Todas as cabines estão repletas de turistas: pessoas que vão pegar um navio de cruzeiro ou que estão indo para a Disney World. Eu quase não sento, e ficamos sem suco, sem vinho e sem pacotes de atividades para as crianças.

Três horas depois, ligo para o capitão e solicito que ele entre em contato com os conselheiros médicos da companhia aérea quando uma mulher grávida de seis meses se queixa de dores fortes na barriga. Sou convocada para ir à cabine do piloto para eu mesma falar com eles. Coloco os fones de ouvido e escuto. A voz – um médico no Arizona – faz inúmeras perguntas e, por fim, me aconselha a oferecer comprimidos para indigestão feminina.

Funciona; depois de meia hora, ela está sem dor e se acalma, deixando de pensar que o primeiro filho vai chegar ao mundo no ar.

Eu também estou aliviada.

Depois do pouso, há outros atrasos, porque o aeroporto está lotado. Até o canal da tripulação tem outras duas com-

A namorada perfeita

panhias aéreas na nossa frente. Depois que somos fotografados, que conferem nossas impressões digitais e esperamos a bagagem, minhas pernas doem quando sento no ônibus da tripulação.

Na área do saguão do hotel, o capitão convida a todos para uma festa no quarto uma hora depois. Decido ir. Ainda é cedo em Miami e, se eu ficar no meu quarto, vou dormir.

Pergunto a uma recepcionista sobre salões de beleza nas proximidades, e ela marca uma hora para mim.

Pego o elevador para o meu quarto, desfaço a mala e tomo banho.

A porta do quarto 342 está aberta com uma mala. Quatro pessoas já estão lá, sentadas na beira da cama ou aconchegadas no pequeno sofá. Jim, o capitão, está apoiado na mesa, segurando uma lata de cerveja.

– Oi. Entra – diz ele.

– Oi. – Eu me junto aos outros na cama, de repente me sentindo estranha.

Todos os outros trouxeram suas malas contendo compras de tripulantes: vinho, cerveja ou misturas para bebidas.

– Bebida? – diz o capitão, me entregando uma cerveja.

– Obrigada – digo, puxando o anel.

Está quente e eu não quero beber, mas não preciso ficar muito tempo e posso me enturmar enquanto estou aqui.

Uma hora depois, quase todo mundo está esmagado no quarto. Um comissário, Rick, que trabalha na classe econômica no corredor ao lado do meu, está sentado perto de uma mulher que trabalha na classe executiva. Ela está rindo de quase tudo que ele diz, e isso está me irritando, embora no início eu não consiga identificar o motivo.

E aí eu percebo que é porque ela me lembra um pouco de mim mesma – do modo como eu costumava me agarrar a cada palavra do Nate. Eu me pergunto o que ele está aprontando agora e se ele está numa festa parecida com esta no México.

Decido encerrar a noite, mesmo que o sol do fim da tarde ainda esteja brilhando lá fora.

Na manhã seguinte, meu cabelo leva quase três horas para ser tingido de louro, mas fico satisfeita com o resultado.

Caminho de volta, passando pelas praias, pelas palmeiras e pelos tons de rosa, limão e azul-claro da área de Art Deco, passando pelo Park Central Hotel, aonde, de acordo com um folheto que encontrei no meu quarto, Clark Gable costumava ir.

Quando retorno ao meu quarto genérico – todos os interiores de hotel estão começando a parecer semelhantes –, eu me preparo para o voo de volta: passo a blusa, dou brilho nos sapatos, faço as malas e coloco as miniaturas de xampu do hotel na minha bolsa de produtos de higiene.

O voo de volta está tão cheio quanto o da vinda. Não há um assento vazio, e o avião está cheio de passageiros recém-saídos de navios de cruzeiro, acostumados com padrões elevados e várias refeições por dia – além de lanchinhos – reduzidos a

A namorada perfeita

uma bandeja com um café da manhã quente para uma pessoa, um pão duro como pedra e uma salada de frutas.

Durante o intervalo de uma hora da tripulação, fica claro que alguma coisa aconteceu entre Rick e a mulher risonha depois da festa no quarto ontem à noite. Eles não sobem nos beliches, mas sentam nos assentos de descanso embaixo, ao meu lado. Ela está tentando envolvê-lo na conversa, mas está dolorosamente claro – para mim – que ele só quer ler o jornal.

Eu sei o que ela está tentando fazer. Reconheço os sinais, porque me vejo nela.

Ela é como eu *costumava* ser. Mandy quer *alguma coisa* depois da noite que eles passaram juntos. Está desesperada para ter esperança: um gesto simbólico, por menor que seja, mesmo que seja uma falsa promessa de manter contato.

Lanço um olhar hostil para ele por trás dela.

Ele não reage.

Tenho que me arrastar da cama na manhã seguinte para a aula de direção, apesar de meu corpo todo doer.

Antes de começar a voar, nunca pensei no quanto o trabalho seria fisicamente desgastante, sem falar de todo o levantamento e transporte de bagagens, contêineres e suprimentos. Muitas vezes encontro hematomas nas coxas e nos braços, onde fui atingida por passageiros com muitas malas ou fui ferida na cozinha por itens que caíam durante turbulências inesperadas.

Eu me atraso, saio correndo e entro no carro do instrutor antes de fazer os movimentos para verificação dos espelhos e ajuste do assento do motorista. Ele é muito meticuloso em relação a essas pequenas coisas.

Satisfeito com o meu progresso, ele agenda as minhas provas – primeiro a teórica, depois a prática.

Durante o estudo, passo o resto dos três dias de TNB vendo diversas propriedades em Richmond. Bem, eu digo propriedades – na verdade, são pequenos apartamentos ainda menores do que a caixa de sapatos. Mas não consigo pensar em nenhum outro lugar onde eu gostaria de morar quando sair de Reading.

Richmond é o meu lar. Além disso, quando Nate e eu voltarmos, será um investimento.

Faço uma oferta no menor, porém mais próximo de Nate, já que o meu advogado diz que devo receber o dinheiro da venda do Sweet Pea Cottage em breve.

Enquanto me preparo para minha viagem de trabalho, não consigo evitar de cantar "New York, New York". Verifico duas vezes: o voo de Nate já decolou. Estamos indo na mesma direção, pela primeira vez.

O voo está apenas dois terços cheio, mas fico ocupada com as compras da *duty-free*. Caminho pela extensão da aeronave várias vezes, procurando o produto certo nos diferentes carrinhos – dois localizados em cada cozinha.

Os itens de maior valor são guardados num recipiente menor perto da primeira classe. Depois de passar mais de vinte minutos examinando uma pulseira, em seguida um relógio, o passageiro que pediu para vê-los decide que não gos-

A namorada perfeita

tou. A escassa comissão que recebemos nas vendas não vale o aborrecimento.

Quando o início da descida para Nova York é anunciado pela tripulação de voo, meu coração começa a acelerar, o que é ridículo, já que Nate deve ter desembarcado horas atrás.

Quando o ônibus da tripulação sai de um túnel, a paisagem urbana é emocionante. Olhei um mapa na revista de voo e me familiarizei com a fácil localização das ruas. Conforme o tráfego para e recomeça, observo pela janela. Vejo as multidões parecidas com formigas passando apressadas pelos sinais que anunciam fatias de pizza por um dólar e bufês chineses com preço fixo. Os ônibus de turismo vermelhos com a parte superior aberta, parecidos com os de Londres, se misturam aos táxis amarelos e aos veículos de emergência que gritam, com as sirenes ecoando. Os porteiros de uniforme ficam pacientemente em pé nas entradas de vidro dos prédios. Logo depois de passar pela Bloomingdale's, nosso ônibus para em frente a um hotel alto e estreito entre dois outros prédios.

É uma pena que, embora Nate e eu estejamos aqui, não possamos sair juntos para explorar.

Tomo cuidado enquanto faço check-in na recepção e fico de olho, pedindo para ver a lista de tripulações de voo. Nate está no vigésimo e tanto andar.

No meu quarto do quinto andar, enquanto espero a entrega da minha mala, olho pela janela para o prédio comercial em frente. Digito a senha do Wi-Fi do hotel no meu celular.

Nate não publicou nada sobre o que pretende fazer aqui. A aposta mais segura é que ele vai sair para dar uma corrida amanhã de manhã cedo. Mas, até lá, estou livre.

Dou uma olhada no blog da Bella. Fico enjoada. Apesar de eu estar preparada – graças à Stephanie –, apesar de saber que ia acontecer, isso ainda faz meu coração afundar. E me enche de inveja. Bella e Miles anunciaram o noivado. Verifico a página do Facebook da Stephanie. A expressão "Gato de Alice" me vem à mente. O anel da Bella é uma pedra de diamante incrustada em platina.

Parabéns, Bella e Miles.

Que notícia maravilhosa.

Muito feliz.

Casal perfeito.

Blá maldição blá.

O último comentário é escrito pelo Nate: *Desejo toda a felicidade a vocês, e bem-vindo à família, Miles. Espero que você saiba onde está se metendo! Brincadeirinha. X*

Tomei muito, muito cuidado para garantir que Nate e eu não tivéssemos nada a ver com a família dele enquanto estávamos juntos. Não foi tão difícil, com a frequência que ele saía do país, e eu o mantinha ocupado nos dias de folga. Eu não podia correr o risco de Bella inventar mentiras sobre mim e envenenar a mente de Nate. Ela adora o irmão mais velho e o protege. A única maneira para eu ser oficialmente reapresentada a ela é como um fato consumado: uma esposa no papel e sua cunhada. Eu adoraria casar antes dela, obrigá-la a comparecer ao *meu* casamento, ostentando um rosto corajoso ao mesmo tempo que percebe que não vai ter mais escolha além de ser legal comigo dali em diante.

Saio para um passeio. Ando de quarteirão em quarteirão, mas muitas coisas me lembram de casamentos: joalherias, lojas de departamentos, hotéis, lojas de noivas e até uma limusine branca passando.

Sou obrigada a inventar infinitas maneiras de me manter ocupada. Bebo um café. Espero e espero.

De volta ao quarto, não consigo fazer nada. Nem dormir. Pulo de canal em canal, mas minha mente não consegue se concentrar, então acabo assistindo a promoções de meia hora. Uma mulher sorridente com um cabelo bufante prateado faz demonstração de um cortador de vegetais pretensioso. Ofertas especiais aparecem na tela várias vezes. Fico observando. Talvez seja útil quando eu voltar para a casa do Nate. Ele gosta da minha comida. E eu sempre detestei o jeito como o fedor das cebolas gruda nos dedos, muito depois de eu ter lavado as mãos várias vezes.

O jet lag começou a brincar com a minha cabeça.

Às seis da manhã, vou para o saguão, vestida com roupas de corrida. Sento num sofá de canto e me escondo atrás de um exemplar do *New York Post*. Meus olhos grudam num artigo que leio repetidamente. Toda vez que a campainha do elevador toca, meu coração acelera. Alguns poucos membros da equipe já estão em atividade – o que não surpreende, já que, na nossa cidade, a manhã está acabando.

Talvez eu tenha entendido errado.

Talvez Nate tenha ido à academia. Ele não vai ficar no hotel o dia todo, então estou preparada para esperar.

Sete horas e dez minutos, maldição. A campainha do elevador toca. Eu simplesmente sei, consigo sentir, antes mesmo de as portas se abrirem, que é ele. Meu peito lateja. Prendo a respiração. É ele! Nate está usando roupas de corrida, segura uma garrafa de água e está com fones de ouvido. Ele sai pelas portas deslizantes e vira à direita.

Puxo meu capuz bem para baixo e o sigo. As condições são perfeitas. As multidões de trabalhadores estão agitadas o suficiente, mas não tão densas para serem um obstáculo.

Um quarteirão, dois quarteirões.

Passamos por *delicatessens* anunciando café, bagels e donuts. Buzinas de carro tocam. Sirenes gritam a distância. Cada vez que atravessamos uma rua, fico parada até que o sinal de pedestre esteja prestes a mudar para vermelho.

Nate acelera.

Aperto o passo.

Do outro lado da rua, vejo carruagens puxadas por cavalos. Atrás das rodas de carruagem e das liteiras, vejo o espaço aberto e a vegetação.

Central Park.

Fico mais ousada, tanto que agora estou apenas a dois passos de Nate. Ele para na entrada para ajustar o temporizador no relógio. Fico para trás, inalando o cheiro de cocô de cavalo. Turistas ansiosos já se enfileiram nas calçadas. Um cartaz preso a uma grade próxima anuncia os serviços do Memorial Day na última segunda-feira de maio, daqui a alguns dias.

Nate começa a correr.

Eu também.

A namorada perfeita

Os arranha-céus nos olham. Ele sai da rua principal na primeira oportunidade e fica nas trilhas – como os outros corredores –, o que é perfeito. As sombras das árvores carregadas de flores formam uma concentração de grama sombreada pontilhada de pétalas pálidas. Minha respiração acelera. Há uma falha neste plano – não estou tão em forma quanto ele. Espero que ele não corra por muito tempo, porque sei que o parque é enorme. Inspiro o aroma de lilás. Atravessamos uma ponte e chegamos a uma multidão de azaleias.

Amelia adoraria o Central Park; ela teria me falado o nome de cada planta e cada flor. Will também ficaria feliz. Teríamos tirado os sapatos e corrido pelo gramado.

Estou com sede e calor.

Nate para de repente. Sua camiseta está colada às costas suadas. Ele se abaixa, coloca as mãos sobre as coxas e toma um longo gole de água. Quero correr até ele e arrancar a água da sua mão.

Respiro o mais silenciosamente possível. Ele fica parado.

O sol está enganosamente quente para esta hora; ingenuamente, achei que estaria tão fresco quanto na minha cidade. Nate se dirige para um banco próximo. *Merda*, ele vai ficar de frente para mim.

Continuo correndo até ficar atrás dele. Fico de pé, me apoiando numa árvore e recuperando o fôlego.

Nate está sentado, como se observasse a paisagem, mas provavelmente só está fazendo uma pausa. Ele cortou o cabelo. Não sei se ficou bem nele, está um pouco curto demais.

Minha cabeça gira, e eu me sinto tonta. A casca da árvore é áspera e fresca na minha pele. Estou a poucos metros de distância dele. Com o celular, tiro algumas fotos dele. Por que não vou até ele agora? O que estou esperando? Já faz mais de sete meses. Eu dei a ele seu espaço inútil.

Espaço. Odeio essa palavra.

Estava em quase todas as suas frases perto do final. Talvez eu devesse esquecer meu PDA e aproveitar o momento. Talvez o destino *tenha* nos trazido até aqui, juntos, longe das distrações de casa.

Foda-se! Vou fazer isso. Vou viver perigosamente.

Dou um passo à frente. Não! Meus mantras começam a se agitar na minha mente.

Fique atenta ao plano.

Reformule o plano.

Minha cabeça lateja enquanto uma dor pulsante e violenta se forma. Preciso de água. Dou mais um passo à frente.

Inspira.

Expira.

Não sei por quê, mas me sinto compelida a fazer isso como uma mariposa em direção à luz.

Hesito.

Quando dou outro passo à frente, piso em um galho caído. É curto, mas razoavelmente grosso, mais ou menos do tamanho de um taco de beisebol. Respiro. Nate parece bem relaxado. Houve uma época em que eu podia ir até ele e abraçá-lo a qualquer momento que quisesse. Agora, não tenho permissão.

A namorada perfeita

Essas são as regras.

Não tive escolha nem opinião nesse assunto.

Nate vira para o lado e coloca a perna esquerda no banco, antes de se curvar na altura da cintura e alongar. Seus músculos da panturrilha devem estar incomodando, como costuma acontecer de vez em quando.

Eu me agacho como se estivesse pegando alguma coisa, mas não há nada além do galho. Ganho tempo amarrando os cadarços. Enquanto faço isso, uma onda de amargura e raiva atravessa a minha mente. Essa situação é ridícula; eu também tenho direitos. Pego o galho firmemente com a mão direita e me levanto. Eu o seguro contra a minha perna.

Nate também está de pé, os braços levantados, os dedos entrelaçados em mais um alongamento. Dou um passo em direção a ele. Seus braços caem nas laterais. Respiro fundo.

Ele olha para o relógio e se afasta de mim. Fico parada, soltando o galho. Ele atinge o meu tornozelo enquanto vejo Nate seguir a curva da trilha até ficar fora do meu alcance.

CAPÍTULO 9

Devo estar louca. O que eu estava pensando? Não segui minhas próprias regras.
Fique atenta ao plano.
Fracassar no planejamento é planejar para fracassar.
Fico congelada no local. Foi o fato de vê-lo num território desconhecido. Meus limites enlouqueceram. Graças a Deus, Nate se afastou quando voltou a correr. Nunca devo baixar a minha guarda desse jeito.
Nunca mais.
– A senhora está bem?
Olho para cima. Um senhor, vestido com um terno, está olhando para mim.
Eu me levanto.
– Sim, obrigada. Estou bem, agora. Eu corri sem beber água. Idiotice.
– Há uma loja naquela direção. – Ele aponta para a frente. – O calor está muito forte.

– Obrigada.
Vou na direção sugerida e localizo um quiosque móvel.
Além da água, compro um café e um pretzel saboroso.
– Com licença, onde é a saída? – pergunto ao caixa.
Estou totalmente desorientada. Sento na grama e engulo a água.

A namorada perfeita

O pretzel é salgado e seco; gruda na minha garganta. Jogo o resto em forma de ferradura numa lata de lixo no caminho até a saída.

Quando o hotel finalmente surge no meu campo de visão, tenho a mesma sensação de alívio do momento em que as rodas da aeronave se conectam com a pista. Deslizo meu cartão-chave na fechadura da porta, me jogo na cama e me repreendo mentalmente.

Eu quase estraguei tudo.

Foi o fato de estar tão perto do prêmio. Mas preciso manter meu cronograma, porque em julho vai fazer quase dez meses que nos separamos.

Quase um ano.

Dessa forma, consegui provar que dei espaço para ele se encontrar – ou seja lá o que ele tenha decidido que deve fazer. Dói pensar nele dormindo com outras mulheres, é claro, mas nenhuma delas aparece na página dele no Facebook por muito tempo, então afasto esses pensamentos e tento ver isso como algo positivo. Ele não me deixou por uma mulher específica. Ele vai estar devidamente preparado para se estabilizar quando voltarmos.

Preciso trabalhar com novos mantras, e devo repeti-los com mais frequência.

Quando houver dúvida, não faça.
A paciência é uma virtude.
Fique atenta ao plano.

Embora minha cabeça esteja totalmente sem dor, tomo dois analgésicos fortes e bebo vários copos de água.

Não importa o motivo, não posso falhar de novo.

Estou cansada e tensa.

O embarque da tripulação na aeronave com destino a Heathrow está atrasado porque o voo de chegada atrasou. Quando finalmente recebemos permissão para embarcar, temos que contornar faxineiros e seus aspiradores de pó, que bloqueiam os corredores, nos deixando com pouco tempo para fazer os controles de segurança – e nenhum para os preparativos da cozinha.

No meio do voo, duas pessoas adoecem e precisam de oxigênio, e há muitas crianças barulhentas. As demandas parecem infinitas, e há muitas reclamações sobre o sistema de entretenimento do voo, que não está funcionando.

Talvez eu não dure muito tempo nesse emprego, no fim das contas.

Durante o intervalo no beliche, sonho com Will. Ele está mais novo, com cerca de um ano e meio, e bamboleia quando caminha. William está nadando como um bebê que fica muito à vontade na água. Amelia está escondida na sombra do jardim, colhendo flores. Ela está tentando gritar instruções para mim, mas suas palavras saem abafadas, como se estivesse embaixo d'água. Quando entendo o que está tentando me dizer, quando percebo a *permanência* de toda a situação, é tarde demais.

Sento e procuro minha lanterna. Tomo pequenos goles de água. Tem um menino sentado na classe econômica premium usando um macacão azul. A roupa me fez lembrar de uma do Will.

A namorada perfeita

Fico irrequieta durante o resto do voo. Não me sinto bem. Depois que prendo o cinto de segurança no meu assento de tripulante para a aproximação do pouso, quase conto toda a história do Will para o meu colega. Não há nada para me impedir, e isso acontece sempre. Demorou um tempo para eu me acostumar. Muitos tripulantes costumam compartilhar demais, espalhando todo tipo de informações pessoais, como se acreditassem que aquilo vai continuar a ser um segredo de confessionário, seguro no meio do céu aberto.

Mas eu não faço isso, é claro. Não faria sentido.

Em vez disso, falo sobre "Nick" e como eu sabia, desde o instante em que o conheci, que ninguém mais poderia se comparar a ele. Olha o que acontecia toda vez que Elizabeth Taylor tentava viver sem Richard Burton. Eu li que o romance dos dois foi descrito como o "amor mortal que nunca morreu". Sem o outro, a vida não tinha sentido de verdade.

Nate faz com que eu me sinta completa, apesar das suas falhas, e é por isso que eu sei que é amor.

A paixão me deixaria cega. O verdadeiro amor inclui a aceitação.

Passo meu primeiro dia de folga sozinha no apartamento. Relaxo vendo as fotos do anúncio de noivado de Bella e Miles. Eles vão dar uma festa no próximo mês. Imprimo as fotos que tirei do Nate em Nova York e as adiciono ao meu quadro. Elas não são de boa qualidade – não mesmo –, mas preciso manter tudo o mais atualizado possível, porque nossas vidas precisam continuar entrelaçadas e em dia, mesmo nos bastidores.

Olho para o quadro; alguma coisa parece errada. Encaro durante um tempo até descobrir o que é.

O rosto feliz da Bella não pertence ao meu espaço pessoal. Pego uma tesoura e começo a cortar, até sua cabeça estar arrancada ou arranhada em cada foto em que ela está sorrindo. As únicas que mantenho intactas são aquelas em que ela não parece tão satisfeita consigo mesma.

Expiro. Eu me sinto melhor.

Pego as duas bonecas vodu da caixa de sapatos no alto do meu guarda-roupa. A boneca tem pinos na cabeça, e o boneco tem apenas um no peito. Quero manter o coração de Nate endurecido até ele se apaixonar de novo por mim. Quando eu vi os bonecos numa barraca de mercado numa das minhas viagens ao Caribe, a colega que estava comigo riu quando os comprei.

– Bonecos assustadores para turistas – dissera ela. – Para que você quer essas coisas?

– Uma brincadeira – respondi.

Odeio fazer compras com pessoas. O problema com os colegas é que alguns simplesmente não são independentes: eles me ligam cedo, desde o relatório pré-voo, tentando descobrir os meus planos para aquela rota, e depois se convidam para me acompanhar.

No meu segundo dia de folga TNB, passo na prova teórica de direção. Agora, só falta a prova prática para eu ter uma nova liberdade. Depois de visitar algumas concessionárias de carros, decido que vou comprar um conversível cinza ele-

A namorada perfeita

gante. Acho que o porta-malas deve ter espaço suficiente apenas para uma mala pequena.

Depois, tenho um intervalo de dois dias para ocupar até a próxima viagem a Bangkok. Fico longe da casa do Nate, depois de me assustar com meu próprio comportamento em Nova York. Preciso retomar meu foco e garantir que estou forte o suficiente para me aproximar dele e não fazer merda.

Amy está numa viagem australiana, por isso não serve de nada. Meus perfis de Juliette e Elizabeth estão atualizados no Facebook, com os comentários e fotos corretos para as personagens certas.

Ligo para Babs.

– Que tal uma visita?

– Claro, meu amor. Momento perfeito: fiz uma torta de carne com cerveja.

Arrumo uma pequena maleta e vou para a estação de trem.

Não mencionei a hora da chegada para Babs, então pego um ônibus que me leva até depois do Sweet Pea Cottage. A placa de *Vende-se* agora diz *Sob Oferta*.

Espero sentir alguma coisa – alguma emoção –, mas não, não há nenhuma.

Babs abre a porta no instante em que toco a campainha, usando um avental decorado com cerejas. Ela está com farinha no rosto. Barbara tem a aparência provável de uma mãe.

– Fantástico ver você – diz ela. – Vou preparar o jantar.

Enquanto comemos a torta – eu separo a massa –, batatas e vagem, Babs me atualiza em relação às fofocas do povoado: dois divórcios, uma morte e um roubo.

Eu a atualizo em relação às minhas aulas de direção.

– Que notícia maravilhosa, você vai poder me visitar com mais frequência, agora.

Faço que sim com a cabeça.

Silêncio.

O som dominante na cozinha se torna o tinido dos nossos talheres, o que significa que Babs está se preparando para me dar más notícias ou me perguntar alguma coisa.

Eu espero.

– Está disposta a fazer uma visita amanhã? Para ver o William?

Eu me levanto e encho nossos copos de água da torneira.

– Vai ser aniversário dele em breve, e... – insiste Babs.

– Não, desculpa, não quero ir.

– Bom, eu gostaria de companhia. Também poderíamos colocar umas flores perto da lápide da Amelia.

– Pessoas mortas não se preocupam se têm flores no túmulo ou não.

– Eu vou. Eu sempre vou.

– Ele não está lá. Ela não está lá.

Babs pigarreia.

Acho que sei o que está por vir e não quero ouvir.

– O que tem na televisão hoje à noite? – pergunto, enquanto me levanto e começo a tirar a mesa. – Coloca alguma coisa enquanto eu lavo a louça.

Ligo a torneira quente e espremo uma grande quantidade de detergente líquido de limão numa tigela, encarando as bolhas espumantes. Babs escolhe uma novela; escuto a

A namorada perfeita

música tema vindo da sala de estar. Costumávamos ver essa novela na sala comum da escola, amontoadas em sofás e almofadas no chão, vestindo pijamas e camisolas.

Eu me junto a ela no sofá dez minutos depois. Se eu não soubesse que era uma novela que ela via sempre, teria achado que havia escolhido de propósito. Porque o episódio de hoje à noite envolve uma cena de túmulo na qual um personagem consegue um "fechamento".

Saio cedo na manhã seguinte, cheia de promessas para visitá-la de novo em breve.

No trem para casa, meu celular toca. Meu advogado. A venda da casa foi aprovada.

Estou rica.

Imagino que algum corretor imobiliário júnior seja despachado para a cabana para trocar a placa de *Sob Oferta* para *Vendida*.

Irritantemente, um dos apartamentos no qual eu estava de olho em Richmond foi tirado do mercado, o que significa que tenho que recomeçar minha busca por outro lugar. Mas isso vai me manter ocupada até voltar ao trabalho.

Em algum lugar sobre a Europa, depois sobre a Ásia, suspensa na terra de ninguém, avançando em direção a Bangkok, estou sentada na cozinha num recipiente de metal virado para cima, congelando de frio, ouvindo uma colega, Nancy, falar sem parar. Ela me mostrou fotos do gato, do cavalo, dos afilhados, revelou tudo sobre uma operação que fez quatro anos atrás e me contou que o ex-marido fazia *cross-dressing*.

— Não foi *isso* que nos separou, mas...

— Ah — digo. — Quer um café?

Eu me levanto, coloco um filtro na cafeteira e ligo, desejando que um passageiro apareça e desmaie ou faça alguma coisa que demore um pouco para resolver.

— Sim, aceito um café. Enfim, como eu disse, não foi o *cross-dressing*...

— Volto daqui a uns minutos, Nancy. É minha vez de fazer as verificações de segurança.

Normalmente, eu nem me incomodo, mas hoje à noite faço a ronda pela cabine escura, verificando os banheiros em busca de mensagens suspeitas e produtores de bombas, garantindo que os passageiros não estejam doentes ou fazendo alguma coisa muito incomum. Está quieto. Não há casais tentando escapar para o banheiro para se juntar ao Mile High Club, não que me incomode quando fazem isso. Eu simplesmente finjo que não percebo.

Quando volto para a cozinha, Nancy está grudada em outro tripulante, Kevin, que, pela expressão vidrada, claramente deseja não ter saído do santuário da primeira classe.

— ... então, foi o fato de ele ser muito egoísta. Quero dizer, *realmente* egoísta. Eu voltava de uma viagem, exausta, tendo servido centenas de pessoas durante a noite toda, e ele não levantava um dedo em casa. Não fazia compras, não...

Meus olhos encontram os dele, e eu sorrio.

— Só vim buscar uns guardanapos para repor — diz ele. — Deixei a cozinha da primeira classe sem ninguém. É melhor eu voltar.

A namorada perfeita

Kevin era contador, mas o desejo ardente de viajar fez com que ele mudasse de carreira quando tinha pouco mais de quarenta anos. Ele parece divertido. Fez todo mundo rir com uma história de como perdeu um ônibus da tripulação para um local remoto no voo anterior e acabou se perdendo no labirinto de corredores embaixo do terminal. Kevin pisca para mim antes de escapar pelas grossas cortinas da cozinha. Talvez eu vá conversar com ele. Kevin parece inteligente e divertido, até agora.

Uma campainha toca. Aleluia!

Atravesso o corredor, por entre as massas adormecidas enterradas sob cobertores, evitando pés e sapatos aleatórios, até chegar ao assento 43A, acima do qual a luz de chamada está iluminada em branco.

– Por favor, você pode me trazer uma xícara de chá, querida? – pergunta uma senhora, acendendo a luz de leitura.

– Claro.

Examino a escuridão em busca de outras luzes. Este é o resumo da minha vida: procurar pessoas para servir e não ter que ouvir mais conversas chatas.

Na cozinha, enquanto despejo água fervente da torneira quente no saquinho de chá, Nancy continua.

– Algum plano para Bangkok?

Penso na pergunta. O que Nancy não faria? Humm. Não tenho certeza. Melhor seguir pelo caminho seguro e ser vaga.

– Na verdade, gosto de improvisar e não fazer planos definitivos. Eu nunca sei como vou me sentir ou como vou dormir.

Despejo leite no chá e pego alguns sachês de açúcar, coloco numa bandeja e volto para a cabine.

Quando retorno, Nancy abre a boca.

— Vou visitar o Grand Palace com a primeira oficial, Katie. Moramos no mesmo povoado e, quando percebemos que estávamos na mesma viagem, decidimos que era hora de nos aventurarmos para ver um pouco de cultura e fazer alguma coisa diferente do velho programa no shopping.

— Que bom.

— Você pode se juntar a nós.

— Obrigada, você é muito gentil, mas vou pensar.

— Isso é prudente. Katie está toda apaixonada no momento. Está naquela fase inicial em que não consegue deixar de enfiar o nome do novo namorado em todas as conversas, não importa o assunto. Não fico chateada com ela, claro que não. Ela ficou sozinha por um tempo, nunca teve muita sorte com os homens. Mas, aqui entre nós, aposto que vai ser "Nate isso" e "Nate aquilo" enquanto estivermos no templo.

— Nate? Esse nome é incomum? — Fico surpresa com o quanto minha voz está normal e casual, já que, por dentro, eu me sinto doente.

— Incomum? Eu realmente não tinha pensado nisso. Provavelmente é apelido de Nathan ou alguma coisa assim.

— Qual é o sobrenome dele? — Meu coração está batendo um pouco mais rápido.

— Não sei. De qualquer forma, está na hora de acordar os outros, é a nossa vez de descansar nos beliches.

Preparo umas toalhas quentes e despejo vários copos de suco. Coloco-os numa bandeja. Minhas mãos tremem um

A namorada perfeita

pouco. Vou em direção à cauda do avião, mais uma vez contornando membros e detritos, sendo que os mais perigosos sempre são as revistas – já vi fazerem pessoas voar. Uso uma chave para abrir a porta dos beliches da tripulação, e a fecho depois de entrar – não é raro os passageiros acharem que estão em casa se tiverem acesso – e coloco a luz em *fraca* enquanto seguro o corrimão com uma das mãos, apoiando a bandeja com a outra enquanto subo a pequena escada.

– Bom dia, pessoal – digo.

Algumas pessoas se levantam de repente, juntam seus pertences e se dirigem aos banheiros.

Outras se sentam, visivelmente esgotadas e desorientadas, claramente desejando estar em casa, na própria cama.

Quinze minutos depois, estou deitada num beliche superior, vestindo uma roupa de moletom cinza e deslizando de um lado para o outro num saco de dormir. Meu cinto de segurança fica escorregando para os quadris enquanto viro de um lado para o outro, como um pano numa máquina de lavar roupa, quando passamos por uma turbulência. Sinto como se estivesse num universo paralelo e inexistente.

Uma coisa está clara na minha mente: vou me juntar a Nancy e Katie num passeio pelo Grand Palace, no fim das contas.

CAPÍTULO 10

Depois de uma hora, desisto do meu intervalo de três horas e vinte minutos. Não aguento nem mais um instante, ali deitada, presa. Vou sair e investigar Katie. Preciso vê-la com meus próprios olhos para fazer uma avaliação.

Eu me sinto tonta enquanto retoco a maquiagem no banheiro. No início do voo, eu parecia apresentável. Agora, me sinto enjoada. Eu sabia que Nate não seria celibatário, é claro. Não sou uma iludida. Mas ter um nome, estar presa no ar com uma rival potencial, é uma situação horrenda.

Abro caminho até a frente do avião e subo até a classe executiva. O tripulante – um homem mais velho – está na pequena cozinha da parte superior preparando as bandejas do café da manhã.

– Oi. Vou só dar um pulinho no posto de pilotagem – digo. – Quer que eu pergunte se eles precisam de alguma coisa?

Ele verifica o relógio de pulso.

– Sim, pode ir lá. Eles devem receber uma chamada.

Sei em quais momentos a tripulação é chamada durante o voo, e foi por isso que eu vim neste momento. Pego o interfone e digito os números do posto de pilotagem. Meu coração está batendo forte só de pensar na voz de Katie atendendo à chamada, mas não é ela que atende. Uma voz masculina.

A namorada perfeita

– Oi. Mike falando.

– Oi, aqui é a Juliette, dos fundos do primeiro andar. Estou no andar de cima e só queria entrar rapidinho para perguntar uma coisa. Você precisa de alguma coisa?

– Aguarde um minuto.

Vozes abafadas.

– Sim, dois cafés, por favor. Um com leite, um preto, os dois sem açúcar. E, se você tiver alguns sanduíches de tripulantes sobrando, também seria bom, obrigado.

– Okay.

Faço os cafés. Qual deles é o da Katie? Pego uma bandeja de sanduíches no carrinho da tripulação. Ligo de novo para anunciar minha chegada.

Sigo pelo corredor e espero na porta da cabine do piloto. O capitão abre e, assim que entro, ele a fecha com firmeza. As luzes de instrumentos brancas, verdes e azuis se destacam na escuridão da área fechada. No assento do primeiro oficial há um homem. Nada de Katie. A porta da área do beliche do piloto está fechada; ela deve estar dormindo.

– Tem alguém no intervalo? – pergunto.

– Tem.

Droga.

O capitão pega a bandeja da minha mão. Tiro os cafés e os coloco no espaço atrás de cada assento.

– Vim perguntar se é possível eu sentar aqui durante o pouso – digo. – Sou meio nova e...

– Desculpe, não, este é um setor de treinamento. James – ele aponta para o primeiro oficial – está se preparando para comandar – promoção para capitão –, então sinto muito, mas tenho que dizer não. – James vira e dá um aceno pedindo desculpas.

– Ah.

– Espero que você tenha outra oportunidade em breve – normalmente, eu diria sim.

– Obrigada.

– Obrigado pelo café. – Ele olha pelo olho-mágico enquanto James verifica as câmeras do circuito interno. – Tudo livre.

Ele abre a porta para mim, e dou um passo para trás, me sentindo desolada, mas não derrotada.

No caminho para o hotel, sento atrás de Katie, ouvindo uma conversa entre ela e o outro primeiro oficial.

Seu cabelo está trançado e preso – tenho aversão a isso.

Will costumava adorar quando eu fazia tranças. Bom, ele gostava de puxá-las.

Ela parece indefinida.

Sua conversa não é interessante – eles falam principalmente de ciclismo. Não consigo imaginar Nate numa bicicleta. Ele não ia parecer adequado usando um capacete de ciclismo.

Simplesmente não ia.

Como a maioria dos tripulantes, Katie parece completamente diferente sem uniforme quando nos reunimos na recepção na manhã seguinte. Somos apenas Nancy, Katie, outro cara – chamado Ajay – e eu.

A namorada perfeita

Katie tem cabelos ruivos longos e encaracolados e muitas sardas. Ela parece simpática, mas capaz, o tipo de pessoa a quem se pedem informações. Ela parece meio masculina, com os braços musculosos e a calça bege prática, como se estivesse se esforçando demais para se misturar com os pilotos do sexo masculino. No entanto, quando ela sorri, o rosto todo fica bonito.

No início, eu não tinha certeza do que Nate poderia ver nela. Mas acho que é porque ela parece muito autêntica, muito "garota da casa ao lado".

A bordo do ônibus turístico, olho para ela de novo. Está olhando pela janela, a boca ligeiramente aberta. Ficamos presos no trânsito durante séculos, mas não consigo me envolver em nenhuma conversa interessante com Katie, porque uma guia de turismo entusiasmada fala sem parar, de pé na frente do ônibus com um microfone.

Eu me desligo.

O motivo de eu saber que Nate me ama é porque ele me disse isso.

Quando eu disse que o amava, ele respondeu:

– É, eu também. – Se não fosse verdade, ele teria ficado quieto.

Admito que ele ficou relutante – no início – de eu me mudar para a casa dele logo depois de termos começado o relacionamento. Mas eu expliquei que, apesar de ser meio que um romance de redemoinho, talvez fosse para ser assim.

O lugar que eu alugava estava à venda. Isso *era* verdade, apesar de o senhorio ter dito que eu podia ter ficado mais três meses. Mas realmente não parecia ter sentido eu procurar outro lugar para morar. Foi uma mentirinha branca para o bem de nós dois.

Eu tinha considerado trabalhar na companhia aérea na época, mas queria ser a namorada perfeita. Queria estar *lá* para o Nate, quando ele voltasse para casa das viagens.

Só nós dois.

As palavras que se instalam na minha mente ao ver o palácio são *verde* e *dourado*. Olho para os prédios deslumbrantes, os telhados em camadas e os jardins bem cuidados.

Está quente. De acordo com a guia, estamos quase na estação chuvosa.

– Tão romântico, vocês não acham? – pergunto aos outros.

Eles fazem que sim com a cabeça, mas não respondem, já que todos são, infelizmente, o tipo de pessoa que se interessa de verdade por construções. Eles ouvem a nossa guia enquanto somos carregados de um lado para o outro. O suor desce pela minha coluna. A questão é que, na minha opinião, você pode curtir as coisas rapidamente. Você não precisa caminhar em ritmo de caracol só para guardar lugares na sua memória. Para isso existem as câmeras.

Continuamos caminhando e escutando. No Templo do Buda de Esmeralda, fazemos *ooh* e *aah* quando vimos um Buda de jade, cuja roupa de ouro aparentemente é trocada pelo rei no início de cada nova estação.

Finalmente, somos levados para almoçar num restaurante local movimentado. Graças a Deus, tem ar-condicionado.

A namorada perfeita

Não aguento passar uma tarde inteira fazendo isso. Tudo o que eu quero é que Katie mencione o Nate, então vou inventar uma desculpa e voltar para o santuário do hotel. Eu me jogo num assento ao lado dela. E imito seu pedido: uma Coca Diet e um Pad Thai.

— E aí, o que vocês acharam do palácio? — pergunto.

— É tão... incrível — diz Nancy.

— Maravilhoso — diz Katie, tomando um gole de Coca-Cola.

Ajay simplesmente acena com a cabeça; ele ainda está folheando um guia em papel.

— Como eu disse mais cedo, acho que tem alguma coisa muito romântica no local — digo.

Katie não morde a isca. Vou ter que ser menos sutil.

Nossa comida chega, soltando vapor. Eu queria ter pedido alguma coisa fria, não consigo encarar isso. Pego meus pauzinhos e seguro um pequeno camarão. Dou uma mordidinha. O aroma de capim-limão revira o meu estômago. Era o cheiro dominante que permeava a cozinha na terrível noite em que Nate terminou comigo.

— Então... — digo, virando para Katie. — Nancy disse que vocês moram no mesmo povoado. Onde fica?

— Bem perto de Peterborough — diz ela, nomeando um lugar do qual eu nunca ouvi falar.

— Ah, quer dizer que é bem longe, então? — Inclino a cabeça para o lado e pareço interessada.

— É. Mas eu gosto muito disso. Escuto música ou audiolivros. Isso me ajuda a relaxar depois de uma longa noite.

Não vi nenhum sinal de que ela tenha dormido na casa do Nate. E, até onde eu sei, ele não esteve na casa dela. Nate não gosta de ir longe nos dias de folga. Talvez Nancy tenha entendido errado ou exagerado. Katie não falou "Nate isso" ou "Nate aquilo" nem uma vez. Pode ter sido um caso de curta duração, já terminado.

Pego alguns pedaços de macarrão.

Katie boceja, cobrindo rapidamente a boca.

— A tarde parece muito empolgante — diz Ajay. — A guia falou que vamos ver um lugar maravilhoso...

— Bem, é claro que sim, não é? — Não consigo evitar de dizer.

Todos os três me olham.

Minha boca começa a queimar quando o chilli faz efeito, espetando a minha garganta e esquentando o meu rosto.

— Sinto muito. Acho que estou cansada de templos. Vou pegar um táxi de volta para o hotel. Vocês vão se encontrar para jantar e tomar uns drinques hoje à noite?

— Fica — diz Nancy. — Você vai se arrepender, se não ficar.

— Na verdade, concordo com a Juliette — diz Katie. — Vou precisar de uma cochilada hoje à tarde, se quiser aguentar a noite toda.

Eu a apoio.

Deixamos Nancy e Ajay para trás, e a guia chama um táxi para nós. Oferecemos uma gorjeta gorda, porque ela parece chateada com nossa vontade de sair cedo do passeio.

A viagem de volta é mais rápida, e nosso motorista é falador, querendo conversar sobre o futebol inglês. Katie parece bem informada, então eu a deixo falar. Talvez ela revele um pouco mais depois de algumas bebidas hoje à noite, apesar de eu suspeitar que Nate tenha se cansado dela com uma certa rapidez.

É meio-dia na nossa cidade, mas é happy hour em Bangkok, quando eu e vários outros tripulantes – incluindo Kevin da primeira classe e Katie – nos reunimos num bar na cobertura. Nancy está muito cansada para se juntar a nós. As luzes iluminam os arranha-céus próximos.

Tomo uma cerveja local num copo alto. Refresca a minha garganta enquanto o calor e a umidade me sufocam com delicadeza.

– Vamos para uma boate? – sugere alguém.

Espero para ver a reação de Katie.

– Parece uma boa ideia – diz ela.

– Ótimo – eu vou junto.

Katie se vira para mim.

– Você não quer trocar de roupa antes?

Olho para a minha calça jeans preta.

– Por quê?

– Está escaldante, apesar de ser noite. Lembra como estava quente mais cedo, quando estávamos andando por aí?

Katie dá um giro. Os pontos vermelhos e brancos do seu vestido rodam, e as pulseiras fazem barulho. Uma tatuagem de borboleta suja seu tornozelo direito.

Uma onda de alívio; Nate acha que tatuagens são vulgares. Ela provavelmente é mais uma ferramenta, outro brinquedo, para distraí-lo.

Não posso trocar de roupa. Chamamos um tuk-tuk que balança violentamente enquanto o motorista contorna o tráfego denso. Agarro a barra lateral de metal, inalando o vapor de gasolina. Uma guirlanda de flores cor-de-rosa está pendurada no espelho retrovisor, balançando no ritmo das manobras sacudidas. Chegamos a um armazém convertido que dá uma boa impressão de não seguir os padrões de saúde e segurança; fios elétricos aleatórios se cruzam em cima de nós, e o piso de madeira tem ressaltos. Um imitador de Elvis assassina "Always On My Mind". O microfone de metal geme em intervalos regulares.

– Eu gostaria de estar em casa com o meu namorado – digo a Katie enquanto procuramos espaço no bar.

– Eu também – diz ela. – Se bem que, na verdade, meu namorado está fora, no momento. Ele também é piloto.

Minhas pernas tremem.

O barman se vira para nós. Pedimos cervejas.

Lembro a mim mesma de respirar.

Nós nos juntamos aos outros amontoados em torno de uma mesa de metal alta. Conversamos sobre o trabalho pelo tempo que aguento.

– E aí, você tem alguma foto do seu namorado? – pergunto com toda a indiferença que consigo.

– Muitas. Eu adoro entediar as pessoas falando do Nate.

Eu quase sinto pena da Katie – quase –, mas não é culpa minha o Nate ser vaidoso. E fraco quando se trata de mulheres que se jogam em cima dele.

– Aqui, olha... – Katie sorri. – Estávamos no Rio e...

A namorada perfeita

A imagem de Nate sorri no telefone.

Eu congelo e escuto todas as palavras esmagadoras do seu monólogo insensível de um minuto antes de pedir licença. Lá fora, repito meus mantras várias vezes. Eu mal consigo respirar. A música ecoa de várias direções. Grupos de habitantes locais se misturam perto de táxis e motos. Várias barracas gemem sob o peso de produtos de grife falsos: camisetas, sapatos, bolsas. Cartazes de néon anunciam tatuagens, bebidas, massagens, pílulas para dormir. O cheiro de cebolas fritando emana de um carrinho de comida próximo.

Pego o celular no bolso traseiro e faço o login. A equipe do Nate está passando o tempo de folga num safári no Parque Nacional Kruger. Ele postou fotos de um gramado alto e frágil interrompido por árvores pontiagudas com pouca folhagem com a legenda: *Alguém viu o leão?!* Lá está ele, brincando com a vida selvagem, enquanto estou lidando com uma nova traição no outro lado do mundo.

Respirações profundas. Ins-maldição-pira. Ex-maldição--pira.

Um cheiro de esgoto me puxa temporariamente de volta para a realidade do meu entorno.

Pílulas para dormir? As palavras chamam a minha atenção de novo. Talvez eu devesse comprar algumas. Assim posso passar o resto do meu tempo aqui numa inconsciência eufórica. Elas podem ser um curativo. Uma dose temporária.

— Quanto é o pote com vinte? — pergunto à farmacêutica atrás do balcão.

— Por que você não compra quarenta? — diz ela. — Mais barato.

Tanto faz. Se é para gastar... Eu as coloco na bolsa antes de vasculhar as barracas rapidamente. Vejo um pequeno Buda de madeira. Eu também o compro; ele pode me trazer sorte.

Eu me obrigo a voltar para o bar. A cadeira da Katie está vazia. Sigo os cartazes dos banheiros. Ela está na frente do espelho, prendendo o cabelo num rabo de cavalo. Sinto seu perfume enjoativo da entrada.

Não aguento nem mais um instante, minha mente grita em silêncio.

Dou um passo à frente, evitando manchas úmidas nos azulejos sujos, até estar ao lado dela. Sorrio para o espelho. Ela sorri também, mas com uma expressão um pouco perplexa.

– Acho que reconheci Nate pela foto que você mostrou. Seu rosto é familiar – digo. – Estou incomodada, mas tenho certeza que é ele.

– Ah. Você já voou com ele?

– Não.

– De onde você o conhece?

– Não conheço. Aconteceu alguma coisa entre ele e uma amiga minha. Não sei exatamente o quê, mas o que quer que tenha sido, mexeu muito com ela. Ela disse que nunca poderia contar a ninguém.

– Não pode ter sido o Nate, então. Ele é muito cavalheiro.

– Talvez.

Olho para baixo e mexo na bolsa como uma distração, mas não antes de capturar uma expressão fugaz, mas preocupada, no rosto dela. Pego o rímel. Quando levanto de novo o olhar, Katie está indo em direção à porta.

– Me junto a vocês daqui a um minuto – grito.

Se ela responde, não escuto. A porta bate com força quando ela sai. Aplico meu rímel devagar, irritada com sua atitude desdenhosa. Não contei uma completa mentira a ela; Nate realmente tem um lado sombrio. Quando me viro para sair, guardo a maquiagem na bolsa, e ela faz um clique ao bater no frasco de pílulas para dormir.

É quando a ideia surge.

Dentro de um reservado, tiro as pílulas azuis da bolsa. A dosagem menciona um comprimido a cada 12 horas. Humm. Então, qual será uma boa quantidade? Dois? Três? Quatro? Desenrosco a tampa e pego três cápsulas, colocando-as no bolso da calça jeans. Depois de fechar o pote, vasculho minha bolsa em busca do pequeno envelope que contém o cartão-chave do meu quarto. Coloco o cartão na minha carteira. Com cuidado, abro as cápsulas e coloco o pó no envelope. Dou descarga nos invólucros e saio do silêncio relativo do banheiro para o barulho e o caos lá fora.

CAPÍTULO 11

O imitador de Elvis mudou de roupa e virou Tom Jones. Mesma calça de couro, camisa diferente. Ele se lança em "Sex Bomb", girando e balançando uma jaqueta de couro como um laço.

Peço várias cervejas. Pego uma e abaixo a garrafa enquanto jogo o conteúdo do envelope ali dentro.

– Pode me dar uns copos, por favor? – peço ao barman.

Ele balança a cabeça de maneira questionadora.

– *Copos*, por favor. E... – Analiso o balcão – aquilo ali também, por favor. Aponto para umas nozes cobertas com pimenta. – Cinco pacotes, por favor.

Ele me entrega quatro copos quentes, recém-saídos da máquina de lavar louça, e depois uma pequena bandeja preta.

Volto para Katie e os outros antes de servir uma cerveja no copo na frente dela. Eu tenho que fazer isso; mal consigo sacudir a garrafa.

– Me desculpa pelo que eu disse antes – digo, entregando a cerveja a ela. – Oferta de paz. Às vezes eu tenho uma boca grande. Tenho certeza que cometi um erro.

Ela hesita, pega o copo e o levanta num gesto de brinde.

Abro as nozes e aliso os pacotes de alumínio.

– Podem pegar – digo a todos, mas é claro que estou falando da Katie.

A namorada perfeita

A falha potencial no meu plano é que as pílulas podem ter um gosto forte. Espero que as nozes mascarem qualquer sabor desagradável. Tom Jones canta o refrão de "Delilah". Várias pessoas do nosso grupo acompanham, rindo, inclusive Katie.

Sorrio e finjo me divertir. Espero que ela caia do banquinho. Ela parece tão alerta que tenho medo de precisar de mais ajuda, então me afasto e peço alguns *shots* de rum local.

– Vamos lá – grito. – O último a terminar paga a próxima rodada.

A maioria das pessoas, incluindo Katie – ufa – aceita o desafio.

– Você está animada hoje à noite – diz alguém. – Ganhou na loteria?

Dou uma risada educada, como se ele tivesse dito algo realmente engraçado.

– *Um, dois, três...* – canta o grupo.

Eu quase fico enjoada.

– Meu Deus, isso é horrível – grito.

– O que é? – pergunta Kevin, entrando no campo de visão.

Meus olhos estão marejados.

– Rum. Para mim, chega.

– Café com leite. – Kevin sorri.

Ele tem bonitos olhos castanhos, que combinam com a pele escura e o sorriso prepotente.

Retribuo o sorriso antes de olhar para Katie. Finalmente, ela está parecendo um pouco fora do ar.

— Talvez eu vá embora daqui a pouco – digo a Kevin. Aponto para Katie. – Parece que ela também precisa de uma carona de volta.

— Vou me juntar a você. Eu não estava planejando ficar até muito tarde.

Eu me aproximo de Katie.

— Kevin e eu vamos voltar. Quer ir com a gente? Você parece cansada.

— Cansada? – Ela parece confusa. – Não, não, estou bem. Podem ir. Eu volto com os outros mais tarde.

— Acho que você devia ir. – Viro para Kevin. – Você não acha?

Ele dá de ombros.

— A moça decide – diz ele.

Eu o puxo para o lado.

— Ela parece meio bêbada.

— Parece normal para mim.

Katie desliza do banquinho, se encostando na mesa para ter apoio. Ela deixa a bolsa cair nesse processo. E se esforça para recuperar seus pertences: uma escova de cabelo, algumas pastilhas de menta e um batom.

Kevin se aproxima rapidamente. Ele ajuda Katie a ficar reta.

Lanço um olhar de "eu te disse" para ele.

Do lado de fora, chamamos um táxi. Um de verdade. Um tuk-tuk poderia sacudi-la a ponto de fazê-la voltar à consciência plena. Durante a viagem, ela apoia a cabeça na janela, os olhos abrindo e fechando.

A namorada perfeita

Um porteiro abre a porta traseira quando paramos diante do nosso hotel.

– Me ajuda a levá-la para o quarto dela – digo a Kevin. – Parece que ela precisa de uma boa noite de sono.

– Estou bem – murmura ela, mas não reclama quando ele coloca o braço ao redor dela para ajudar.

– Em que quarto você está? – pergunta ele.

– Hum... dezessete... seis... dois. – Ela boceja e franze a testa, como se estivesse se concentrando profundamente. – Um. Sete. Seis. Dois.

Quando chegamos ao seu andar, ela está praticamente sonâmbula. Tiro a bolsa do ombro dela e procuro a chave. Enfio a chave na porta, e Kevin a leva para a cama. Tiro seus sapatos. Kevin e eu ficamos lado a lado, como pais preocupados, olhando para ela.

– Você acha que ela está bem? – pergunto.

– É. Provavelmente só precisa dormir.

– Vamos colocá-la na posição de recuperação, só para garantir.

– Você acha melhor?

– É. Você vai ter que me ajudar.

Kevin segura o tronco dela. Seguro as pernas e nós a rolamos para o lado, colocando os braços na posição correta. Ela ronca baixinho. Muito feminina.

– Vamos – diz ele.

Diminuo as luzes, guardando a chave dela no meu bolso enquanto saímos. A porta se fecha com um clique atrás de nós.

Esperamos o elevador.

– Que tal uma saideira? – diz Kevin.

– Obrigada. Desculpe, mas estou exausta.

– Faz sentido.

O elevador chega. Em outro momento e lugar, talvez. Este é mais um problema que Nate causa para mim. Kevin é legal e, vamos falar sério, por que Nate deveria ser o único a se divertir? Mas, infelizmente, eu não apenas sou mulher de um homem só, mas também estou muito ocupada. Tenho coisas para fazer.

O quarto dele fica no andar acima do meu, o que significa que ele sai primeiro.

– Boa noite – falamos juntos.

As portas do elevador se fecham. Elas se abrem no meu andar, mas fico ali e espero que se fechem novamente. Aperto o décimo sétimo andar. Quando as portas se abrem, confirmo se o corredor está deserto. Não há nenhuma câmera de circuito interno à vista. Pego a chave do quarto da Katie no meu bolso. A fechadura fica verde. Estou dentro.

Ela já não está roncando, mas a respiração está pesada. Seu cabelo está caído sobre o rosto. Eu o afasto com delicadeza. Sento na poltrona e a observo. Será que Nate a observa quando ela está dormindo? Eu costumava observá-lo o tempo todo. Ele parecia sempre tão vulnerável, tão em paz, todos os vestígios de preocupação ou raiva eliminados. Eu queria entrar na cabeça dele. Queria saber o que estava pensando o tempo todo.

Ele dizia que seus pensamentos eram frágeis e intangíveis. Bem, isso era uma mentira. Ele manteve os pensamentos coerentes o suficiente para planejar se livrar de mim.

A namorada perfeita

Como se eu não fosse nada.

Eu me levanto e pego o celular dela, embora o fato de ver mensagens dele vá ser como futucar as feridas, mas está bloqueado por código. Procuro na carteira dela; nenhum sinal do seu passaporte. Abro o guarda-roupa e vejo que o cofre está trancado. Verifico a bolsa de novo e encontro uma carteira de motorista. Mas, mesmo digitando variações da sua data de nascimento no celular – e no cofre –, não consigo obter um resultado.

Procuro no banheiro, verificando seus produtos. Ela usa xampu antifrizz. Aposto que Nate não sabe *disso*, não é? Que o cabelo dela é naturalmente quebradiço. Vasculho sua mala, que tem principalmente roupas, e depois vasculho sua mala de voo. Manuais. Um livro de suspense. Um livro de viagem. Eu o reconheço. Foi um que comprei para ele. *Quinhentos lugares para conhecer antes de morrer.*

Ele deu ou emprestou para ela um livro que eu dei a ele! Como teve coragem?

Eu o folheio. O cara não tem nenhuma imaginação. Seus presentes comuns são chocolates. Aposto que esqueceu o aniversário dela – ou algo assim – e decidiu dar uma coisa minha. A menos que... ela mesma o tenha tirado da estante de livros dele. Eu a encaro, tão calma e tranquila, sem nenhuma preocupação no mundo, depois levo o livro até a escrivaninha e pego uma caneta.

Na última página, escrevo uma dedicatória atrasada: *Para o meu querido Nate. Te amo para sempre. Estou ansiosa para explorar o mundo com você. E XXX*

Na melhor das hipóteses, Nate deve ter folheado o livro. Ele não vai ter percebido se escrevi alguma coisa ou não.

É a cara dele.

Eu o coloco de volta. Espero que ela sinta um ciúme momentâneo quando for confrontada com provas do passado romântico de Nate, se tropeçar nas minhas palavras. Vasculho sua bolsa de mão e gravo seu endereço e outras informações potencialmente úteis no meu celular. Não há mais nada que eu possa fazer por enquanto, então coloco o cartão-chave na mesa de cabeceira e saio.

De volta ao meu quarto, navego pela internet para ter ideias. Preciso de mais acesso ao mundo interior do Nate. Descubro um aplicativo que pode rastrear todas as suas mensagens e atividades. O sonho de uma amante rejeitada. Aposto que a pessoa que o criou estava numa situação semelhante à minha, porque a necessidade é a mãe da invenção. O aplicativo é comercializado como uma ferramenta contra roubo ou para aqueles que querem observar de perto seus adolescentes ou pais idosos. Há um aviso de que é estritamente proibido instalar o aplicativo num celular que não seja seu, mas vou ignorar isso.

Tudo de que preciso agora é ter acesso ao celular dele. Parece que a maioria das pessoas que o instalou sem permissão do proprietário fez isso quando o parceiro estava dormindo ou no banho. Para isso, eu teria que entrar no apartamento do Nate quando ele estiver em casa, no meio da noite, ou me esconder no apartamento até ele tomar banho.

Não são opções ideais.

A namorada perfeita

• • •

Katie desce para a saída da equipe perfeitamente bem. Ela não fala da outra noite, nem eu – nem Kevin –, até onde eu sei. Ela provavelmente está com vergonha, achando que não consegue se controlar com a bebida.

As pílulas vão ser mais úteis para mim do que imaginei no início.

Penso nas coisas no caminho para casa, ajustando mentalmente meu PDA.

Quando pousamos em Heathrow, o plano perfeito surge na minha mente.

Nate não leva o celular quando sai para correr. Ele acha que é o único momento em que consegue se desligar do mundo. Tudo que preciso fazer é ficar por perto, esperar ele sair para correr, entrar e instalar o aplicativo antes de ele voltar.

Simples.

No meu primeiro dia de folga, tenho uma aula de direção intensiva de duas horas, na preparação para a prova prática de direção que está chegando. Eu me concentro ao máximo em dominar todos os itens essenciais, mas é frustrante não ter controle sobre os outros motoristas, que ultrapassam ou saem na minha frente nos sinais de trânsito.

Pego um trem cedo na manhã seguinte, para chegar a tempo da provável saída de Nate do prédio. No entanto, eu me sinto mais exposta, agora que o verão está iminente. A luz não é minha amiga. Estou um pouco preocupada que ele possa me ver se olhar pela janela. Preciso de um disfarce melhor.

Sento num banco. Os pombos ciscam nos canteiros vazios de terra perto dos meus pés. Eu os enxoto.

Espero e espero, mas ele não aparece. Aeronaves rugem no alto a cada minuto.

Frustrada, quero chutar uma árvore próxima. Eu *sei* que ele está em casa. Aposto que Katie está lá com ele. Ele sempre saía para correr quando eu estava com ele.

Ando até a rua principal. E depois vagueio ao longo do rio, para o caso de vê-lo por ali, mas não há sinal dele.

Será que poderia ter ido para Peterborough? Improvável, mas, por outro lado, como eu saberia?

Esse é o problema. É por isso que preciso de acesso ao celular dele. Desanimada, vou para casa.

Nate tem mais dois dias de folga, o que significa que não tenho escolha senão ir até lá toda manhã maldita e esperar.

A perseverança sempre compensa. Nunca, nunca falha.

No dia seguinte, Nate sai para correr. Observo atrás de uma árvore próxima, fingindo amarrar o cadarço. Eu queria poder acenar feliz para ele por ser tão obediente; ele não tem ideia de quanto trabalho em equipe está sendo realizado para o nosso reencontro.

Olho para o meu celular. Tenho cerca de quarenta minutos, se ele mantiver sua rotina. As condições meteorológicas são favoráveis; ensolarado, mas não muito quente. Corro em direção ao apartamento dele sem hesitar, como se tivesse todo o direito de ir nessa direção. Puxo o capuz quando me aproximo das portas do prédio e coloco meus óculos escu-

A namorada perfeita

ros. Não conheço seus vizinhos *tão* bem, mas raramente faz algum sentido assumir riscos desnecessários. Corro levemente até o andar de cima e entro fazendo o máximo de silêncio possível.

Paro e espero.

Nenhum som.

Rastejo em direção ao quarto e ao banheiro. Ambos desocupados. Meu coração se alegra com a ausência de Katie ou qualquer equivalente feminino. Vou para a cozinha. O celular do Nate está na mesa, ao lado de uma caneca com I ♥ NY impresso. Ele comprou uma igual para mim. Eu a levo até a boca. Não está quente, mas também não está fria, então eu sei que foi nessa caneca que Nate bebeu hoje de manhã. Parece íntimo e gratificante. Mas não posso me distrair. Digito o código do Nate.

Código incorreto.

De jeito nenhum, porra!

Digito de novo. Funciona. Ufa. Preciso me concentrar e prestar atenção. O aplicativo começa a baixar. No meio do caminho, ele para. Assim como o meu coração quase faz. A tela toda congela. Desligo o celular apertando o botão de ligar/desligar por alguns segundos e aguardo enquanto reinicia. Na segunda tentativa, ele baixa completamente. Percorro o aplicativo e oculto o ícone, depois devolvo o celular ao local original. Vou ter que configurar uma conta especialmente criada para rastrear os dados, mas preciso fazer isso em casa. Recebi um período de avaliação gratuito de quarenta e oito horas para ver se funciona.

Dou uma olhada rápida pela janela. Nenhum sinal de que Nate está voltando.

Não consigo evitar. Dou uma vasculhada rápida no apartamento.

Sua maleta de voo retangular com fechos de ouro está aberta. Vasculho o conteúdo. Papéis, manuais, planos de voo, mapas. Que tédio. A mala está fechada. Eu a levanto; está vazia. Sua carteira está ao lado. Eu a abro. Recibos. Restaurante, hotel e contas de bar. Analiso tudo. Vinho branco, humm. Um Sea Breeze. Um Cosmopolitan. Bebidas femininas. Tudo num bar pretensioso na Cidade do Cabo: Bar on the Rocks. Talvez Katie tenha algo com que se preocupar, no fim das contas. Vejo seu passaporte e sua identificação da companhia aérea sobre a mesa de cabeceira entre uma pilha de moedas estrangeiras. Folheio as páginas finas do passaporte. Já fiz isso várias vezes; eu costumava tentar obter todas as informações possíveis sobre ele. Pego meu celular e tiro fotos para atualizar minha coleção. Nate é uma das poucas pessoas que conheço que tem uma foto decente no passaporte.

Abro o guarda-roupa. Nada feminino, idem no banheiro. Verifico meu celular. *Merda*. Passaram-se trinta e cinco minutos. Pego uma garrafa de seu vinho tinto preferido na minha mochila e a coloco rapidamente no rack de vinhos, porque o aniversário dele está chegando. Em seguida, vou para a porta da frente, acenando para o peixe enquanto saio. Rainbow deve estar explodindo numa indignação silenciosa.

Quando começo a descer, ainda no alto da escada, ouço as portas do prédio batendo lá embaixo.

A namorada perfeita

Espero.

Ouço passos subindo. E vozes.

– Tudo bem, cara?

– Tudo bem, obrigado. E você?

Droga.

A voz do Nate. Ele está numa conversa agradável com um vizinho.

– Tudo bem, obrigado. Meu joelho anda fazendo umas gracinhas...

Não tenho onde me esconder. Pense. Corro de volta para o terceiro andar e aperto o botão do elevador. Dá para ouvi-lo voltando à vida. Ele é muito velho. Espero que não quebre. Quebrou uma vez quando eu morava com o Nate. O homem da manutenção que o consertou mencionou que, mesmo que os moradores votassem por manter os reparos, provavelmente precisaria ser trocado em pouco tempo. As luzes se acendem. Térreo. Segundo andar.

As vozes param.

Passos.

Merda, merda, merda.

As portas do elevador se abrem. Entro e aperto a letra *T*. As portas se fecham tremendo. Ao descer, prendo a respiração até o elevador parar. Puxo meu capuz e coloco os óculos. Dou um passo para fora e olho ao redor.

Vazio.

Vou em direção às portas principais, corro pela trilha e me afasto do prédio sem olhar para trás.

• • •

Em casa, fico eufórica.

Eu consegui!

Tenho total e completo acesso ao mundo do Nate. É como o melhor reality show de todos os tempos. Analiso para satisfazer o meu coração, apesar de o acesso à informação ser um pouco mais lento do que eu esperava.

Posso até ver seu histórico de navegação. Ele convidou Katie para a festa de noivado de Bella e Miles num hotel de cinco estrelas situado à beira de New Forest no próximo mês, no último sábado de junho. Ele não foi ao trigésimo aniversário da celebridade que é amiga de Bella – ele não apareceu em nenhuma foto –, mas é claro que Bella escolheu uma data adequada ao seu reverenciado irmão para a festa de noivado.

Faço um café e o beberico, ponderando. Olho para o meu quadro em busca de inspiração, depois fico on-line e digito palavras aleatórias como *vingança* e *parceiro traidor*. Ignoro as postagens ridículas que mencionam assassinato, outdoors públicos e vendas de garagem dos pertences do traidor. No entanto, a internet prova sua lealdade e fidelidade como uma verdadeira amiga, fornecendo diversas soluções. Minha mente fica insistindo em duas palavras: *armadilha sexual*. Ideias relacionadas disparam pela minha mente, mas eu descarto todas elas por serem muito arriscadas. No entanto, parece que há uma solução tangível ao meu alcance se eu refletir sobre as coisas por tempo suficiente.

A namorada perfeita

De certa forma, é como ter um equivalente de "compre um, leve dois". Espero ter um impacto negativo na noite de Bella também, se conseguir executar uma virada certa de eventos na festa dela. Nate não é o tipo de pessoa que disfarça os sentimentos se estiver de mau humor.

Volto para o quadro. As fotos estão divididas em passado, presente e futuro. O jovem Nate sorri para mim. Ele está usando um short e uma camiseta e parece feliz. Bella tinha uma fotografia de família na mesa de cabeceira. Mesmo naquela época, ele tinha um olhar sagaz, uma confiança mal disfarçada.

Minhas fotos antigas da Bella são cortadas dos anuários da escola, porque ela aparecia em destaque em todos eles, às vezes relacionada à atuação no teatro, à gastronomia, a realizações acadêmicas ou ao esporte. Embora ela se destacasse em equitação, hóquei e tênis, sua habilidade real era natação. Ela ficou horrorizada quando descobriu minha vergonha secreta, minha incapacidade de nadar.

– Eu achava que *todo mundo* aprendia na infância – disse ela com o tom zombeteiro que começou a usar com mais frequência quando se dirigia a mim.

Eu tinha que chegar nas aulas de natação quinze minutos antes de todo mundo, para receber mais instruções e, durante a aula principal, ficava presa na parte rasa, como uma criança. Uma vez, quando saí dos vestiários fedorentos e úmidos, a piscina estava deserta – exceto por Bella, que nunca tinha medo das regras, porque, é claro, não se aplicavam a ela. Sentei num banco na lateral, esperando a srta. Gibbons, mas não houve nenhum sinal dela enquanto o relógio marcava os minutos.

Bella me viu.

– Entra, eu fico de olho em você – disse ela, me chamando para a piscina.

Eu queria dizer que não, mas nunca fiz isso com Bella. Então, devagar, relutante, desci a escada e entrei na água na parte rasa. Estremeci. Uma bobina de memórias se desenrolava, lentamente no início. Depois mais rápido, até elas colidirem. Decidi ser mais corajosa e ir para a parte funda, incentivada por Bella. A água subiu pelo meu nariz, irritando o fundo da garganta. Quando levantei a cabeça, percebi Bella. Captei um flash do seu maiô azul-marinho antes de nossos membros se entrelaçarem e nós duas desaparecermos debaixo d'água.

Eu me obriguei a abrir os olhos e, felizmente, a borda borrada da piscina apareceu. Estendi a mão e ali me agarrei com toda a força que consegui.

Eu me senti sendo ajudada. A srta. Gibbons. Sentada na borda, tremendo, tossi tanto que pensei que fosse vomitar. Eu mal conseguia ouvir a srta. Gibbons brigar comigo e agradecer à Bella.

Embora não tivesse nenhuma prova, eu suspeitava fortemente que Bella tivesse lido meu diário e quisesse me assustar. Eu o tinha encontrado virado para cima embaixo da minha mesa, e sempre o colocava virado para baixo. Minha culpa em relação ao Will tinha sido exposta, e foi terrível ter minhas próprias palavras – *a culpa foi minha* – mal interpretadas, como se ela tivesse decidido que eu era um tipo de *assassina*.

Estava ficando cada vez mais difícil ignorar o fato de que Bella era má, que ela havia se cansado de mim do jeito que algumas pessoas fazem com um animal de estimação. Um comentário traiçoeiro aqui, um riso abafado ali. Minhas gavetas apareciam remexidas no dormitório, o desodorante ou a pasta de dente desapareciam. Eu tentava fingir que nada disso estava acontecendo, mantinha a pose e esperava que ela e sua gangue se cansassem daquilo. Mas agora eu tinha que enfrentar o fato de que minha lealdade tinha sido dedicada à pessoa mais errada. E, por causa disso, não sei quem eu odeio mais: ela ou eu.

Naquela noite, rasguei algumas páginas do meu diário e picotei em pequenos pedaços. Seções anteriores detalhavam minhas fantasias para o futuro, minhas frustrações com minha mãe e as dificuldades de cuidar do meu irmãozinho irritante. E o que aconteceu com Will. O estresse, o medo do pior erro que já cometi, minhas próprias palavras condenáveis sendo lidas por Bella e outras pessoas, queimavam como ácido quase constantemente no meu estômago.

E essa nem foi a pior coisa que ela fez.

Preciso manter o foco e me concentrar no presente, se quiser que Bella pague completamente pelo passado. A cada mês, a cada pequena ação, estou chegando mais perto.

Idem quando se trata do meu futuro com Nate. E é por isso que faz sentido Katie se afastar. Descarto ideia atrás de ideia, até pensar em algo que *poderia* funcionar, porque Nate vai se hospedar no hotel de New Forest na véspera da festa de Bella para colocar a conversa em dia com antigos colegas de escola.

Uma calma me toma enquanto atualizo meu PDA.

Às vezes, agora que estou um pouco distante da situação, eu me pergunto por que insisto com Nate. A conclusão de sempre é que, se eu não o tivesse visto por dentro – o homem que pode ser amável, engraçado, carinhoso e atencioso –, seria mais difícil. Mas eu o amo. Já aceitei que simplesmente não posso lutar contra o destino. E, como estou temporariamente sem poder, uma armadilha sexual parece ser uma solução viável para facilitar o afastamento da Katie, pois isso vai obrigá-la a ver a fraqueza e a vaidade do Nate em primeira mão. E, ao mesmo tempo, dar ao Nate uma valiosa lição de vida sobre como é ser rejeitado.

CAPÍTULO 12

No aniversário de Nate – 15 de junho –, depois de mais oito aulas de direção intensivas, passo na prova. Finalmente, posso pegar o meu carro. Um presente para mim, já que não posso comprar um presente adequado para o Nate. Saio de um showroom de carros com o teto aberto, usando óculos escuros no estilo Sophia Loren.

Vinte minutos depois, já estou perdida; a tela do GPS fica vazia. Entro numa garagem e pergunto a um mecânico como redefinir o sistema de navegação corretamente. Antes de me afastar, ligo para Amy.

– Oi, que tal dar uma volta no meu carro novo?

Ela hesita.

– Desculpa, não posso. Minha mãe está vindo me visitar e...

– Talvez mais tarde, então?

– Não tenho certeza.

Tenho uma ligeira sensação de desconforto ao desligar. Amy não parecia ser ela mesma, como se alguém estivesse por perto. Eu gosto da Amy, de verdade, mas às vezes ela pode ser um pouco egoísta. O tipo de pessoa que, se você perguntar como está, conta tudo em detalhes. Ligo para o corretor imobiliário e pergunto se posso antecipar as visitas às propriedades que eles escolheram para mim. Digito *Richmond* no aplicativo de navegação e saio.

Logo descubro que a parte inconveniente de ter um carro é que você tem que estacioná-lo. Dirijo de um lado para o outro, fico presa atrás de ônibus e bicicletas, até que finalmente estaciono nos arredores de Richmond. Envio uma mensagem de texto para Amy, lembrando-a de me ligar se mudar de ideia.

Ela não responde.

Assim que sigo uma corretora usando um terninho azul-marinho até um apartamento contemporâneo de um quarto, simplesmente *sei* que esta será a casa perfeita para mim. Parece que já é minha. Da janela do quarto, dá para ver a porta da frente do Nate. Se eu usar binóculos, vou poder ver suas entradas e saídas, o que pode ser útil, mesmo quando tivermos voltado.

Nunca mais vou confiar em ninguém. A confiança é um luxo.

De volta a casa, enquanto espero a chaleira ferver, faço uma oferta pelo apartamento. Volto a trabalhar nos meus planos e pesquiso *armadilha sexual* de novo, no Google. Tudo que tenho a fazer é mandar uma foto do Nate – isso não é difícil –, fornecer os dados do meu cartão de crédito e a hora e o endereço onde Nate vai estar. A pergunta mais difícil de responder é sobre o tipo de mulher que Nate gosta. Eu queria poder dizer "eu". Mas, na verdade, realmente não sei. Tenho cabelo castanho – atualmente louro – e altura média. Fiz uma busca nas fotos das antigas namoradas do Nate, mas, quanto mais eu penso no assunto, mais acho que ele não tem

A namorada perfeita

um "tipo". Digo à agência que precisa ser alguém discreto e elegante, sem tatuagens visíveis.

Nunca questionei muito Nate sobre seu passado quando estávamos juntos. Eu não precisava, porque tinha ficado de olho nele ao longo dos anos. Além disso, grande parte da minha história foi embelezada – sem falar da região de onde eu vim, da minha escola e do fato de que eu nunca consegui ser atriz. Eu queria uma desculpa para a sucessão de mudanças de emprego.

Uma vez, ele me perguntou até que ponto eu conhecia Bella.

Respondi: "Todos conheciam a Bella, mas eu não tinha muito a ver com ela", e mudei de assunto. Eu não podia dizer a verdade: que eu era uma solitária, flutuando à deriva, esperando para colocar todos os meus ovos numa única cesta. A dele.

Eu também não podia admitir que praticamente não tinha amigos. É por isso que Amy é tão importante – toda garota precisa de uma melhor amiga, e ela vai passar uma boa impressão de mim.

Nate vai aprovar minha amizade com ela. E ela será uma prova viva de que não sou uma marginalizada social absoluta.

No dia anterior à *grande* festa, ligo para o departamento de agendamento, já que não posso estar em dois continentes ao mesmo tempo.

– Número de funcionário?

— 959840. Estou telefonando para avisar que estou doente e não posso pegar o voo para Perth hoje à noite.

Escuto o toque de um teclado.

— É uma lesão relacionada ao trabalho? Você precisa de algum apoio do seu gerente?

— Não. Obrigada. Eu ligo quando me sentir melhor — digo com voz de "doente". Sorrindo, termino a ligação.

Adoro o anonimato do meu trabalho. Sempre que eu fingia estar doente antes, em empregos anteriores, tinha que ver uma preocupação falsa quando, na verdade, os colegas ficavam chateados por terem que fazer o meu trabalho.

Esperam-se trezentos convidados na festa de amanhã à noite. Um número perfeito. O tema é James Bond. Katie vai usar um vestido chinês de seda azul, como o que foi usado pela agente dupla, srta. Taro, em *O satânico dr. No*. Ela vai precisar usar uma peruca escura. Nate vai vestido de James Bond. Deus me livre de ele ir como alguém interessante, tipo Jaws. Bella está mantendo sua roupa em segredo; como se alguém se importasse. Ela costumava fazer o mesmo na escola, seja em festas ou em peças escolares. Digito *Bond girls* no Google e acho que sei como ela vai se vestir, porque uma delas é descrita como a "mais venerada". O meu é um vestido elegante e simples semelhante a um usado por uma agente da KGB em *O espião que me amava*. Não posso usar um macacão de lycra; preciso me misturar com uma elegância sutil.

Verifico as mensagens do Nate. Adoro meu aplicativo espião quando ele não é temperamental; é parecido com ser

A namorada perfeita

vidente. Conforme planejado, Nate vai se hospedar no hotel hoje à noite.

Eu também.

O hotel rural fica situado em vários hectares de terreno e tem um labirinto, um lago e um campo de golfe. Carvalhos antigos se enfileiram na entrada comprida e ampla. Conforme desacelero para passar nos quebra-molas, me lembro da escola. Eu me sinto um pouco enjoada quando a casa grande e antiga aparece. Acima da casa, um espaço entre as nuvens fica visível enquanto o fraco sol da tarde as atravessa. A recepção está silenciosa, provavelmente a calmaria antes da tempestade da festa, já que a maioria dos convidados deve chegar amanhã. Faço o check-in, recuso a oferta de ajuda com as malas e subo de escada, achando mais seguro do que ficar presa num elevador.

O quarto é lúgubre, e a decoração florida é deprimentemente antiquada. Saquinhos delicados e ridículos de pot--pourri de lavanda, amarrados com uma fita roxa delicada, estão sobre os travesseiros. O aroma esmagador de lavanda quase me sufoca. Abro uma janela, mas ela para a alguns centímetros de largura. Inspiro o ar fresco através da abertura, antes de vasculhar minha bolsa e pegar o meu perfume, que pulverizo generosamente pelo quarto. Jogo os "auxiliares de sono" de lavanda pela fenda na janela e os vejo desaparecendo enquanto são engolidos por um arbusto. A lembrança perturbadora que o cheiro provoca é demais para suportar.

Ligo para a agência da armadilha sexual.

— A mulher que vai seduzir o meu namorado já está no local? – pergunto. Devo parecer uma namorada desesperada e insegura, mas não me importo.

— Está, mas não se preocupe. A maioria dos homens é fiel às suas parceiras. Nós geralmente descobrimos que não há nada com que valha a pena se preocupar.

— Sério? – Que pena.

Afundo na cama.

O telefone do Nate está silencioso. Nada de mensagens, nada de mídias sociais, nada. Obviamente, ele está preocupado.

Inspira. Expira.

Eu não deveria ter vindo aqui hoje à noite, deveria ter esperado até amanhã. Estou presa neste quarto enquanto, lá embaixo, só consigo imaginar que tipo de cenário de paquera pode estar se desenrolando. Considero minhas opções: eu *poderia* ir ao bar, mas acho que não vai estar cheio o suficiente para eu me esconder bem. Eu também poderia pedir serviço de quarto ou tentar ver um filme. Mas nenhuma das opções me atrai.

Eu preciso sair.

O anoitecer é iminente quando ando até o estacionamento. Aperto a chave do carro e sento no banco do motorista. Vou em direção à saída, sem uma ideia clara de aonde estou indo. Atravesso estradas estreitas, enfileiradas com sequoias gigantes e rododendros que passaram da plena floração, com as folhas caindo. Passo por várias casas de campo antigas com mata-burros nas entradas de carro, antes de a pista sinuosa se abrir para uma charneca com canteiros de urze e cartazes frequentes que alertam os motoristas: *Cuidado com os pôneis* e *Diminua a velocidade*. Grupos de dois ou três pôneis se reúnem perto da margem da estrada, sob as copas dos carvalhos. Inicialmente, tenho a intenção de dirigir durante pelo menos uma hora ou duas para manter a mente ocupada, mas, em poucos minutos, tenho que acender os faróis altos. Em vez de espaços abertos, a escuridão encolhe a floresta, e eu me sinto isolada – a poucos instantes de ameaças invisíveis.

Volto para o estacionamento do hotel. Desligo o motor e fico sentada, na escuridão, encarando as luzes brilhantes do prédio. Um táxi para, e um casal aparece na entrada e desce a escada. Um homem com excesso de peso usando terno sai para fumar.

Não me mexo. Não confio em mim mesma.

Uma mulher desce os degraus do hotel e entra em outro táxi que está esperando. Eu me sento mais reta. Não consigo ver mais do que um vislumbre dela, mas era curvilínea, com cabelos ondulados longos e louros, e definitivamente estava usando salto alto. *Tem* que ser a mulher da agência, porque não consigo ver por que outra pessoa sairia sozinha a esta hora da noite, toda bem vestida.

Com um renovado sentido de propósito, dou partida no motor e sigo o táxi que sai pela entrada de carros. Ele vira à direita. Garantindo que não estou muito perto, mantenho o veículo à vista. Conforme eu suspeitava, ele desce a ladeira suave até a estação. Paro numa vaga no pequeno estacionamento, ao lado de um 4X4. Olhando para cima, vejo que a motorista está lendo num e-reader ou num tablet, porque a tela ilumina seu rosto.

Saio do meu carro, feliz por estar usando tênis, e caminho em direção à entrada de tijolos vermelhos. A mulher está sozinha na plataforma. Olho para o painel de informações; há um trem para Londres daqui a sete minutos. Ela se apoia numa coluna branca, bem longe da linha amarela da plataforma, digitando no celular. Sento num banco de metal frio e olho ao redor. Não há muita coisa para ver: uma máquina de venda automática, um balcão de informações e, claro, uma câmera de circuito interno. Preciso saber se ela gostou da companhia do Nate hoje à noite. Eu poderia ligar para a agência, mas está tarde. E, mesmo que eles atendam, imagino que vou ser enrolada com a promessa de um "relatório completo em breve".

Ando até a mulher. Ela se assusta um pouco quando me aproximo.

– Com licença, sabe quanto tempo dura a viagem de trem até Waterloo? – É o melhor que consigo pensar por enquanto.

– Quase duas horas.

– Ah. Isso é irritante. Eu queria ter pegado um mais cedo.

– Eu também. – Ela sorri. – Você tem sorte. Este é o último trem de hoje à noite.

Seus grandes olhos castanhos estão com uma maquiagem pesada, e ela usa brilho labial. Imagino Nate sendo atraído por ela e sinto a facada familiar do ciúme se enroscando dentro de mim.

A namorada perfeita

– Você foi a algum lugar agradável? Eu estava visitando uma tia.

Um anúncio gravado nos interrompe num volume alto: *O trem que está se aproximando da plataforma é o...* Luzes brancas aparecem ao longe, apontando para nós.

– Prazer em conhecê-la – diz ela, deixando claro que não quer ficar conversando comigo durante todo o caminho até Londres.

– Igualmente – digo.

O trilho vibra quando o trem se aproxima.

Em algum nível, eu *entendo* que não é culpa dessa mulher se Nate foi seduzido por ela. Mas, neste exato momento, para mim, ela representa todas as *outras* mulheres. Todas as Katies, todas as mulheres que vieram antes e todas as futuras. Tento respirar fundo para me acalmar, mas meus pulmões parecem apertados e minha garganta fechou. Não consigo chegar ao lugar seguro na minha mente. Quando o trem está prestes a partir, dou um passo à frente. Atrás de mim, a porta da sala de espera se abre. A motorista ao lado de quem estacionei aparece na plataforma perto de mim.

Dentro do trem, vejo algumas cabeças, pessoas lendo, vendo telas, dormindo. Eu me pergunto brevemente se devo embarcar e voltar amanhã – mas isso também seria sem sentido. Já desperdicei uma noite inteira. A mulher aperta o botão para abrir a porta e entra no trem. Observo enquanto escolhe um assento na janela. Ao meu lado, o homem cumprimenta um cavalheiro idoso e pega sua pequena mala, guiando-o pelo braço em direção à saída.

Conforme o trem se afasta, percebo a expressão intrigada da minha suspeita de armadilha sexual quando ela me vê, enraizada na plataforma, encarando. Fico parada por mais alguns instantes, me sentindo à deriva, até aceitar o fato de que o melhor curso de ação por enquanto é voltar para o meu quarto de hotel solitário e dormir.

Na manhã seguinte, estou deitada na cama, olhando para o teto. Meu celular toca.
— Juliette? Juliette Price?
— Ela mesma.
— É Stacy. Da agência.
Eu me sento.
— Oi?
— Você disse que gostaria de um relatório verbal, além de um e-mail?
— Sim, é isso mesmo.
— Sinto dizer que tenho notícias difíceis. Você tem um amigo ou alguém a quem possa recorrer para obter apoio?
Uma ferroada de esperança e empolgação.
— Tudo bem. Pode falar. Por favor.
— Bem, como você sabe, nossa equipe não seduz deliberadamente ninguém nem...
— Sim, sim, sim, eu sei. Pode falar. O que Nate fez?
— Ele pediu detalhes. Especificamente, o número de telefone. Ela não ofereceu. Foi ele que pediu.
— Algo mais?
— Não.

A namorada perfeita

– E, na sua experiência, o que isso significa?
– Que você precisa ficar de olho.
– Qual era o nome dela?
– Miranda.
– Ela é loura?
– Sim, mas eu não recomendaria que você se apegasse a isso como informação relevante. Nosso relatório completo vai seguir em breve.
– Okay. Obrigada.

Levanto da cama com uma sensação renovada de propósito.

Saindo do hotel, dirijo até um povoado próximo e sento numa cafeteria, trabalhando na melhor forma de passar as informações para Katie.

No fim da tarde, deslizo o vestido sobre a cabeça e aplico uma maquiagem pesada e uma peruca. Recentemente, comprei umas lentes de contato azuis nos Estados Unidos, mas é um saco colocá-las. Espremo e cutuco os olhos enquanto insisto; os óculos seriam um disfarce óbvio. Reaplico o rímel.

Agora tenho olhos azuis, com cabelos longos, ondulados e castanho-escuros. Sorrio para mim mesma no espelho.

Estou pronta.

Espero até uma hora depois do início da festa antes de descer graciosamente os degraus, com a cabeça erguida, e entrar no salão de baile, como se tivesse todo o direito de estar ali.

E tenho.

Aceito uma taça de champanhe de um garçom que está passando e me misturo na multidão. Meus olhos observam. Ainda não tem ninguém que eu reconheça, mas me sinto exposta. Encontro um canto, onde dou um gole na minha bebida. Fotos emolduradas do romance de Bella e Miles enfeitam as paredes – esquiando em Whistler, a bordo de um iate em Mônaco, uma gôndola em Veneza. Pego um canapé de uma garçonete que passa, porque isso me dá algo para fazer. Mordo um blini de salmão, mas o gosto é muito forte. Fico enjoada.

Minha náusea se intensifica no instante em que vejo Bella. Ela está no lado mais distante da sala. Minha previsão estava certa: Honey Ryder, de *O satânico Dr. No,* usando um biquíni branco. Parece que ela saiu de um set de filmagem. Bella é, literalmente, de parar o trânsito.

Viro para uma mulher mais velha ao meu lado. Ela está encarando Bella.

– Você é amiga de Bella ou Miles? – pergunto.

– Nenhum dos dois – diz ela. – Meu marido trabalha com Miles e...

Sorrio e aceno com a cabeça, mas minhas pernas parecem trêmulas. Um lampejo de cabelo vermelho. Katie. Ela está indo em direção ao bar, sozinha. Não consigo ver Nate. Mas ele deve estar aqui.

Peço licença e sigo para o outro lado da sala, para longe de Bella. Um homem pisa no meu pé. Ignoro a dor e continuo. Uma banda ocupa sua posição e, em poucos instantes,

A namorada perfeita

a pista de dança está lotada. Depois de duas músicas, o silêncio se instala, e as luzes ficam mais fracas. Bella ocupa o centro do palco enquanto uma luz de cima se concentra nela. Eu assisto. Ela acena para alguém. Voodoo Man, de *Com 007 viva e deixe morrer*, se junta a ela. Eu o reconheço: Miles.

Meu estômago dá um nó quando vejo Nate apoiado numa parede, segurando um copo de vinho tinto, parecendo perdido em pensamentos. Katie se junta a ele. Os dois não parecem felizes, mas, por outro lado, também não parecem infelizes. Katie pega a bebida dele e a coloca em cima de uma mesa. Ela o puxa para a pista de dança. Observo enquanto eles dançam e fico enraizada no meu lugar.

Abro caminho até a pista de dança e me junto a um grupo. Espelhos, luzes, escuridão. Quando uma versão animada de "The Man With The Golden Gun" ecoa, as pessoas correm para a segurança das laterais – exceto Bella, que se contorce e se retorce numa exibição claramente coreografada. Quero gritar quando todos aplaudem e gritam no final. Por que eles não conseguem ver a realidade? Se o evento fosse meu, seria de bom gosto e discreto. Eu não daria um show. Eu me sinto fraca quando Bella aponta na minha direção, e tenho uma visão horrível dela me puxando para a pista de dança e me expondo. Uma mulher da multidão na minha frente se junta a ela. Elas gritam, se abraçam e se beijam.

Eu nem tinha percebido que estava prendendo a respiração até expirar.

A noite não parece um sucesso. Bella está se divertindo muito. Nate e Katie também. Que perda de tempo. Vou embora, mas não antes de pegar meu presente na bolsa e colocá-lo na montanha numa mesa de canto. Meu presente sem identificação é um livro sobre como cuidar de um relacionamento doente.

Estou cansada de casais felizes.

CAPÍTULO 13

Espero quarenta e oito horas antes de mandar uma carta anônima, mas detalhada, descrevendo minhas "suspeitas" para Katie, assinando como "alguém que deseja o seu bem". Ouvi essas palavras num programa de TV certa vez, e elas pareceram irritar o destinatário.

Estou me sentindo um pouco eufórica com a intromissão, ligo o rádio bem alto enquanto faço um *stir-fry* de camarão. Mas, como acontece muitas vezes, faço comida demais, e a visão de uma refeição para duas pessoas me deixa desanimada de novo. Sinto falta de cozinhar para Nate: ele sempre gostava muito de uma refeição caseira depois de tanta comida de avião e de hotel. Diminuo a música enquanto, apática, mordisco na frente do notebook, rolando a tela, procurando, postando.

No futuro, se a família do Nate pesquisar meus antecedentes, quero que eles vejam que sou uma cidadã honrada. As pessoas veem o que querem ver. Em mim, eles vão ver a esposa perfeita para o filho amado e uma nora amável e dedicada. Estou longe de ser um pônei de um único truque. Meu currículo inventado, bem elaborado e variado, me torna a candidata perfeita para o cargo. Eu cozinho, costuro, crio. Serei a anfitriã de todas as festas de Natal, Ano-Novo, Páscoa – a porra toda. Quero que Bella tenha medo de todas as épocas festivas – como ela me fez ter pavor de cada novo semestre –, porque eu sutilmente vou sabotá-la por trás dos panos e afastá-la de sua família.

Leio um e-mail do meu gerente. Meu lugar na equipe de promoções da companhia aérea será definido até setembro, o que significa que preciso voltar com Nate o quanto antes. Minha principal vantagem é o elemento surpresa, e não devo estragar isso.

Verifico meu aplicativo espião. Há um silêncio em relação a Katie, até agora. Nate foi escalado para Las Vegas daqui a três semanas. Essa poderia ser a oportunidade perfeita para me meter no seu voo, porque Las Vegas é uma viagem impopular: voos lotados, veados e galinhas empolgados demais e que bebem muito. Verifico os pedidos de troca. *Droga.* Ninguém pediu para trocar esse destino específico. Vou continuar verificando na próxima semana antes de fazer meu pedido. O ideal é que eu não deixe nenhum rastro on-line além do planejamento casual para estarmos no mesmo voo.

Fiquei sem coisas para fazer, então ligo a TV e vejo uma partida de tênis de Wimbledon. Isso vai me dar alguma coisa para conversar com Barbara, porque imagino que ela esteja na frente da televisão agora, com um copo de Pimm's numa das mãos e uma tigela de morangos e creme bem perto. É um ritual anual dela. Mas é difícil me concentrar, porque fico procurando mensagens de Katie para Nate ou vice-versa, até que o aplicativo espião congela e eu não consigo fazê-lo funcionar. É irritante, como se os meus poderes de vidente tivessem sido desligados. Preciso ser mais cautelosa, porque

A namorada perfeita

já li que o aplicativo pode consumir a bateria do Nate e, se isso acontecer com muita frequência, ele pode tentar consertar ou fazer uma atualização.

O aplicativo volta a funcionar depois de algumas horas, provavelmente depois de Nate reiniciar o celular. Eu me obrigo a verificar apenas uma vez a cada duas horas. Descobri que ele contratou uma faxineira duas vezes por semana. Isso, imagino, é uma boa notícia; no caso de eu cometer um erro, a faxineira será culpada.

A outra coisa boa é que, quando saio para a viagem a Déli alguns dias depois, houve muito pouco contato entre Katie e Nate.

Conforme o ônibus da tripulação sacoleja, as cortinas mal penduradas na janela roçam no meu rosto cada vez que atingimos um buraco. Tento amarrar o material frágil com um elástico de cabelo para poder ver lá fora. Esta é minha primeira vez em Déli, e é encantador. Riquixás, bicicletas e vacas brigam pelo espaço pessoal na estrada, indiferentes aos uivos e aos motores ruidosos dos caminhões e ônibus decorados de maneira extravagante que apostam corrida. O calor, devido ao ar-condicionado ruim, se mistura ao cheiro pungente de frutas e bueiros, que se choca com o odor forte dos purificadores de ar de plástico branco presos ao painel de instrumentos.

Estou animada. Descobri com um passageiro que existe um adivinho respeitado localmente que trabalha no nosso hotel e, como é meu aniversário, vai ser um bom presente para mim. Principalmente porque continuo esperando uma mensagem do Nate, embora eu saiba que isso é inútil – ele nunca vai se lembrar sem um aviso –, mas, como muitas coisas, eu simplesmente não consigo evitar.

Pergunto a uma recepcionista sobre como marcar uma consulta enquanto estamos fazendo o check-in.

– Vou ver o que posso fazer, madame – promete ela.

Menos de uma hora depois, o telefone do meu quarto toca.

– Madame. Aqui é Reyansh. Você gostaria de me ver, é isso?

Fico momentaneamente abalada. Eu esperava uma mulher.

Recupero a voz.

– Sim, por favor.

– Você está com muita sorte hoje. Tenho uma hora livre, se puder descer agora.

A cética em mim suspeita que eu não tive muita sorte, mas, apesar disso, estou curiosa e me sinto atraída a fazer isso, então concordo. Na área do porão, entre as lojas de tapetes e joias com vitrines de ouro amarelo, safiras e esmeraldas, recuso educadamente as ofertas de chá – *chai* – dos vários comerciantes enquanto um homem baixo e velho acena para eu me aproximar de uma área isolada por uma cortina no fim do corredor amplo. Atrás da cortina, ele me oferece um assento e eu aceito, porque Reyansh senta na minha frente, do outro lado de uma grande mesa de madeira.

A namorada perfeita

– Por favor. Pode me emprestar uma joia ou alguma coisa que signifique muito para você?

Entrego um anel cravejado de pedras. Não vale nada, mas gosto dele porque é uma réplica do tipo de anel que eu gostaria que Nate me desse um dia. Reyansh passa um tempo estudando o anel na palma da mão, depois fala tão rápido que é difícil acompanhar tudo.

No entanto, quando saio – uma hora depois –, a essência do que ele me transmitiu se instala lentamente em mim. Estive esperando alguém durante muito tempo, e o homem em questão realmente me ama. Uma parte de mim não se importa se foi o que ele "viu" ou "sentiu" de verdade, mas isso me dá uma forte sensação de esperança e otimismo renovados. Todo mundo precisa de um estímulo de vez em quando, e eu não sou diferente, então não reclamo das 5 mil rúpias que paguei a Reyansh.

Mais tarde, eu me encontro com o resto da equipe num restaurante vegetariano local e experimento uma couve-flor assada ao curry. Depois da refeição, somos convidados a voltar para o quarto do capitão para beber, já que não havia bebida alcoólica no restaurante.

Várias cervejas depois, surge uma discussão entre duas comissárias que percebem que estão namorando a mesma pessoa depois de compartilharem fotos dos namorados. As duas se amontoam no canto da suíte e fazem ligações irritadas para o homem em questão – Sebastian –, que está em Dubai com o celular desligado. Imagino que ele vai deixar assim por um tempo, depois que ouvir as mensagens de voz agressivas.

A mulher sentada ao meu lado faz uma careta.

— Todas pensam que seu Sebastian, seu Tim, seu Dave, sua Jane, quem quer que seja, é *diferente* — diz ela.

A sensação de enjoo que habita quase permanentemente no meu estômago, como uma bola de venenos misturados, esmaga as minhas entranhas. Eu sempre soube que Nate enfrentava a tentação toda vez que ia trabalhar, mas tentei nunca deixar minha mente pensar nisso.

— Mas deve haver alguns decentes, não? — comento. — Vários tripulantes são casados e têm filhos, não é?

Ela olha para mim como se não conseguisse me entender.

— Não me diga que você se juntou à companhia aérea para se casar com um piloto! — diz ela.

Balanço a cabeça, dando a entender que essa ideia nunca tinha passado pela minha mente.

— Claro que existem histórias de sucesso. Mas é difícil. Aceite o meu conselho e saia com alguém que tenha um emprego em terra. Mas lembre-se de que isso gera um conjunto diferente de problemas, porque eles nem sempre são compreensivos quando você precisa trabalhar no terceiro Natal seguido.

Eu me desligo e me concentro nas notícias positivas que Reyansh revelou mais cedo.

Ao meu redor, as pessoas fazem planos para visitar o Taj Mahal no dia seguinte. Não quero ir. Não só é uma longa

A namorada perfeita

viagem, mas a ideia de encarar um monumento que levou mais de vinte anos para ser construído como uma demonstração de amor é demais para mim. Porque é isso que eu quero: que o Nate me ame desse jeito.

O voo para casa está cheio e agitado.

Durante o primeiro serviço de refeição, uma garotinha sentada num assento do corredor engasga. Automaticamente, dou um tapa nas costas dela e, felizmente, um pedaço de pão se desloca, mas o som do seu choro me incomoda. A mãe continua em pânico e, apesar de eu tentar tranquilizá-la, preciso me afastar dessa cena. Vou para a cozinha para pegar mais garrafas de água e tentar isolar o caos geral e o ruído da cabine. Olho para o meu relógio com esperança, mas faltam muitas horas até o pouso.

O serviço acaba sem mais interrupções. Afundo no meu assento de tripulante, depois que a cozinha finalmente está limpa, e saboreio um café.

Olho pela janela para o amplo nada e penso no quanto eu conquistei, em vez de perder.

Minha sessão com Reyansh no mínimo me ajudou a me lembrar de manter o foco. E tentar manter a crença de que tudo vai acabar bem.

Pousamos numa tarde escaldante.

O voo de Nate vindo de Lusaka deve pousar daqui a duas horas. Eu verifico. Ele vai se atrasar por mais noventa minutos. Melhor ainda.

Tiro meu uniforme no banheiro do aeroporto e dirijo até Richmond. Consigo encontrar uma vaga apenas a duas ruas de distância. Apesar do calor, corro devagar até lá. Meu traje de corrida é meu melhor disfarce de verão, porque posso legitimamente vestir algo com capuz – que eu posso puxar, se necessário. Ando até as portas do prédio e esbarro em alguém. É uma mulher mais velha que não reconheço.

– Desculpa – diz ela.

– Me desculpa também! Preciso olhar para onde estou indo, no futuro – murmuro enquanto ando e não olho para trás.

Espero que seja apenas uma visita aleatória de um dos vizinhos do Nate.

Sento no sofá dele enquanto penso. Katie e Nate voltaram a se falar ontem por telefone, então não tenho ideia do que foi conversado. Um bate-papo de vinte e três minutos na primeira vez, seguido por um de dezessete minutos. Depois, uma mensagem de texto dela para ele, confirmando que vai passar a noite na casa dele amanhã. Isso provavelmente significa que ele escapou das suspeitas, então ela precisa de outro empurrão.

Minha lista se reduziu a quatro opções de objetos: uma faixa de cabelo, uma vela roxa com perfume de rosas, uma foto antiga e uma escova de dentes cor-de-rosa. Qual e onde? Mais de dois seria suspeito, mas é preciso que sejam coisas que poderiam ter sido deixadas por alguém, em algum ponto *e* em algum lugar que Katie possa ver.

A namorada perfeita

É mais difícil do que eu pensava, mas decido colocar a vela acima da lareira – se Nate perceber, espero que ele pense que a nova faxineira encontrou num armário e decidiu colocá-la em uso. Dou uma olhada rápida pela janela; nenhum sinal de Nate voltando. Deixo a faixa de cabelo no chão, aparecendo embaixo da cama do lado oposto ao do Nate, e depois, tirando a escova de dentes da embalagem, escondo-a no armário de medicamentos.

Nate tem algumas fotos aleatórias presas na porta da geladeira, e eu devolvo uma que peguei séculos atrás, colocando-a entre as outras. Ele está na frente de um templo japonês, com os braços ao redor de uma mulher de cada lado. Ele parece feliz, e foi por isso que roubei essa fotografia. Quando estávamos juntos, eu odiava ser lembrada da existência de suas colegas. Na parte de trás, alguém escreveu: *Bons tempos xx*. Não é a caligrafia do Nate.

Verifico a prateleira de vinhos. Ele não tocou no vinho de aniversário.

Voltando para casa, decido me arriscar e adicionar meu pedido de troca de viagem para Las Vegas, oferecendo minha viagem a San Diego. A troca é agendada depois de uma hora. Agora que tenho uma data de reencontro confirmada, preciso me preparar, e começo on-line. Mas, assim que começo minha pesquisa, uma coisa me incomoda. Sempre existe um risco com certos tipos de pesquisa, e não quero que nada volte para me assombrar depois. Então eu paro. Talvez eu devesse usar um computador público, tipo na biblioteca, mas mesmo assim... se eu comprar on-line o que preciso, o item vai ter que ser entregue, o que representa um conjunto diferente de problemas.

Penso enquanto passeio pelas minhas contas de mídias sociais, apertando "curtir" várias vezes em posts aleatórios, sem ver nada direito, até que passo por um post do meu amigo figurante de muito tempo, Michele Bianchi. Ele não é mais assistente de veterinário num drama de TV, e agora conseguiu um papel no coro de um espetáculo famoso em West End. Michele não era contra violar a lei quando se tratava de drogas recreativas ou de comprar produtos eletrônicos de fontes duvidosas. Ele poderia ser útil para mim agora.

Mando uma mensagem particular para ele, perguntando se gostaria de me encontrar para tomar um café.

Ele está on-line e responde em segundos. *Momento perfeito – estou entediado no meio dos ensaios. Vai ser bom ouvir todas as suas novidades. Amanhã? PS: Estou quebrado, fica a dica, então pensa num lugar barato e animado.*

Respondo com um rosto sorridente, uma promessa de bolo com o café (por minha conta) e um alegre *Ciao Bello! X*.

Vai ser bom ver Michele de novo. Eu o vejo antes que ele me veja. Está sentado num banquinho na janela da cafeteria. Aceno do outro lado do vidro, e ele retribui o sorriso com os dentes brancos perfeitos. Damos um beijo rápido em cada bochecha, e ele me envolve num grande abraço.

Ele é reconfortante, como um irmão protetor. É legal. Nunca houve nenhum indício de romance entre nós, ele sempre se sentiu... seguro.

A namorada perfeita

É tão agradável conversar com ele que eu espero até terminar o café antes de fazer o meu pedido.

– Então, não existe café e bolo grátis? – diz ele, cruzando os braços. – Para que uma mulher linda como você precisa de um boa-noite-cinderela?

– Não fala esse nome. Já expliquei; isso ajudou uma amiga minha a passar por um momento difícil. Em relação ao sono. Estou com o coração partido. *Sofrendo*. Achei que Nick e eu... – eu me interrompo, como se as lágrimas estivessem prestes a surgir.

– Você não consegue pílulas para dormir com um médico ou alguma coisa assim? Não sei o que fazer.

– Vou pagar bem. É só essa vez. Prometo. Minha amiga jurou que funcionava. E... estou desesperada.

– Como é que eu sei que você não vai fazer uma besteira?

– Eu só quero dormir. Esse novo emprego tem um preço alto. De verdade.

Ele não faz nenhuma promessa, mas combinamos de nos encontrarmos no mesmo lugar dois dias depois.

Naquela noite, enquanto Katie está na casa do Nate, faço três ligações mudas de um número secreto para o telefone dele, começando à meia-noite.

Nate atende as duas primeiras.

Na terceira tentativa, vai direto para a secretária eletrônica.

Meu próximo encontro com Michele é bem-sucedido – apesar de ter outro sermão rápido – e, nos dias seguintes, Katie e Nate parecem atingir um patamar rochoso.

As mensagens dela para ele indicam carência e desconfiança: *O que você está aprontando? Parece que você está se divertindo sem mim. Sem beijos.*

As dele, por sua vez, são defensivas, demoram mais, são ponderadas: *Eu não fiquei na rua até tão tarde. Só estou com os caras.*

Há silêncio entre os dois. Nate não é um cara que se preocupa com negócios inacabados.

Na noite antes da minha partida para Las Vegas, não houve mais contato entre eles.

Sinto a ousadia de ter esperança de que tudo acabou.

Duas horas antes da partida, entro na sala de informações e pego uma cópia impressa da folha informativa da equipe; esqueci de baixá-la para o meu celular.

– Oi, pessoal. Vamos direto para as apresentações e as posições de trabalho – diz o membro da equipe encarregado. – Alguns de vocês podem já ter voado comigo, mas, para o benefício de todos, gosto de ser chamado de Stuart – não David, como está na lista da equipe.

Explico que uso meu nome do meio.

– Vamos discutir um cenário de fogo hoje. Juliette, se você é a primeira pessoa a descobrir um incêndio, qual é sua ação imediata?

Somos interrompidos pelo capitão abrindo a porta.

A namorada perfeita

– Bom dia, pessoal. Meu nome é Barry Fitzgerald. Pode ficar um pouco difícil no meio do Atlântico. Lembrem-se de ser mais cuidadosos nas verificações de segurança, já que a ameaça terrorista aumentou de substancial para grave. Alguma pergunta?

Levanto a mão.

– Posso sentar no posto de pilotagem na hora do pouso, por favor?

Ele olha para Stuart/David, que parece desinteressado; há boatos de que ele está se aproximando da aposentadoria. Ele acena com a cabeça, dando permissão.

O capitão desaparece, e as informações continuam. É difícil me concentrar nas questões médicas e de segurança quando estou tão eletrizada, mas me esforço a pensar e responder corretamente.

Seria um desastre se eu fosse desligada da viagem por errar as perguntas de rotina.

A aeronave arremete para trás. O mundo exterior encolhe e fica do tamanho do interior do avião. Um minimundo, preso e isolado do lado de fora pelas próximas dez horas e quarenta e cinco minutos.

Entramos na fila da pista de decolagem, avançando aos poucos. Estou presa ao meu assento dobrável, olhando pela janela para o dia nublado de verão. Quando começa a chuviscar, gotas salpicam as janelas. O avião vira para o lado para ficar de frente para a pista. Quietude. Um rugido de motores e uma onda de poder. O cinto de segurança está apertado contra o meu corpo. Meu estômago se ergue junto com a aeronave. Nós nos sacudimos e nos movemos aos solavancos quando atravessamos as nuvens, antes de nivelar.

Inspiro e assumo meu papel de comissária de bordo.

Enquanto preparo os carrinhos, reviso mentalmente meu plano. A hora chegou. Este é o dia em que a minha vida recomeça. Abro as cortinas da cozinha.

– Você gostaria de vinho tinto ou branco com sua refeição? – Dou um sorriso.

Ficamos sem caçarola de frango nas primeiras seis fileiras. Várias pessoas afirmam ser vegetarianas – braços cruzados, lábios franzidos – quando descobrem que só temos lasanha.

Não consigo evitar a minha fala de "é possível pedir uma refeição vegetariana com antecedência". As queixas continuam.

– Por que nunca temos opções suficientes?

– Isso aconteceu no meu último voo e no anterior.

– Nunca acontece em outras companhias aéreas.

Tento explicar as restrições de espaço, mas percebo que estou gastando a minha saliva. Eu me agacho ao lado de um casal especialmente mal-humorado – o tipo que deve ter escolhido a tarifa mais barata e vai passar o feriado inteiro resmungando – e sussurro de maneira conspiradora.

– Não sentem no meio na viagem de volta. O serviço começa nos quatro cantos da classe econômica, da frente para trás, então os que ficam no meio raramente têm escolha.

A namorada perfeita

Os dois ficam radiantes.

– Obrigado – sussurram eles em resposta.

O homem aceita a lasanha sem reclamar mais. A mulher não quer ceder com a mesma facilidade e pega a bandeja com a condição de eu trazer mais um pão para ela e um pouco de "vinho decente da primeira classe". Sirvo uma pequena garrafa do vinho tinto da classe econômica, para o qual ela torceu o nariz mais cedo, num copo da classe executiva, e apresento a ela. A mulher toma um gole e acena em aprovação.

Afundo num assento duro de tripulante quando o serviço finalmente termina e dou uma garfada na salada de lagosta que peguei na cozinha da primeira classe, mas acho difícil engolir.

Durante o serviço de chá da tarde, eu me sinto fraca e sonhadora. Estou tão perto. Não posso estragar isso. Tudo que me separa do Nate é uma mera porta de aço da cabine do piloto.

Dou um pulo quando a voz dele ecoa pelas cabines. *Senhoras e senhores, aqui é o seu primeiro oficial, Nathan Goldsmith. Falta cerca de meia hora para pousarmos na ensolarada cidade de Las Vegas, com uma temperatura sufocante de trinta e oito graus Celsius. Apesar disso, o pouso pode parecer um pouco sacolejante, pois há fortes ventos.*

Fico em pé, parada, tentando me distanciar do caos da cozinha, e fecho os olhos, saboreando a lembrança dos seus braços ao meu redor e do sorriso dele. Mas uma lembrança indesejada se esgueira – sua raiva quando eu inicialmente me recusei a me mudar do apartamento dele. E aquela vez em que escondi seu passaporte para ele não poder ir trabalhar porque eu simplesmente precisava que ele *falasse* comigo.

Mas isso foi naquela época, e estamos no agora.

Eu era uma pessoa diferente, movida loucamente pela rejeição. Agora eu obedeci à sua vontade e lhe dei espaço. Ele – certamente – tem que fazer concessões por isso. Houve muitos momentos felizes. Ele amava o meu senso de humor.

Os anúncios de sempre antes do desembarque começam. Faço a verificação de segurança da cabine e lembro às pessoas várias vezes para prenderem o cinto de segurança. O avião começa a balançar e oscilar quando mergulhamos abaixo das nuvens. *Tripulação de cabine, assentos para pouso.*

Chegou a hora.

O tripulante que vai assumir a responsabilidade de cuidar da minha porta aparece. Agradeço e sigo em frente, depois subo a escada. A aeronave faz uma queda súbita. Aperto o corrimão. Os motores estão gemendo. No deque superior, caminho lentamente pelo corredor, passando por todos os passageiros da classe executiva, nervosa como uma noiva. Eu quase grito quando uma senhora agarra o meu braço quando passo pelo seu assento.

– Com licença – diz ela, me soltando. – Você sabe se essa turbulência vai piorar? Não gosto muito de voar.

– Vai ficar tudo bem – digo, seguindo em frente, enquanto ajeito alguns fios soltos de cabelo para esconder parcialmente o meu rosto.

A namorada perfeita

Fico do lado de fora da porta da cabine do piloto e digito o código de entrada no teclado. Aceno para a câmera. O teclado apita, e a luz verde acende. Empurro a porta e disparo para dentro, fechando-a com firmeza. Sento no assento atrás do Nate. Ele está muito ocupado para me reconhecer: estamos quase na aproximação final. O capitão aponta para uns fones de ouvido. Eu os coloco. Escuto o controle de tráfego aéreo enquanto analiso o pescoço do Nate. Vejo os pelos na pele exposta.

Do lado de fora, o horizonte de Las Vegas se ergue para nos receber. Um alarme soa acima do fluxo constante de palavras da torre de controle do tráfego aéreo. A voz automática faz a contagem regressiva.

Mil pés. Quinhentos.

O balanço e a oscilação são menos perceptíveis na cabine do piloto.

Cem pés. Cinquenta, quarenta, trinta, vinte, dez.

Encostamos na pista.

Meu peito se enche de orgulho por Nate.

Conforme diminuímos a velocidade, tiro os fones de ouvido enquanto o rugido dos motores diminui. Observo Barry e Nate completando suas rotinas e listas de verificação.

Quando fazemos uma curva na pista, Nate vira para trás com um sorriso no rosto.

Sorrio em resposta.

Ele congela, como se tivesse visto uma pessoa morta, depois vira de frente para os controles de novo.

O terminal aparece. *Bem-vindos ao Aeroporto Internacional McCarran.*

CAPÍTULO 14

Recentemente, dei de cara com uma citação: *As pessoas vão esquecer o que você disse, as pessoas vão esquecer o que você fez, mas nunca vão esquecer o que você as fez sentir.* Quero que Nate não se *sinta* ameaçado enquanto digere a situação, por isso decido recuar.

– Obrigada – digo e saio, fechando a porta em silêncio.

Depois do santuário da cabine do piloto, a cabine está frenética. Abrindo caminho pela massa de corpos que está pegando as malas nos compartimentos altos e se abaixando enquanto junta seus pertences, eu me espremo até descer.

– Com licença. Com licença, por favor – repito, atravessando os escombros: fones de ouvido, tampões de ouvido descartados, máscaras para os olhos e jornais.

Estou entorpecida. Achei que ia me sentir aterrorizada, exultante, extremamente feliz, alguma emoção forte. Em vez disso, meus sentimentos estão congelados; meus sentidos, embotados. Os ruídos estão silenciados, exceto pela voz alta dentro da minha cabeça.

Foco. Você não pode fracassar.

No piloto automático, guardo meu avental de voo e meus sapatos de salto baixo na mala. Em pé na beira de um assento, verifico se as prateleiras estão vazias e vasculho os assentos em busca dos cintos de segurança laranja brilhante para

A namorada perfeita

crianças. Pego dois e os devolvo ao depósito deslizante atrás da última fileira.

Olhando para a frente, desembarco com meus colegas da classe econômica. Passamos por máquinas caça-níqueis situadas embaixo de um bombardeio de propagandas – hotéis, aluguel de carros, boates, bares, restaurantes, casamentos – antes de chegar à imigração dos tripulantes. As filas de passageiros são compridas e largas. Um grupo incompatível de pessoas cansadas, mas resignadas, segue em frente, vestindo todo tipo de roupa, desde vestidos de verão, leggings de três quartos de comprimento, bonés de beisebol e camisetas até aqueles que estão vestidos com mais dedicação, com calças sociais, jaquetas ou suéteres dobrados por sobre os braços.

As malas da tripulação foram descarregadas e estão ao lado do carrossel de bagagem, enfileiradas com perfeição. Pego a minha e sigo pela Alfândega, sem olhar nos olhos de nenhum dos oficiais, como se eu não tivesse nada a esconder, até as portas automáticas se abrirem. Puxando as malas atrás de mim, saio para o saguão de chegada. Entre os balões, flores, cartazes e outras parafernálias que salpicam a multidão que aguarda, procuro a saída.

Escapo.

O calor do fim da tarde me atinge, mas me deixa estranhamente sóbria, e minha cabeça fica desimpedida.

Respirações profundas. Um leve pavor forma um vazio no meu estômago.

Quando me aproximo do ônibus da tripulação, mantenho os olhos baixos. Espero a minha vez, enquanto o motorista coloca as malas no trailer preso à traseira. Vejo que três malas de tripulantes já estão carregadas. Fico em pé, enraizada no local, tentando descobrir o melhor momento para embarcar.

Geralmente, os primeiros oficiais tendem a se reunir perto das fileiras da frente, porque é uma cortesia deixar o primeiro assento livre para o capitão. Com toda a probabilidade, não vou conseguir evitar de passar por ele. Espero até o último grupo de tripulantes sair do prédio do aeroporto antes de entrar no ônibus.

Meu olhar encontra o do Nate imediatamente. Sorrio e digo: "Oi", como se tivéssemos nos visto recentemente, e continuo caminhando para a parte de trás sem esperar para ver se ele responde ao meu cumprimento. Afundo ao lado de Alex, um dos caras com quem trabalhei na classe econômica. Ele está usando óculos de leitura e está ocupado olhando para o celular, mas eu puxo conversa, mesmo assim. Preciso de um suporte social.

– Quais são os seus planos?

Alex levanta o olhar, espia por trás dos óculos e dá de ombros.

– Ainda não sei. Academia. Piscina. Encontros no bar. O de sempre.

– É minha primeira vez aqui. Alguma sugestão?

Ele sorri.

– Muitas. Se me encontrar para beber mais tarde, eu te levo para uma boate incrível depois. Podemos ver se mais alguém está a fim, porque precisamos reservar os ingressos.

A namorada perfeita

Ou você pode ir a um show, mas eles costumam ser muito caros.

– Obrigada.

Ele volta a olhar para o celular.

Pego o meu também, mas não antes de dar uma olhada rápida para Nate. Ele está olhando para a frente e não conversa com ninguém.

A viagem é rápida – rápida demais –, e eu engulo em seco enquanto desço do ônibus. Mas me mantenho focada e recupero minha mala de rodinhas enquanto os carregadores colocam as malas nos carrinhos com pressa, numa tentativa evidente de manter a *porte cochère* livre. Fico para trás, perto da recepção e fingindo lidar com uma mensagem no celular, enquanto a tripulação de voo e o supervisor assinam papéis pelos quartos. Turistas com uniformes de férias – camisetas decoradas com slogans aleatórios – passeiam pela área do saguão ao lado de executivos vestidos de maneira mais formal e funcionários uniformizados do hotel. Sinto que os olhos do Nate estão em mim, mas acho que não é uma boa ideia verificar.

Alex se aproxima para me dar o número do seu quarto, e alguns outros se reúnem enquanto fazemos planos para nos encontrarmos no bar às seis horas amanhã.

– Preciso reservar os ingressos da boate com antecedência. Acabei de ver que o DJ é anunciado como "o próximo grande sucesso" – ele faz as aspas no ar –, então será uma noite bem popular.

– Vou comprar dois ingressos – digo. – Uma amiga minha vai operar o voo que chega amanhã.

Dessa forma, terei um ingresso livre para o Nate, se conseguir persuadi-lo a ir conosco. Ao dar um passo à frente para receber a chave do meu quarto, dou uma rápida olhada ao redor. Meu estômago afunda em decepção – sou a última pessoa da equipe na área de recepção.

Nate fugiu.

– Por favor, posso tirar duzentos dólares na minha conta de tripulante? – pergunto à recepcionista.

Fiquei tão ocupada me preparando para a viagem que me esqueci das coisas práticas do mundo, como trocar dinheiro com uma taxa decente.

– Claro.

Ela conta o dinheiro para mim e o coloca dentro de um envelope, entregando com um sorriso simpático.

Vou em direção aos elevadores e aperto a seta para cima, ainda meio que esperando Nate aparecer.

Segundos depois de entrar no meu quarto, há uma batida forte na porta. Eu a abro. Um portador.

– Mala para a srta. Price – diz ele, passando por mim. Com uma das mãos, ele levanta e desdobra o apoio portátil de bagagem e, em seguida, coloca a minha mala em cima.

Tiro minha carteira da bolsa e dou a ele umas notas de dólar.

– Obrigada.

– Seja bem-vinda. Tenha uma ótima estadia.

Vou até a janela, abro as cortinas de renda e apoio a testa no vidro. Este hotel fica afastado da rua principal, e meu quarto está situado nos fundos. Lá embaixo há uma massa de prédios, ruas, placas – uma cidade de aparência normal. Reprimo um bocejo, apesar de me sentir ligada demais para ceder ao cansaço. Em vez disso, eu me sinto desinteressada e sonhadora. Viro e começo a desfazer a mala sem ânimo.

Minha mala está incomumente cheia. Costumo viajar com uma mala vazia e voltar com ela abarrotada. Tomo cuidado ao pendurar as minhas roupas, especialmente os vestidos. Seguro um específico na minha frente e me encaro no espelho, esperando que eu ainda o ame e que ele não pareça diferente aqui. Dou um sorriso. Ainda é perfeito. Tem um forro de seda coberto de renda simples e é azul-violeta, ligeiramente acima do joelho. Custou mais do que jamais gastei numa roupa. Adoro esse vestido. O decote redondo é baixo, de modo que posso usá-lo com um colar simples.

Decido tomar banho para despertar adequadamente e ficar em estado de alerta. Depois que eu me sentir fresca, vou pensar na melhor maneira de me aproximar do Nate. Ele provavelmente vai ficar acordado até tarde hoje à noite, já que é adepto de "seguir o horário local". Pelas conversas com outros tripulantes, sei que muitas pessoas se sentem do mesmo jeito. Pessoalmente, não vejo motivo para isso. Não me importo de ficar acordada à noite ou de acordar cedo de manhã: sempre consigo encontrar maneiras de me ocupar.

Entro no banho, puxo a cortina opaca e mexo nos controles do chuveiro. É uma habilidade de vida adquirida recentemente: descobrir como obter a temperatura certa em hotéis ao redor do mundo, pois elas variam de escaldante a congelante. Enquanto passo o xampu no cabelo para tirar o laquê pegajoso e o mau cheiro da cozinha do avião, tento reformular a falta de reação de Nate mais cedo por uma perspectiva mais positiva. O toque alto e antiquado do telefone do banheiro do hotel me sacode e me leva para longe dos meus pensamentos. Estendo a mão pelo espaço entre a parede e a cortina do chuveiro e puxo o receptor da parede, mantendo o braço e a cabeça longe da água corrente. O xampu faz meus olhos arderem, e eu os fecho.

– Alô?

Silêncio.

– Alô?

Procuro os controles com minha mão livre, desligo a cascata de água e apalpo a parede até sentir um suporte de metal. Quando alcanço a maciez de uma toalha, eu a puxo. Seco os olhos.

– Elizabeth? Lily?

Uma onda de alegria.

– Nate?

– O que está acontecendo? Você quase me provocou um ataque cardíaco!

Dou um sorriso. Ele não parece irritado.

– Desculpa. Não foi minha intenção. Eu já tinha pedido ao capitão antes do voo se poderia ficar na cabine durante o pouso. Só percebi que você estava operando quando ouvi sua voz nos alto-falantes dos passageiros. – Estremeço. – Espera um minuto; preciso sair do chuveiro. – Saio e sento na borda, enrolando a toalha de um jeito meio esquisito ao meu redor, ao mesmo tempo em que aperto o receptor de estilo

A namorada perfeita

antigo. O ardor nos meus olhos diminui. – Aceitei seu conselho quando nos separamos e decidi começar de novo. Tentar uma coisa nova. Mas adivinha só?

– O quê?

– Outras companhias aéreas – três delas – me rejeitaram!

– Sério?

– Sério. A última disse que eu era entusiasmada demais. Como uma comissária de bordo pode ser entusiasmada demais?

Ele ri.

Um alívio absoluto inunda o meu corpo enquanto uma nova esperança ressurge. Continuo:

– Mas, brincadeiras à parte, tenho pensado em você. Queria avisar, mas, ao mesmo tempo, queria te dar espaço. Eu não queria que você se sentisse na obrigação de me encontrar para um café na cantina ou qualquer coisa assim, só porque agora somos colegas.

– Ceeeerto. – Parece que ele está processando as emoções através de um filtro. – Há quanto tempo você está conosco?

Dou um sorriso. Minha resposta é a prova de que sou totalmente capaz de lhe dar seu precioso *espaço*.

– Sete meses.

– Ah... – Uma pausa. – Você vai descer para o bar?

– Não, hoje à noite não. Talvez amanhã. Mais uma vez, me desculpa se te assustei, mas espero que possamos colocar a conversa em dia em algum momento. Tenho que ir agora, meu namorado vai me ligar pelo Skype daqui a pouco.

– Ah. Sim. Claro. Não vou te atrasar.

Assim que coloco o receptor no lugar, dou um soco no ar. Aposto que ele não estava esperando por isso. Não – ele deve ter imaginado que eu estaria na porta dele, de joelhos, implorando desesperadamente por um fiapo de atenção. Volto para o chuveiro e enxáguo o xampu.

Setenta e duas horas; é tudo que eu tenho.

Depois, visto um roupão do hotel. É mais duro do que macio, mas funciona. Diminuo o ar-condicionado e sento diante da escrivaninha. Abro o fôlder de informações do hotel e tiro duas folhas de papel de carta da parte de trás. Escrevo.

Elizabeth Goldsmith, Juliette Goldsmith, Elizabeth Juliette Goldsmith, sra. E.J. Goldsmith.

Srta. Price, srta. Elizabeth Juliette Price.

Quando decido ligar para o spa e reservar vários tratamentos – incluindo pedicure e manicure – para amanhã à tarde, meu cabelo está quase seco. Termino de secá-lo com uma explosão final do secador antes de me dar ao luxo de deitar na cama.

Conforme vou apagando, sinto a agradável inconsciência me puxando para o fundo e relaxo.

Um barulho invade a minha felicidade. É Amelia. Suas frases não fazem sentido, mas consigo distinguir uma palavra estranha, como "responsabilidade". Como se pulasse entre nuvens, apareço em outra cena. Will e eu estamos no antigo parque do povoado com seu pequeno escorrega, dois balanços vermelhos de bebê e uma estrutura de escalada que precisa desesperadamente de uma nova camada de tinta com uma cor primária brilhante, como amarelo sol. Estou empurrando Will num balanço, e ele alterna entre o medo e pedir para ir *mais alto*!

Atrás dele, por sobre a cerca do perímetro do parque, vejo as colinas que circundam os arredores do povoado. Sei que um pouco além fica a costa. Um grito me puxa de volta para o parque. Will caiu. Não sei como; mas algo me distraiu. Os dois joelhos estão ralados. Amelia vai ficar furiosa.

Bella entra correndo no parque com uniforme de enfermeira, sacudindo uma caixa de emplastros. Uma onda de injustiça cresce. Ela me diz que eu deveria tê-lo salvado. Atrás dela, percebo um rio. Eu a empurro e observo enquanto um grupo de cisnes intrigados cercam seu corpo flutuante.

Acordo num pulo. O quarto está escuro. Estendo a mão para a lanterna do meu celular enquanto William, Amelia e Bella desaparecem. Vejo a hora. Quatro e meia.

Quatro e trinta de onde? Qual fuso horário? Que país?

Fecho os olhos. O parque parecia real. Acendo a luz lateral e pego uma garrafa de água. Tomo grandes goles. Gotas pingam na minha blusa do pijama. Meus membros estão pesados, mas eu me obrigo a sair da cama, resistindo à vontade de voltar ao parque nos meus sonhos, onde os problemas – os reais – ainda não existiam.

Peço o serviço de quarto – uma omelete com uma cafeteira de café forte – antes de decidir nadar.

A piscina está tranquila, exceto por um casal de idosos que nada devagar. Eu mergulho, sentindo a pontada de produtos químicos subindo pelo meu nariz enquanto mexo os braços e puxo meu corpo. Subo em busca de ar e depois afundo na superfície de novo. Eu me empenho fisicamente mais do que faço há muito tempo, até erguer o meu corpo na lateral. Deixo meus pés pendurados na água e fecho os olhos, tremendo um pouco enquanto ensaio mentalmente os dias à frente.

É crucial que eu faça tudo certo.

De volta ao meu quarto, eu me obrigo a descansar – vou precisar de toda a minha energia – deitada na cama, com a TV no fundo. Durmo e acordo com o som de carros de polícia, risadas e propagandas. As palavras e os sons se misturam na minha consciência, misturando a realidade e a ficção.

Quando o alarme dispara, eu sento, me sentindo enjoada e desorientada.

Mesmo depois de um banho, ainda não me sinto muito alerta, mas me obrigo a abrir meu notebook e agir, atualizando os meus planos e verificando duas vezes se não me esqueci de nada. Não quero provocar o destino, mas não há como fugir do fato de que algumas coisas precisam de preparação, nem tudo pode ser espontâneo e orgânico.

Satisfeita e sem poder fazer mais nada, eu me encasulo no spa. Aceito uma oferta de chá de ervas, e o calor do gengibre e da canela me acalma. Depois dos tratamentos de unhas e do rosto, sento no cabeleireiro, tentando não me mexer enquanto minha maquiagem é aplicada e meu cabelo é secado com o secador. Peço ao estilista para fazer cachos nas pontas, do jeito que Nate gosta.

A namorada perfeita

Ao empurrar o cartão-chave na fechadura e entrar no quarto, minha frequência cardíaca se acelera com uma expectativa esperançosa quando percebo a luz vermelha de mensagem piscando no telefone da escrivaninha. Pego o aparelho e digito "sete" – conforme instruído pela voz automatizada – para ouvir a mensagem, mas minha empolgação afunda quando não é a voz do Nate.

É Alex.

– Oi, só para você saber, vamos nos encontrar um pouco mais tarde do que o combinado. Tipo sete horas.

Isso me deixa com uma hora extra para ocupar.

Eu me visto. Não com meu novo vestido preferido, mas com um simples e preto. Ele também fica acima do joelho, mas é solto. É o tipo de vestido que pode ser usado em todas as situações: elegante ou casual. Coloco um pingente de prata em forma de coração sobre a cabeça, e ele fica no meio do meu peito. Enfio os pés num par de sapatos roxo-claro de salto alto e abertos atrás. Recuo e olho no espelho. Os estilistas fizeram um bom trabalho. Encolho os ombros para vestir um cardigã preto simples, depois pego o telefone.

– Pode me dar o número do quarto de Nathan Goldsmith, por favor?

– Vou verificar a lista da tripulação – diz a voz masculina. – Quer que eu faça a conexão?

– Não, obrigada. Só o número do quarto, por favor.

– Sete oito dois.

Coloco o receptor no lugar e dou uma olhada final no meu reflexo antes de pegar a carteira de mão e sair do quarto.

A porta se fecha atrás de mim enquanto caminho em silêncio pelo corredor acarpetado. A campainha do elevador toca quando as portas se abrem com um tremor. Entro e aperto o sétimo andar. Minha boca fica seca enquanto resisto ao impulso de voltar atrás.

Paro do lado de fora do quarto 782 e escuto. Ouço risos enlatados na TV.

Respirando fundo, bato na porta.

CAPÍTULO 15

Escuto o som de um objeto sendo colocado numa superfície dura. A porta se abre, e Nate, vestindo calça jeans e uma camiseta azul-marinho, me encara.

– Oi.

– Oi. Posso entrar rapidinho?

Ele recua para abrir caminho.

– Pode. Pode, claro.

– Todo mundo no trabalho me conhece como Juliette – digo, passando por ele. – Uso meu nome do meio.

– Juliette? – Ele faz uma pausa, como se estivesse refletindo.

Viro a cadeira da escrivaninha para ficar de frente para o quarto e sento. A cama parece familiar demais, íntima demais. Preciso que ele se sinta seguro; que ele se sinta cem por cento certo de que pode confiar em mim, agora que provei que meus sentimentos por ele evaporaram.

– Alex, o cara com quem estou trabalhando, acabou de ligar para dizer que o pessoal vai se encontrar um pouco mais tarde, então eu tinha que matar o tempo. Achei que seria bom se colocássemos a conversa em dia – de maneira adequada –, já que viemos parar nessa situação.

– Ótima ideia – diz ele, afundando na cama em frente a mim. – Aceita uma bebida? Tenho um pouco de vinho.

– Okay, obrigada.

Observo enquanto ele pega duas garrafas em miniatura de vinho tinto. Viro e pego as taças na bandeja ao lado da chaleira. Tiro as tampas de plástico e as viro para o lado certo. Nate serve. Sua mão treme um pouco enquanto ele faz isso.

– Saúde! – dizemos em coro e levantamos as taças ao mesmo tempo, enquanto ele senta de novo na minha frente.

Tomo um gole. Minha mente fica vazia.

– Eu não esperava te encontrar em Las Vegas.

Dou uma risada.

– Eu sei. Tudo isso parece um pouco surreal. O que você tem feito?

– O de sempre. Viagem. Casa. Viagem de novo.

Dou um sorriso.

– Você estava certo sobre Reading, a propósito. Meus vizinhos são ótimos, nós saímos muito. Na verdade, foi graças a você que conheci meu novo namorado, ele mora apenas a duas portas de distância. Não consegui configurar o Wi-Fi, e ele ofereceu ajuda. Mas estamos no início... – Eu paro. – Desculpa, estou tagarelando. – Estou nervosa. Tomo um gole de vinho; o sabor é amargo.

– Não, de jeito nenhum. Fico feliz por você estar feliz. Isso é bom.

– Obrigada. – Olho para o meu relógio. – Vou descer para o bar daqui a pouco. Alex conhece uma ótima boate para mais tarde.

– Algum outro plano enquanto estiver aqui?

A namorada perfeita

– Bem, já que nunca estive aqui, tem muita coisa para eu fazer. Hoje eu não fiz nada, porque estava muito cansada. Agora entendo como era para você. Ainda mais quando você chegava em casa de uma viagem e eu estava *lá*. Não me admira você ter me mandado para Reading – você provavelmente precisava de paz e tranquilidade.

Ele se mexe desconfortavelmente na cama.

– Não foi bem assim.

Dou um sorriso.

– Estou só brincando. De qualquer forma, agora que colocamos a conversa em dia, você pode me pagar um café se voltarmos a nos encontrar.

– Claro.

– Sinto muito – digo. – Por tudo. Foi tudo muito rápido. Você estava certo. Mas era tão bom entre nós que eu perdi toda a razão.

– Era bom – admite ele. – A maior parte do tempo.

Não é como se ele pudesse dizer outra coisa. Não podemos argumentar com a verdade. E fui *eu* que fiz merda. Apertei demais o acelerador do relacionamento sem perceber a necessidade de aliviar a pressão de vez em quando. É sério: eu realmente entendo isso agora.

– Você estava certo em dar um passo para trás. Obrigada pela bebida. – Coloco o copo sobre a mesa. Ainda está quase cheio, mas não aguento mais. – Vou sair para encontrar o pessoal. Vocês têm planos?

– Barry tem parentes aqui, então não, e o outro primeiro oficial vai acordar cedo amanhã para fazer um passeio pelo Grand Canyon.

– Se quiser, pode se juntar a nós – digo.

– Eu estava pensando em descer para o bar mais tarde.

– Talvez eu veja você depois, então – digo, me levantando. – Senão, vejo você na decolagem.

– Na verdade – diz ele –, posso descer com você agora, mas preciso trocar de roupa rapidinho. Ainda mais se formos sair depois. Você está toda arrumada.

Dou de ombros.

– Não muito. É difícil saber o que vestir. Está tão quente lá fora, mas congelando do lado de dentro, com o ar-condicionado no máximo.

– Seu cabelo está diferente – diz ele. – Combina com você.

Meu coração acelera. O antigo Nate está ressurgindo, agora que pareço inatingível. Ele arranca a camiseta e pega uma mais elegante na mala. Finjo não olhar, mas vejo seu reflexo no espelho.

Andamos lado a lado pelo corredor. Eu poderia facilmente colocar a minha mão na dele ou colocar meu braço ao redor dele, mas olho para a frente. Quando o elevador chega, está quase cheio, e somos obrigados a nos separar enquanto nos espremem entre vários turistas holandeses e uma família com três crianças. Ficamos para trás e saímos para o saguão, depois vamos em direção ao bar.

Quando entramos, fico momentaneamente atordoada pela luz e pelo barulho. Não há como escapar das máquinas caça-níqueis. Estreito os olhos e vejo Alex com alguns dos outros, o que nem sempre é fácil, já que até os homens parecem diferentes sem uniforme. Localizo um assento vazio ao lado dele e peço uma água com gás à garçonete.

    Volto minha atenção para Alex. Tenho consciência de que Nate está falando com uma tripulante do deque superior, Joanna. Alex e eu somos sugados para uma conversa de grupo geral que se concentra na revisão impopular da rotina de serviço de bordo, que foi criada por funcionários de escritório que nunca tiveram o prazer de servir ao público em geral numa área confinada. Finjo participar assentindo e concordando em certos pontos, mas estou tentando escutar o Nate.

    – E essa boate? – pergunto a Alex. – Estou entediada de falar sobre o trabalho.

    – Quer comer alguma coisa antes? Tem um restaurante vietnamita que serve um macarrão fantástico no mesmo hotel da boate.

    – Perfeito. Aliás, tenho um ingresso sobrando. Minha amiga acabou não vindo, porque chegou atrasada para o trabalho e foi mandada para Hong Kong.

    Vou ao banheiro feminino enquanto Alex combina a logística com o resto do grupo. Não quero deixar que Nate capte algum sinal subconsciente de como estou desesperada para ele se juntar a nós – e espero que Alex ofereça a ele meu ingresso "extra", de modo que eu não precise fazer isso. Quando volto, o grupo todo está indo para o saguão, e Alex está organizando táxis com os porteiros. Passamos pelas portas giratórias, e eu fico para trás quando quatro pessoas entram no primeiro, deixando Alex, Nate, Joanna e eu. O segundo táxi para no meio-fio.

– Vocês se importam se eu for na frente? – diz Joanna. – Fico muito enjoada em carros.

Todos concordamos. Nate contorna por trás do táxi, abre a porta traseira atrás do motorista e entra. Deslizo para o meio, e Alex está à minha esquerda. Fico entre os dois e sinto a coxa do Nate encostando na minha.

Eu mal consigo respirar.

Entramos no meio dos carros, e meus sentidos são mais afetados ainda pelo volume do tráfego, as luzes de néon e as placas. Quando passamos pelas Fontes Bellagio iluminadas, estou morrendo de vontade de segurar a mão do Nate. Pode ser que ele nem se oponha; ele está olhando pela janela, e sua postura e expressão estão relaxadas. Em vez disso, viro para Alex enquanto o motorista ultrapassa um enorme caminhão preto, que buzina em retaliação.

– Parece que há um preço a se pagar pela diversão – digo, apontando para os outdoors que anunciam advogados especializados em danos pessoais e fianças, ignorando a leve sensação de desconforto que se enrosca nos meus pensamentos quando penso nas pílulas escondidas num pote de vitaminas, cortesia de Michele Bianchi.

– Sim, dá para imaginar.

Paramos do lado de fora de outro hotel, que se parece muito com o nosso. O restante do grupo já saiu do táxi e está esperando no pé da escada. Nate, eu, Alex e Joanna procuramos notas de dólar nas bolsas, mas Alex paga ao motorista.

– Me paguem uma bebida depois – diz ele, recusando as ofertas de dinheiro.

A namorada perfeita

Sento ao lado do Alex quando nos levam à nossa mesa e peço conselhos a ele sobre os pratos. Nate senta em frente a mim. Pedimos cervejas, enquanto todos ouvem o garçom anunciando os especiais do dia. Como grupo, escolhemos rolinhos de verão para começar, e eu peço curry de coco e tofu. Ouço Nate optar por uma sopa de macarrão picante. Alex começa a contar uma história sobre a última vez em que esteve nessa boate. Uma das garotas da tripulação ficou tão bêbada que saiu implorando a desconhecidos que se casassem com ela e teve que ser levada para casa pelo supervisor, depois que os seguranças ameaçaram expulsar o grupo todo.

Isso desencadeia uma conversa animada com histórias semelhantes, cada uma pior do que a outra. Ninguém admite ser o principal culpado em nenhuma das histórias, o ponto em comum é que elas são alimentadas pelo álcool, pelo jet lag ou pela necessidade de se libertar das restrições de casa.

O que percebi sobre esse emprego é que, embora a maioria dos tripulantes o adorem em segredo – para muitos era um sonho de infância – e estejam ligados à sua natureza transitória, há uma solidão permeando tudo. Fiquei surpresa ao saber que, embora o suicídio não seja comum, também não é raro. E geralmente ocorre na ponta distante da rota, onde os problemas podem parecer amplificados quando a equipe está longe de amigos e familiares. Olho ao redor da mesa – todos parecem relaxados, estão rindo, bebendo, comendo, conversando. Para observadores desconhecidos, poderíamos parecer um monte de amigos em férias. Mas, exceto pelo Nate, é claro, não *conheço* nenhuma dessas pessoas. Só os conheci trinta e seis horas atrás e talvez nunca mais os veja. Segredos espalhados, experiências compartilhadas, a maioria dessas conexões tênues vai deixar de existir assim que as rodas encostarem em Heathrow.

Há uma impressão geral que emana de e-mails severos e boletins de notícias do "escritório" de que a tripulação "tem uma vida boa". Rio numa semana; Sydney na seguinte. Na superfície, parece idílico. Mas, embora provavelmente pareça simples o suficiente mover a equipe ao redor do mundo como peças de xadrez, em todas as viagens escuto diferentes histórias infelizes. A tripulação tem as mesmas questões que todas as pessoas, e a ameaça subjacente do aumento do terrorismo faz parte desse pacote. Também descobri que a infertilidade é um problema feminino comum. E há um mito urbano de que pilotos são principalmente pais de meninas.

Olho para Nate.

Ele percebe o meu olhar e sorri. O sorriso chega aos olhos dele; os cantos se enrugam.

Deixo o garfo de lado. Não consigo engolir mais uma mordida. Pego meu celular na bolsa, dou uma olhada e sorrio para uma mensagem falsa.

– Com licença – digo a todos na mesa e saio.

Apesar do calor externo, preciso de uma trégua das minhas emoções. Levo alguns minutos para tentar organizar meus pensamentos e sentimentos antes de voltar.

A namorada perfeita

• • •

A boate é de outro mundo. Quase literalmente. Não consigo pensar em outra maneira de descrevê-la. É como se todo o restante deixasse de existir lá fora. O DJ promissor mal está visível – uma sombra escura com fones de ouvido, num ponto acima da multidão, como se fosse elevado ao status de divindade. Seus adoradores levantam as mãos e dançam no meio das luzes de LED. A música pulsa por todo o meu corpo.

– Vou pegar uma bebida para você – grito no ouvido de Alex. – O que você quer?

– Shot de vodca, por favor – grita ele em resposta.

Nós nos acumulamos na área do bar, cercados por dançarinos em pódios giratórios. Seus trajes giram e se retorcem, cintilando em ouro, prata e preto. Compro uma rodada de shots de vodca e, enquanto todos fazemos a contagem regressiva para beber o conteúdo ao mesmo tempo, as palavras de Alan na minha primeira viagem a Los Angeles – que não demoraria muito para eu me acostumar ao álcool – passam pela minha mente. O álcool é outro problema comum nas tripulações.

Uma história compartilhada na mesa mais cedo volta à minha mente – sobre um cara que foi descoberto e demitido por não entregar o dinheiro de caridade coletado no fim de cada voo. Foi acusado de roubo – acumulou milhares de dólares, também por fraude na duty-free – e, inicialmente, os boatos eram de que bebia muito. Mas, durante o processo judicial, surgiu a história de que seu filho estava sofrendo bullying na escola por ter um leve autismo, e ele queria desesperadamente colocá-lo numa escola particular. Embora eu tenha conhecido esse cara, senti pena dele. Pelo menos estava tentando ajudar o filho. Duvido que tenha ido a lugares como este. Aposto que ele ficava no quarto e jantava mal – levava comida barata de casa e comia no quarto.

– Vamos dançar – Alex pega a minha mão, e nos misturamos à multidão na pista de dança principal.

Tenho consciência dos outros perto de nós – incluindo Nate –, mas, pela primeira vez em muito, muito tempo, estou tão empolgada e distraída que não monitoro constantemente o meu comportamento e os meus pensamentos com o único objetivo de criar uma boa impressão para o Nate.

Quando vejo a hora, fico chocada ao notar que passa da uma da manhã, o que significa que passa das nove em casa. Escapo para a varanda. O calor diminuiu, mas só um pouquinho. Olho para o horizonte iluminado e me pergunto quantas pessoas estão se divertindo muito e quantas outras estão lidando com o sofrimento ou a desilusão. Estremeço.

O cansaço deve estar me atingindo.

– Incrível, não é? – A voz do Nate. Ele aparece ao meu lado.

– Você já esteve aqui? – pergunto.

– Aqui não. Foi seu namorado que mandou mensagem de texto mais cedo?

Concentro meu olhar num edifício alto mais à frente, cercado de luzes cor-de-rosa.

A namorada perfeita

— É, está com saudade de mim. — Viro para olhar para ele. — Não tem ninguém especial na sua vida?

— Na verdade, não. Tive alguém recentemente. Ela também é piloto, mas não deu certo.

— Sinto muito. — Pego a mão dele quando uma música que conheço ecoa pelas portas. — Adoro essa música. Vamos voltar.

Dançamos a música toda. Nate parece relaxado. Estou cautelosamente feliz. Eu me pergunto se este é um *daqueles* momentos da minha vida. Um em que só no futuro, quando eu olhar para trás, vou perceber que estava tudo no lugar. Gostaria que esses momentos de vida específicos pudessem ser marcados com antecedência para eu saber. Sempre que passo um tempo revivendo meu passado com Nate, gostaria de ter me divertido mais e não me preocupado com coisas mundanas – como o que eu ia cozinhar naquela noite ou se o avião dele ia cair e me transformar numa namorada-viúva antes de termos a chance de casar. Eu ansiava tanto pela estabilidade que não relaxava.

Agora sei a resposta: se eu conseguir um grau maior de segurança e confiança dele, nosso relacionamento vai progredir rapidamente para um nível muito mais profundo. Toda essa racionalização me faz perceber que é o momento perfeito para ir embora.

Como a Cinderela, tenho que deixá-lo querendo mais.

— Vou encerrar a noite – digo no ouvido dele. – Estou dando tchau para os outros. Matt vai me ligar daqui a pouco.

— Vou lá fora e pego um táxi com você.

– Não, tudo bem, obrigada. Fique e divirta-se – insisto.

É isso que eu quero dizer. Ele acha que não me quer, mas está provando que quer. Cabe a mim ajudá-lo a aceitar seus sentimentos para que toda essa coisa de mensagens confusas pare. Recusá-lo é uma das coisas mais difíceis que já fiz, mas não tenho escolha.

Desta vez, estou querendo algo em longo prazo.

CAPÍTULO 16

Durmo apenas algumas horas, pois estou muito agitada. Deito na cama, revivendo cada momento da noite. Considero cada gesto, cada frase, cada palavra. Chego à mesma conclusão todas as vezes: Nate está maleável, maduro para ser remodulado para ser o homem que eu conhecia.

Ele publicou várias fotos da vista da varanda da boate na noite passada, vinte minutos depois de eu ter ido embora. A conexão de internet no meu quarto é muito lenta; é frustrante, especialmente porque não consigo acessar meu aplicativo espião. Embora os planos gerais do grupo sejam se encontrar de novo hoje à noite, preciso ver Nate antes disso. Sozinho. Como não consigo descobrir nada de concreto, a academia é minha melhor opção. Está quente demais para correr na rua.

No meio da manhã, vou para a academia. Tem uma pequena cafeteria no canto, o que significa que posso sentar e observar sem ter que fingir me exercitar durante horas. Dois cafés depois, ainda estou grudada no assento. Li um jornal local e fiquei entediada de verificar se meu aplicativo espião está funcionando, e não está. Pego o telefone interno e disco o número do quarto do Nate, na intenção de desligar se ele atender. Pelo menos isso vai acordá-lo.

O telefone toca. E toca. *Droga.* Ele saiu.

Espero mais dez minutos, para o caso de ele estar a caminho. Eu me pergunto se está num sono tão profundo que nem ouviu o telefone. Ou – meu coração afunda com esse pensamento – talvez ele não tenha voltado para o seu próprio quarto. Poderia agora, neste momento, estar na cama de outra pessoa. Joanna? Eu me levanto, talvez de forma um pouco abrupta demais, porque o homem que está bebendo um *smoothie* na mesa ao lado me dá uma olhada esquisita.

De volta ao meu quarto, verifico o Facebook dele. Nada. Meu aplicativo espião ainda está se recusando a cooperar. Existe a chance de Nate ter ido nadar. Não é seu passatempo favorito. Mas talvez, de ressaca, ele ache que é melhor do que nenhum exercício.

Troco de roupa, tirando a de ginástica e colocando um vestido, pego uma bolsa e vou para o porão.

Pelo vidro, espio a área da piscina. Há várias pessoas nadando de um lado para o outro e algumas crianças na parte rasa, mas ninguém que pareça o Nate. Assim que me afasto, eu o vejo. Está usando uma sunga de natação preta e indo para a jacuzzi no extremo oposto.

Entro no vestiário e tiro a roupa o mais rápido possível, enfiando meus pertences num armário e virando a chave. Quando entro na área da piscina, o cheiro de cloro e produtos químicos de limpeza me atinge. Fico parada, tremendo, quando percebo que a jacuzzi está vazia. Nate também não está na piscina. Maldição, eu devo ter me enganado. Fico em pé, momentaneamente insegura em relação ao que fazer, quando vejo duas portas: *Sauna seca* e *Sauna a vapor*.

A namorada perfeita

Vou até lá e abro a primeira porta.

Vazio.

Eu a fecho e tento a segunda. Um cheiro excessivo de mentol escapa quando entro.

Em meio ao vapor, Nate está sentado num banco de madeira, inclinado, com a cabeça entre as mãos. Ele não levanta o olhar.

Colocando minha toalha no banco oposto, sento discretamente, sentindo o calor nas minhas pernas conforme sobe pelo corpo. Inspiro. Eu me reclino para trás e fecho os olhos, grata por ter alguns segundos a mais para me recompor. A porta se abre. Abro os olhos de repente, pronta para ir atrás de Nate, mas uma mulher entra. Nate senta reto. Percebo que seus olhos estão se ajustando à sombra e à névoa, depois se arregalam quando me vê.

– Lily?

– Meu Deus, Nate. Você me deu um susto!

A mulher olha furiosa para mim.

– Desculpa – falo sem emitir som.

Sorrio para Nate, e ele sorri em resposta. Faço um gesto de "vamos sair daqui?", apontando com a cabeça na direção da porta. Ele se levanta, e eu o sigo para o frio relativo.

Coloco minha toalha num gancho próximo e tomo um banho rápido, colocando a temperatura para morno para me refrescar. Nate espera pacientemente a vez dele. Enquanto toma uma ducha, entro na jacuzzi, que felizmente está vazia. Eu me deito e fecho os olhos, como se estivesse tão relaxada que não faz diferença se ele vai se juntar a mim ou não.

Ele vem. Senta ao meu lado. Não perto demais, mas também não muito longe.

– Pensei que você gostasse mais de academia – digo.

– E gosto mesmo. Acordei com a cabeça doendo tanto – a pior dor que tenho em séculos – que não consegui encarar a academia. Achei que isso – ele aponta para o ambiente – poderia ajudar.

– E ajudou?

– Um pouco.

– Você precisa beber mais. É a única coisa que funciona para ressacas muito ruins. Venha comigo até o Venetian mais tarde. Vou explorar por aí.

– Não tenho certeza. Acho que eu deveria pegar leve hoje, já que vamos operar amanhã.

– Não seja chato. – Cutuco-o com o cotovelo. – Vamos lá. Você pode ficar no seu quarto em qualquer lugar do mundo. Se não for, vou ter que chamar o Alex ou um dos outros, mas seria mais divertido com você. Já foi lá?

Ele balança a cabeça.

– Bem, é isso. Decidi por você. Vou até seu quarto perto das cinco. Já me cansei daqui, vou para o spa. – Eu me levanto. – Te vejo mais tarde.

– Está bem.

Subo os degraus, agarrando a escada mínima.

– Usa alguma coisa elegante – digo por sobre o ombro.

Com a toalha sobre o braço – está muito molhada para me enrolar nela –, contorno a borda da piscina e empurro a porta pesada para os vestiários femininos sem olhar para trás.

A namorada perfeita

Tomo banho – de novo –, aplicando uma fina camada de hidratante. É a marca preferida do Nate, e ele sempre comentava quando eu usava.

Vou até a recepção do spa e sento numa poltrona confortável na área de espera calma e tranquila, bebericando um chá de ervas. Eu me sinto como se pudesse cair na cama e dormir por horas. Meu nome é chamado. O mesmo estilista que lavou e secou meu cabelo ontem, e isso é ótimo, porque significa que não preciso explicar de novo como eu gosto de tudo. Peço à esteticista que aplica a maquiagem para dar uma expressão mais dramática ao redor dos olhos, com cores muito mais escuras e um rímel de alongamento de cílios. Quando ela termina, olho para o espelho. Pareço outra pessoa. Alguém feliz, confiante e no controle.

Pareço o tipo de pessoa que poderia ser a outra metade de Nate. Yin e yang.

Estou tão empolgada que, enquanto assino para que os tratamentos sejam cobrados na conta do meu quarto, deixo uma gorjeta gorda.

Volto ao quarto às quatro, o que me deixa exatamente uma hora. Verifico se a limusine que pedi realmente vai chegar às cinco e quinze, e mando uma mensagem de texto para Alex dizendo que não vou ao bar hoje à noite.

Tiro a roupa. Abrindo a mala, escolho um conjunto novo e combinando de roupas íntimas pretas, que coloco antes de pegar o vestido azul no guarda-roupa. Rasgo a capa protetora de plástico e o tiro suavemente do cabide antes de deslizá-lo sobre a cabeça. O zíper é um pouco difícil de fechar, mas eu consigo.

Abro a caixa de joias e escolho um simples par de brincos de prata, que ganhei da Babs no último Natal. No pulso, coloco uma pulseira de prata simples. Peguei emprestada da Amy séculos atrás, mas ela nunca pediu de volta. Passo perfume atrás das orelhas, depois pulverizo um pouco no ar antes de atravessar a nuvem cheirosa. Finalmente, experimento dois pares de sapatos: um com saltos mais altos do que o outro. Depois de muita deliberação, escolho o par um pouco mais baixo. São pretos e elegantes o suficiente, mas não revelam o quanto eu me esforcei.

Depois de uma olhada final na frente do espelho, respiro fundo.

A hora chegou.

Pego minha bolsa, uma preta simples contendo passaporte, cartão de crédito, um pouco de dinheiro e um batom, além de alguns outros itens que podem ser úteis, e vou para o elevador. Enquanto espero, observando as luzes vermelhas se iluminarem e desaparecem em cada andar, sinto uma calma descendo sobre mim.

O elevador apita. Eu entro.

Nate não está pronto. Ele abre a porta usando um roupão do hotel, e o cabelo está molhado.

– Desculpa. Eu dormi.

– Quer que eu escolha sua roupa? – pergunto, me arrependendo das palavras no instante em que elas saem da minha boca.

— Não, tudo bem. Não vou demorar. — Ele desaparece no banheiro e fecha a porta.

Sento na beira da cama e coloco as mãos embaixo das coxas para me impedir de mexer nos seus pertences, e isso é bom, porque Nate demora apenas alguns minutos. Aparece vestindo a camisa azul-bebê que usa quando tem que posicionar — viajar como passageiro — no trabalho.

Observo quando Nate se abaixa, abrindo uma gaveta e pegando um par de meias pretas. Não vejo motivo para desfazer totalmente as malas quando estou fora de casa. Não é uma viagem de uma semana, e depois eu tenho que refazer as malas — às vezes depois de apenas vinte e quatro horas —, além de haver mais chances de esquecer as coisas. Ele senta ao meu lado; sinto o peso dele quando o colchão afunda um pouco. Assim que calça as meias, ele se levanta, se agacha na frente do espelho da mesa, passa a mão nos cabelos, coloca a carteira no bolso traseiro e vira para me encarar.

— Como estou?

— Ótimo — respondo, olhando para o meu relógio. — Reservei um carro. — Eu me levanto.

Ele olha para mim, como se estivesse me vendo direito pela primeira vez.

— Uau. Você está... incrível.

— Obrigada. — Aponto para o passaporte dele sobre a mesa. — Não esqueça sua identificação, senão você pode passar a noite toda sem álcool. — Viro para a porta.

— Ele não se importa? Você sabe. Hum. Não me lembro do nome do seu namorado...

Paro e viro para encará-lo.

– Matt. Ainda não contei que vou sair por uma hora ou duas com você. O que ele pode dizer, na verdade? É só o início, estamos saindo há pouco tempo. Tenho certeza que ele não vai se importar.

– Contanto que você tenha certeza.

Dou de ombros.

– Ele é um cara ótimo. Na verdade, você e ele se dariam bem. Não precisa se preocupar.

Dentro do elevador, espero não encontrar com ninguém. Não quero nenhum parasita indesejado de última hora. Eu me distraio fingindo verificar o celular. Enquanto caminhamos em direção à saída do hotel, ajo por impulso, mas parece ser a coisa certa a fazer. Entrelaço meu braço no de Nate e continuo andando como se fosse a coisa mais natural do mundo. Ele não se opõe – na verdade, vira para mim e sorri.

Um porteiro abre a porta para nós e nos deseja uma "excelente noite".

– Será – respondo enquanto descemos em direção a uma limusine preta que está esperando.

– O que é isso? – Nate vira para me olhar.

– Não custava muito mais do que um táxi, e eu achei que podíamos chegar ao Venetian em grande estilo. Era uma promoção. Se quisermos, o motorista pode nos levar para um passeio turístico depois. Não sei você, mas eu gostaria muito de ver Las Vegas melhor.

– Oi, meu nome é Jackson – o chofer uniformizado nos cumprimenta quando abre a porta.

A namorada perfeita

– Obrigada – digo, entrando primeiro.

Conforme solicitado, há uma garrafa de champanhe e duas taças preparadas para nós na lateral. Eu sirvo a bebida, entregando uma taça para Nate, depois sirvo outra para mim.

– Não acredito que o champanhe também estava incluído – diz ele, tomando um gole.

Dou uma risada.

– Claro que não. Mas não consegui resistir quando sugeriram como opcional. Mas você vai ter que beber rápido, porque o Venetian não está muito longe. Saúde!

Eu me recosto de novo no assento, e Nate faz o mesmo, enquanto Jackson vira para trás e pede para "prendermos o cinto de segurança".

Conforme nos afastamos do hotel vagabundo da tripulação e nos aproximamos do ruído e das paisagens da noite que se aproxima, escorrego acidentalmente na direção do Nate. Eu me afasto. Uma pontada de empolgação que eu mal consigo conter se esgueira no meu peito enquanto dirigimos até o nosso destino: o que escolhi de maneira meticulosa. Está listado como um dos dez hotéis mais românticos de Las Vegas.

Nate vai ter a melhor noite da sua vida.

CAPÍTULO 17

Depois de passearmos pela Piazza San Marco de braços dados, Nate e eu estamos sentados um de frente para o outro num restaurante e comendo camarões marinados à margem de um canal. Uma gôndola passa por nós. Pego minha taça de vinho branco e tomo um gole. Por cima do cheiro fraco de cloro, capto um leve aroma de alho quando o garçom entrega a entrada na mesa atrás de nós. Estou hesitantemente feliz. Sinto que estou a poucos instantes de finalmente ter a vida que mereço.

A conversa entre nós flui com naturalidade. Ele também está feliz. Admitiu isso quando confessou, há alguns minutos, que estava contente por eu tê-lo convencido a sair.

Nossas entradas são retiradas, e o gelo dentro do balde é esmagado quando o garçom pega a garrafa para encher nossas taças de vinho.

– Tenho medo de pensar como será a conta – diz Nate.

– Não pensa. A noite toda é por minha conta. Como agradecimento.

– Agradecimento?

– Isso. Você foi muito decente quando nos separamos, pagando o aluguel e garantindo que eu ficasse bem. Me desculpa mais uma vez por eu ter reagido tão mal. Eu estava num momento confuso, naquela época. Agora que a minha vida está caminhando bem, olho para trás e vejo como eu poderia ter lidado de maneira diferente com as coisas.

– Bom. Posso dizer o mesmo. Águas passadas.

Nós dois rimos, porque lembramos de onde estamos.

– O que você achou da boate na noite passada?

– Incrível – diz ele. – Sempre que eu vinha para Las Vegas, costumava explorar a paisagem durante o dia. Passeios pelo Grand Canyon, esse tipo de coisa. Estive em alguns restaurantes famosos e pontos turísticos, mas esta viagem foi realmente divertida.

Nós dois ficamos quietos.

Penso em como estamos aqui, por enquanto, isolados do mundo até que a realidade tente nos afastar de novo. É por isso que esta noite é tão importante. O modo como a noite se desenrola vai ter um grande impacto no meu futuro.

Não, no *nosso* futuro.

– Não sei como vamos superar a noite passada, porque eu me senti muito animada. Pesquisei alguns ingressos para shows hoje à noite, mas tudo que parecia bom estava esgotado ou com preço exorbitante – digo.

– Aqui está muito agradável. Será que eles não têm artistas de rua? E uma vez eu vi um documentário sobre o Michael Jackson. Ele veio fazer compras aqui e as lojas pareciam a caverna do Aladim.

Caio na gargalhada.

– Compras? Você?

Ele também ri.

– É. Acho que não.

– Acho que devíamos ir até um dos bares depois daqui e ter uma vista adequada de Veneza, para dar um gostinho. Eu adoraria visitar a Veneza de verdade.

Estendo a mão e encho nossas taças de vinho.

Muito para Nate, pouco para mim.

Eu o distraio, apontando um gondoleiro de aparência precária que parece um pouco desequilibrado quando se aproxima de uma ponte branca, enquanto, acima de nós, a claraboia escurece, insinuando que a noite se aproxima lá fora.

No bar, insisto para bebermos Kir Royales com muito licor de cassis, apesar de Nate murmurar sem entusiasmo sobre "operar amanhã". Estamos sentados no centro do salão, então não temos uma vista muito boa, mas o salão em si vale a pena observar, com pé-direito alto e decoração opulenta em tons de preto, ouro e prata. Atrás do bar principal, com fundo de prateleiras escuras e espelhadas que suportam centenas de taças de vinho, taças de champanhe e garrafas de cores vivas, os funcionários elegantes do bar misturam bebidas, dividindo com habilidade o espaço atrás do balcão.

– Vamos beber só um coquetel – digo com um sorriso reconfortante. – Quando em Roma. Ou Veneza ou Las Vegas. E nem vamos começar a trabalhar muito cedo, então vamos simplesmente relaxar.

Quando Nate se levanta para procurar o banheiro masculino, dou uma olhada rápida ao redor. O bar é razoavelmente escuro, e ninguém está me vendo. Pego minha bolsa, tiro um comprimido, seguro a minha taça embaixo da mesa e o coloco ali dentro. Mexo usando um misturador de coquetel. Alcanço o Kir Royale do Nate e troco as nossas bebidas. Quando ele volta, se aproximando da mesa, respiro fundo.

– Tenho uma confissão – digo, tomando um gole, sem encontrar os seus olhos.

– Vai em frente – diz ele.

Levanto o olhar. Desde a minha experiência com Katie, fiz mais pesquisas sobre drogas, e o veneno está na dose. Pode demorar até meia hora para o Rohypnol entrar em ação, mas agora tenho que monitorar sua ingestão de álcool; caso contrário, tudo pode dar terrivelmente errado. Eu me sinto tão responsável quanto uma anestesista.

– Jackson vai voltar daqui a pouco. Pedi para ele nos levar para um passeio. Achei que seria divertido ver locais turísticos no conforto. Estou me divertindo tanto que não quero que a noite termine. Vou passar quatro dias em Riade depois daqui, o que significa nada de academia, nada de piscina, provavelmente nada de socialização – exceto por uma área familiar separada por uma cortina numa cafeteria, pelo que ouvi falar – e, aparentemente, vou ficar presa no quarto só com a companhia da BBC World Service.

– Não é tão ruim lá; eles têm outros canais. – Ele sorri. – Mas você está certa sobre hoje à noite, e eu também estou me divertindo – diz ele. – Vamos lá.

Aceito sua resposta como um sinal de que ele está preparado para qualquer coisa enquanto o observo bebendo o drinque. Não termino o meu, pois preciso ficar no controle total.

• • •

— Podemos seguir pela rota mais longa possível, por favor? — digo a Jackson enquanto deixamos o ouro e o brilho do Venetian para trás.

— Claro.

Nossa garrafa de champanhe foi substituída; há uma nova em seu lugar. Nate parece não perceber. A surrealidade de tudo isso é fascinante; até eu estou com uma sensação de empolgação e expectativa. Sento mais perto dele e aponto para uma torre alta.

— A Torre do Stratosphere — diz ele.

Nossas coxas se encostam.

Nate vira para me olhar.

Deixo minha taça de lado, pego a dele e a coloco no suporte lateral, depois me inclino na sua direção.

Nós nos beijamos.

É como a primeira vez, só que melhor e ainda mais onírico, porque eu desejo isso há tanto tempo que cada segundo que sofri agora parece apagado. O cheiro avassalador do seu pós-barba é embriagante, e eu me sinto tonta.

A limusine para. Eu me afasto dele. Preciso falar as palavras corretas, mas todas as coisas que preciso dizer estão emboladas na minha mente. Olho para fora. O alívio me inunda. Estamos parados no sinal fechado, então ainda não chegamos *lá*. O carro avança. Estou desorientada, não tenho ideia de quanto tempo falta para chegarmos ao nosso primeiro destino. Espero que eu não tenha me drogado por acidente. Penso. Não, eu definitivamente troquei as bebidas.

Virada para Nate, digo:

A namorada perfeita

– Tive uma ideia. É meio louca, mas me escuta.

– Você organizou um salto de um arranha-céu.

– Não é bem isso.

Sua respiração está pesada, seu rosto, corado. Seus olhos estão brilhantes. Só vi Nate bêbado de verdade algumas vezes, e geralmente depois de sair à noite com os amigos da universidade. Ele olha para mim como se estivesse pronto para ouvir. Ele não me parece bem: está sorrindo, mas parece um pouco distante. Agradavelmente submisso. Eu podia dizer qualquer coisa agora, ou fazer qualquer coisa, e acho que ele nem ia perceber.

– A Little White Chapel faz parte do passeio. Tem um "Túnel do Amor" drive-thru. Vamos curtir a experiência total de Las Vegas.

– Casar?

– É. As pessoas devem se deixar levar o tempo todo, por isso eles devem ter *algum* tipo de período de reflexão ou... – Eu me esforço para pensar na palavra certa. – Salvaguardas – explico. – O que acontece em Vegas, fica em Vegas. Muitos de seus colegas dizem isso, não é? Você me disse isso uma vez.

– É só um ditado. – Ele fica quieto.

Dou o que espero que seja um sorriso compreensivo antes de me inclinar e falar com Jackson pelo interfone.

– Pode ligar a música, por favor?

– Claro. Que tipo?

– Você escolhe. Alguma coisa animada. E alta.

Ele obedece, não só em relação à música, mas também nos deslumbrando com luzes de discoteca.

Nós dois caímos na gargalhada e batemos as taças de novo.

– Acho que é melhor relaxar – digo, enquanto ele toma um gole. – Bebemos muito, hoje à noite.

Nate sorri, como se nada na vida jamais pudesse perturbá-lo de novo. O tráfego noturno está lento conforme avançamos. O sorriso do Nate fica mais sentimental. Ele tenta me beijar, mas sua boca pousa na minha bochecha. E aí ele pede a Jackson "algo diferente". Suponho que seja algo romântico, mas ele sugere Guns N' Roses. Enquanto ele faz a mímica de "Paradise City" – graças a Deus, sem imitar uma guitarra no ar –, faço o possível para disfarçar minha agitação. Sei que ele não está normal, e esse é o objetivo, mas ele não está levando isso a sério.

Paramos. Jackson abre a porta. Saio como se fosse falar com ele. Nate me segue.

Todos ficamos na base de alguns degraus que levam a um edifício de pedra.

– Obrigada pela ajuda – digo a Jackson. – Com sorte, não vamos demorar muito.

– Fiquem à vontade – diz ele.

– Que lugar é esse? – Nate olha para Jackson.

Jackson parece preocupantemente confuso.

– O cartório da certidão de casamento.

– Você vai precisar do seu passaporte – digo a Nate, me inclinando para pegá-lo no seu bolso traseiro enquanto tento distraí-lo.

– Por quê?

A namorada perfeita

– Precisamos de identidade para fazer os arranjos. Jackson cuidou de todo o resto, não se preocupe.

Entrelaço meu braço direito no esquerdo dele e começo a subir a escada. Ele está pesado e anda devagar e de um jeito deliberado, como se cada passo exigisse concentração máxima.

– Vai ter música lá dentro? – pergunta ele.

Merda. Ele devia estar calmo e feliz, não totalmente surtado.

– Mais tarde, talvez. – Tento pensar no nome de pelo menos um dos membros da banda Guns N' Roses para fingir que eles se casaram aqui, mas todos me escapam. – Mas isso é tudo muito rock 'n' roll, com ou sem música. – Por dentro, eu me encolho com as minhas palavras, mas não consigo pensar em mais nada para dizer. – Vamos. – Aperto seu braço com mais força e quase o arrasto até os últimos degraus.

No topo, Nate hesita, e eu me inclino para a frente e o beijo. Um casal mais novo sai pelas portas de entrada. Enquanto passam por nós, o homem ergue a mão e faz um *high-five* com Nate.

– Boa sorte – digo a eles. – Viu? – Viro para Nate. – O que estamos fazendo é muito legal.

Segurando a mão dele, entramos num edifício bem iluminado. Mas isso provavelmente é bom, porque Nate pisca várias vezes e parece normal. Meus olhos procuram a placa que indica a *Fila Expressa*. Tem um casal na nossa frente. Quero gritar para eles saírem do caminho. Em vez disso, continuo segurando Nate e o distraio, lembrando a época em que ficamos numa fila durante séculos para entrar no

Aquário de Londres, mas o alarme de incêndio disparou quando chegamos ao caixa.

Lá dentro, rezo em silêncio para que não haja nenhuma referência ao formulário on-line que preenchi com antecedência. Quando somos chamados, respiro fundo. Graças a Deus.

– Boa noite – digo, entregando meu número de referência, a papelada e o passaporte dos dois.

– Obrigada – responde a mulher de óculos, digitando no teclado.

Nate parece estar se sentindo mal, e eu aperto sua mão. Tento relaxar, parecer calma, como se não importasse quanto tempo o processo vai levar. Mas é preocupante, porque Nate parece que vai despertar a qualquer momento. E aí, de maneira assustadora, ele abre a boca como se fosse falar alguma coisa, mas eu sorrio e balanço a cabeça. É difícil me concentrar, mas me obrigo a agir como imagino que alguém genuinamente na minha posição faria.

Continuo sorrindo o tempo todo.

– Boa sorte para vocês dois – diz ela quando nos afastamos.

– Lembre-se do que falei – digo a ele, indo para a porta, resistindo à vontade de correr. – Esta noite é por minha conta. Vamos voltar para o mundo da fantasia.

Jackson abre a porta para nós outra vez.

– Obrigada – digo quando entrego a papelada para ele.

– Obrigado, Jackson. Você é um ótimo motorista – diz Nate enquanto cumprimenta Jackson com um *high-five*. – Para onde vamos agora?

A namorada perfeita

— Para a capela — responde Jackson.

Entro primeiro na limusine. Assim que Nate senta, entrego sua taça e o beijo, antes de me afastar e sentar ao lado dele.

Levanto a minha taça.

— Saúde! A uma noite selvagem. É tudo tão emocionante. Nada parece de verdade.

Batemos as taças. É quase um acordo fechado. Não falta muito, agora.

Quando nos aproximamos da capela, meu coração bate tão alto que consigo ouvi-lo. Jackson estaciona ao lado de um Cadillac branco. Um Ford Mustang surge na entrada de carros da capela. Quando saímos da limusine e Jackson nos leva em direção ao Cadillac, o casal dentro do Mustang acena para nós e grita:

— Boa sorte.

Aceno em resposta. Nate se esforça e acena rapidamente.

No banco de trás do conversível há um buquê de rosas vermelhas e uma flor de lapela combinando.

— O que é tudo isso? — pergunta Nate, olhando para baixo.

Jackson fica em pé no lado do motorista, colocando uma flor na lapela que combina com a do Nate.

— É apenas parte do pacote — sussurro.

Nate fica parado, parecendo intrigado.

Do nada, um surto de violência me toma. Quero empurrar Nate para dentro do carro; sua hesitação vai estragar tudo, a menos que ele se componha. Estou tão perto. Tão,

tão perto. Parece que esse é o obstáculo final. "Você me *deve*", estou morrendo de vontade de dizer a ele. E deve mesmo.

– Tudo pronto? – diz Jackson, abaixando o assento do passageiro para nós.

– Sim – respondo animada. – Vamos – digo para o Nate.

Ele entra. Quero chorar de alívio.

– Muitas pessoas trocam de carro no meio do caminho? – pergunta Nate ao Jackson.

Jackson ri daquele jeito nervoso que as pessoas riem quando não têm certeza se alguém está brincando ou não.

Eu me inclino e coloco a flor de lapela no botão da camisa do Nate, depois me recosto, estendo a mão direita e a coloco na coxa dele. Ele não coloca a mão na minha nem faz nada que nos conecte a este momento. Não importa. Temos o resto da vida para os pequenos gestos. Coloco as rosas no meu colo, acariciando as pétalas com a mão livre. Mas, quando olho para o lado, fico horrorizada de ver que a exposição ao calor externo – combinada com o álcool e apenas um comprimido – parece ter tido um efeito soporífico sobre Nate. Seus olhos ficam se fechando.

Ele precisa de ar-condicionado.

Eu me inclino na direção dele.

– Nate! Querido, estamos quase lá.

Ele me dá um sorriso sentimental e abre os olhos, mas olha para a frente.

Quando nos aproximamos do Túnel do Amor, quase não aguento mais o suspense. Esta noite deve ser a mais perfeita possível.

– Não é incrível? – digo ao Nate. – Parece que estou no set de um filme, esperando a fala *luzes, câmera, ação!*

A namorada perfeita

Nate sorri.

O alívio me inunda. Meu corpo todo parece fraco.

– Isso é melhor que a noite passada – diz ele.

– Vou aproveitar todos os momentos – digo. – Tenho certeza que nunca mais farei uma coisa dessas.

– Eu também – diz Nate.

Chegamos à entrada. Jackson dirige até a janela, e um ministro se aproxima de nós por uma porta lateral. Seus *dreadlocks* estão presos num rabo de cavalo. Seu sorriso é acolhedor.

– Tudo pronto?

– Claro – eu me ouço dizer com um sotaque falso.

Devo estar mais nervosa do que percebo. Mas, depois do que passei para chegar até aqui, tenho esse direito. Toda noiva fica nervosa no dia do casamento, e eu não seria normal se não sentisse pelo menos uma pitada de ansiedade. O ministro nos apresenta à "celebrante", que é uma mulher alta, com cabelos compridos, escuros e encaracolados. Ela parece angelical, não muito diferente das que estão pintadas no teto azul-escuro acima de nós, com estrelas e luas crescentes prateadas entre os anjos.

Jackson sai do carro e fica educadamente a postos.

A cerimônia começa. Vai durar cerca de quinze minutos, pois escolhi uma cerimônia curta, mas, mesmo assim, um quarto de hora é um quarto de hora.

– Bem-vindos, Elizabeth Juliette Price e Nathan Edward Goldsmith. Há algum convidado do Reino Unido para nos acompanhar hoje à noite?

Balanço a cabeça e, lá do fundo, invoco toda a minha autoconfiança. Eu me considero uma atriz interpretando um papel importante que vai mudar minha carreira numa produção para grandes teatros.

– Estamos reunidos hoje...

Sorrio e seguro a mão do Nate.

– Não podemos simplesmente voltar para o bar? – sussurra ele.

– Podemos voltar daqui a um minuto – sussurro em resposta.

– Nathan Edward Goldsmith, aceita Elizabeth Juliette Price como sua esposa?

Prendo a respiração.

Ele olha para mim.

– Aceito – incentivo delicadamente num sussurro.

– Aceito – repete ele.

Quando chega a minha vez de repetir os votos, minha voz não parece ser minha. Eu gostaria que William fosse meu pajem, mas, é claro que ele estaria velho demais, agora. Ele poderia ser testemunha ou poderia me entregar ao noivo. Sinto uma pontada de culpa por não ter convidado a Barbara.

Não temos alianças para trocar, o que é uma pena, mas achei que seria um passo exagerado demais, já que quero que Nate acredite que esta noite toda foi um acordo improvisado e mútuo. Tento não olhar para o relógio, porque, por mais que nosso ministro seja simpático, ele infelizmente fala demais.

A namorada perfeita

– Estou casado há dezessete anos, e o melhor conselho que gosto de compartilhar é que vocês nunca devem, repito, *nunca* devem dormir depois de uma discussão. Comecem cada dia com um quadro em branco.

Não tenho coragem de olhar para o Nate, porque começo a sentir que ele está inquieto.

Finalmente, ouço as palavras:

– Pelo poder a mim instituído pelo Estado de Nevada, eu vos declaro marido e mulher.

Há um flash de câmera. Eu me aproximo e beijo Nate na boca. Ouço as palavras "sorriam" e "parabéns". Recebemos uma chuva de confetes enquanto assinamos nosso nome. Tenho uma vaga consciência de dar gorjetas e dizer "obrigada" várias vezes.

É um sonho total, absoluto, arrebatador e impressionante se tornando realidade. Sinto minhas mãos tremendo.

Eu adoraria poder anunciar isso em todas as minhas páginas de mídias sociais e aguardar o fluxo de parabéns e desejos de felicidade. Fantasio que todos ficariam felizes por nós, incluindo Bella, e nos desejariam o bem.

Ao nos afastarmos do Túnel do Amor, Nate segura a minha mão, como se estivéssemos num conto de fadas de verdade e, só para variar, estou no papel principal.

CAPÍTULO 18

Insisto em voltarmos para o meu quarto. Eu o quero no meu território, para variar.

Estamos sozinhos na nossa noite de núpcias; a noite com a qual eu sonho há anos.

Nós nos beijamos antes mesmo que a porta se feche atrás de nós, como se ele sentisse tanta saudade de mim quanto eu sinto dele. De forma desajeitada, guio Nate para a minha cama enquanto meio que nos beijamos, meio que nos abraçamos e ele anda para trás. Ele se deita de imediato. Mas, antes mesmo que eu consiga me juntar a ele, seus olhos se fecham.

– Nate! Nate! – Eu o sacudo bruscamente pelos ombros.

Ele *tem* que acordar. Temos que fazer isso direito, senão não vai funcionar. Eu o sacudo de novo, depois dou um beliscão forte no seu braço, mas ele continua morto para o mundo.

Ele ronca baixinho.

Depois de algumas tentativas, desisto e decido saborear a minha conquista. Telefono para o serviço de quarto e peço champanhe, além de alguns petiscos requintados. Em seguida, ligo para a recepção a fim de saber se o DVD, as fotos impressas e o *pendrive* foram enviados pela capela, já que eu paguei pelo serviço expresso. Adoro Las Vegas, é uma cidade tão ma-

A namorada perfeita

ravilhosamente acolhedora. Diminuo as luzes ao lado da cama, tiro os sapatos do Nate, tiro a carteira do seu bolso traseiro e o cubro com o edredom da melhor maneira possível. É difícil empurrá-lo para o lado, porque ele é muito pesado.

Espero.

Ele continua inconsciente.

Na minha bolsa, vários comprimidos para dormir e quatro dos antidepressivos que peguei da Amy continuam intactos. Não precisei de outras drogas. Nate ficou dócil como um carneirinho. Consegui levá-lo ao nível certo de flexibilidade para torná-lo imprudente, mas não incontrolável. Até agora.

Há uma batida forte na porta. Eu a abro. Um garçom empurra uma mesa com rodinhas, sobre a qual repousa um balde de gelo e várias redomas prateadas.

– Oi. Você se importa de deixar isso aqui? – digo, impedindo-o de entrar no quarto.

Acho que eles já viram de tudo, mas o orgulho me impede de deixá-lo pensar que vou beber e me entupir de comida enquanto Nate está dormindo. O garçom se demora levantando todas as tampas das redomas, fazendo uma descrição desnecessária, e depois abre a rolha de champanhe.

– Não sirva – digo. – *Nós* podemos fazer isso.

Ele me entrega a conta para assinar. Pego alguns dólares da carteira do Nate. Já está na hora de ele contribuir. Quando o garçom abre a porta para sair, um porteiro está em pé com o pacote de lembranças do casamento. Mergulho na carteira do Nate outra vez.

Com a cerimônia de casamento tocando no meu notebook em segundo plano, bebo todo o champanhe e coloco o frasco vazio de cabeça para baixo no balde de gelo. Separo alguns dos canapés de salmão e alcaparras, raspo ostras de suas conchas e as espremo num guardanapo. Sinto ânsia de vômito. Tudo isso é um enorme desperdício, eu sei disso. Mas, quanto mais lacunas de memória Nate tiver, mais ele vai depender de mim para preenchê-las. E, se ele tiver alguma dúvida de que estava menos do que cem por cento disposto a participar, todas essas evidências físicas vão provar que ele estava tão envolvido no momento quanto eu.

Nós dois somos culpados.

Escovo os dentes, mas deixo a maquiagem. Tento escovar os do Nate, mas faço uma bagunça, e é inútil. Pego suas roupas e as espalho pelo chão. Na escrivaninha, deixo uma grande foto de nós dois e a certidão de casamento. Se acordarmos cedo o suficiente amanhã, podemos comprar alianças.

Ele também pode ligar para a família e anunciar as boas novas. Estou dentro, finalmente! No entanto, sinto uma pontada de nervoso ao pensar na reação de Bella, mas, mesmo que ela tenha algo negativo para dizer, será tarde demais.

Tiro a roupa e deito na cama, caindo num sono merecido ao lado do meu marido.

Deixo as cortinas abertas de propósito. Quero que o sol entre. Ele não me decepciona, marcando o primeiro dia da nossa lua de mel.

Nate ainda está dormindo.

A namorada perfeita

Saio da cama. O ar-condicionado está no máximo. Estremeço e diminuo o ar. Escovo os dentes e volto para a cama, revivendo a noite passada.

Nate se mexe. Eu quase grito quando seus olhos se abrem de repente e ele olha para mim.

Silêncio.

— Bom dia, dorminhoco. Estamos no início da tarde. Café?

Ele continua a me encarar, mas seus olhos não parecem totalmente abertos.

Eu o beijo.

— Vou fazer um. Do jeito que você gosta. Pretendo começar essa nova vida do mesmo jeito que quero continuá-la.

Ele senta e, no espelho em frente, vejo que ainda está me encarando. Ele parece não perceber nossa foto de casamento nem as outras pistas que apresentam evidências indiscutíveis do nosso amor. Aperto o botão da cafeteira e observo enquanto o líquido borbulha para dentro da jarra de vidro, com gotas pretas sujando as laterais. Levanto o olhar e sorrio para Nate pelo espelho. Ele retribui com um sorriso fraco. Encho duas canecas, coloco creme suficiente na do Nate e volto para a cama, entregando a dele. Ele se apoia com a mão esquerda e aceita o café com a direita. Subo na cama ao lado dele e tomo um gole. Está delicioso; perfeito.

— Então, foi uma bela noite? — ele finalmente pergunta com a voz rouca.

Dou uma risada.

— Você é tão engraçado, amor. Esse é o eufemismo do ano. Você realmente me surpreendeu; eu não tinha ideia de que seus sentimentos por mim ainda fossem tão fortes. Minha única preocupação é como vou contar a novidade para o Matt. Ele vai ficar arrasado.

– Eu me sinto péssimo. Prometo que não vou causar problemas para você. Não faz sentido magoar alguém por nada. Acho que nós dois exageramos na bebida. – Ele sorri.

O canalha sorri para mim. Como se seu comportamento fosse razoável.

Sorrio em resposta.

– Isso não seria um pouco enganoso?

Eu me aproximo e deixo a caneca na mesinha de cabeceira. Pego a caneca dele, me estico por sobre ele e também deixo a dele na mesinha de cabeceira. Passo a mão no peito dele, depois o beijo. Ele está com gosto de álcool rançoso, apesar das minhas tentativas de escovar seus dentes na noite passada. No começo ele hesita, mas eu insisto. Eu o conheço. Eu o conheço muito bem, e meu conhecimento é a fraqueza dele.

Tudo acaba em minutos, mas não me importo. O obstáculo final foi superado. Eu me aninho nele.

Depois de alguns segundos, ele afasta o meu braço e se ergue para sentar.

– Lily. Isso foi ótimo. Mas...

– Mas o quê?

– Mas... – Ele olha para o nada.

Sei o que ele acha que vai dizer. Mas não pode.

Ele vai precisar de um pouco de tempo para aceitar a mudança súbita na sua vida. Eu entendo isso. Desenvolvi

A namorada perfeita

uma pequena teoria recentemente, que chamei de "Teoria do Caroço de Azeitona". Sempre que mordo uma azeitona, espero o caroço. Estou preparada. Não sou como o Nate – nem pessoas mimadas como ele, que esperam morder as malditas azeitonas descaroçadas, macias e perfeitas –; eu antecipo os problemas e lido mentalmente com eles com antecedência.

Meu marido franze a testa. Ele levanta a mão esquerda, e seus olhos exploram o quarto, parando na foto do nosso casamento. Ele se levanta num pulo, olhando ao redor.

Eu observo.

– Lily? Que diabos?

– Você não quis dizer *sra. Goldsmith*? Esta é a nossa lua de mel, querido. Volta para a cama. Temos que trabalhar daqui a algumas horas. Vamos voltar para casa. Lembra? Eu me mudo de volta para sua casa até escolhermos um lugar juntos.

– Lily. Estou falando sério. Está tudo borrado. Só vejo fragmentos. – Ele olha para os restos de comida. – Nós pedimos comida? Depois de comer fora?

Essa informação parece temporariamente mais incrível para Nate do que a parte do casamento. Acho que ainda está sob influência do remédio. Ele vai ter que tomar cuidado e se comportar normalmente – embora seu nível de álcool esteja dentro dos limites de voo na hora que tiver que se apresentar, e o Rohypnol dure apenas vinte e quatro horas –; ele deve estar seguro o suficiente.

– Vem deitar de novo. Você não parece bem.

Ele obedece. Deitado, ele geme, depois fecha os olhos.

– Quer um analgésico?

Ele faz que sim com a cabeça. Pego dois na minha bolsa. Ele abre os olhos, levanta a cabeça, e eu o ajudo a engolir colocando delicadamente a água de uma garrafa de plástico na sua boca. Sua cabeça cai para trás, e ele fecha os olhos de novo. Sua respiração fica mais profunda.

Eu o deixo sozinho durante uma hora, mais ou menos, antes de acordá-lo.

– Nate! Vai tomar banho. Você vai se sentir melhor. Vou telefonar para o serviço de quarto e pedir que eles limpem isso e tragam um *brunch*. Parece que você precisa de alguma coisa para dissolver o álcool.

No caminho para o banheiro, ele pega a foto do casamento e a encara. Depois, passa ainda mais tempo analisando a certidão de casamento. Ela confirma que realmente nos casamos ontem, *dia 18 de julho*.

Prendo a respiração.

Ele vira para me olhar.

– Lily. Precisamos conversar.

Ligo para o serviço de quarto.

– Alô. Eu gostaria de pedir... – digo, apontando para o banheiro.

Nate pega seu celular e, contornando os escombros, fecha a porta atrás de si. Coloco o receptor de volta no lugar e visto um roupão. Entreabro a porta do quarto e empurro o carrinho para o corredor. Ouço o chuveiro ligado. Viro a maçaneta da porta do banheiro. Ele trancou!

A namorada perfeita

O negócio é que ele vai ter que tirar o melhor dessa situação. Não há nenhum motivo para ele lutar contra isso – contra *nós* – por mais tempo.

A água para. Silêncio. Ele está no celular com alguém. Está falando com calma, mas a voz é clara.

– Não tenho a menor ideia, cara. Você precisa me ajudar a entender isso.

Uma batida na porta. Abro e dou um passo para trás a fim de deixar a garçonete entrar.

– Onde você quer que eu coloque a bandeja?

– Na cama, por favor.

Assino, dou uma gorjeta e a deixo sair. Nate ainda está sussurrando.

Bato na porta do banheiro.

– Café da manhã, querido.

– Saio num minuto!

– Okay.

Tiro o roupão, sirvo o meu café e tomo um gole enquanto olho pela janela. Sinto o calor externo no vidro. Até onde consigo enxergar, há atividade. Imagino outros casais, como aqueles no Ford Mustang ontem à noite. Aposto que estão felizes, planejando normalmente o futuro. Não quero que isso se transforme numa vitória vazia. Eu sabia que era uma estratégia de alto risco, mas o amor pode aumentar. E eu realmente amo o Nate, e é por isso que sou perfeita. Serei uma boa esposa, e ele nunca vai ficar feliz de verdade com mais ninguém. Só preciso que ele *entenda* isso. Eu gostaria que ele tivesse nos dado mais uma chance quando estávamos juntos no ano passado, porque ele só pode culpar a si mesmo por tudo isso.

A porta do banheiro se abre. Continuo olhando pela janela como se também estivesse contemplando a situação. Se eu agir de maneira carente demais agora, ele vai se recusar a cooperar. Ele serve um café para si e para ao meu lado. Está vestindo um roupão. Isso me irrita, porque parece que ele tem medo de ficar exposto pelo simples fato de usar uma toalha em volta da cintura – como sempre faz. Ele está agindo como se fôssemos estranhos depois de uma trepada de uma noite só.

– Vamos começar do início. Me conta o que aconteceu na noite passada.

Olho nos olhos dele.

– A questão, querido, é que a noite passada também não foi o casamento dos meus sonhos. Mas... nós aproveitamos o momento. *Carpe diem* e tal. Nossos sentimentos enterrados ressurgiram. O que está feito está feito. E... nós realmente nos amamos.

Silêncio.

Nate expira fazendo barulho.

– Lily. Eu não entendo como aconteceu a noite passada. Acho que estávamos nos divertindo e exageramos. Mas você precisa entender que eu não te amo *desse* jeito. Nós nos separamos, não porque eu não gostasse de você, mas porque ainda não estou preparado para me prender a ninguém. Se é que um dia estarei.

— Então, ontem à noite? Todas as coisas que você disse sobre o quanto sentiu saudade de mim e o quanto me amava eram mentiras?

— Não consigo me lembrar de tudo, Lily. Há buracos na minha memória. Eu me sinto péssimo. – Ele senta na cama.

Viro para trás.

— Ah, é? Então eu traí o Matt sem motivo? Você acha que esse é o tipo de coisa que uma mulher faz sem ser encorajada?

Ele leva a mão à testa e a massageia com o indicador e o polegar.

— Não sei como você interpretou isso, Lily...

— Eu te amo. Foi isso que você disse na noite passada. Nós nos *casamos*. Como você quer que eu interprete isso? – Imito a voz dele. – *Vamos fazer isso. Vamos fazer isso de verdade. Vamos nos casar.*

— Lily...

— Juliette! Já falei que agora é Juliette. Não vamos começar com o pé direito se você nem consegue falar a porra do meu nome certo.

É minha vez de me trancar no banheiro. Ele esmurra a porta.

— Lily! Lily.

Viro as torneiras ao máximo e coloco as mãos nos ouvidos. Minha maquiagem dos olhos está um pouco borrada, mas não pareço muito mal, considerando o estresse pelo qual tenho passado. Analiso o meu reflexo, procurando mudanças, agora que sou uma mulher casada.

Pareço mais velha? Mais sábia? Ou apenas *casada*?

A batida na porta para. Tiro as mãos dos ouvidos, fecho as torneiras. Ele esmurra a porta repetidamente.

– Me deixa em paz – digo. – Preciso de espaço!

Eu o faço esperar mais dez minutos antes de sair. Ele está sentado na beira da minha cama, com a cabeça entre as mãos. Eu me ajeito na cama atrás dele e massageio seus ombros. Ele fica tenso e senta mais reto.

– Como está sua cabeça? – pergunto, com a voz de esposa preocupada.

– Melhorando, mas você precisa me ouvir. – Ele se afasta de mim.

Deixo minhas mãos caírem.

– Tudo isso é muito rápido. – Ele suaviza um pouco o tom. – A esta hora, ontem, estava tudo bem. – Ele suspira. – Fiz algumas ligações, e vamos ter que ajeitar tudo isso em Londres, porque não temos tempo suficiente aqui. Quando pousarmos, você vai até a minha casa. Um amigo advogado vai nos encontrar lá e podemos resolver essa situação.

Vou para a beira da cama e sento o mais perto possível dele.

– E quanto a mim? E o que eu quero?

– Por favor, Lily. Você realmente precisa entender que tudo isso é demais, é muito louco.

– Não para mim.

Ele me dá uma olhada que não consigo interpretar, mas definitivamente não é positiva.

A namorada perfeita

– Vamos decidir juntos o que é melhor. Para nós dois. Jesus. Que confusão. Já ouvi histórias sobre Las Vegas, mas são apenas histórias. Nunca pensei...

– Coisas piores acontecem às pessoas do que se casar com uma ex pela qual você não sabia que ainda tinha sentimentos.

– Sinto muito – diz ele.

Ele sempre sente muito, porra. Isso não significa mais nada para mim.

O nó na minha garganta é genuíno. Eu me sinto frágil, mas decidida. Estendo a mão para abraçá-lo com força, e ele consegue corresponder.

Ficamos sentados, com os braços ao redor um ao outro, durante um minuto inteiro.

Ele se afasta primeiro. Claro.

Nosso brunch de casamento, composto de bagels com salmão defumado e ovos mexidos, está em cima da cama, ignorado.

– Vamos deixar isso entre nós – diz ele. – Precisamos enfrentar o voo para casa e tentar resolver as coisas da melhor maneira possível.

Isso é o que ele pensa.

CAPÍTULO 19

Estou ocupada na cozinha do Nate – não, na nossa cozinha – enquanto James Harrington, o "amigo advogado" do Nate, está sentado na sala de estar, conversando com ele.

Escuto alguns trechos.

– *Casamento anulável. Bebedeira. Desonestidade. Não consumação.* – Bem, Nate está ferrado com o último item.

Levo uma bandeja de café para eles, como uma dona de casa perfeita. Espresso para mim, cappuccino para Nate e um latte para "o advogado". Um trio de muffins – cortesia minha – descongelados no micro-ondas num prato pequeno. Na ausência de guardanapos, dobrei toalhas de papel em triângulos perfeitos. Sento ao lado do Nate no sofá, em frente a James Harrington. Dois contra um.

Eles me agradecem pelo café.

– Certo, Elizabeth, Nate me explicou que não podemos apelar para a não consumação, então sugiro que a gente apele para o casamento anulável, já que vocês dois estavam bêbados...

– Eu não estava.

Nate me olha furioso.

James parece confuso.

– Achei...

– Eu quero que o nosso casamento dê certo. Nate podia estar um pouco tonto, mas isso provavelmente foi exacerba-

A namorada perfeita

do pelo jet lag. – Olho para o Nate. – Eu casei com você de boa-fé. Você me disse que me amava. Temos uma história juntos *e* eu desisti de um homem decente por causa da sua conversa encantadora. Matt está arrasado. Tive que contar a ele por mensagem de texto! Como você acha que eu me sinto em relação a mim mesma por isso?

Há um silêncio. Rainbow nada de um lado para o outro.

É bem agradável estar aqui com Nate, e agora que atravessei um pouco a porta – de maneira legítima –, não vou desistir sem uma luta decente.

– Certo. Bom, isso complica as coisas. – Ele lança um olhar para o Nate, depois olha para o relógio. – Tenho umas ligações para fazer, então vou me fechar no seu quarto de hóspedes enquanto vocês dois resolvem isso.

Cruzo os braços e me recosto no sofá.

– Lily...

Faço uma careta.

– Juliette, não Lily, tudo é muito confuso, você é Lily para mim. Por favor. Seja razoável. Eu não te amo do jeito que você quer. Você *sabe* disso. Você não pode querer isso para si mesma. Você merece coisa melhor.

Seu tom suplicante falha.

– Bem, azar o seu, tenho fé suficiente para nós dois fazermos isso dar certo.

Nate se levanta.

– Esse é um problema sério. Sinto muito por você querer mais do que posso dar. O que aconteceu na outra noite – e eu só tenho a *sua* palavra nisso tudo – não foi real. Foi um *exagero*.

– Você está me chamando de mentirosa?

– Não. Mas aposto que você não precisou ser muito persuadida para me arrastar por aquele corredor.

– Não havia um corredor, estávamos num Cadillac. Você sabe disso. E ninguém foi *arrastado*. Liga para a maldita capela, pergunta a eles como você foi *obrigado!*.

– Sinto muito. Eu sei que também tenho culpa. Só que isso não é um jogo! É a nossa vida.

– Isso. Minha e sua.

Nós dois nos viramos ao ouvir um pigarro teatral.

– Uma palavrinha, por favor, Nate – diz James.

Nate o segue de volta para o quarto. É claro que Nate *teria* um amigo advogado. Ele tem um amigo médico, um banqueiro, um consultor financeiro, e a lista não tem fim. Estou irritada. Se James simplesmente nos deixasse sozinhos, em particular, eu poderia dar um jeito.

Espero. Não consigo ouvir vozes.

Mais alguns minutos se passam, e James sai, com Nate logo atrás.

– Certo, tchau, Elizabeth. Vou deixar vocês dois sozinhos.

– Claro, obrigado. Eu te ligo – diz Nate.

James levanta o braço num breve aceno e sai.

Silêncio depois que a porta se fecha. Nate parece mais feliz e mal consegue encontrar o meu olhar.

– Vamos a algum lugar para tomar um café, para podermos conversar melhor? – sugere ele.

– Não. Estou bem aqui, obrigada, mas estou exausta. Não dormi nos beliches. Preciso de um descanso, depois podemos conversar o quanto você quiser.

A namorada perfeita

– Descansar onde? Aqui?

Dou de ombros, como se dissesse: "Onde mais?"

– Não. Você não pode ficar aqui. Você tem que ir embora. Vou te levar de volta para a sua casa, e podemos conversar no caminho.

– Não consigo pensar direito. Depois de me obrigar a socializar com o seu amigo, você não pode me negar um pequeno descanso. Não é? Você não pode fazer tudo do seu jeito.

– Tudo do meu jeito? Isso é uma loucura. Isso tudo está... errado. Fico esperando acordar e sentir um alívio absoluto por tudo isso nunca ter acontecido. Eu devia ter imaginado. Devia saber que você ia levar as coisas longe demais. É por isso que nunca vai dar certo entre nós. Você é tudo ou nada. Você não sabe parar. Você não tem um botão de desligar!

– Vou te deixar sozinho para se acalmar – digo no mesmo tom de voz que ele usou comigo quando queria que eu fosse "razoável" em relação ao nosso término.

Ele fica na sala de estar enquanto arrasto a bolsa e a mala para o nosso quarto. Pego os artigos de higiene pessoal e tomo um banho na sua suíte. Apesar de ter amarrado o cabelo para não molhar, coloco meu xampu ao lado do dele no chuveiro. Depois, deixo minha escova de dentes onde ele guarda a dele. Desfaço a mala, colocando minhas roupas limpas de volta nas gavetas, na casa antiga delas. Nate encheu uma delas com coisas aleatórias que parecem presentes indesejados: uma caixa contendo abotoaduras, duas gravatas e um pacote fechado de cuecas boxer de loja de departamentos. Tiro tudo e coloco nas gavetas "dele".

Não contei ao Nate que agora tenho um carro, então dirigimos juntos para casa, lado a lado – um casal adequado – no seu Jag preto. Tudo parecia tão certo. Na verdade, parece tão certo que não consigo entender por que ele continua a lutar contra isso. Ele tem sentimentos por mim, eu sei que tem.

– Vou configurar o alarme para daqui a uma hora – grito. – Podemos pedir comida.

Ele que pensa que vou cozinhar, com essa sua atitude atual.

Nate não responde.

Estou cansada, essa é a verdade. Passei todo o voo de dez horas e meia com uma mistura de adrenalina e apreensão.

Ainda está claro. Devo ter apagado só por alguns minutos.

Minha boca está seca. Olho para a esquerda. Nada de Nate. Deito de novo. Meus membros doem. Sinto o sono me puxando de volta para a inconsciência. A consciência e a realidade se infiltram outra vez. Ouço sons familiares: rangidos matinais e o lamento do chuveiro. Estou de volta em casa há uma noite inteira. Eu me obrigo a levantar, coloco o roupão do Nate e vou para a sala de estar.

Lá fora, o dia está glorioso. Minha mente se enche de planos. Posso montar uma cesta de piquenique, e podemos sentar às margens do rio. Ouço o chuveiro parar. Um sentimento vazio se forma na boca do meu estômago enquanto aguardo a reação mais recente do Nate.

A namorada perfeita

Vou para a cozinha e ligo a cafeteira. Abro a geladeira e olho lá dentro, mas percebo que não quero nada. Faço dois cafés. Nate aparece, usando sua roupa de corrida.

– Bom dia! Fiz um café para você. – Eu sorrio.

– Obrigado.

Ele aceita e vai para o sofá. Sento ao lado dele. Durante vários segundos, ficamos em silêncio, bebendo o café.

– Por que você não foi para a cama?

– Por que você acha?

Não respondo.

– Dormi no quarto de hóspedes.

– Ah.

– Vou pedir a anulação sob o argumento de que eu estava bêbado.

– Entendo.

– Eu gostaria que você concordasse, para que possamos fazer isso juntos. Não quero que seja desagradável. Se trabalharmos em equipe, vai ser relativamente simples. Eu realmente queria que fôssemos amigos.

– Bem, isso é mentira. Você disse isso na última vez que me abandonou. Até me apagou do seu Facebook. Você não fez nenhuma tentativa de manter uma amizade.

– Pelo amor de Deus, você também não, pelo que me lembro. Eu disse que poderíamos manter contato, que não precisava ser uma separação total. Mas você não aceitou. Era do seu jeito ou nada.

Só porque eu não tinha uma escolha maldita.

Não sou burra. Se ele não queria que morássemos juntos, seus sentimentos não estavam no lugar certo. Tive que optar por um jogo longo. Se eu ficasse aceitando as migalhas de uma suposta amizade e, com toda probabilidade, um sexo esporádico se ele continuasse solteiro por tempo suficiente, eu não teria tido nenhuma chance de recuperar o relacionamento. Nenhuma. Ninguém respeita alguém que aceita menos do que merece. É exatamente por isso que Bella achou que podia me tratar daquela maneira. Tive que abrir mão de quase um ano da minha vida para garantir que ele me aceitasse de volta no futuro.

E, agora, o futuro chegou.

– Dá uma chance para nós, Nate. Me dá uma semana – aqui, juntos – e, se você ainda sentir o mesmo, vou aceitar o que você quiser.

– Qual é o sentido disso? Sério, qual é o sentido? A situação é essa, e eu não vou mudar de ideia.

Fico furiosa.

– É melhor assim.

Não consigo me levantar. Eu me sinto fraca. Isso não devia acontecer. Achei que, se eu o laçasse, se ele passasse um tempo de qualidade juridicamente ligado a mim, ele acabaria aceitando. E seus sentimentos iam voltar. E voltaram. Ele *estava* com ciúmes do "Matt", seu orgulho foi abalado. Mas também sei como ele é. A última vez que fiz uma confusão quando terminamos, isso o fez ficar ainda mais teimoso.

– Lily. Sinto muito. Talvez uma separação total seja melhor. E as outras companhias aéreas? Você pode se inscrever de novo todo ano. Tem tanta coisa no seu futuro.

– Você tem alguma ideia de como está parecendo condescendente neste momento? Que tal *você* ir para uma companhia aérea diferente?

A namorada perfeita

Ele me ignora e continua procurando uma solução desesperada.

– Ou... você pode acertar as coisas com Matt. Colocar a culpa toda em mim.

A campainha toca.

– É a faxineira – diz ele enquanto se levanta.

Respiro fundo, me levanto e vou para o quarto.

– Eu realmente te culpo por tudo – digo por sobre o ombro.

– Você vai olhar para trás e me agradecer, um dia – grita ele em resposta antes de abrir a porta da frente.

Antes de fechar a porta do quarto, espio pela abertura. Depois de um breve cumprimento para a faxineira, ele já está no telefone com James. Seu tom presunçoso ao dizer que está "tudo acertado" faz com que eu me sinta um produto descartável.

Eu me tranco no banheiro, bloqueando o impulso de socar o espelho do banheiro.

Respirações profundas.

Depois de pensar por alguns minutos, percebo que não é tão ruim assim. Porque, neste momento, alguma coisa revira o meu coração e a minha mente.

Eu desprezo Nathan Goldsmith.

CAPÍTULO 20

Estou no limbo.
Em primeiro lugar, presa num trabalho que acaba com o meu relógio biológico. Tudo bem quando vou para lugares civilizados com Wi-Fi funcionando, academias decentes e um clima que não é extremo, mas não quando estou acordada no meio da noite, enjoada por causa do jet lag, sendo arrastada para mais um continente diferente. No entanto, não vejo por que devo pedir demissão só porque isso deixa as coisas mais confortáveis para o Nate. Em segundo lugar, estou presa com um semimarido.

Já se passaram seis semanas desde o nosso casamento e ainda estamos casados juridicamente. Para minha sorte, as coisas não são tão simples quanto Nate disse, mas ele e James estão trabalhando muito para me afastar. Recebo e-mails regulares de James Harrington com frases como *incontestável*, *incapaz de concordar*, *mente insensata* – não são referências a mim, mas ao Nate, aparentemente, durante o nosso casamento –, *concordaram em não consumar*. O quê? Ele quer que eu minta? Mando uma mensagem de texto para Nate, perguntando se ele quer que eu minta num documento judicial, mas ele não responde.

Pode demorar até três semanas para que o casamento seja anulado em Nevada se voltarmos juntos para lá ou até

A namorada perfeita

um ano no Reino Unido. Obviamente, eu disse que preferia o Reino Unido. Os e-mails vão e vêm. Eu me sinto como uma criança presa em acordos de custódia de divórcio.

Minha vida é um ciclo sem fim de trabalhar, voar de volta para casa e ignorar as mensagens de texto do Nate sempre que posso.

Eu pouso vindo de Washington numa manhã levemente enevoada depois de um atraso de quarenta minutos. Tivemos que dar voltas no céu sobre Heathrow enquanto o nevoeiro clareava.

Esta época do ano, para mim, sempre vai ser sinônimo de ameaça de um novo ano letivo. A queda inconfundível da temperatura – a ponta final do verão se funde com a frieza do outono – atinge o meu rosto enquanto meus saltos batem nos degraus metálicos de uma plataforma remota em Heathrow, enquanto inspiro o cheiro forte de combustível de avião. A equipe toda se reúne na pista em frente aos motores esquerdos enquanto esperamos nosso ônibus.

Aviões de partida rugem pouco acima de nós enquanto se erguem sobre a pista. Tenho duas horas até a reunião com a minha gerente para discutir meu novo cargo como embaixadora de segurança. Eu poderia ter marcado para amanhã, mas isso significaria uma viagem especial de volta. Em breve, só terei que voar meio período, porque o cargo se baseia parcialmente no escritório. Também estou trabalhando num novo PDA. No entanto, como ele está no início, ainda não há atividades suficientes para me consumir totalmente. A melhor notícia é que a compra do meu apartamento está progredindo bem, e as chances de eu estar na minha casa nova daqui a algumas semanas são altas.

Depois de passar pela Imigração, repassar o dinheiro das vendas da duty-free e passar pela Alfândega sem ser revistada, me dirijo à cantina para esperar pela Amy. Ela me ligou ontem, depois de semanas sem nenhum contato. Está com um namorado novo, então é claramente uma dessas mulheres que acha que não precisa de amigos quando tem um homem. Ela vai aprender.

– Oi – digo com um sorriso quando ela se aproxima. Dou um beijo em cada bochecha dela, me sentindo verdadeiramente feliz em vê-la. Estou passando por uma melancolia pós-casamento.

– Oi – diz ela. – Você vai pegar alguma coisa para comer?

Balanço a cabeça. Enquanto ela se dirige ao balcão para pedir um panini, meu coração para quando um piloto louro passa. Mas não é Nate. Eu sabia que não podia ser, porque verifiquei; ele está em Antígua. Olho ao redor, inquieta. Eu me sinto meio incomodada. Eu me concentro no vermelho e no azul de um avião da Air France visível pelas janelas que vão do chão ao teto.

Respira. Alguma coisa não está certa; embora Amy tenha me cumprimentado de um jeito normal, ela parece tensa. Até mesmo nervosa. Alguma coisa definitivamente não está certa.

– Então, me conta sobre esse misterioso cara novo – digo quando ela senta na minha frente.

A namorada perfeita

– Não tenho muito para contar. Eu o conheci numa viagem a Lagos. – Ela dá uma mordida no panini.

– Ah, é tripulante, então?

Ela olha para mim.

– É. Piloto.

– Qual o nome dele?

– Rupert. Rupert Palmer.

– Ah. – Engulo em seco. – Ele é legal?

– Acho que você pode me dizer.

– Não sei o que você quer dizer com isso.

– Sabe, sim. Você conhece um dos amigos mais próximos dele. Muito bem.

Maldito Nate e seu bando de amigos.

– Sei?

– Você nos levou ao apartamento do amigo dele. Imagina minha surpresa quando fomos lá numa noite e percebi que já tinha estado ali. Com você.

Congelo.

– Não falei nada, se é com isso que você está preocupada – diz ela, como se eu devesse ser grata.

Em caso de dúvida, não diga nada. Olho para Amy.

– Então, imagino que Nate seja "Nick"? Por que você mentiu?

– Eu não menti, na verdade. É complicado.

– Tenho certeza que é. Então me conta.

– É uma longa história, e não é da conta de ninguém.

– Olha, eu gosto do Rupert. Gosto muito, muito dele. E não quero ter segredos com ele. Se há uma boa razão para você ter nos levado à casa do Nate naquela noite, tudo bem. Mas você estava procurando alguma coisa no quarto de hóspedes.

Eu a encaro. Vaca enxerida. Espera só até Rupert dar um pé na bunda dela e ela ficar na minha posição.

– Você tinha chaves, Juliette.

– Não tenho mais. Nós voltamos por um tempo, muito recentemente, se quer saber. Nate é um homem complicado.

– Ah. Complicado em que sentido?

Estendo a mão e pego a dela.

– Por favor, não fala nada sobre aquela noite. Não tem necessidade de você dizer alguma coisa. Nate e eu terminamos para sempre, e eu quero continuar assim. Se você voltar lá, não fala no meu nome. – Tento dar a impressão de estar quase chorando.

– Okay. Desculpa. Só que foi estranho ir a um apartamento onde eu já tinha estado e perceber que eu precisava manter segredo. Perguntei ao Nate se o peixe precisava se alimentar enquanto ele estava fora, e ele disse que não, que eles são muito autossuficientes.

– Obrigada. Sou muito grata pelo seu apoio. – Dou um sorriso fraco. Mas... Não confio nela. Uma amiga de verdade teria me mandado uma mensagem de texto quando estava no apartamento e teria ficado do meu lado, disposta a ouvir a minha parte da história.

Amy não é minha amiga.

– Tenho que ir – digo. – Tenho uma reunião muito importante com a minha gerente.

A namorada perfeita

Nós nos despedimos, e eu vou em direção ao corredor.

Sento do lado de fora do escritório de Lorraine. Minha mente está cheia de raiva e ódio. Bella. Nate. Amy. O mundo está cheio de traidores, todo mundo só pensa em si mesmo. Não existe lealdade. Ninguém se preocupa comigo, a menos que eu esteja preenchendo um vazio temporário na vida deles. Amy é uma Judas, assim como Bella.

Odeio ficar sentada do lado de fora de escritórios, esperando. Isso me traz lembranças de esperar do lado de fora do escritório da diretora, dois dias depois da festa.

Foi um pesadelo.

Como se ser ignorada depois da primeira vez que fiz sexo não fosse ruim o suficiente, eu tinha ido a um médico local para tomar a pílula do dia seguinte depois do último intervalo da tarde. Tentei me convencer – no início – de que tudo ia dar certo. Mas, à medida que as horas passavam e a ideia de que um bebê de verdade poderia estar crescendo dentro de mim me enchia de medo, eu sabia que tinha que agir. Não podia correr o risco de ser mandada para a supervisora da escola; eu simplesmente não ia conseguir enfrentar as perguntas, o interrogatório, a vergonha. Mas cometi um erro. Um erro muito estúpido. Só consigo pensar que eu estava tão chateada, tão magoada, que não estava pensando direito, porque deixei a caixa no nosso dormitório. Claro que a caixa foi vista – e, inevitavelmente, por Bella. Não demorou muito para ela eliminar as "suspeitas" e chegar a mim.

Eu neguei à diretora, neguei a todas. Mas não deu certo. E aí, se eu achava que tinha sido ruim antes, rapidamente percebi que estava errada. Más notícias viajam rápido. Fofocas maldosas sobre outra pessoa viajam ainda mais rápido. Tentei apagar tudo, ignorar a situação. Os xingamentos, as risadinhas, os bilhetes cruéis na minha mesa, as fotos de mulheres que tinham sido envergonhadas por causa do corpo em revistas cortadas com o meu rosto colado. Eu ficava lembrando que tinha chegado até aqui, conseguido superar a solidão durante anos, que não faltava muito tempo. Mas foi difícil. Um dia, eu surtei e gritei para todo mundo me deixar em paz.

Na época, me senti orgulhosa por defender a mim mesma. Mas isso durou pouco, já que não consegui vencer alguém como Bella. Garotas como ela conseguem tomar decisões sobre garotas como eu. Quem são ou não são nossas amigas, quem vai ou não falar conosco e até mesmo como os professores nos veem. E eu estava ficando cada vez mais cansada disso. Mas o mais difícil de admitir era que, ainda assim, não importava como, tudo que Bella jamais precisava fazer era dizer uma palavra e, obviamente, eu teria ficado pateticamente grata.

Eu teria perdoado Bella de qualquer coisa para fazer parte de seu mundo. Qualquer coisa.

Enquanto isso, minhas opções eram limitadas. Eu queria falar com a Mãe da Casa sobre isso, mas toda vez que eu esperava do lado de fora da porta dela, não conseguia reunir coragem para bater. Eu temia que ela ficasse do lado de Bella

A namorada perfeita

ou descartasse as minhas preocupações com sua frase-padrão em resposta à maioria das coisas:

– Tenha um boa noite de sono. Tenho certeza de que as coisas estarão melhores pela manhã.

Em vez disso, pensei em ideias para provar que elas estavam erradas e fazê-las pagarem.

– Juliette? – Lorraine está de pé na porta do seu escritório. Ela acena para eu entrar. – Obrigada por vir – diz ela, entre uma mordida e outra no sanduíche. – Desculpa, não tive tempo para almoçar.

– Por favor, não se importe comigo – digo. Ninguém se importa mesmo.

– Vou repassar a agenda de treinamento com você. – Ela digita no teclado com o dedo indicador da mão livre. – Se bem que... – ela hesita. – Houve alguns comentários ultimamente nas suas avaliações a bordo. *Impaciente. Falta de entusiasmo.* Aconteceu alguma coisa na sua vida pessoal que está impactando no trabalho? – Lorraine deixa o sanduíche de lado e olha para mim.

– Meu namorado me pediu em casamento. Depois, quando as coisas chegaram num ponto crucial, deu tudo errado. Pé-frio.

– Sinto muito por saber disso. Obrigada por ser sincera comigo. Nesse caso, estou preparada para ignorar esses comentários, desde que não recebamos mais...

A voz de Lorraine se torna um ruído de fundo: *período de teste... responsabilidade... confidencialidade.*

Esse novo cargo veio no momento certo. Quando eu estiver numa posição de confiança, terei mais acesso às informações. E com o conhecimento vem o poder.

Quinze dias depois, Amy e eu estamos de volta à escola de treinamento. Ela está fazendo um curso de conversão de aeronaves, porque vai se transferir para rotas de curta distância e domésticas. Imagino que isso tenha algo a ver com estar na mesma frota que Rupert.

Quando nossos intervalos coincidem, nos encontramos na cantina e conversamos, mas Amy está agindo de maneira artificial. Ela está escondendo alguma coisa. Percebo isso pelo modo com que hesita antes de responder a qualquer uma das minhas perguntas.

No terceiro dia, minha sessão da manhã termina cedo. Vou para a cantina, apesar de não estar com fome. Mas estou presa; o centro de treinamento fica no meio do nada, perto de uma pista dupla. Vejo Amy, mas ela não está sozinha. Ao lado dela está Rupert. Ele está com a mão no joelho dela.

Eu os observo de longe enquanto pago pelo meu café, depois sigo na direção deles.

Amy dá um pulo quando me aproximo.

– Oi! Juliette! – Ela fica vermelha.

– Oi – diz Rupert. – Ouvi dizer que agora é Juliette, não Lily?

Eu me sento em frente a eles.

– Pensei numa mudança. Muitos tripulantes usam nomes diferentes.

— É, mas geralmente porque têm nomes impronunciáveis e ficam cansados de serem chamados pelo nome errado — diz Amy.

Eu a ignoro e sorrio para Rupert.

— O que você está fazendo aqui?

— Simulador — responde ele. — Treinamento de rotina para pilotos. — Rupert olha para o próprio celular. — Bom, está na hora de voltar para o tronco. Prazer em vê-la de novo... Juliette.

— Igualmente. — Sorrio.

Não desvio o olhar quando Rupert beija Amy no rosto. Ela observa enquanto ele sai e, quando vira para mim, não consegue encarar os meus olhos. Vaca. Ela falou demais sobre mim para ele. Não sei por que um dia eu quis que ela fosse minha amiga. Seus olhos estão ligeiramente arregalados demais e há um toque de desprezo no seu sorriso. Eu me pergunto como posso ter errado tanto na avaliação que fiz dela; como foi que escolhi outra Bella para ser minha amiga.

— A que horas você termina hoje à noite? — pergunto.

— Às cinco. Mas só faltam os exercícios de porta para hoje, então tenho esperança de terminarmos cedo.

— Ah, que pena, eu só saio às seis. Poderíamos ter marcado de sair para beber.

— É. Uma pena — ela mente, sem nem se preocupar em fingir arrependimento.

Ela olha para o relógio no pulso. Abro minha bolsa para pegar meu celular. Está preso, encaixado no zíper interno onde guardo chaves, analgésicos e passaporte. Eu puxo e, ao fazer isso, alguma coisa cai e bate na mesa. Um flash amarelo. Amarelo Homer Simpson. *Merda.* Bato com a mão em cima, mas Amy está me encarando.

– São as minhas? – pergunta ela.

– Isso? – digo, revelando-as, com a palma estendida. – Acho que não. Se bem que eu também não reconheço.

– Elas *são* minhas. As extras tinham desaparecido. Hannah pensou que tinha sido eu, e vice-versa.

– Bem, você pode levar e verificar, que tal? Caso contrário, me devolve, pois acho que são de alguma coisa que esqueci.

– Elas são minhas.

– Okay. Se você está dizendo.

– O que elas estavam fazendo na sua bolsa?

Olho nos olhos dela.

– Não tenho a menor ideia.

– Foi você – diz ela em voz baixa. – Você esteve no nosso apartamento. Quando eu não estava lá.

– Ah, não seja ridícula – digo. – É apenas um molho de chaves!

– É, você gosta de roubar chaves, não é? Entrar na casa de outras pessoas sem permissão.

– Não estou gostando do seu tom.

– Eu podia ir à polícia.

Não entendo por que as pessoas sempre acham que podem "ir à polícia" para que qualquer situação seja resolvida mágica e rapidamente a seu favor.

A namorada perfeita

– E dizer o quê? Que eu tinha as chaves da casa do meu marido e que um molho das suas – supostamente – estava na minha bolsa. Somos *amigas*, Amy. Amigas.

– Marido?

– É. Nate é juridicamente meu marido. Você estava ocupada demais pensando – tanto – em você e no Rupert que negligenciou as amigas. Então, pode correr para a polícia. – Eu me levanto. – Pode fazer papel de boba. Nate me pediu em casamento há alguns meses, e eu aceitei. Agora, estou tentando consertar a bagunça que eu fiz. Casamento às pressas significa um arrependimento profundo. Como eu disse antes, Nate é um homem complicado. Você não sabe nem metade da história.

Não sei quem ela pensa que é.

Fervo de raiva durante todo o caminho de volta para casa. É um esforço dirigir com segurança, porque quero pisar fundo e voar. Buzinam duas vezes para mim, e eu tenho que frear de repente quando me esqueço de desacelerar ao me aproximar de um trevo.

Em casa, pego as minhas listas. É uma pena eu não ter comprado bonecos de vodu no atacado quando tive a chance, mas provavelmente posso encomendar outros on-line.

Atualizo meus planos para todos os três inimigos, e isso me mantém acordada até o amanhecer.

Eu me obrigo a voltar para o centro de treinamento pela manhã, porque ainda falta mais um dia de curso. Amy tem mais dois. Prometo evitá-la a manhã toda, mas minha raiva ressurge quando ela finge não me ver na cantina.

Eu realmente odeio ser ignorada. Ela acha que vou puxar seu rabo de cavalo? Isso é patético.

Confiro a lista de cursos na recepção. Amy termina uma hora depois de mim, hoje. Vou para a área de treinamento prático, rezando para que o código que vi Brian e Dawn digitarem inúmeras vezes ainda funcione.

Funciona! Olho ao redor.

Entro, como se tivesse todo o direito de estar aqui, passando pelo avião de curta distância no caminho. Ouço gritos quando o grupo da Amy termina as evacuações de emergência.

Espio pela porta de acesso na parte de trás de um Boeing 777. Está entreaberta. Os assentos da classe econômica estão desertos, exceto por pertences espalhados. Todos devem estar agrupados perto das portas principais. Entro, prendendo a respiração. Um alarme de evacuação de emergência soa, antes de ser silenciado, e escuto o barulho de uma porta principal sendo aberta e a tripulação gritando instruções.

Procuro a bolsa da Amy; a dela é a quinta que encontro. Pego seu celular e o desligo.

Volto pela porta de acesso, depois me escondo perto de uma estação de treinamento de uso de equipamentos, entre berços, frascos de oxigênio, coletes salva-vidas e pacotes de emergência.

Espero.

Vinte minutos depois, o grupo da Amy sai do modelo, liderado por dois treinadores. Amy está perto do fim da fila. Ela abre a bolsa, vasculha ali dentro e para. Aposto que está morrendo de vontade de saber quantas vezes o maravilhoso Rupert mandou mensagens de texto para ela hoje. Ela volta para o modelo.

Conto até trinta, depois vou até a porta de acesso. Olho ao redor. Tiro o calço, fecho a porta e me afasto assim que escuto o clique de travamento. Fora da visão das câmeras, deixo o celular da Amy no caminho entre a cantina e a recepção. Passo pela segurança e atravesso a rua até o estacionamento.

Enquanto dirijo, penso em Amy sozinha no escuro. Todas as saídas da aeronave terão sido trancadas. Por mais que demore para a Segurança encontrá-la – quando alguém notar que ela não saiu –, não será tarde o suficiente, pelo que sei. Mas tenho esperança de que, enquanto ela estiver sentada no cemitério fantasmagórico da classe econômica, presa dentro da casca de um avião com apenas cartões de segurança de passageiros para passar o tempo, ela também tenha tempo para pensar nos próprios erros.

Consigo pegar uma vaga bem em frente à caixa de sapatos.

Tenho duas ligações perdidas. Uma do corretor imobiliário, a outra do meu advogado.

As notícias são boas; vou ser vizinha do Nate até o Halloween.

CAPÍTULO 21

No dia de uma das muitas reuniões pré-casamento da Bella com sua panelinha – hoje é uma experiência num spa de luxo –, dirijo até Bournemouth. Estaciono, reaplico o perfume – um almiscarado e forte que comprei na duty-free – e desço uma colina em direção ao centro, até chegar ao endereço certo. Dou meu nome para a recepcionista, depois afundo numa poltrona macia na área de espera. As paredes creme são decoradas com imagens de iates, mansões e praias exóticas. Os carpetes têm cheiro de novos.

– Srta. Price? – diz um homem que aparece numa porta à minha esquerda.

Eu me levanto, sorrio e aperto a mão dele. Seguro sua mão por uma fração a mais do que o necessário. Ele é facilmente reconhecível pelas fotos que vi: aparência normal, mais baixo do que Nate, cabelos castanhos. Porém, daqui a alguns anos, os cabelos vão deslizar para o lado e a barriga vai inchar. Miles deve ser uns dez anos mais velho do que Bella e eu. Ele tem olhos gentis, que formam rugas nas laterais quando sorri. Suas unhas são bem cuidadas.

– Por favor, entre e sente – diz ele. – Me desculpa por te deixar esperando.

– Tudo bem – digo. – Posso imaginar que você esteja ocupado.

A namorada perfeita

Mostro um flash da minha mão esquerda enquanto pego uma pasta de documentos na bolsa, só para garantir que ele consiga ver meu anel de noivado. É um diamante incrustado em ouro comprado em Abu Dhabi, na duty-free.

Entrei em contato com Miles algumas vezes para pedir "conselhos" e, depois – devagar, com cuidado – o atraí. Eu conheço a Bella. Conheço sua atitude em relação ao sexo masculino: desprezo não-tão-disfarçado. Uma donzela de gelo que cultivou todas as qualidades essenciais para ser uma boa esposa para certos tipos de homens. Mas Miles não me parece ser o tipo de homem que gosta de assumir riscos. Se ele achar que sou solteira, vai ser mais difícil pegá-lo na armadilha. Ele não vai se arriscar a acabar na situação do filme *Atração fatal*.

– Então, senhorita Price...

– Por favor, me chama de Juliette.

– Claro. E você pode me chamar de Miles. – Ele hesita e sorri.

Sorrio em resposta.

– Miles.

Ele pigarreia e vira a tela para mim, pronto para refrescar minha memória sobre as nossas discussões por telefone e e-mail.

Eu me inclino para a frente e escuto com atenção.

– Obrigada por me explicar tudo tão bem.

– Como eu já disse, algumas pessoas percebem que administrar o dinheiro é complicado, mas não é. Gosto de acabar com o mistério para os meus clientes.

— Dá para ver isso.

Meu celular toca. Minha chamada falsa combinada. Sorrio pedindo desculpa enquanto rejeito a chamada, mas depois escuto uma mensagem de voz inexistente.

— Vou ter que interromper nossa reunião – digo. – Mas, agora que o conheci, sei que você é o homem perfeito para o trabalho. No entanto, eu gostaria de ter um tempo para ler tudo que você me ofereceu, por favor.

— Claro.

Finjo pensar.

— Devo voltar na próxima semana. Será que você estaria livre de novo para tirar algumas dúvidas?

Ele verifica a agenda.

— Sem problemas, senhorita Pr... – Ele para e sorri. – Juliette. Dou um sorriso.

Aperto a mão dele outra vez antes de sair, na esperança de deixar o cheiro do meu novo perfume para ele se lembrar de mim.

Começo a empacotar as coisas na caixa de sapatos. Duas horas depois, minha casa está lotada com uma minicidade de caixas de papelão.

Meu celular toca. Nate. Aperto a teclar de ignorar, como sempre faço. Estou cansada da sua voz arrogante enquanto tenta "discutir nossa situação com sensatez". Ele quer que eu assine alguma coisa ou concorde com algo que não é favorável a mim.

Preciso de uma distração, então verifico o Facebook. Amy está de licença por causa do estresse. Estresse! A própria palavra me irrita. Ela colocou inúmeras reclamações chatas sobre sua "provação" de ficar presa no centro de treinamento. Ela ficou "em choque" e "angustiada". Em choque e angustiada, claro. Pessoas que fogem de zonas de guerra têm histórias de choque e angústia. Eu tenho histórias de choque e angústia. Amy não tem. Rupert a levou para passar o feriado nas Ilhas Maurício, então ela tem sorte. Ela tem uma rede de segurança composta por Rupert, amigos e familiares, todos prontos para ajudá-la quando passa por problemas. Ela devia tentar ser eu por um dia, aí ela saberia o significado de *estresse*.

Nate liga de novo. Pego meu celular.

– O que você quer agora? – grito.

É verdade que existe uma linha tênue entre o amor e o ódio, e eu a cruzei. Vou amarrar Nate a mim por vingança, não por amor.

– Preciso discutir uma coisa importante, por favor.

– Bom, é o seguinte. Infelizmente, estou ocupada.

– Que pena – diz Nate. – Porque tenho a sensação de que você está me enrolando, e isso não vai funcionar.

O simples tom da sua voz me deixa tão irritada que não confio em mim mesma para falar. Agarro o celular, resistindo ao desejo de jogá-lo na parede. Ele é como o cão proverbial com um osso: *roer, roer, roer.*

– Lily? Você está aí?

– Quer saber, Nate? Vou até a sua casa quando voltar da minha próxima viagem. Tenho provas que vão fazer você ver as coisas sob uma perspectiva diferente.

Ele suspira fazendo barulho.

– Você não pode fazer isso agora?

– Não, sinto muito, mas não posso. Tenho que me preparar para um voo até Jidá amanhã cedo.

Há um silêncio.

Eu o imagino reunindo toda a sua paciência.

– Lily. Houve uma época em que significamos alguma coisa um para o outro. Não precisa ser assim entre nós. Me desculpa por não poder concordar com tudo que você gostaria, mas, por favor, tenta se colocar no meu lugar.

– Vou tentar – minto. – E seria ótimo se você pudesse fazer o mesmo por mim.

A voz dele está baixa.

– Estou fazendo. E, como eu disse – muitas, muitas vezes –, me desculpa.

Eu me despeço e continuo empacotando.

O voo para Jidá é silencioso. Tem apenas metade dos passageiros, e não há bebidas alcoólicas na carga, então não precisamos preencher documentos alfandegários. Conforme nos aproximamos do aeroporto, vejo o telhado vasto e branco parecido com uma tenda, do Terminal de Hajj.

Ao aterrissar, a tripulação de solo se aproxima da aeronave e oferece à tripulação feminina a opção de pegar *abayas* – roupas pretas e parecidas com mantos – emprestadas, para nos cobrirmos, se quisermos. Felizmente, estou mais preparada do que na primeira viagem saudita a Riade no mês passado, então comprei a minha e trouxe meu próprio véu novo, apesar de o código de vestimenta aqui ser mais liberal

A namorada perfeita

do que em Riade. Sinto o olhar da multidão fora do portão de chegada enquanto somos escoltados até um micro-ônibus. O calor de setembro nos atinge com força. A temperatura externa é de 33 graus, apesar de ser quase meia-noite.

Atravessamos uma área plana, bem iluminada e moderna. Quase consigo sentir que o deserto não está longe, apesar de não ver sinais tangíveis disso. A maioria dos edifícios, quando não são brancos, são cor-de-rosa ou areia. As placas verdes de rua são escritas em inglês embaixo do árabe, e eu consigo segui-las até o centro da cidade. O tráfego é intenso para esta hora da noite, e parece que existem intermináveis táxis brancos fazendo fila nas ruas com palmeiras nas laterais. Diversas evidências de construção são visíveis: andaimes, luzes fortes e guindastes.

Paramos em frente a uma rede hoteleira padrão, com o nome escrito em ouro. Quando salto do ônibus, quase consigo sentir o frescor de uma pequena fonte próxima que escorre com suavidade. Isso provoca uma sensação de férias exóticas. Nossas malas são descarregadas com rapidez enquanto somos empurrados para a recepção por porteiros.

Já há mais liberdade aqui do que a Rádio Cozinha – como nos referimos à fofoca da tripulação – me fez acreditar, porque uma recepcionista nos reúne numa pequena área de estar para repassar uma lista de opções de passeios. Enquanto escutamos, nos oferecem suco fresco de manga e de laranja.

Na manhã seguinte, vários de nós nos reunimos no fim de um longo píer num clube de praia particular do Mar Vermelho, esperando a alocação de nadadeiras e snorkels. Eu me alongo, curtindo o calor na pele, apesar de ser apenas dez da manhã.

Depois que recebo meu equipamento de um instrutor e ajusto as tiras, desço desajeitada por uma escada com os pés de pato e mergulho no mar azul-turquesa quente. Ao abrir os olhos sob a superfície, é impossível não me sentir deslumbrada com a explosão de cores. Rainbow ficaria perdido aqui. Peixes-zebra entram e saem do coral enquanto peixes maiores e amarelos brilhantes com olhos azuis me observam. Medusas de néon roxas transparentes com corpos em forma de balão flutuam suavemente ao longe. Peixes metálicos menores nadam em cardumes organizados.

Durante um almoço de *biryani* de cordeiro e suco de limão fresco no restaurante do clube – uma trégua refrescante do calor do meio-dia –, sinto saudade do Nate, apesar da minha raiva em relação a ele. A nostalgia se infiltra na minha mente e realça a solidão de estar num ambiente deslumbrante sem ninguém com quem compartilhar. Eu adoraria mandar para ele algumas fotos que tirei na praia hoje de manhã.

No fim da tarde, de volta ao agradável frescor do meu quarto de hotel, escrevo um e-mail para Miles. Pergunto se podemos nos encontrar para almoçar na próxima semana, em vez de nos encontrarmos no escritório dele. Ele responde em minutos, concordando de maneira entusiasmada. Contei ao Miles que trabalho para uma empresa de viagens, apesar da minha riqueza herdada, porque "eu adoro". Fui vaga em relação aos detalhes específicos do meu trabalho, tirando o fato de que preciso viajar com frequência.

A namorada perfeita

No voo tranquilo de seis horas e meia para casa, trabalho em alguns roteiros durante o intervalo: um para minha próxima visita a Nate, outro para minha reunião com Miles.

Aterrissamos debaixo de uma chuva intensa em Heathrow. Adoro ir para a cama de manhã quando o tempo está ruim, pensando nas pessoas "normais" que estão indo para o trabalho.

Num pub gastronômico recém-reformado, escolho uma mesa num canto com um sofá. Eu me instalo e ajeito o vestido novo.

Miles é pontual.

Eu me levanto e sorrio.

– Miles! Você é um doce por vir me encontrar. Espero que não se importe... – Aponto para a garrafa de prosecco que pedi.

– Por que não? Obrigado.

Cedo espaço para ele no sofá ao meu lado. Ele hesita por apenas um segundo antes de afundar ao meu lado. Faço uma pergunta sobre pensões, e ele dá início a uma resposta detalhada demais. Não tenho tanto dinheiro herdado como o levei a acreditar, mas, numa fase posterior, vou me desculpar e informar que o meu noivo controlador insistiu que eu usasse um amigo dele que é administrador de finanças.

Ele pede um sanduíche de filé, e eu faço o mesmo. Está duro e é difícil comer com elegância, mas corto a carne em pedaços pequenos e insisto.

– Bom, essa parte do negócio acabou – digo, depois que terminamos. – Eu gostaria de saber um pouco mais sobre o homem a quem confiei o meu futuro. Meu noivo, Nick, não tem cabeça para negócios. Somos uma boa combinação de várias maneiras e sabemos que um casamento entre nós vai funcionar bem para as nossas famílias, que são amigas há gerações. Nós dois estamos fazendo a nossa parte de maneira sensata e amigável. No entanto, deixei claro que serei responsável pelas finanças.

– Muito sábio – diz ele. – O que Nick faz?

– Ele também trabalha no setor de viagens, mas é mais especializado no setor de negócios, e não no lazer. Saúde – digo. – Ao início do nosso relacionamento. – Batemos as taças.

Ele se abre um pouco sobre sua vida pessoal. Ele nunca teve a intenção de se tornar conselheiro financeiro, mas foi parar nisso. Não que ele se importe, insiste.

– Sua esposa trabalha num setor semelhante? – pergunto.

– Não. Eu não sou casado. Assim como você, tenho uma noiva.

– Como vocês dois se conheceram?

Ele hesita, como se não tivesse certeza de como responder.

– Me desculpa. Não é da minha conta – digo rapidamente. – Eu sempre falo demais quando estou um pouco nervosa. – Faço o possível para parecer envergonhada, depois mudo de assunto. – Você gosta de golfe?

Eu já sei que ele gosta. Dou a ele mais quinze minutos do meu tempo exclusivo, depois olho para o meu relógio.

– Ah! Preciso correr. Que pena. Gostei muito da nossa conversa.

A namorada perfeita

Ele se levanta ao mesmo tempo que eu.

– Igualmente.

– Entro em contato em breve – digo. Aperto a mão dele e saio sem olhar para trás.

Não basta ele parecer maduro para ser convencido a trair Bella. Quero que ele se apaixone por mim. Quero que Bella experimente o sofrimento e a humilhação. Ao inundar Miles com a minha atenção, esse será um trabalho interno. Aquela coisa de *Mantenha seus amigos próximos, mas seus inimigos mais próximos ainda.*

Falando nisso, ligo para Nate para dizer a ele que vou até o apartamento com a minha "evidência".

Sentamos no sofá do Nate, à distância de uma almofada.

Quando tudo acaba, Nate se levanta do sofá e alimenta o peixe. Rainbow engole com avidez. Eu também me levanto e ejeto o DVD do player, devolvendo-o à caixa.

– Quer que eu faça uma cópia para você? – digo. – Talvez você e James Harrington possam pedir umas cervejas e uma comida para viagem e ver o DVD juntos hoje à noite.

Nate me ignora.

Abafo um sorriso.

No DVD, Nate parece perfeitamente normal. Feliz. Ele está sorrindo e não enrola as palavras. Parecemos um casal comum apaixonado quando fazemos os votos. Embora eu tenha visto muitas vezes, ainda fico espantada.

– Tenta não cometer adultério – digo. – Isso vai custar caro no divórcio, que, por sinal, não podemos nem solicitar até pelo menos um ano depois do casamento. – Pego a minha bolsa. – Ah, e você vai me ver muito mais. Vou ser homenageada pelo meu papel numa evacuação de emergência alguns meses atrás e vou estar na capa da revista interna.

Bato a porta com força ao sair.

Vou guardar a notícia sobre nos tornarmos vizinhos para outro momento.

Entre viagens a Atenas, Cingapura e Vancouver, o contato entre Miles e mim aumenta.

Passo horas escrevendo meus e-mails e mensagens de texto com cuidado, tentando parecer alguém que tenta desesperadamente esconder sua atração por ele, mas isso vai acabar fracassando por acaso.

Nossas mensagens de texto ficam menos comedidas, menos formais e mais íntimas. Até ficar claro que, na próxima vez que nos encontrarmos, haverá apenas um item principal na agenda.

Na semana seguinte, num horário de almoço sombrio de uma quarta-feira de outubro, paro meu carro num estacionamento desconhecido em Poole. Não fica a muitos quilômetros de Bournemouth, mas é longe o suficiente para ser discreto. Ando pelo cais até o restaurante do hotel, onde o noivo de Bella me espera. Gaivotas se lançam sobre pedaços aleatórios de comida perto das latas de lixo. As placas balançam, e o cheiro de peixe mascara o mar. O vento frio espeta as minhas bochechas.

Miles está esperando numa mesa de canto. Ele se levanta e me beija no estilo continental, depois puxa a cadeira para

A namorada perfeita

mim. Ele está bem-vestido, com um paletó feito sob medida e uma camisa salmão, que caem muito bem nele. Sinto a mão da Bella nas roupas dele. Se aprendi uma coisa sobre o amor é que você nunca, nunca deve fazer uma transformação total num homem. Isso dá a eles uma sensação de confiança que não é canalizada de volta para você, e outra mulher sempre se beneficia.

Quando nós dois estamos sentados, ele pega o cardápio de vinhos.

– Devo pedir uma garrafa de Pouilly-Fumé?

– Perfeito. – Dou um sorriso. – Estou um pouco nervosa.

– Eu também.

– Desistiu?

– Não. E você?

– Não. Não consegui parar de pensar em você desde que nos conhecemos. Eu estava preocupada de ter interpretado mal os sinais. Como uma tola.

– Idem. Eu simplesmente sabia que tinha que correr o risco, caso contrário, morreria pensando no que poderia ter acontecido. Parecia que tínhamos uma conexão desse tipo.

Fazemos o pedido. Deixo que ele escolha por mim. Dou a ele um pouco do controle que suspeito que não tenha com uma noiva exigente como Bella. Quando a garrafa de vinho está vazia e o prato principal é retirado, abordo o assunto.

– Sinto que devemos falar sobre o elefante na sala – digo. – Assim ele fica fora do caminho e não há nenhum mal-entendido.

Ele faz que sim com a cabeça.

– Não queremos magoar Bella nem Nick. Nosso senso de dever nos prende a eles. Seremos discretos. Isso – nós – só vai continuar revigorante e incrível porque nós dois sabemos que nunca vai chegar a lugar nenhum. Combinado?

Ele estende a mão por sobre a mesa e pega a minha.

– Eu não poderia ter dito de maneira melhor. – Ele se inclina para a frente. – Tomei a liberdade de reservar um quarto aqui para nós.

Meu estômago se revira um pouco. Miles é legal, mas não é Nate. Mas eu tenho que seguir em frente. E não é culpa minha eu ter sido obrigada a quebrar meu voto de fidelidade. Se eu tivesse escolha, seria mulher de um homem só. Mas fui obrigada e preciso agir.

Dou um sorriso.

– Que presunçoso. Mas eu gosto de homens que assumem o controle. Vamos pular a sobremesa e o café?

Depois de tudo, Nate me liga enquanto Miles está deitado do meu lado.

Eu atendo.

– Alô, querido. – Olho para Miles como se pedisse desculpas.

Ele fala sem som, "Tudo bem", e desaparece no banheiro.

Nate vai direto ao ponto.

– Okay, Lily. O que você quer? O que vai ser necessário para você ser razoável?

Todas as restrições que senti mais cedo desapareceram.

A namorada perfeita

– Eu te aviso, *querido*. Estou ocupada no momento.

Eu me espreguiço e bocejo. Fico feliz que Nate finalmente esteja sendo sensato. Eu esperava que chegássemos a esse ponto. Porque já pensei numa maneira de ele compensar isso tudo.

CAPÍTULO 22

Combino de encontrar Nate em frente à casa dele no dia seguinte.

– Você não é cheia de surpresas? – diz ele enquanto se ajeita no banco do carona do meu carro. – Quando foi que você aprendeu a dirigir?

– Recentemente.

– Isso é um passeio misterioso ou você está no clima de me dar uma pista?

– É muito complicado de explicar. Você vai ter que confiar em mim.

Nate cruza os braços como uma criança emburrada e olha pela janela.

Sigo as placas até a M3 e dirijo para o sul. Toda tentativa de conversar com ele é frustrada por um grunhido ou um dar de ombros, então coloco Guns N' Roses para tocar, começando com a faixa que ouvimos na limusine a caminho do nosso casamento.

Passamos pelo pedágio e continuamos por mais uma hora e meia, atravessando New Forest, depois em direção ao meu antigo povoado. Passo pelo pequeno canteiro verde onde a antiga cabine telefônica vermelha continua no mesmo lugar. Estaciono no lado oposto da pista, exatamente em frente ao Sweet Pea Cottage. As janelas estão sem cortinas,

A namorada perfeita

ainda mais evidenciadas pela ausência da hera. Tudo foi arrancado, deixando o lugar nu e exposto. As sebes foram cortadas e estão muito mais baixas do que antes. Claramente, os novos proprietários não têm nada a esconder e provavelmente estão ansiosos para se envolver na vida do povoado. Boa sorte para eles.

Aponto para a casa.

– Era aqui que eu costumava morar.

Ele dá uma olhada superficial na casa antes de virar para me encarar.

– Por favor, não me diga que você me arrastou para uma viagem de lembranças. Nem pense que, se eu te conhecer melhor, vou mudar de ideia. Só concordei em vir hoje porque você prometeu cooperar se eu ouvisse o que tem a dizer.

– Quero te mostrar uma coisa. Vem comigo.

Abro a minha porta, saio e alongo os membros do corpo. Nate sai do outro lado e fica em pé, olhando na direção da cabana. Eu me pergunto o que ele está pensando e se está tentando me imaginar morando aqui. Enrolo um cachecol no pescoço e fecho os botões da jaqueta, numa tentativa fútil de impedir a brisa amarga.

– Por aqui – digo, atravessando a rua.

Nate me segue enquanto ando pelo caminho que leva para os fundos da cabana. Folhas marrons estalando, galhos pequenos e lixo aleatório – uma embalagem de chocolate e um folheto de delivery – perseguem nossos tornozelos enquanto o vento aumenta. Vejo vislumbres do jardim por entre as lacunas na cerca de madeira. Partes da selva foram cortadas; o centro do jardim parece ter sido atacado por toupeiras gigantes.

A antiga propriedade atrás do Sweet Pea Cottage já não existe. Depois de vendida, a terra foi dividida em três lotes, e novas construções foram erguidas em torno de um pequeno beco sem saída. Os jardins estão expostos; não há cercas nem coisa alguma para demarcar as fronteiras. Paro na frente da casa do meio. Há um carro hatch na entrada, com um cartaz amarelo de *Bebê a bordo* preso no para-brisas traseiro, mas não há ninguém por perto.

– Eu tinha um irmão.

Nate olha para mim, depois para a frente.

– O que essa casa tem a ver com ele?

– Nada. Não tinha sido construída na época. Mas este é o local onde ele sofreu um acidente. Havia uma antiga fazenda em ruínas, que pertencia a um casal. Eles tinham o sonho de transformar o espaço em casas de férias, mas ficaram sem dinheiro no meio do projeto. Lutaram durante alguns anos, mas devia ser caro manter o terreno, e a piscina nunca foi totalmente concluída. Era uma concha de concreto, mas para nós – crianças – era um ímã, embora a parte funda captasse a água da chuva e fosse viscosa e suja, com musgo nas laterais. – Dou um sorriso com a volta súbita de uma lembrança. – Costumávamos inventar histórias sobre o "Mundo do Lago", envolvendo sapos e libélulas.

– Ele se afogou?

Faço que sim com a cabeça.

– Quantos anos tinha?

A namorada perfeita

– Foi pouco depois de fazer quatro anos.
– Sinto muito. O que aconteceu?
Estremeço.
– Está congelando aqui. Não estava assim, no dia em que aconteceu. Era verão...

Devo ter sido atraída de volta para *aquela época* por mais tempo do que percebo, porque vejo que Nate me chama de volta.

– E?
– Minha mãe tinha umas mudanças de humor. E, quando uma delas surgia, meu dever era levar William – cujo nome é inspirado na flor *sweet william* – para fora de casa. Para longe. Até a mudança de humor passar. Até ela conseguir cuidar de tudo de novo.
– Você não devia ser muito mais velha.
– Dez anos.
– Então, o que aconteceu não foi culpa sua.
Foi minha culpa.
Mas, em vez disso, digo:
– Ele tinha um sorriso que me fazia querer cuidar dele, às vezes. Conseguia me fazer feliz, mesmo quando eu ficava irritada por ter que cuidar dele. William Florian Jasmin. – Dou um sorriso. – Mas ele também era mimado. Minha mãe cedia a todas as vontades dele, claramente para compensar sua incapacidade de ser uma mãe adequada. Ele gritava quando queria as coisas do jeito dele – e, às vezes, tudo isso era demais.

— Parece que a sua mãe tinha uma coisa com nomes de flores. – Ele faz uma pausa. – Mas isso é muito triste. Que tragédia para vocês.

— Uma vez, ela me disse que suas primeiras lembranças eram de colher flores com a mãe. Aparentemente, ela também tinha uma natureza caprichosa. – Estremeço.

— Por que você me disse que era filha única?

— O que mais eu poderia dizer? – Faço uma pausa. – Já chega daqui. Quero ir embora.

Enquanto voltamos para o carro, termino a história triste com a versão curta, aquela que contei a todo mundo.

— Ele escorregou e caiu. Tudo aconteceu muito rápido. Não tive tempo para fazer nada.

Nate se aproxima e aperta a minha mão enquanto prendo o cinto de segurança. Meu instinto de trazê-lo aqui parece estar compensando.

Escolho as trilhas traseiras estreitas para ir até o cemitério, a nove quilômetros de distância. Inspiro o inconfundível aroma de estrume quando passamos por fazendas remotas. Durante vários minutos, ficamos presos atrás de um trator rebocando uma enfardadeira de feno, espalhando fiapos aleatórios pela parte traseira toda vez que há um buraco na estrada. Toda vez que tento ultrapassá-lo, outro carro me frustra aparecendo no lado oposto da estrada.

Nate volta para o modo silencioso durante toda a viagem.

O cemitério é cercado por um muro alto de pedra. Ao atravessar os portões abertos de ferro forjado preto, me sinto

A namorada perfeita

hesitante. Talvez tenha sido uma má ideia, afinal, porque esta é a primeira vez que venho aqui desde o funeral. Estaciono, mas não faço um movimento até Nate abrir a porta dele. O som da porta destrancando me traz de volta para esta época e este lugar.

Não consigo me lembrar do local exato. Passei muitos anos apagando as lembranças. Seguimos pelos caminhos por entre as pedras tortas, as árvores e a mistura de flores frescas e em decomposição até que, com perseverança, nós o localizamos. Está perto da fronteira do terreno, ao lado de uma fileira de teixos.

William Florian Jasmin 1996-2000. Nós dois ficamos parados diante da pedra gravada, em silêncio.

Eu te amo mais do que tudo.

Fui eu que escolhi essas palavras.

O vento sopra os ramos no alto, e as folhas roçam nas minhas botas. Escuto sons sussurrantes. Se eu acreditasse em fantasmas, diria oi para ele.

– Por que você não me contou?

– Não ficamos juntos por tempo suficiente.

Nenhum de nós fala muito enquanto nos afastamos do povoado e seguimos as estradas principais voltando na direção de Londres.

Nate olha pela janela, como se estivesse perdido em pensamentos.

– Você alguma vez pensa na sua época de escola? – pergunto.

— De que jeito?

— Você gostava?

— No geral.

— Eu não aproveitei a minha.

— Bem, você tinha muita coisa acontecendo na sua vida. É compreensível, eu acho.

— Você fugia para fumar? Ou contrabandeava bebidas ilícitas? Ia a festas?

Ele olha para mim.

— Só os eventos organizados; bailes no fim de cada período, essas coisas. Depois os bailes de verão e de inverno, claro. Todo mundo fumou e bebeu em algum momento. Por quê?

— Só estava pensando. – Faço uma pausa. – Voltar à área sempre me traz lembranças. Você teve muitas namoradas?

— Não muitas.

Olho para ele – para ver se vai acrescentar alguma coisa –, mas ele vira o rosto para a janela e desaparece de novo nos próprios pensamentos.

E eu desapareço nos meus.

Paro num posto na autoestrada para almoçarmos.

Ficamos numa fila comprida enquanto olho através do balcão de vidro para sanduíches, muffins e bolos decorados em tons de abóbora ou com aranhas e bruxas. Não consigo pensar em comida, mas escolho um pacote de batatas fritas para comer junto com o café. Temos que dividir uma mesa com um casal de idosos.

A namorada perfeita

Quando eles terminam o café e saem, Nate espera até terminar seu sanduíche de presunto e mostarda antes de tentar conversar.

– Deve ter sido horrível para você e sua família.

– Foi difícil. – Faço uma pausa, buscando as palavras certas. – Arrasador.

Ele estende a mão por sobre a mesa e a coloca em cima da minha.

– Foi por isso que seus pais se separaram?

– Provavelmente teria acontecido de qualquer maneira – meu pai ficava muito tempo fora –, mas talvez o sofrimento dos dois tenha tido algum efeito. Minha mãe sempre gostou de beber, mesmo antes. – Faço uma pausa, percebendo que isso pode me tornar menos atraente. – Não é hereditário – acrescento, apesar de ele não ter como saber. – Li muito sobre o assunto.

Tiro a mão de baixo da dele. Sua tentativa de ser simpático é estranhamente constrangedora. Sei que o Nate tem *problemas* com os pais. A mãe dele é um pouco fria, e o pai é impaciente; ele sempre disse a Nate e Bella que "o segundo lugar nunca foi uma opção". No entanto, Nate provavelmente está comparando a família dele com a minha agora, e percebendo que não tem *problemas* de verdade.

Nenhum mesmo.

– Sinto muito por isso ter acontecido. Você recebeu ajuda? Foi a um psicólogo? Alguma coisa assim?

Balanço a cabeça.

— A questão é que eu ainda não consegui entender o que isso tem a ver com a nossa situação. – Seu tom fica mais suave.

Lá vamos nós. Sua próxima frase reforça o meu medo.

— Saber sobre o seu irmão... – Ela faz uma pausa antes de continuar, sem dúvida reunindo todo o tato que consegue – ... bem, isso não muda o que precisa ser feito.

— Nós éramos bons juntos. Por que você passou aquele tempo comigo em Las Vegas se não suportava ficar perto de mim de novo?

— Lily, eu *gosto* de você. Você é atraente e sabe ser divertida. Mas há uma enorme diferença entre sair com alguém e assumir um compromisso que muda a sua vida. É por isso que o que aconteceu entre nós parece errado. – Ele faz uma pausa, como se estivesse decidindo cuidadosamente como colocar as próximas palavras.

Eu interrompo.

— Eu sei o que você vai dizer, mas *por que* você não quer nos dar mais uma chance?

Ele abre a boca para falar, mas eu o silencio levantando a palma da mão.

— Eu não terminei. Comprei um apartamento bem perto do seu e vou me mudar em breve. Tudo que estou pedindo é que você me dê seis semanas. Seis semanas de socialização – como amigos, se você quiser. Fazer as coisas devagar. E aí, se depois disso você ainda sentir o mesmo, pode ter a minha palavra de que vou deixá-lo livre para sempre, e você nem vai saber que eu sou sua vizinha.

A namorada perfeita

Ele não responde.
– Bem?
– Você está brincando, certo?
– Não.
– Por que perto de mim? Você podia morar em qualquer lugar. *Qualquer lugar.* Que tal Nice, Barcelona, Amsterdã, Dublin? Muitos tripulantes fazem isso. Você devia se aproveitar do fato de ter um emprego que permite isso.
– Por que *você* não mora no exterior?
– Porque escolhi morar em Richmond. Eu. Sozinho. Nada a ver com mais ninguém. De todos os lugares do mundo, você não tinha que escolher a minha área.
– Seis semanas, isso é tudo que eu peço.
– E depois? Você vai levantar acampamento?
– Bem, não sei o que vou fazer, porque eu perderia muito dinheiro. Vamos ver. Mas posso prometer te deixar em paz.
– Posso ter isso por escrito? – diz ele num tom que não parece brincadeira.
– Se você não confia em mim.
Como se eu fosse fazer isso.

Nate me ajuda na mudança para o meu novo apartamento. Apesar de ter a sensação de que ele fez isso porque quer ficar de olho em mim e na minha casa nova – isso é uma estranha inversão de papéis –, eu aproveito. Afinal, ele ficou bem feliz em me ajudar a mudar para Reading naquela época.

Depois que termino de esvaziar a caixa de sapatos e confiro o inventário com a corretora de imóveis, entrego as chaves com um sorriso genuíno. Enchemos os dois carros, e eu não olho para trás quando me afasto do lugar onde nunca quis viver.

Nate me segue de volta para o meu apartamento. Fica a menos de um minuto a pé do apartamento dele, na diagonal à esquerda. Deixando meu carro bem em frente do prédio, ligo o pisca-alerta enquanto Nate descarrega meus pertences do porta-malas pequeno e do banco traseiro. Embora haja dois lances de escada até o sótão, ele trabalha sem reclamar e é útil em geral o tempo todo.

A tarefa termina em menos de duas horas. Talvez eu não o odeie tanto quanto pensava.

Apesar do pequeno tamanho da propriedade, preciso comprar alguns móveis. Uma cama – atualmente tenho um colchão inflável –, uma mesa, algumas cadeiras e um sofá. Também preciso de vários utensílios de cozinha. No entanto, o apartamento já está acarpetado com uma cor creme forte de bom gosto, e a cozinha está bem equipada, com máquina de lavar roupa e máquina de lavar louça.

Pedimos um sushi e sentamos no chão, comendo na caixa com pauzinhos. Parece que nada de ruim aconteceu entre nós. É tão natural simplesmente ficarmos juntos, e eu me sinto mais otimista, como fazia muito tempo não ficava. Apesar disso, há um problema que preciso abordar. Quero que a minha versão seja a primeira.

– Seu amigo Rupert está saindo com alguém que fez o treinamento comigo. Parece que ela foi na sua casa com ele recentemente.

A namorada perfeita

– Qual é o nome dela?
– Amy.
– Sim, eu me lembro.
– Ela é um pouco instável. Agiu de um jeito muito estranho quando falei de você. Disse que achou esquisito eu não ter falado de você antes – não estávamos juntos, por que eu teria falado?

Ele dá de ombros.

– Ela me pareceu normal.
– Bem, é claro. Quem admite ser um pouco fantasiosa? Ninguém que eu conheço. De qualquer forma, espero que Rupert descubra como ela é.
– Tenho certeza de que Rupert é capaz de cuidar de si mesmo.

Adiciono uma pequena quantidade de *wasabi* ao molho de soja e misturo, antes de mergulhar um pedaço de salmão e arroz dentro dele.

O silêncio se instala entre nós.

Nate parece um pouco mais tenso do que notei inicialmente, como se estivesse apenas fazendo movimentos automáticos.

Eu o testo.

– Você contou para sua família que está casado?

Ele me olha como se eu fosse louca.

– Não. Isso perturbaria minha mãe.
– E se ela me conhecesse?
– Não.

Deixo o assunto morrer.

Quando Nate faz ruídos sobre sair, não reclamo nem faço nenhuma exigência futura. Em vez disso, agradeço, me despeço de maneira alegre e o deixo ir. Sei que ele está ganhando tempo até poder fazer o discurso de "Sinto muito, Lily, eu tentei de tudo", por isso vou experimentar uma nova abordagem.

Sei que o pai do Nate se aposentou cedo de um cargo alto num banco e tem grande interesse no golfe, mas a mãe é uma borboleta social, gosta de tênis e natação e se dedica a vários hobbies. Ela também é diretora de uma instituição de caridade de arte e cultura. Pesquiso no Google. Eles têm fotógrafos que oferecem seus serviços de graça. Pesquiso um pouco mais. A mãe de Nate e Bella – Margaret – parece se dedicar à fotografia. Ela tem um pequeno estúdio perto da casa para a qual se mudaram dez anos atrás em Canford Cliffs, uma parte exclusiva de Poole. Ela o abre nas manhãs de segunda e quinta.

Procuro a casa deles no Google Earth. É magnífica e claramente tem uma vista deslumbrante da baía. Dou um zoom e vejo uma área externa com uma grande mesa de jardim. Imagino que muitas reuniões da família sejam realizadas nesse espaço. Posso imaginar Nate sentado ali, curtindo a vista, enquanto compartilha histórias de suas últimas viagens.

Mando uma mensagem de texto para Miles.

Mal posso esperar para te ver de novo. X

Ele retorna em cinco minutos.

A namorada perfeita

Próxima terça? Mesmo lugar?

Como estarei na área, talvez eu possa ser multitarefa e admirar o trabalho de Margaret também. Como estou num estado de ânimo especialmente organizado, compro móveis: uma cama, um pequeno sofá e várias cobertas e almofadas.

Vou me ajeitar aqui direito; me enraizar de verdade pela primeira vez na vida.

Eu me levanto cedo na manhã seguinte e coloco meu uniforme, tomando muito cuidado. Hoje é meu primeiro dia no novo cargo em meio período. Vou ser fotografada para a revista interna e preciso estar com minha melhor aparência. Espero que seja a foto que vai lembrar ao Nate da minha existência permanente, toda vez que ele for trabalhar.

Chego pontualmente e procuro o gerente encarregado do time de promoções, que é um homem sério – também tripulante de cabine –, mas, obviamente, com fome de poder. Ele listou todas as suas expectativas ridiculamente elevadas por ordem de importância e exala um desespero para abandonar os voos trabalhando para obter cargos aparentemente maiores e melhores em solo.

Assim como eu – a Embaixadora de Segurança –, há três outras pessoas que receberam vários elogios que envolvem bem-estar, saúde e conexão com a equipe.

O dia não é divertido; é pior do que estar na escola de treinamento. Usando uma jaqueta de alta visibilidade e óculos de segurança, o fotógrafo e eu somos mandados para a área restrita do aeroporto e levados de ônibus para um hangar.

Tenho que passar por degraus de metal instáveis para embarcar no avião, e preciso de um esforço constante para ficar fora do caminho dos engenheiros. Recebo instruções para posar ao lado de vários perigos potenciais dentro do avião: tapetes com pontas soltas, um cartaz no compactador de lixo que diz "não colocar vidros". E tenho que segurar *corretamente* o corrimão das escadas que levam ao deque superior.

De volta ao Centro de Informações, tiramos uma foto da equipe; lado a lado, sorrimos. Até onde posso afirmar, o principal benefício do cargo é termos um espaço no escritório – embora seja compartilhado – para nosso uso. Isso significa uma porta para informações potencialmente confidenciais sobre outras pessoas, porque minha nova senha me dá um acesso mais amplo aos sistemas da empresa. Além de reuniões regulares, é nossa responsabilidade fornecer atualizações constantes e positivas para a revista, incentivando os colegas a serem mais conscientes da segurança, mais cautelosos com a própria saúde e a demonstrarem mais cuidado e preocupação uns com os outros.

Somos informados pelo gerente ambicioso que a foto da equipe estará na capa e a pior – de mim – será usada na terceira página. A foto é horrível. Estou de pé na cabine do piloto, ao lado do pedestal central, segurando uma caneca vazia, com uma expressão preocupada. Estarei ao lado de um aviso sobre o cuidado ao servir bebidas à tripulação de voo. O artigo vai incluir estatísticas de engenharia – algo maçante sobre defeitos e novos componentes ou coisas assim.

A namorada perfeita

• • •

É um alívio voltar para o meu novo lar. Tiro os sapatos, ligo o rádio, escolho uma estação que toque músicas de sucesso sem parar e removo temporariamente meus quadros do seu esconderijo para pendurá-los dentro de um armário de cozinha. Não vai dar certo eles ficarem à vista enquanto Nate for um visitante ocasional. Embora ele não seja tão regular quanto eu gostaria que fosse, pelo menos demonstra ter boa vontade, preciso reconhecer.

Também tenho outra caixa que precisa ficar escondida; aquela que contém meus pertences mais particulares. Vou compartilhar alguns deles com Nate quando eu decidir que ele está no estado de espírito adequado.

Meu celular vibra. Miles.

Podemos adiar? Trabalho. :(Tenho que visitar um cliente em Tóquio, vou ficar fora por uma semana.

Isso é frustrante. Ele não é uma companhia ruim, e eu gosto de estar com ele. Embora Bella ainda não saiba, isso é gratificante. Vou operar um voo para Cingapura daqui a três dias. Verifico as listas de troca. Há duas vagas para Tóquio disponíveis na minha categoria de trabalho, mas uma das pessoas só quer trocar por uma viagem para os Estados Unidos. Mando um e-mail para a outra.

Enquanto aguardo a resposta, respondo à mensagem de texto de Miles.

De jeito nenhum! Que coincidência! Recebi hoje a notícia de que talvez eu precise ir a Tóquio também! Tem um novo hotel

para eu verificar. Faço contato com você se eu for mesmo. :) Deve ser o destino.

Recebo um e-mail concordando com a troca da viagem ao mesmo tempo em que recebo uma resposta empolgada do Miles. Como eu disse a ele: é o destino. Estou ansiosa para passar um período mais longo com ele; de um jeito inocente, investigando suavemente para descobrir as vulnerabilidades e os medos da Bella.

Quem espera sempre alcança.

CAPÍTULO 23

No vigésimo oitavo andar de um hotel, famoso pela vista da Rainbow Bridge, espero Miles. O bar tem uma luz fraca. Pequenas velas cintilam nas mesas de ardósia cinza, se misturando às luzes da cidade através das janelas gigantescas que vão do chão ao teto. Luzes vermelhas, brancas e azuis iluminam a ponte lá embaixo, os reflexos oscilando na água. O som de um piano oferece um cenário discreto para as várias conversas realizadas pela clientela local, vestida com roupas de grife, separada por grupos espalhados de ocidentais.

Estou entediada.

O resto da minha equipe foi para um karaokê divertido, e havia uma mulher que parecia provocar boas risadas. Se eu tivesse tempo, gostaria de sair com ela. Preciso de uma amiga substituta, depois do meu fracasso com a Amy.

– Sinto muito, muito – diz Miles, aparecendo ao meu lado. – Minha reunião foi demorada.

Há um momento estranho em que ele parece não saber como me cumprimentar. Apesar de estarmos longe de casa, Miles parece extremamente consciente de que estamos em público, e isso não é normal. Damos um beijo em cada bochecha, e ele senta ao meu lado.

– O que você gostaria de beber? – pergunta ele.

Pego o cardápio de coquetéis e leio os nomes em inglês escritos ao lado dos símbolos japoneses para ajudar. Escolho um Green Destiny: uma mistura de vodca, suco de pepino, kiwi e maçã. Miles decide pedir uma margarita.

– Meu hotel fica muito longe daqui – digo. – Espero que você não se importe, mas tomei a liberdade de trazer uma pequena mala para passar a noite.

Ele se remexe um pouco no assento.

– Acho que faz sentido. Você acha que Nick vai fazer contato?

– Duvido. – Coloco a mão sobre a dele. – Não se preocupe, se Bella ligar, eu serei discreta. Eu me tranco no banheiro e bloqueio os ouvidos.

Ele ri.

– Ela provavelmente não vai ligar.

– Ela se mantém ocupada enquanto você está fora?

– Bella está sempre ocupada.

Fico em silêncio, esperando que ele elabore, mas ele não morde a isca.

Miles afrouxa a gravata e relaxa na cadeira.

Depois da segunda bebida, ele me convida para ir ao seu quarto. No momento em que a porta se fecha, nós nos agarramos.

Eu me deleito em cada momento em que o estou roubando da Bella.

Miles caiu no sono.

O quarto tem cheiro de fumaça velha – esse cheiro é tão estranho, depois que o fumo foi proibido em tantos hotéis

A namorada perfeita

ao redor do mundo. Eu me obrigo a esperar uns bons vinte minutos antes de xeretar. Seu tablet e seu celular são protegidos por senha. Tento algumas vezes – o aniversário da Bella e, em seguida, a data de nascimento de Miles, que descubro folheando seu passaporte –, mas é inútil. Sua pasta está aberta. Vasculho os documentos do cliente, mas são maçantes. Sua carteira não contém nada de grande interesse além de uma foto *dela* com a ponta amassada.

Seu sorriso continua o mesmo. Toda vez que o vejo, penso num assassino sorridente.

Há também uma lista na inconfundível caligrafia da Bella, e só de vê-la eu me sinto enjoada. Ela faz as letras maiúsculas com laços e espirais, de maneira excessivamente decorada. Entre os pedidos (ou exigências) de Bella – por exemplo, Miles tem que organizar a lua de mel –, ela também listou vários locais possíveis para o casamento. Seu preferido atual é um casarão em estilo italiano num jardim privativo perto da casa de seus pais, com vários hotéis listados em ordem de preferência.

Pego meu celular e tiro fotos de tudo que descobri, como lembrete, depois sento na beira da cama e encaro a parede. Não consigo desligar. Se Bella estivesse aqui, provavelmente estaria dormindo – sem nenhuma preocupação no mundo, além de seus planos idiotas de casamento. Eu me pergunto o que posso fazer para estragar seus planos preciosos. Ela não merece viver feliz para sempre. O carma é claramente um mito se uma pessoa tão desmerecedora quanto Bella consegue ser feliz para sempre sem se esforçar, enquanto pessoas como eu passam por dificuldades.

Às vezes eu penso no que vai acontecer quando Bella e eu nos encontrarmos de novo. Penso no que ela diz, no que eu digo. E, embora as situações variem, sempre acabam comigo ganhando. Sou aquela que finalmente consegue ter voz. Aprendi a esquiar, a jogar tênis, a cavalgar. Visitei os lugares a que ela vai, tenho certeza que conheci a maioria das pessoas com quem ela se relaciona – se não pessoalmente, pelo menos nas mídias sociais. Estou totalmente pronta para me integrar ao mundo dela, de modo que *ela* queira ser *minha* amiga, e não o contrário.

Miles vira na cama enquanto dorme. Preciso deixar alguma coisa na mala dele para ela encontrar, uma pequena lembrança para deixá-la preocupada quando ele viaja a trabalho. Alguma coisa para transformá-la numa mulher neurótica, com menos autoconfiança e um pouco mais de humildade. Alguém que Miles não vai respeitar. Tem que ser algo sutil – de modo que Miles não suspeite do meu envolvimento. Pulverizo meu perfume no forro da mala dele e fecho a tampa, esperando que permeie o conteúdo. Seria ideal se Bella desfizesse as malas dele, mas duvido que faça isso.

Entro no banheiro. Dou uma olhada dentro do seu nécessaire de couro. Não tem muita coisa: desodorante, protetor labial, gel para cabelo, alguns cortadores de unhas. Sento na beira da banheira e analiso o painel de controle do vaso sanitário japonês, tentando descobrir o que significam as imagens em cada botão. Depois de pensar muito, eu me arrasto de volta para o quarto e abro o guarda-roupa. Mexo nos bolsos do paletó dele. Vazios. Procuro na minha mala,

A namorada perfeita

mas não tem nada que eu possa deixar sem que Miles saiba que fui eu. O perfume vai ter que ser suficiente.

Por enquanto.

Mas tiro uma foto de Miles. Congelo quando o flash acende, mas ele não se mexe.

Deito na cama e fico perto da beira, observando os números vermelhos iluminados mudando no relógio da mesa de cabeceira.

Fantasio que Nate vai mudar de atitude, o que, por sua vez, vai permitir que os meus sentimentos por ele voltem a ser de amor. Poderíamos começar de novo, fazer as coisas da maneira certa: namorar, se apaixonar, começar do zero mesmo. Meus pensamentos se desenvolvem, ficando ainda mais elaborados, até eu sentir que estou apagando.

Um toque de alarme me faz dar um pulo e ficar consciente. Eu me abaixo e verifico o celular na minha bolsa; são 7 horas da manhã no horário de Tóquio.

Miles senta, se espreguiça e depois desaparece no banheiro. Quando ouço o som do chuveiro, entro e me junto a ele. Miles não se opõe. Nate poderia aprender uma coisa ou outra sobre entusiasmo com ele.

Depois que estamos vestidos e prontos, seguimos pelo corredor até o salão executivo para tomar o café da manhã.

Miles passa a maior parte do tempo digitando no celular.

– O que vamos fazer hoje? – pergunto enquanto espeto um pedaço de melão com o garfo.

– O que você quer dizer?

– Bem, achei que talvez o Palácio Imperial ou...

– Estou trabalhando – diz ele. – E você também deve estar, não?

– Sim, claro que sim, mas tenho direito a um tempo de folga. E aí, o que você acha?

Ele olha para mim.

– Não estou aqui para passear, e já estive aqui com... – Ele para.

– Tudo bem, pode dizer o nome dela – digo.

– Juliette, me desculpa, mas preciso de um pouco de paz. Tenho muito que fazer hoje.

– Tudo bem. Que tal jantar hoje à noite?

– Sinto muito, mas não posso. Vou jantar com o meu cliente.

– Posso me juntar a vocês? Como uma colega de trabalho?

– Não seria uma boa ideia.

– Mas vou para casa depois de amanhã.

– Então, vamos ter que nos encontrar – em casa – em outro momento. Você escolhe um horário e um lugar e nem cavalos selvagens vão me manter afastado. – Ele sorri, mas é forçado.

– Vou indo, então.

Ele olha para o celular.

Eu me levanto, me sentindo dispensada.

– Desculpa, Juliette. Tem uma coisa que eu preciso resolver agora mesmo.

A namorada perfeita

– Claro. Eu entendo.

Ele se levanta e me beija no rosto.

Olho para trás ao sair, mas ele não está me observando. Já voltou sua atenção para o celular.

No voo aparentemente interminável de doze horas para casa, fico revoltada.

Deito num beliche inferior, me escondendo de todo mundo.

Sob a luz da lanterna, enumero as maneiras como Nate e Miles são semelhantes.

Quando abro a porta do prédio do meu apartamento, a pilha de cartas, folhetos de pizzaria e pedidos de caridade cria uma leve resistência. Eu me abaixo para pegá-los. Meus vizinhos do andar de baixo devem ter dormido fora, porque eles geralmente arrumam tudo que chega para mim no degrau inferior. Arrastando meus pertences até o andar de cima, não posso descansar, pois tenho que esperar a entrega da minha cama.

Ela chega no fim da manhã, e os homens da entrega também ajudam a instalar a pequena estrutura dupla. Quando eles saem, luto contra uma capa de edredom verde-garrafa que peguei recentemente na casa do Nate – não é seu conjunto favorito – e pego duas fronhas combinando, sacudindo-as antes de colocá-las na minha cama nova.

Aos poucos, o lugar está começando a parecer mais meu, agora. As paredes vazias precisam de algumas fotos novas, então procuro as minhas preferidas do Nate, que pretendo emoldurar.

O dia seguinte é uma quinta-feira, um dos dias em que a mãe do Nate abre seu estúdio.

É fácil de localizar. Estaciono numa rua arborizada nas proximidades e ando até a entrada com porta de vidro.

Ela está lá dentro, sozinha, sentada atrás de uma mesa simples. Parece mais velha do que nas fotos, mas tem uma elegância e um distanciamento dos quais me lembro de quando a via de relance na escola. Ela está sentada num banquinho pequeno, com as costas retas, lendo uma revista. Os óculos combinam com a blusa azul-marinho. Por um momento fugaz, acho que não existe muita semelhança entre ela e a filha – menos ainda com o filho –, mas aí ela abre a boca. E mesmo que eu estivesse com os olhos fechados, saberia que as duas eram parentes.

Minha frequência cardíaca acelera um pouco.

– Bom dia – diz ela, tirando o olhar da revista, que, agora percebo, é uma brochura de arte. – Sinta-se à vontade para fazer qualquer pergunta.

– Obrigada – digo com um sorriso. – Passei por aqui de carro várias vezes, e sua vitrine sempre me chama a atenção. Faz tempo que quero entrar. E hoje pensei que finalmente teria tempo.

Dou uma olhada ao redor. Não entendo muito de arte nem de fotografia, mas pesquisei algumas dicas úteis antes de sair de casa. Aparentemente, é bom elogiar o fotógrafo

A namorada perfeita

pelo trabalho de fazer a imagem e simplesmente apreciar a cena em si.

Expresso interesse numa das imagens mais caras – a foto de uma regata em preto e branco.

– Adorei esta. Os triângulos brancos dispersos das velas me chamaram a atenção. Onde foi tirada?

Ela fica radiante.

– Na baía, no ano passado. É a vista da janela da minha sala de estar.

Imaginei.

– Vou comprá-lo de surpresa para o meu marido.

– Espero que ele também adore. Ele navega? – pergunta ela enquanto empacota a foto.

– Não muito. Por outro lado, ele não teve tempo. Só nos casamos há alguns meses. Ele estava realmente ansioso e não queria esperar, por isso nos casamos em Las Vegas.

– Que emocionante.

– Definitivamente foi o melhor dia da minha vida. O único problema é que ele não sabe como dar a notícia para a família.

Ela levanta o olhar, como se não estivesse acostumada com uma desconhecida falando demais da vida pessoal.

Eu poderia contar a ela. Poderia contar agora mesmo quem eu sou. Com uma frase, poderia forçar Nate a me aceitar. Poderia dizer como seu filho foi brutal com o meu coração e mostrar as provas de que não estou louca; que o filho dela se casou comigo e, depois, cruelmente mudou de ideia. Poderia dizer que ele me contou coisas sobre ela, tipo como ela escolheu o nome dele porque adorava, apesar de o marido querer que Nate se chamasse Julian.

– Que difícil para você – diz Margaret. – E os seus pais?
– Não estão mais por perto.
– Ah – diz ela, me entregando o pacote.

Sem dúvida, ela está orgulhosa porque a própria vida não tem nada a ver com esses problemas vulgares.

– Ele deveria simplesmente contar a eles – acrescenta ela enquanto me afasto. – Boa sorte!

Ela está certa; ele deveria.

Do lado de fora, mando uma mensagem de texto para ele.

Acho que sua mãe ficaria encantada de ouvir nossa novidade. Acabei de conhecê-la. Ela é tão adorável. Eu me senti realmente culpada por não contar que sou nora dela.

Meu celular toca na mesma hora. É realmente incrível como Nate consegue responder tão rápido a qualquer mensagem minha quando é do interesse dele.

Desligo o celular.

CAPÍTULO 24

Dirijo até o provável local de casamento preferido de Bella, que fica apenas a um quilômetro e meio de distância do estúdio.

Pago para entrar nos jardins e, usando o mapa oferecido, sigo direto para a seção italiana. Não tem mais ninguém por perto. Sento num banco, percebo o frio penetrando na minha calça e encaro uma grande lagoa cercada por arbustos. Por baixo das ninfeias, vejo flashes de carpas nadando perto de uma fonte de pedra ornamentada e esculpida, que é a peça central. Olhando ao redor, tento imaginar o jardim no verão, porque dá para perceber que vai explodir em cores. Atrás de um canteiro de grama, rododendros se enfileiram nos fundos. Ligo o celular e tiro algumas fotos para poder refrescar a memória mais tarde.

Tenho sete chamadas perdidas do Nate e uma do James. Parece assédio.

Eu me levanto e contorno a lagoa, passando por uma estátua de Baco até chegar aos degraus de pedra que levam ao casarão. Olhando para cima, dá para ver uma varanda; ideal para Bella posar. Já posso imaginar a cena do jeito que vai se desdobrar: o aceno real, os *ohs* e *ahs* dos convidados enquanto ficam em pé ao lado dos teixos aparados, tirando fotos da noiva e posando para selfies no ambiente elegante.

Meu celular invade as imagens de filme que tocam dentro da minha cabeça.

É Nate. De novo. Ele nem se preocupa em dizer oi.

– Como assim você conheceu minha mãe?

– Calma. Eu estava com um amigo interessado por fotografia e acabamos num estúdio perto de Poole. Conversamos com a proprietária, e por acaso ela era sua mãe. Só percebi porque ela falou que o filho era piloto, e aí eu olhei o sobrenome.

– Por favor, deixe a minha família de fora do nosso fiasco particular.

– Nosso *casamento*, Nate. Sou sua *esposa*, não um fiasco.

Quando aperto a tecla "end", minha mão treme. Ligo o celular de novo e atravesso um caminho sinuoso, passando por um jardim de urze, por cima de uma pequena ponte e por vários cursos de água, mas o tempo todo minha mente está disparada com pensamentos assassinos.

Quando saio, uma hora depois, ainda não estou calma. Em termos realistas, não tenho escolha senão fazer algumas alterações no meu plano de ação.

Em casa naquela noite, ligo para Nate.

– Venha aqui. Tenho pensado em tudo. Podemos conversar o quanto você quiser.

Ele chega quinze minutos depois, apertando a campainha por mais tempo do que o necessário.

Abro a porta, e ele entra.

– Bebida? – Não espero uma resposta e sirvo um vinho tinto, entregando a taça.

A namorada perfeita

Ele se recusa a aceitá-lo.

– Não, obrigado.

Ele pega um bloco em espiral e uma caneta, como se estivesse tentando me convencer de que *realmente quer falar de assuntos sérios*.

– O que você vai fazer? Escrever uma lista de prós e contras?

– Isso não é uma piada. Quero a minha vida de volta.

– Eu não *tirei* a sua vida.

– Quero que você pare com tudo isso. Esse seu esquema – nós dois saindo como melhores amigos, você se esgueirando até a minha mãe – não vai *mudar* nada. Por favor, simplesmente concorde com a anulação, e eu não vou mais precisar te incomodar. Se você colaborar, tudo vai ser bem simples e há uma chance de não termos que ir ao tribunal. Caso contrário, tudo fica muito mais complicado. E pior, tanto para você quanto para mim. Vou ter que provar que não consenti com o casamento por causa da embriaguez.

Já passou da hora de mudar de tática.

– Okay.

– Okay o quê?

– Okay, eu vou cooperar. Eu te amo e, se é isso que você precisa para ser feliz, eu concordo.

– Obrigado. Um dia...

– Por favor, não diga que um dia eu vou te agradecer. Porque não vou.

Ele vira para sair.

– Tudo bem, mas, por favor, você pode começar a responder aos e-mails do James?

Preencho os formulários exigidos – do jeito mais lento possível, porque não tenho a menor intenção de permitir que isso continue até os estágios finais –, e o processo de acabar com o nosso casamento começa.

Se tudo é tão simples quanto parece, Nate não será mais meu marido até a primavera. No entanto, depois de ter dado a ele uma falsa sensação de segurança, tenho que criar outro plano final infalível para mantê-lo. Mas vou ter que ser bem rápida. Ele me pediu para não entrar em contato com ele, a menos que seja necessário.

Arrasada – percebo que o amo como sempre –, volto minha atenção para Miles. Quando concordamos em nos encontrar, combino de buscá-lo na esquina, longe da vista de seu escritório.

– Reservei um lugar diferente para fazer uma surpresa – digo quando ele se instala no banco do carona.

– É muito longe? – diz ele. – Preciso estar de volta às cinco.

– Estaremos de volta até esse horário. Olha – digo, apontando para uma sacola de presente no chão. – Comprei um presente para você.

Ele o tira da sacola. É um livro – *Quinhentos lugares para conhecer antes de morrer* –, o mesmo que dei a Nate. Fiz um poema e escondi na seção japonesa. Sei que ele não vai levá-lo para casa e provavelmente vai escondê-lo no escritório, mas

A namorada perfeita

eu queria comprar *alguma coisa* para ele saber que me importo com ele.

– Obrigado, Juliette. Muito atencioso.

A sacola farfalha enquanto ele guarda o livro.

Quando paro no estacionamento do hotel, Miles fica visivelmente rígido ao meu lado.

– Aqui?

– É. Estar em Tóquio me fez perceber que não precisamos economizar quando temos a oportunidade de nos encontrar. Daí a escolha do presente também. Pensei que talvez possamos fazer mais algumas viagens juntos no futuro.

– Juliette, é um pensamento maravilhoso, mas não fico confortável aqui neste lugar. É... – Ele para, sem querer me dizer a verdade.

É um dos hotéis na lista de desejos de locais da Bella.

Faço o máximo para parecer magoada e decepcionada.

– Eu realmente estava ansiosa para te encontrar.

– Eu também. Mas não aqui.

Em vez disso, ele me conduz a um estacionamento isolado à beira-mar. Minha vida está descendo a ladeira, enquanto a da Bella ainda está decolando.

Preciso agir logo.

Impaciente, na manhã seguinte, dirijo até Kingston e passeio por um shopping center fechado. As lojas são cheias de cor e luz, com cartazes em todas as partes anunciando a temporada festiva. Faltam apenas seis semanas para o Natal. Papai Noel sorri, renas saltam, bonecos de neve encaram e duendes seguram presentes. Uma banda toca canções de Natal ao lado de uma árvore estrangulada por decorações.

Eu me sinto ainda pior do que no Natal passado. Nessa época no ano passado, apesar do coração partido, eu tinha esperança. Agora, sem nenhuma esperança atual e concreta de que as coisas definitivamente vão melhorar em breve, estou lutando para lidar com tudo.

Sento numa cafeteria e tomo dois espressos numa rápida sucessão. Digitando o código do Wi-Fi, pretendo procurar presentes de Natal adequados para Barbara, de modo que eu possa ir diretamente a uma loja sem ter que enfrentar as lotadas. Mas não consigo me distrair.

Nate está em Miami, mas ele e James mandaram mensagens de texto um para o outro duas vezes. Para eles, sou uma piada – eles me chamam de AQNVE "Aquela Que Não Vai Embora" –, e James também se refere a mim como mentirosa. Eu me torturo lendo mais: Nate quer "se livrar" de mim o mais rápido possível e com o mínimo de esforço. Ele quer "seguir em frente" sem a "ameaça" da minha proximidade na sua vida como uma "nuvem negra". James até tem a coragem de sugerir que Nate coloque seu apartamento à venda, que ele "faça tudo que for necessário para se afastar dela". E também, de acordo com James, o Conhecedor de Todas as Coisas, Barnes (onde ele mora) é "outra boa opção. Não é como se você estivesse ligado a uma escola nem precisasse ir e vir do trabalho".

Quando me afasto das coisas negativas que Nate e James têm a dizer sobre mim, verifico o blog de Bella, que fala de

A namorada perfeita

um jeito maçante sobre os acessórios do seu vestido de casamento e que ela e Miles vão à inauguração de um novo restaurante mais tarde hoje à noite. Li um comentário no Facebook em resposta a um dos amigos de Amy perguntando sobre seus planos para o Natal – ela e Rupert estão planejando passar o feriado em Paris.

Todos estão felizes, menos eu.

Eu me levanto e encolho os ombros para vestir o casaco, com toda a intenção de ir direto para casa, mas vejo uma vitrine cheia de lingeries vermelhas e pretas. Isso me dá uma ideia. Eu entro.

Quando saio com as compras, me sinto animada; finalmente tenho um foco.

No caminho para casa, também paro numa loja de ferramentas. Agora que tenho uma propriedade, sem dúvida é um investimento sábio estocar umas ferramentas básicas.

Entro na casa do Nate depois que escurece. Embora eu preferisse fazer algo malicioso e vingativo, me concentro no que vim fazer.

Enquanto estou ocupada, palavras piscam na minha mente.

Mentirosa. Aquela Que Não Vai Embora.

Ele está escapando – e, em breve, não haverá mais nada que eu possa fazer em relação a isso. Juridicamente – por enquanto –, ele ainda é meu. Ainda tenho uma chance, embora esteja começando a temer que minha mudança de tática possa ser um tiro no pé, a menos que eu me esforce muito mais.

Ando de volta para casa, pegando uma rota mais comprida do que o necessário, contornando o Green na direção oposta.

No apartamento, sento na minha nova cama e olho todas as minhas fotos. Eu as tiro dos álbuns e as espalho por toda parte, de modo que fico cercada de memórias.

Preciso de uma distração.

Talvez seja uma boa ideia visitar Miles na inauguração do restaurante que Bella mencionou mais cedo no seu blog. Ele vai estar entediado, sob a sombra dela. Tenho certeza de que será facilmente seduzido a se afastar, encantado por ter a chance de escapar por um tempo.

Antes que eu possa me convencer a desistir, pego a bolsa e o casaco e corro escada abaixo até o meu carro. Digito o código postal do restaurante asiático. Não mando uma mensagem de texto antes para Miles: quero que minha espontaneidade seja uma surpresa agradável.

Piso fundo no acelerador quando chego na autoestrada e ultrapasso o limite de velocidade. Parece terapêutico enquanto fico remoendo coisas na minha mente.

Graças a Deus que tenho a atenção parcial do Miles. Sem ele como distração, não sei como eu ia manter tão bem o meu equilíbrio emocional.

CAPÍTULO 25

Olho pela janela do restaurante. No início, não consigo ver Miles nem Bella na multidão, mas logo vejo Bella sendo paparicada por um grupo de mulheres. Miles está um pouco mais no fundo, conversando com um homem alto.

Quero entrar e parar ao lado dele como se fosse sua dona, deslizando meu braço pelo dele ou flertando abertamente. Em vez disso, mando uma mensagem de texto.

Estou no seu pescoço, quer escapar por um tempo? X

Observo quando ele pega o celular, olha para baixo e depois o coloca de novo no bolso. Ele continua a conversa. Sento num banco congelado em frente ao restaurante.

Cinco minutos depois, mando mais uma mensagem de texto.

??X

Ele reage exatamente do mesmo jeito. Ligo para ele. Miles pega o celular e desliga imediatamente.

Uma onda de raiva percorre todo o meu corpo. Abro a porta do restaurante e entro no aroma quente de especiarias misturadas com incenso. Paro na lateral e me apoio na parede na linha de visão de Miles. Ele olha por um segundo antes de me reconhecer, mas não sorri nem se aproxima para me cumprimentar.

Procuro o banheiro feminino e ligo para ele. Miles não atende. Quando estou prestes a digitar seu número de novo, chega uma mensagem de texto.

O que você está fazendo aqui? Bella está comigo!

Mando uma mensagem de texto em resposta.

E daí!? Tudo que você tinha que fazer era falar comigo como uma pessoa normal, tem muitas pessoas aqui, eu poderia ser qualquer pessoa. Pelo menos seja educado e me responda.

Quando envio a mensagem, a porta se abre e Bella entra.

Solto meu celular na bolsa e lavo rapidamente as mãos trêmulas, olhando para baixo. Ela entra no reservado do meio. Vou em direção à saída, mas paro quando mudo de ideia. Eu cheguei primeiro. Fico na frente do espelho e pego um batom na seção interna da minha bolsa. Meu celular vibra. *Miles*. Vamos ver o quanto ele gosta de ser ignorado. Aposto que está em pânico, e isso combina bem com ele. Respiro fundo para acalmar minha agitação interior.

Dou um pulo quando a porta do reservado se abre e Bella sai. Ela fica ao meu lado lavando as mãos. Olho para ela no espelho enquanto passo lentamente o batom. Ela levanta o olhar. O reconhecimento surge na sua expressão enquanto

A namorada perfeita

eu inspiro o aroma de baunilha almiscarada. Ela ainda tem um cheiro caro.

– Elizabeth? Da escola?

Minhas pernas parecem fracas. Numa das minhas muitas versões fantasiosas do nosso reencontro, ela pede desculpas em profusão e me implora para ser sua amiga.

O simples tom da sua voz me lembra de como meus desejos são fúteis.

– Olá, Bella. – Minha voz parece calma.

– Oi. O que você está fazendo aqui? – Ela tira uma toalha de mão do gancho.

– O mesmo que você, imagino.

– Sim, claro. Você mora por aqui?

– Um amigo próximo.

Recoloco a tampa do batom e esfrego os lábios um no outro. Dando uma olhada final no meu reflexo, viro para a porta e ela me segue. Um Miles de testa franzida está ao lado de uma coluna próxima. Paro e viro para encarar Bella.

– Tchau – digo, o mais alto possível, sem que pareça óbvio demais que minha última fala com Bella é para o benefício de Miles, depois continuo andando em direção à saída, deixando os dois para trás.

O frio bate no meu rosto. Ando até o meu carro e espero. Depois de três minutos, meu celular toca.

– Aposto que você está fazendo essa ligação no banheiro masculino – digo.

– O que diabos acabou de acontecer? – diz ele. – O que você está fazendo aqui?

– Eu estava na área. Tentei avisar, mas você me ignorou.

– Era Bella que estava com você no banheiro.

– Eu sei. Estudei na mesma escola que ela.

– Você a *conhece*? O quê... – Há um som abafado, como se alguém tivesse entrado no banheiro. Claro que Miles muda o tom da sua voz. – Estou numa festa agora. Te ligo em breve.

– Vem aqui fora agora para me encontrar. Estou no estacionamento em frente.

– Não é possível, no momento.

– Miles, tudo é possível quando se tenta. Se você não sair, eu entro de novo. Você tem cinco minutos.

Desligo. Ele me liga mais duas vezes, e eu ignoro. Depois, uma mensagem de texto que apago sem ler.

Miles aparece na porta do carona menos de dois minutos depois.

Ele senta ao meu lado.

– O que está acontecendo? – diz ele. – Não posso ficar muito tempo. Como assim você estudou na mesma escola que a Bella?

– Eu a reconheci. Quando ela me seguiu até o banheiro feminino.

– E você não sabia que ela era a *minha* Bella?

– Como poderia? Nós não éramos amigas. Estou surpresa por você estar com alguém assim. Bella era uma agressora desagradável na escola.

Ele me dá um olhar esquisito.

— Bella não machucaria nem uma mosca. Ela só quer fazer o bem.

Dou uma risada. Não consigo evitar. E, por algum motivo, não consigo parar.

Miles me encara.

— Quer que eu ligue para alguém? Um amigo?

— Bella deveria ser minha amiga.

— Bem, isso tornaria as coisas realmente difíceis. Isso muda tudo. Eu não tinha a menor ideia. E, é claro, não preciso dizer que...

— Que tal darmos uma volta? Vocês não parecem um desses casais que vigiam um ao outro. Bella certamente não vai sentir sua falta por meia hora ou mais.

Quando me inclino em direção a ele, antes que minha mão encoste na sua coxa, Miles abre a porta do carona, me congelando com o ar frio e inundando o carro de luz.

— Preciso voltar. Sinto muito, isso foi um erro. Tchau, Juliette.

Ligo o motor e dou ré sem olhar para trás. Mas, enquanto troco de marcha, Miles sai e bate na porta. Ele corre — de verdade — em direção ao restaurante.

Para longe de mim.

Fico sentada durante séculos, ligando e desligando a ignição. Ela clica e desclica. Dirijo passando pelo restaurante várias vezes, mas não consigo ver mais nenhum dos dois.

Desisto. Mas a saída acabou não sendo uma perda de tempo total. Porque a volta para casa me permite um espaço mental valioso para detalhar melhor o meu próximo plano.

• • •

Dois dias depois, a primeira coisa que faço ao acordar é verificar o voo do Nate. Ele deve pousar às três e meia; está no horário.

Depois de hoje, ele tem dez dias livres, durante os quais pretende "relaxar", de acordo com uma mensagem de texto enviada a James Harrington. Eles vão se encontrar num bar local hoje à noite, onde sem dúvida terão uma conversa feliz sobre como Nate em breve vai estar livre da sua esposa *mentirosa*.

Passo o dia reunindo tudo de que preciso para confrontar Nate.

De volta à minha casa à noite, eu me ajoelho no chão da sala de estar e coloco todos os itens essenciais numa mochila.

Espero.

Deito no sofá, com a TV ligada em segundo plano, mas não consigo me concentrar. Percebo que cochilo de vez em quando, conforme a consciência e a realidade aparecem e desaparecem.

Meu alarme dispara às cinco. Eu me visto, coloco a mochila nas costas e saio. No Green, está tudo calmo e misteriosamente silencioso. Ligo minha lanterna e vejo por quê – é como se eu tivesse atravessado o guarda-roupa e entrado no paraíso invernal de Nárnia. Grama e galhos atravessam a neve. Algumas casas estão com as janelas acesas, e eu desligo a lanterna, me sentindo exposta – como se estivesse sendo secretamente observada por pessoas escondidas. O apartamento do Nate está escuro.

A namorada perfeita

Fico parada por alguns instantes, inspirando o ar congelante. Minha respiração é visível, depois desaparece. Visível, depois desaparece.

Entro no prédio de Nate e subo a escada. Paro em frente à sua porta. Nenhum som. Entro.

Tiro as luvas, ligo a lanterna, desconecto o Wi-Fi e entro no quarto, procurando o celular de Nate. Está no local de sempre, sobre a mesa de cabeceira. Ele não está roncando, mas o cheiro de álcool permeia o quarto. Pego seu celular e o desligo, colocando-o dentro do bolso do meu casaco. Eu me esgueiro até o banheiro e pego as coisas de que vou precisar. Empurro a porta até que esteja quase fechada antes de soltar minha mochila no chão. O baque não é suficientemente alto. Espio pela porta entreaberta. Como eu suspeitava, Nate nem se mexeu. Tento de novo, chutando a porta do banheiro com toda a força.

– Olá? – A voz de Nate está rouca. – Olá? – repete ele com um pouco mais de clareza.

Deito no chão, com o rosto para baixo, a mão estendida segurando um pacote vazio de paracetamol. O tapete tem cheiro de umidade, então viro a cabeça para o lado e fecho os olhos quando ouço os passos de Nate. O banheiro se enche de luz.

– O quê? Ah, meu Deus, Lily, o que você fez agora?

Eu o sinto se agachando ao meu lado enquanto tenta me rolar de barriga para cima. Sento e jogo uma toalha sobre a cabeça dele. Nate automaticamente leva a mão à cabeça para tirá-la, e eu me inclino para a frente, agarro seu pulso direito, coloco uma algema e prendo o outro lado ao toalheiro de metal. Em seguida, saio rapidamente do seu alcance.

Ele puxa a toalha com a mão livre e me encara. Seu cabelo está espetado para cima.

– Lily? O quê? Me solta! Vou chamar a polícia. – Ele procura o celular no bolso com a mão esquerda, como se tivesse esquecido que está de pijama.

Desligo a lanterna e a luz. Estamos na escuridão. O ventilador do banheiro continua a girar. O metal retine quando ele puxa.

– Isso não é engraçado. Como diabos você entrou?

– É uma longa história. – Faço uma pausa quando o metal retine de novo. – Quero que você me escute, para variar...

Ele me interrompe.

– Você pode acender a luz?

– Por favor.

– Por favor.

Acendo a luz principal. Nate pisca. Sento na beira da banheira. Ele se inclina para a frente para tentar me agarrar, mas grita quando a algema o impede.

– Me solta!

– Não até eu dizer o que quero que você escute.

Ele puxa a mão algemada de novo e xinga várias vezes. Ele chuta o painel da banheira com os pés descalços. O apartamento de Nate é antigo e sólido, com paredes grossas e pisos acarpetados, então ele vai ter que ser muito persistente com o ruído se quiser que alguém ouça. Ainda assim, provavelmente é mais seguro eu acalmá-lo.

A namorada perfeita

— Se não parar com o barulho, vou te deixar aqui, preso. Você está no controle, acredite se quiser. Se for bonzinho, eu te solto daqui a pouco. Se não...

Saio e o deixo por vários minutos. Ele para de bater e gritar. Eu volto, carregando minha mochila. Acendo a luz do quarto e jogo a mochila na cama dele. Ele me observa do banheiro. Sento na ponta da cama.

— Pronto para conversar? – pergunto.

— Sou um público cativo.

— Não precisa me desafiar. Estou falando sério.

— Não duvido.

— Não quero me separar de você.

— Já estamos separados.

— Exatamente. E eu quero que você dê uma última chance para o nosso casamento.

— Jesus, Lily. Me desamarra. Você não pode invadir a minha casa no meio da noite e me algemar, depois esperar que eu concorde em ficar casado com você. Por favor! Você não acha seriamente que vai escapar dessa.

— Podemos tornar esse processo mais longo ou mais curto. Você decide.

— O que você está propondo, agora?

Abro a mochila e tiro dois álbuns de fotos, depois me aproximo e entrego a ele.

— Olha isso.

Mandei imprimir todas as fotos que tirei dele ou de nós dois, lugares que visitamos, coisas que fizemos. Quero que ele se lembre dos bons momentos.

Eu o observo virando as páginas.

– Devagar. Olha direito.

Ele faz isso com uma lentidão exagerada.

– Eu não fazia ideia de que você tinha tirado tantas fotos – diz ele. – Não me lembro.

Essa não é a única coisa da qual ele não se lembra. Não importa. Ele vai perceber em breve. Enquanto está ocupado, tiro um vestido de noiva da mochila. Eu o comprei anos atrás, quando percebi pela primeira vez que Nate era o homem com quem eu estava destinada a me casar. Seguro o cabide no alto e deixo o vestido se desenrolar. É um estilo clássico, em branco e prata. Contas de cristal e pérolas enfeitam o corpete. Entro no quarto e o penduro no guarda-roupa, alisando os vincos.

– Para que é isso? – grita ele do banheiro, com um ligeiro tremor na voz.

– Acho que devíamos receber uma bênção – grito em resposta. – Como já expliquei várias vezes, nosso casamento em Las Vegas também não foi como eu sonhava, por mais que você quisesse sugerir que foi. Comprei um terno para você, mas infelizmente ainda não chegou. E precisamos comprar alianças.

Volto para o banheiro. Nate está batendo a cabeça na palma da mão livre. Ele para e olha para mim.

– Quando eu terminar esses álbuns, você vai abrir a algema?

Ignoro a pergunta e continuo a desempacotar os meus pertences. Do *meu* lado da cama, coloco algumas revistas de

A namorada perfeita

noivas, um tubo de creme para as mãos e dois livros. Sento na beira da cama e observo Nate pela porta aberta. Ele levanta o olhar, depois volta rapidamente a ver as fotos. Quando chega à última, seus olhos se fixam nela durante vários segundos antes de ele olhar para mim. Há pavor – definitivamente não é amor – nos olhos dele.

A foto final é uma foto de família. Nate e eu fizemos um piquenique ao lado do Tâmisa no verão anterior e, na nossa manta, um de cada lado da cesta, tem uma foto sobreposta de um menino e uma menina. As imagens cortadas de um catálogo de roupas para crianças têm características semelhantes às que eu imagino que nossos filhos teriam.

Acima da foto, escrevi um título simples: *Nosso futuro.*

CAPÍTULO 26

—Ai, meu Deus – diz ele. E olha de novo para a foto.
— É assim que nossas vidas deveriam ter acabado. Você não pode sair por aí tratando mal as pessoas. Não é certo. Até sua mãe concorda.

— Você concordou em deixar minha família fora disso.

— Comprei um presente para você no estúdio dela.

Pego o quadro que contém a foto da regata e mostro a ele, como se exibisse a Prova A, para seu prazer visual. Depois, me agacho e o apoio na parede.

— O que você disse a ela?

— Falei a verdade, que eu me casei com o homem que amo em Las Vegas, mas instantes depois ele ficou assustado e quebrou sua promessa. Não só isso, mas ele ainda não contou à família. Ela acha que você deve fazer isso com certeza.

— Lily. Sinto muito. Eu entendo de verdade, agora. Eu te magoei. Você achou que íamos nos casar e ter filhos. Me solta. Podemos conversar. Direito. Eu prometo.

A raiva arrasa o meu corpo e a minha mente. Se tem uma coisa que eu sempre detestei no Nate é o jeito presunçoso como ele fala – como se *ele* fosse a pessoa perfeitamente racional e razoável e eu uma pessoa enlouquecida e delirante. Isso me irrita muito mesmo. Eu me esforço para manter a calma.

A namorada perfeita

— Você não tem um histórico bom o suficiente de manter promessas para que eu acredite em você.

— Preciso usar o vaso, e tenho certeza que nós dois precisamos de um café. Eu prometo, Lily, nada de ruim vai acontecer se você me soltar.

A questão é que eu não posso. Ele vai me mandar embora – e esse é o melhor dos cenários. Não vou pensar no pior.

— Não posso soltar você neste momento, mas não se preocupe. Eu tenho um plano.

Pelo modo como ele tensiona os músculos do rosto, dá para ver que está extremamente irritado, mas consegue se controlar enquanto com certeza pensa em maneiras de me manipular. Ele vai me tratar da maneira antiga de tratar sequestradores de avião – me acalmar e fingir que apoia os meus pontos de vista.

Pego uma chave de fenda e meu iPad. Aperto "play" no vídeo baixado e apoio a tela na parede enquanto trabalho na maçaneta da porta do banheiro. Demoro apenas alguns minutos para desenroscar a maçaneta dourada e removê-la.

— O que você está fazendo agora? – A voz de Nate é calculada.

— Estou fazendo uma coisa para poder tirar sua algema.

— O quê? Você vai me trancar? Não confie em YouTubers amadores para dar essas informações. Eu poderia ficar preso aqui!

Eu o interrompo.

— Não vai ficar. Mas preciso da sua colaboração. Você vai ter que conquistar a sua liberdade.

– Lily! Isso é ridículo! Absurdo!

Viro e sorrio.

– É mesmo. Ridículo! Revoltante! Você quer liberdade para se movimentar ou não?

Ele não responde.

– Foi o que pensei. Não me interrompa enquanto estou trabalhando. Tenho que começar o vídeo de novo, agora.

Ele chuta o painel da banheira. Olho furiosa para ele.

Inverter a fechadura para o outro lado da maçaneta da porta não é tão fácil quanto parece, mas, depois de duas tentativas, eu consigo. A parte final é bloquear o mecanismo. Enfio uma bolinha de comida de peixe. Tarefa concluída. Testo a minha obra. Funciona! Agora posso trancá-lo.

Nate continua puxando o toalheiro – parece até que, se ele se esforçar o suficiente, o metal vai quebrar.

A janela do banheiro dá para a lateral, não para o Green. Tranco as fechaduras das janelas e coloco as chaves no bolso. No caso – espero que – improvável de ele conseguir chamar a atenção de alguém através do vidro fosco, não vai ser culpa minha alguma coisa ter acontecido com a fechadura. Quanto às algemas – elas vieram de uma sex-shop. Vou deixar as pessoas usarem a imaginação.

Vou para a cozinha, depois volto ao banheiro para deixar um pouco de comida para ele. Não é sua comida preferida; ele não merece nenhum toque amoroso neste momento. Enquanto eu generosamente abro um pacote de biscoitos de queijo e várias maçãs, Nate me pega de surpresa quando avança com o braço livre e consegue agarrar a minha perna, me puxando para baixo. Seguro na lateral da banheira, sem ar, enquanto ele agarra minha panturrilha esquerda e tenta me puxar para perto. Quando puxo minha perna para cima, ele aperta com mais força. Chuto com a perna direita com toda a força que consigo. Ele não me solta, e eu chuto de novo. Desta vez ele me solta, respirando fundo e pesado quando cai em cima dos apoios.

Reagrupando meus pensamentos, também respiro fundo. Fico o mais longe possível dele, me inclino e dou a ele um tablet barato que comprei recentemente. Contém uma mensagem profundamente pessoal para ele. Passei horas gravando e editando um pequeno filme chamado: *O início*.

– Tem uma coisa que eu gostaria que você visse, por favor.

– O que é? – diz ele, olhando para a tela.

– Uma coisa muito importante. Sou eu. Falando diretamente para você. Do fundo do coração.

Ele continua inexpressivo. Foi esse tipo de comportamento que me levou a tomar essas medidas – sua não reação total quando eu tento me expressar. Então, sinto que essa minha ideia tem potencial para funcionar. Não sou o tipo de pessoa que acredita que, apenas por *comprar* um livro de dieta, vou comer menos e me exercitar mais para sempre, mas acredito em ter a mente aberta e procurar novas soluções.

Vamos encarar, nada mais funcionou até agora. E o meu problema prioritário é que Nate *acha* que não me ama. Quando ele perceber que me ama, tudo deve se realinhar com naturalidade. Por exemplo, não vou precisar mais do Miles na minha vida. Ele pode ser totalmente devolvido, como produto danificado, para Bella.

– Querido. Eu fui obrigada a isso. Você entende, não é?
Ele me encara.
– Não entende?
Ele faz que sim com a cabeça.
– Aperte o "play", então.
Ele hesita.
– Você vai me assistir? Quanto tempo dura?
Sento na beira da banheira e agarro a borda.
– O suficiente. Vou esperar até ter certeza que você está ouvindo com atenção. Esse é o único caminho. Tentei muitas vezes, mas você simplesmente não *quer* ouvir.

Ele aperta "play", e minha voz enche o banheiro. Parece muito mais alta aqui do que no meu apartamento. Nate abaixa o volume, mas ainda consigo ouvir. Apago a luz do banheiro para criar um efeito mais cinematográfico. Observo Nate me assistindo. Sei que, quando digo "Olá, Nate", dou um pequeno aceno. Eu quase cortei essa parte na edição, mas, depois de refletir, achei que isso me fazia parecer mais amigável. Eu não queria começar com uma bronca rígida, podendo deixá-lo num estado de espírito instantâneo de defesa. Desde o momento em que planejei isso, eu pretendia começar devagar antes de chegar ao que ele realmente precisa ouvir. Passo dois minutos e quarenta e sete segundos explicando minhas ações. Eu me vejo sendo sugada pelas minhas próprias palavras e concordando com os meus próprios sentimentos. Uma veia se mexe na lateral do pescoço de Nate. Há uma pausa antes de eu começar a história.

Era uma vez uma menina, com apenas quinze anos, e ela era solitária.

A namorada perfeita

Nate aperta "pausa".

– Por favor, não me diga que tenho que ouvir um conto de fadas adolescente. Dá um tempo, porra! – Ele puxa a algema. – Me diz o que está na sua mente e podemos resolver tudo sem esse espetáculo. Estou ficando muito puto.

Eu me levanto.

– A escolha é sua.

Quando estendo a mão para o tablet, ele aperta "play" de novo. Obviamente pressupõe que o Wi-Fi esteja funcionando e que ele vai ter um momento oportuno para enviar uma mensagem de SOS para alguém.

Muito solitária. Ela não tinha amigos, mas não era culpa dela. Foi culpa de outra garota. Uma garota má, mimada, que se deleitava com o infortúnio dos outros. A menina solitária passava horas sozinha com seus próprios pensamentos, sonhando com uma vida diferente. Uma vida em que alguma coisa – ela não sabia o quê, porque suas ideias naquela época ainda eram intangíveis e indefiníveis –, mas, apesar disso, alguma coisa importante aconteceria um dia, o que significaria que sua vida ia mudar a partir daquele momento, obviamente para melhor. Então, um dia, alguma coisa importante aconteceu de fato. E mudou a vida dela, mas não para melhor. E a lição que essa garota aprendeu tão de repente foi que as coisas podem acabar de maneira muito diferente do esperado.

Nate suspira de um jeito teatral.

– Quanto falta?

– Está ficando mais longo a cada minuto. Ouça corretamente, senão eu volto para o início.

Um dia ela conheceu seu Príncipe Encantado. Não no tipo de lugar que ela havia imaginado, como uma viagem exótica ou um evento glamoroso num hotel de luxo. Em vez disso, era um baile discreto. E a garota usava um vestido; o mais bonito que ela teve. Era a primeira vez que ela se sentia glamorosa. Isso a fez pensar que tinha uma chance de brilhar. Mas a emoção de usar o vestido desapareceu rápido, porque ela foi ignorada. Ignorada pelos garotos que foram ao baile. Ignorada pelas garotas malvadas. Quer saber de que cor era o vestido?

Há uma pausa deliberada de dois minutos, porque essa é a chance de ele se lembrar. Essa é a chance de ele se redimir. Não totalmente – porque, é claro, isso nunca vai acontecer –, mas pelo menos seria um pequeno passo na direção certa.

Sou obrigada a interromper o silêncio.

– Responda à pergunta – digo.

– Amarelo? Rosa? Roxo? Como diabos eu saberia ou me importaria?

– Você devia se importar – digo baixinho. – Embora estivesse escuro; essa é a sua vantagem.

Olho nos olhos dele e quero que ele se lembre de tudo. Que reconheça o que fez.

Já fiz isso antes. Eu costumava encarar os seus olhos às vezes, quando estávamos na cama juntos, desejando poder entrar na sua alma e fazê-lo se lembrar. Tentei infiltrar a lembrança silenciosamente na sua mente. No entanto, seus olhos, como agora, nunca demonstraram nem um pingo de reconhecimento. Nem uma vez.

Sua expressão vazia mostra que ele me decepcionou. De novo.

O vestido era vermelho. Ela nunca mais usou vermelho desde então.

A namorada perfeita

Seus olhos se arregalam, e ele aperta o tablet com mais força. Penso que as fichas podem estar começando a cair.

A menina fugiu da festa e foi para o seu lugar favorito. Um lugar junto ao rio. Era o lugar secreto onde as meninas populares iam para fumar, mas muitas vezes ficava deserto. Ela sabia que ficaria a salvo, porque todas estavam muito ocupadas sendo borboletas sociais. Mesmo enquanto a escuridão se aproximava, ela ficou ali. Porque, embora não fosse noite de lua cheia, havia luz cinza suficiente para enxergar. Era a primeira vez que ela havia experimentado uma bebida alcoólica, por isso se sentia um pouco flutuante e alheia. Então, alguém se juntou a ela. Ele não conhecia a escola, então uma das garotas populares deve ter explicado aonde ele devia ir. A irmã dele, provavelmente. Ele acendeu um cigarro, e a chama rapidamente fez seu rosto brilhar com o tom de âmbar. Ele era bonito. Embora ela tivesse visto fotos dele, o garoto parecia ainda melhor ao vivo. Ele tirou os sapatos e as meias com a mão livre e mergulhou os dedos dos pés na água. Ofereceu o cigarro a ela, e ela não queria dizer que nunca tinha fumado, então deu um pequeno trago, numa tentativa infantil de parecer sofisticada. É tão estranho pensar nele fumando agora, porque ele é totalmente contra; o tipo de pessoa que abana a fumaça com a mão se alguém acender um cigarro por perto.

Percebo que estou prendendo a respiração quando Nate levanta o olhar e me encara. Há uma percepção chocada na sua expressão.

Finalmente.

Minha voz continua. O olhar de Nate volta para a tela.

Eles conversaram um pouco e, embora ela estivesse nervosa, também sentia que talvez não fosse gorda e feia. Quando terminou o ci-

garro, ele o enfiou no chão, e a luz desapareceu. O garoto beijou a garota, ou talvez ambos tenham se beijado ao mesmo tempo. Foi o primeiro beijo dela. A garota pensou que isso proporcionaria uma reentrada instantânea na panelinha. As outras garotas compartilhavam histórias de festas nos fins de semana; os garotos que tinham beijado e muito mais. Mas aí ele a beijou com mais força e tudo evoluiu muito rapidamente. Ela não queria que ele parasse, porque era muito bom não se sentir sozinha. E chegou um ponto em que ela sentiu que não poderia dizer não, e não queria dizer não. Mas ela não sabia como desacelerar as coisas – nem tinha confiança para isso. Ela ainda estava usando o vestido, e isso parecia um pouco confuso – mesmo quando ele a ajudou a levantar o vestido e a mão dele subiu deslizando até a coxa direita e puxou suavemente a calcinha –, porque ela sempre achou que tinha que estar nua, por algum motivo. Ela o viu tirando a calça e depois ele deitou em cima dela. Não doeu muito. Mas também parecia errado, porque não foi nem um pouco romântico como parecia nos filmes e nos livros; em vez disso, parecia mais que os dois tinham aprendido "isso" na aula de biologia.

Nate para o filme.

– Que merda, Lily. Por que você não me disse? Isso é uma loucura.

Não respondo. Ele tem todas as respostas diante de si, e eu apliquei horas e horas de esforço para nos levar de volta para *lá*, para os meus sentimentos e pensamentos naquele momento. Aponto para a tela. Ele baixa o olhar e começa de novo. A tela brilha intensamente na escuridão. Estico as pernas. Minhas costas começam a doer, e apesar de serem minhas palavras – apesar de eu ter editado e editado esse vídeo

A namorada perfeita

—, a situação é desconfortável. A mistura de emoções é perturbadora, porque, de um lado, eu me lembro da esperança ingênua que senti e, do outro lado, há exatamente o oposto. E a próxima parte é dolorosa.

A garota deu seu coração para o garoto, ali e naquele momento. Era um acordo fechado. O destino dos dois estava selado. Ele era uma parte dela, e vice-versa. Ele não tinha mais cigarros. Perguntou se ela tinha. Ela não tinha, mas desejou desesperadamente ter. Ela ainda deseja – porque, se tivesse, ele teria ficado mais tempo. Eles teriam conversado, e tudo teria sido diferente. Eles teriam mantido contato, e aí ele perceberia que também a amava. Mas não foi isso que aconteceu, não é, Nate?

Inseri uma pausa deliberada para um "momento de discussão".

— E aí? – pergunto.

— Lily. Isso é uma merda séria. Okay. Eu entendi. Suas táticas de choque funcionaram. Você quer um pedido de desculpa adequado e vai ter. Sinto muito. Sinto muito, muito mesmo. Solta as algemas e eu prometo – você tem a minha palavra, eu juro – que podemos conversar e você pode me contar ou compartilhar qualquer coisa que quiser. – Ele parece estar quase chorando.

— Você ainda não entendeu. Não é apenas um mero pedido de desculpas. Quero que você *entenda*. Preciso que você perceba o que fez.

— Eu entendo. Entendo de verdade. Nós éramos jovens. Pensei... bem, na verdade, não sei o que pensei, mas eu claramente não estava pensando num futuro muito distante. –

Ele faz uma pausa. – Eu não planejei aquilo. Você sabe que simplesmente aconteceu. Você era bem atraente e...

– Eu era mesmo? Como você sabe? Estava escuro.

– Eu não sabia quem você era.

– E isso corrige tudo?

– Bem, não, mas pelo amor de Deus, você está interpretando demais uma coisa e a transformando em algo maior do que é.

– Maior do que é? – Estou surpresa com o tom calmo e gelado da minha voz, porque por dentro estou pronta para explodir. Aperto a beira da banheira com mais força. – Maior do que é?

Minha voz faz nós dois saltarmos.

Como eu disse, não foi isso que aconteceu, não é? Você fugiu. Você me deixou lá, sozinha, no escuro. Fui te procurar, mas você estava ocupado demais até mesmo para me reconhecer. Você me deixou lá e não deu a menor importância, porra. E isso doeu. Ainda dói. Porque você não se importa. Você acha que pode usar as pessoas e descartá-las quando quiser. Como se eu não fosse nada. Como se eu não significasse nada. Como se nós dois não significássemos nada. E você continua fazendo isso hoje. Mesmo depois de nos casarmos, você achou que poderia simplesmente correr até o seu amigo James para se livrar de mim. De novo.

Nate aperta "stop" e solta o tablet no chão.

– Não consigo mais ouvir isso. Por que você não disse nada quando estávamos juntos no ano passado?

Não quero admitir que eu tinha percebido que ele não tinha feito a conexão.

A namorada perfeita

— Eu achava que o assunto era, bem, não exatamente um tabu, só inadequado. Achei que seu silêncio significava que você estava envergonhado pelo seu comportamento e que compensaria isso sendo o melhor namorado, e depois marido, que poderia ser.

— Olha, Lily, eu *entendo*.

— Não, Nate, você não entende. Você não entende de jeito nenhum. Nem tudo gira ao seu redor, mas é hora de você aprender uma lição. Quando você entrou no hotel onde eu estava trabalhando no ano passado, quando voltamos a ficar juntos, era como se fosse para ser. Destino. Eu – não, nós – dissemos isso naquela época. Você não se lembra?

Ele balança a cabeça.

Eu *tinha* dito a Nate que o destino nos uniu, mas guardei o fato de ter dado ao destino um enorme empurrão na direção certa.

Não fazia sentido organizar nosso "reencontro casual" enquanto Nate estava ocupado e distraído, correndo atrás da carreira dos seus sonhos e estudando para conseguir sua licença de piloto. Eu o deixei em paz. Ele teve tempo para namorar mulheres inadequadas. Eu sabia que ele não ia namorar sério até ter quase trinta anos, no mínimo. Homens como Nate não fazem isso. Eles gostam de aproveitar a vida.

Ele deveria ter sido mais cauteloso com suas postagens nas mídias sociais. Enquanto ele ficava se gabando, todo feliz – compartilhando fotos de sua vida perfeita e nojenta –, estava me fornecendo todo tipo de informação vital.

Quando a tripulação de voo tem apenas um curto período em Londres, eles são colocados num hotel de aeroporto. Tudo que eu tinha a fazer era me candidatar ao emprego, esperar e me voluntariar para todos os turnos. As condições de trabalho eram uma porcaria, mas foi totalmente válido, porque, apesar de ter demorado oito meses, compensou.

Nossos mundos colidiram, e nós nos apaixonamos. É por isso que é tão irritante tudo ter dado errado, depois de eu ir tão longe. É como perder uma cobra comprida momentos antes de chegar no fim do jogo de cobrinha.

Eu pretendia fazê-lo me adorar.

Quando ele percebesse quem eu era, eu sabia que ele ia se arrepender das suas ações. Ele desfaria o erro. Explicaria que tudo tinha sido um equívoco, que algum evento inevitável o impedira de entrar em contato comigo. Foi por isso que eu disse a verdade sobre onde estudei, apesar do risco da Bella.

– Agora, querido – digo ao Nate com um sorriso. – Tudo que você precisa fazer é muito simples: assistir à gravação pelo menos três vezes.

Ele precisa entender completamente e assumir as consequências. E ouvir que eu mandei um e-mail que ele nunca respondeu. A pílula do dia seguinte. A preocupação de doenças sexualmente transmissíveis quando consegui ter coragem para ir a uma clínica nas férias de verão. Sozinha. E o quanto ele me magoou.

– Eu já entendi a essência. Mas, se eu concordar com as suas exigências, você vai me deixar em paz?

A namorada perfeita

– Talvez. Se você obedecer completamente. Mas, se fizer uma grande confusão ou insistir em fazer muito barulho, o processo todo vai demorar mais. A escolha é sua.

– Eu não quero um talvez. Olha, por favor, vamos resolver isso. Eu... Estamos no meio da madrugada.

Eu o ignoro, como ele fez tantas vezes comigo.

– Eu também gostaria que você olhasse as fotos de novo e analisasse cada uma com cuidado e devagar, para lembrar de como éramos felizes. Vou fazer perguntas para verificar se você olhou tudo com atenção.

– Eu falei que estou disposto a resolver tudo.

Dou um sorriso.

– Qual é a sensação, querido, de ser ignorado?

Ele fica quieto.

– Não é muito legal, não é? – digo.

Ele não responde.

– É?

– Não, não é legal – ele é obrigado a concordar. – Vou assistir, vou ver tudo, depois você pode me soltar, por favor.

Pego minha mochila e tiro dela o item final – uma foto emoldurada do nosso casamento – e a coloco no peitoril da janela. Jogo a mochila por sobre o ombro e me viro para sair. Quando estou na porta, pego as chaves da algema.

– Lembre-se, Nate. A escolha é sua. Você pode sair daqui mais cedo ou mais tarde.

Jogo as chaves para ele e fecho a porta ao sair, limpando as impressões digitais da maçaneta com um pano antibacteriano.

Dois minutos depois, ele está socando a porta. Parece um trovão. Prendo a respiração. Ele a chuta várias vezes antes de ficar quieto.

– Nate, se você continuar tentando derrubar a porta, as consequências serão muito piores. De agora em diante, para cada tentativa que você fizer, vou adicionar uma hora ao tempo que você vai passar aí dentro. E, depois que terminar o filme, tem uma página que eu marquei para você ler. É sobre as graves consequências de dormir com uma garota menor de idade. Especialmente quando o outro envolvido tem mais de dezoito anos. Você nunca vai passar na próxima análise de registro criminal se eu denunciar isso à polícia. Então, a menos que você já tenha ideias para uma carreira alternativa, uma em que ninguém se preocupe se a pessoa está no Registro de Agressores Sexuais, sugiro que fique quieto e continue fazendo a coisa muito simples que eu pedi.

Silêncio. Isso o calou.

Espero que, após sua abordagem inicial medíocre, ele arregace as mangas e leve as coisas um pouco mais a sério. Eu me ajeito no sofá com uma almofada servindo de travesseiro e me preparo para um cochilo. Embora eu durma e acorde, meus sonhos são perturbadores e ficam me empurrando para a plena consciência. Quando a luz se infiltra na sala, eu me levanto porque minhas costas começaram a doer. Faço um café para mim. Eu beberico, permitindo que o calor se espalhe pelos meus dedos e o vapor que sobe toque de leve no meu rosto. Bocejo. Fico do lado de fora da porta do Nate e escuto.

Silêncio abençoado.

A namorada perfeita

Devo voar para Roma e voltar hoje como tripulante extra, verificando se os padrões de segurança recentes estão sendo adotados nas áreas da cozinha. Eu ia ligar e dizer que estou doente, mas, pensando bem, é melhor eu ir. Estarei de volta hoje à tarde, e isso vai dar tempo suficiente para Nate pensar. É muito chato ser carcereira, não se tem muita coisa a fazer.

Bato na porta.

– Como está indo? – grito.

– Quase pronto – grita ele em resposta.

– Mentiroso! O filme tem quase duas horas de duração. Lembre-se: você tem que assistir três vezes. Caso contrário, é o seu tempo que está sendo desperdiçado, porque você não vai passar no teste.

Ele murmura alguma coisa indecifrável.

Decido não falar da minha saída; não faz sentido deixá-lo preocupado. Limpo minhas impressões digitais da maçaneta mais uma vez, como uma precaução extra, e deixo seu celular – desligado – na mesa de centro na sala de estar.

Volto para casa, me sentindo surpreendentemente acordada. A neve não foi muito pesada; só restam canteiros brancos pequenos e espalhados. Coloco meu uniforme, rasgando a primeira meia-calça que visto, e tenho que tirar outra do pacote. Devo gastar uma fortuna em meias-calças. Prendo minha identificação na jaqueta sob o crachá e guardo meus sapatos de salto baixo na mala de rodinhas.

Antes de sair de carro, olho para cima, para a casa do Nate. Não existe nenhum sinal externo de que alguma coisa desagradável esteja acontecendo lá dentro.

CAPÍTULO 27

No trabalho, no escritório da embaixadora de segurança, finjo preparar tudo de que preciso para passar o dia enquanto verifico discretamente a escalação da Amy, por curiosidade. Ela está em terra por causa da gravidez! Verifico duas vezes, mas não há erro. Ela conseguiu um cargo no departamento de viagens da tripulação. Confiro sua página no Facebook. Nada. Ela deve estar nos estágios iniciais.

Restam vinte minutos antes de eu ter que ir para a área restrita do aeroporto, então pego o elevador até o departamento de viagens da tripulação. Amy está atrás de um balcão, digitando numa tela. Quando eu entro, ela levanta o olhar, com um sorriso pronto no rosto, que rapidamente desaba quando apareço na sua linha de visão.

– Oi – digo. – Há quanto tempo. O que você está fazendo aqui?

Na mão esquerda, ela usa uma aliança de noivado fina de ouro com um único diamante. Ela me vê olhando.

– Parabéns. Rupert, imagino?

Ela fica vermelha.

– Isso.

– Quando é o dia feliz?

– Ah, ainda não temos uma data.

– Eu quis dizer a data do parto. Imagino que seja por isso que você não está voando.

A namorada perfeita

Ela se mexe de um jeito desconfortável na cadeira.

– Estou no início. Ainda não contamos para muitas pessoas. Como você está?

– Ótima. Vou para Roma e estou de volta ao meu cargo de embaixadora de segurança.

– Divirta-se! – diz ela, olhando por cima do meu ombro para alguém atrás de mim, claramente agradecida por ter uma desculpa para me despachar.

Conforme ando pelo terminal, observo as pessoas à minha volta. Famílias, turistas, até mesmo empresários parecem estar satisfeitos com a própria vida. Os anúncios de néon piscam no alto, cada imagem representando pessoas sorridentes, felizes e bem-sucedidas. Meu estômago parece dar um nó e estar vazio. Eu realmente espero que o vídeo esteja mexendo com o coração do Nate; não consigo suportar me sentir uma estranha por muito mais tempo.

O voo para Roma está atrasado vinte minutos por causa de ventos fortes. Tenho um momento de pânico quando penso em Nate, abandonado e sozinho, mas, quando decolamos, fecho os olhos e o imagino ficando calmo em relação a mim enquanto absorve as minhas palavras.

Quando nivelamos acima das nuvens, solto o cinto de segurança. Não quero ter o trabalho de observar a tripulação para garantir que eles não se torçam nem se abaixem enquanto realizam o serviço curto. Vou inventar o relatório. Mas, apesar disso, fico parada com o meu tablet de trabalho, agindo de maneira oficiosa enquanto tento parecer eficiente e importante.

Durante o período de reabastecimento do avião, desembarco e ando pelo Aeroporto de Fiumicino. Compro presentes para os meus homens: as versões masculinas do meu perfume favorito. Ao passar por uma loja masculina de grife, não resisto e compro gravatas verde-claras iguais para Nate e Miles, decoradas com zigue-zagues prateados. Olho para o monitor de partidas. *Embarque no Portão 10* pisca, alternando entre inglês e italiano. Eu me apresso, minha maleta batendo na coxa enquanto ando rápido na direção da passarela até o avião.

O embarque de passageiros começou. Várias pessoas olham para as minhas compras na duty-free, franzindo a testa em desaprovação – como se eu devesse ser proibida de ter essa vantagem se chegar atrasada. Abro caminho pela agitação perto da porta. Um pai luta com um carrinho de bebê dobrável enquanto a mãe dá instruções, com uma bebê se retorcendo nos braços. Uma mulher vestida com elegância e falando no celular dá contribuições de última hora para o seu dia de trabalho. Outros ficam pacientemente parados, como se aceitassem o caos como parte da experiência de viagem, segurando os cartões de embarque impressos ou os celulares para mostrar.

Estamos atrasados antes da decolagem devido ao mau tempo em Londres. Tento não olhar para o relógio com muita frequência. Mas, até agora, Nate ficou sozinho em casa durante sete horas e meia. Eu me obrigo a ter pensamentos positivos, porque, se permitir que minha mente vagueie, pensamentos pavorosos sobre o que poderia dar errado co-

A namorada perfeita

meçam a me dar enjoo. Meus mantras também não estão ajudando a distrair a minha mente. Eles me negam o conforto. As únicas frases que se formam são *"Na saúde e na doença"* e *"Até a morte nos separe"*. Essas palavras evocam imagens de Nate, sozinho e frágil no próprio banheiro. Ou caindo enquanto tenta escapar por um encanamento convenientemente localizado, encontrando seu fim no jardim abaixo, me tornando uma viúva muito jovem.

A tripulação de voo faz outro anúncio.

Senhoras e senhores, temos boas notícias. Recebemos a confirmação de que devemos estar a caminho em pouco menos de quinze minutos. Mais uma vez, pedimos desculpas pelo atraso.

Graças a Deus. Inspira. Expira.

No entanto, não é o último pedido de desculpa. Duas horas após o início do voo, eles têm mais notícias ruins.

Aqui é o capitão, Rob Jones, falando outra vez. Os ventos foram mais fortes do que previsto em Heathrow, o que causou novos atrasos. As aeronaves agora estão pousando, mas há uma lista de espera e, portanto, vamos desviar para Stansted. Pedimos desculpas pela inconveniência. Tenho certeza de que a equipe de solo está trabalhando muito para conseguir um transporte e remarcar as conexões futuras...

Suas palavras desaparecem aos poucos. *Droga!* Espero que o suprimento de comida de Nate dure; ele já está sozinho há dez horas. Quando eu voltar de Stansted – supondo que haja algum tipo de transporte para a tripulação, porque os transportes públicos estarão sobrecarregados –, serão mais ou menos dez da noite.

– Com licença? – Uma mulher com um bebê pendurado no quadril esquerdo se aproxima de mim. – Temos um voo para Dubai duas horas depois de pousar e nós *temos* que conseguir pegá-lo.

– O pessoal de solo tem todas as informações sobre transferências e vai remarcar sua passagem para o próximo voo disponível, então tente não se preocupar – digo. – Isso acontece muito, e eles são muito eficientes. – Não faço ideia se o pessoal de solo é eficiente ou não, mas tenho certeza que deve ser.

Mas outros passageiros não são tão fáceis de acalmar. Um homem, em particular, fica parado na cozinha, perto demais de mim. Dá para sentir o cheiro de cerveja no seu hálito enquanto ele tagarela sobre cancelar o cartão de fidelidade, sobre nunca chegar a lugar nenhum na hora certa e sobre perder a refeição de aniversário da filha. Falo as frases feitas de sempre, mas ele simplesmente não vai embora.

– E aí? – Ele finalmente para. – O que você vai fazer em relação a isso? – Boa pergunta. O que eu vou fazer?

– Você gostaria de um lanche? – digo. Ofereço uma cesta cheia de doces.

Ele me olha com desprezo, seu rosto se contorcendo de feiura.

– Me desculpa, meu amor, mas eu deixei de ficar animado com pacotes de balas quando tinha seis anos.

Coloco a cesta de volta na lateral.

– Uma bebida, então?

Sem responder, ele passa por mim e abre a porta do bar, como se tivesse todo o direito de fazer isso, e começa a mexer no conteúdo. É uma implicância minha as pessoas acharem

A namorada perfeita

que podem se servir do que quiserem na cozinha. É extraordinário o número de vezes que deixei minha refeição ou um sanduíche de lado para lidar com um problema ou outro e, ao voltar, encontrei alguém se deleitando com a minha comida. A pressão – o estresse do dia – de repente me inunda, e esse homem, esse homem terrível, de cara vermelha e que gosta de gritar, é uma gota d'água nos desafios. Estendo a mão acima dele, puxo uma lata de metal com toda a força e deixo cair na sua cabeça.

Ele grita e cai no chão da cozinha, com a mão direita no topo da cabeça. Ele me encara, aparentemente aturdido demais para começar outro discurso. Ele tem sorte porque escolhi um recipiente com guardanapos e copos de plástico; fiquei muito tentada a escolher o que estava cheio de bebidas enlatadas.

– Me desculpa – digo, tentando parecer sincera.

Pego um pano de prato, coloco uma pilha de gelo no meio, enrolo e dou a ele. Ele o segura obedientemente na cabeça. Quero ele fora da minha cozinha e fora da minha visão antes que eu ceda à vontade de chutá-lo.

A supervisora entra e analisa a cena.

– O senhor está bem? – diz ela.

– Não – responde ele, e começa um novo discurso.

Eu me afasto. Por quê, caralho, por que as pessoas não podem cuidar da própria vida? A interferência desnecessária dela significa que agora vou ter que preencher um relatório de incidente, além de todo o resto.

Não tenho certeza de quanto mais eu aguento.

• • •

No topo da descida, verificamos a segurança da cabine e ocupamos nossos assentos cedo, porque os pilotos preveem uma turbulência. Eles não estão errados. O avião balança e oscila enquanto os motores se esforçam com um gemido agudo. Lá fora está preto. Sempre há silêncio quando os passageiros estão assustados, e isso piora o efeito assustador geral.

Batemos com força na pista, e o rugido acolhedor do avião perdendo velocidade é um dos melhores sons que ouvi o dia todo. Eu me sinto como se tivesse ficado fora por uma semana.

O desembarque leva uma hora, porque o aeroporto está aceitando outros voos desviados, então temos que esperar escadas e ônibus. Toda a tripulação tem direito a voltar de táxi para Heathrow, mas a fila – claro – é longa. E, depois da espera gelada, ainda somos atrapalhados pelos membros sem consideração que levaram uma mala pequena ou uma bolsa enorme numa simples viagem de um dia.

Como resultado, os dois primeiros táxis saem com apenas dois tripulantes em cada um.

Conforme nos afastamos, deixando as luzes brilhantes do aeroporto para trás, uma sensação de pânico iminente me invade. Nate foi deixado sem vigilância por um total de treze horas.

Num surto de loucura, digito o número do seu celular – apesar de estar desligado e em cima da mesa de centro.

Não foi uma boa jogada, porque recebo um dos maiores choques da minha vida. O telefone toca.

A namorada perfeita

• • •

Assim que o táxi me deixa no estacionamento de tripulantes de Heathrow, eu praticamente corro até o meu carro. Quando atravesso as barreiras do estacionamento, com a chuva batendo no para-brisa apesar dos limpadores em velocidade dupla, sinto dificuldade para me concentrar. Não quero voltar para a casa do Nate – nem para a minha – porque suspeito que a polícia vai estar me esperando. Mas não tenho escolha. Na verdade, não.

O melhor que posso fazer no caso de um pior cenário é desfazer as mentiras e difamações do Nate. Nosso passado vai provar que, não importa o que tenha acontecido, foi apenas uma discussão doméstica bizarra.

Pego uma rua lateral antes de chegar a Richmond e tento o celular do Nate de novo. Depois de tocar mais cedo, a ligação caiu na secretária eletrônica. Desta vez, o celular não toca, e a voz de Nate surge imediatamente.

Oi, aqui é o Nate. Deixe uma mensagem.

Desligo. Talvez eu tenha imaginado que tocou mais cedo. Tento acessar as informações do Nate pelo aplicativo de espionagem, mas não consigo fazer login. Está congelado. Um arrepio percorre o meu corpo enquanto imagino o aplicativo sendo descoberto, além de tudo que fiz. Eu me obrigo a respirar fundo enquanto penso nas coisas com clareza e foco. Apago o histórico no meu tablet que contém o vídeo me mostrando como mexer na fechadura da porta. Tento me convencer de que nada de ruim aconteceu. Imagino Nate, calmo e tímido, pateticamente grato por me ver.

Estaciono longe da minha casa, na parte mais distante da rua, e desligo o motor. Procuro carros de polícia na área, mas não há nenhum visível, a menos que haja uma frota de carros à paisana. Levo minha bolsa até o ombro e reorganizo as sacolas da duty-free para que os presentes sejam divididos de forma justa. As coisas do Miles podem ficar no carro por enquanto.

A chuva parou. Enquanto atravesso o Green, meus saltos afundam ligeiramente no chão a cada dois passos. Não quero olhar para cima, para a casa do Nate, mas tenho que fazer isso. Minha frequência cardíaca acelera quando vejo a luz da cozinha acesa.

Será que eu deixei acesa? Tenho certeza que não.

O quarto do Nate está no escuro. Isso é bom? Ruim?

Merda. Eu queria ter ficado e não ter ido nessa viagem idiota.

Entro no prédio; as portas se fecham batendo atrás de mim. Fico parada. Eu poderia ir para casa, tomar banho e me esconder embaixo do edredom, e lidar com tudo isso amanhã de manhã. Talvez fizesse bem ao Nate ter um pouco mais de tempo isolado. Mas aí eu o imagino, sozinho, e o meu anseio por ele supera os meus medos. Tiro os sapatos e subo até o andar de cima com meias nos pés.

Em frente à porta dele, faço uma pausa e escuto.

Silêncio.

Deslizo a chave na fechadura e abro a porta devagar. A luz da cozinha ilumina um pouco a escuridão, mas não o suficiente. Deixo minhas malas no chão em silêncio e fecho

A namorada perfeita

a porta depois de entrar. Rainbow está parado. O celular do Nate está desligado, no lugar onde o deixei na mesa de centro. O silêncio está me apavorando. Vou em direção ao quarto do Nate. A porta está fechada. Mais uma vez, do jeito que deixei. Não há sinais de que ele tenha fugido, mas estou ansiosa. E gelada; percebo que estou tremendo. Hesitante, abro a porta. Tudo escuro.

Acendo a luz e congelo de pavor.

CAPÍTULO 28

A porta do banheiro está destruída. Um buraco irregular e despedaçado se formou num dos lados. Mas não parece grande o suficiente para um homem se espremer por ele sem sofrer ferimentos graves.

Conforme a minha mente processa o significado disso, meu braço direito é agarrado, puxado para as minhas costas, e sou empurrada para o chão. Grito até alguém apertar a mão na minha boca. Sinto o cheiro do Nate. Em seguida, sou arrastada pelo pulso e fico temporariamente sem ar enquanto sou pressionada para baixo contra a cama. Tento me levantar, mas ele me empurra pelos ombros.

— É a *sua* vez de ouvir, agora — diz ele.

Eu me levanto para correr até a porta, mas ele me empurra de novo.

Parece perturbado.

Olho ao redor. No chão, meus pertences estão formando uma pilha bem organizada. A foto do casamento, minha revista, as algemas, meu vestido, tudo. É insultante, como se ele quisesse se livrar de todos os vestígios de mim. Eu o encaro.

Ele olha para trás, percebendo o meu uniforme.

— Você foi trabalhar? Sua cadela! Qualquer coisa podia ter acontecido. Se houvesse um incêndio, eu poderia ter morrido. Quando você não tentou me impedir de derrubar a porta, achei que você tinha voltado para a sua casa por um tempo. Nunca pensei...

— Qual é a probabilidade de um incêndio? Sério? Você mora aqui há quanto tempo — três, quatro anos? —, então imagino que seja seguro supor que os seus vizinhos são bem responsáveis. De qualquer forma, comprei uma gravata e uma loção pós-barba para você. Estão numa sacola ao lado da porta da frente. Eu poderia buscar, mas não estou com vontade de ser atacada outra vez. — Esfrego meu pulso dolorido.

— Você precisa de uma ajuda mais séria do que imagino, se acha que isso de alguma forma compensa o fato de ter me encarcerado.

Cruzo os braços.

Nate continua o que parece um discurso ensaiado.

— Entendo agora o que você quis dizer sobre eu ser seu primeiro amor. Que foi sua primeira vez, e eu fui meio babaca. Eu era jovem, arrogante, involuntariamente cruel e imprudente, e sinto muito. — Ele senta ao meu lado e pega a minha mão.

Uma leve sensação de esperança começa a se formar na minha mente. Eu o encaro. Será que a minha ideia funcionou? Agora percebo a falha no meu plano: eu nunca vou saber. Nunca vou conseguir confiar nele de verdade. Estou exausta pela falta de sono e pelo estresse do dia, e agora tenho essa incerteza para encarar.

— Tive muito tempo para pensar hoje. Deve ter sido terrível para você, depois do seu irmão. Mas acho que você se ligou a mim numa fantasia romântica e...

Eu o interrompo.

– Como foi que você saiu?

Ele me olha como se estivesse chocado por eu não estar fascinada com seu discurso de simpatia.

– Tive *o dia todo* para esmagar isso.

– Com o quê? Eu tirei tudo que poderia ser usado como ferramenta.

– Bem, talvez você não seja tão inteligente quanto pensa.

– Me fala, porque estou ficando com raiva!

– Os painéis do meio da porta são mais finos do que a parte principal. Concentrei a minha força num deles e, depois, tudo o que eu tive que fazer foi colocar a mão no buraco e virar a maçaneta. – Ele levanta a mão direita; está muito arranhada.

Não sei mais o que dizer; minha frequência cardíaca está voltando lentamente ao normal. Mas não consigo entender muito bem a situação nem aonde tudo isso vai chegar.

– Então, o que vai acontecer é o seguinte – continua Nate. – Vamos continuar a dissolver esse casamento o mais rápido possível. Você não vai fazer mais nenhuma gracinha – e, com isso, também quero dizer ficar longe de mim, da minha família, da minha casa – e, no trabalho, vou fazer um "Pedido de Distância" para efeitos de escalação. Também acho que você precisa procurar ajuda – ajuda profissional – para passar por isso. Estou preparado para te ajudar a encontrar alguém que seja bem recomendado, se você quiser. Se concordar com todas essas coisas, não vou à polícia. Se você me vir na rua, atravesse para o outro lado. Mas, se você quebrar alguma dessas condições, vou pedir um mandado de proteção contra você.

— Você não está se esquecendo de que eu também posso te denunciar por fazer sexo com uma garota menor de idade? Na hora que eu quiser. Você pegaria uma pena de dois anos e diria adeus ao emprego dos seus sonhos.

Ele olha para mim, mas não consigo descobrir o que está pensando ou sentindo. Tenho uma pequena sensação de desconforto, mas preciso me proteger. Agora que tudo foi revelado, quase parece que temos a oportunidade de nos reconectar sendo honestos.

— Parece que nós dois temos queixas. Se concordarmos em discordar e nos mantivermos afastados um do outro, podemos evitar um espetáculo. Não vamos ganhar nada se tentarmos arrastar um ao outro para baixo, quando o resultado vai ser sempre o mesmo: que eu não sou o homem para você. Tive muito tempo para pensar nisso e entendi tudo. Eu sabia que você seria obrigada a voltar em algum momento, e aí poderíamos discutir isso de maneira civilizada e chegar a um entendimento mútuo, especialmente depois que você ligou para o meu telefone.

Não digo nada.

— Lily. Me deixa em paz. Não quero que isso pareça paternalista, de verdade, mas é a melhor coisa que você pode fazer por si mesma. Sei que pode não parecer agora, mas, se alguma vez eu signifiquei alguma coisa para você — e você diz que sim —, tenta acreditar em mim. Por mais difícil que seja.

– Estou tentando, Nate, estou tentando de verdade, mas não consigo ver qual é a vantagem para mim. Somos casados. Quem vai acreditar na sua versão? Sinceramente? Não sou uma trepada de uma noite querendo mais. Eu já tenho mais.

Ele sai tempestuosamente do quarto e volta com o telefone na orelha.

– Não finge que está ligando para a polícia – digo.

– Não estou – solta ele, mas o leve tremor na sua voz entrega que ele está com mais medo de tudo que eu posso dizer para prejudicá-lo do que quer admitir. – Vou pedir para o James vir aqui para testemunhar o que você fez.

Ah, meu Deus, James de novo não. Não consigo suportar a ideia dele me julgando antes de mais um sermão duplo.

Pego meu celular.

– Ótimo. Vou te denunciar à polícia por um crime passado.

Nate é rápido. Ele arranca o telefone da minha mão, o desliga e o joga na minha bolsa.

– Sai! – diz ele. – Simplesmente sai daqui agora, antes que eu surte de verdade. Já chega. Você devia me agradecer por não mandar te prender ou te internar à força. Estou te dando uma chance. Uma chance que você não merece, e a qualquer momento vou mudar de ideia!

A exaustão me inunda. Não sei como explicar melhor que eu sempre vou dar a ele tudo que tenho. Ele nunca vai se arrepender por me escolher; vou dedicar minha vida a fazê-lo feliz. Eu me sinto atormentada, como se tivesse decepcionado a nós dois. Mas as palavras na minha cabeça secaram. Eu me levanto, junto meus pertences, atordoada, e os coloco na mochila. Penso em alguma coisa para resolver isso. Ele não pode ignorar razoavelmente o nosso passado se eu persistir.

– Minhas chaves, por favor. – Nate estende a mão direita, com a palma para cima.

Eu as entrego. Não importa; tenho outro jogo.

Ele abre a porta da frente e fica parado como um guarda de segurança, me observando.

– Você *entende*, Lily? Que temos um acordo que beneficia a nós dois?

– Sim, eu *entendo*. Adeus, Nate.

– Adeus.

Enquanto espero o elevador, ele diz alguma coisa que parece "Não volta", antes de fechar a porta.

Chuto o lado do elevador.

A primeira coisa que faço pela manhã é mandar uma mensagem de texto para Miles e informar que estou livre para o almoço, mas sua resposta é seca, me informando que está ocupado trabalhando em casa. Espiono Bella, mas não há nada que revele o que ela vai fazer hoje.

Sei o endereço deles, então dirijo até lá. Há apenas um carro na entrada – pertence ao Miles –, mas isso não significa que o da Bella não esteja na garagem. Ligo para Miles. Ele atende no primeiro sinal, com um alô abrupto.

– Já expliquei que estou atolado de trabalho.

— Bella está em casa?
— Não.
— Que bom. Abre a porta. Estou do lado de fora.
Ele não tem escolha.

Entro num saguão sombrio. Não é nem um pouco parecido com o que imaginei que seria a casa de Bella. A escada tem corrimãos curvos de madeira escura à direita, e a parede lateral tem um painel de madeira combinando. O carpete é cor de vinho, aumentando o efeito sombrio geral. Bem na minha frente há uma mesa redonda com um vaso cor de azeitona em cima, cheio de rosas vermelhas. As imagens na parede são emolduradas em dourado e retratam violência: cenas de batalha, caçadas, sangue e desgraça.

Entrego a sacola da duty-free para Miles.

— Você viajou de novo a trabalho? Obrigado, mas não posso aceitar isso. Juliette, isso não é certo. Não é certo de jeito nenhum. Você *não pode* aparecer na minha casa sem avisar. Não foi isso que combinamos.

Ele me devolve a sacola. Eu a empurro para dentro da minha bolsa. Por enquanto.

— Eu sei disso, mas precisamos conversar. Vou tomar um café rápido e depois te deixo em paz.

— Bella só deve voltar depois do almoço, mas pode chegar mais cedo.

— Mande uma mensagem para ela. Pergunte como está o seu dia; isso vai acalmar a sua mente.

Sigo em frente, ao longo de um corredor que se abre para uma cozinha. Miles me segue, ignorando minha sugestão. Este espaço é muito mais parecido com o modo como imaginei a casa dela. É contemporâneo e leve. O aço inoxidável brilha, e as superfícies estão vazias; muito minimalista. Uma tigela de frutas de metal está repleta de bananas, laranjas e kiwis. Há uma cafeteira de grife sob as telas montadas na parede com citações motivacionais. Estou surpresa; sempre achei que Bella tivesse autoconfiança suficiente sem o auxílio de afirmações positivas.

Acredite que há bondade no mundo.
Reconheça o seu talento.
Faça aquilo que nunca pensou que conseguiria.

Coloco minha bolsa no chão, depois passo o dedo ao longo da superfície enquanto Miles mexe em canecas e cápsulas de café. Coloco a mão numa pasta de plástico decorada com margaridas, sob uma pequena pilha de correspondência. Afasto a correspondência, pego a pasta e tiro o conteúdo. No interior, há um e-mail impresso da mãe dela descrevendo os detalhes da viagem familiar anual a Whistler em fevereiro. Eles vão se hospedar no chalé de férias da tia, como sempre.

Não é a única coisa: tem também a prova impressa de um convite de casamento enviada por uma gráfica local. Miles e Bella anteciparam o casamento para meados de janeiro, durante a preparação para Nate e eu ficarmos solteiros. Miles olha para trás e franze a testa quando percebe o que estou lendo. Continuo mesmo assim. Eles desistiram do casarão italiano e escolheram um hotel cinco estrelas local. Vasculho a lista de convites; há centenas de convidados.

— Juliette! Isso é particular!

Ele avança e pega a pasta da minha mão, guardando de novo o conteúdo, e volta sua atenção para a cafeteira.

— Bella está grávida?

— Não. E não seria da sua conta, se ela estivesse.

— Por que vocês anteciparam o casamento, então? — Olho nos olhos dele.

Ele fica vermelho.

Sento num banquinho de bar. É duro e desconfortável. Miles senta em frente, deslizando meu café lentamente por sobre a superfície de granito.

— Nós, eu achei melhor nos casarmos logo. Ver você naquela noite, perceber que você a conhecia, isso me deixou em choque. Eu me comportei mal e não quero perdê-la.

— E quanto a mim?

— Nós *concordamos*. Concordamos desde o início que nunca ameaçaríamos os nossos relacionamentos.

— Sim, mas não entendo por que devemos terminar só porque você decidiu.

— Você *conhece* a Bella.

— *Conhecia*.

— Ela me contou que, na escola, nem sempre era muito legal, mas que você a assustou.

Dou uma risada.

— Eu? Assustei? Você conhece a melhor parte da minha época de escola? — Miles balança a cabeça enquanto continuo. — A parte suportável era que, uma vez por semana, eu podia sair da escola por uma hora ou duas. Eu me inscrevi para o Prêmio Duke of Edinburgh. Era o único grupo do qual ela nunca participou. Durante duas horas por semana, eu ficava livre enquanto caminhava por campos lamacentos em todos os climas possíveis.

– Bem, tenho certeza que ela não era tão má quanto você está fazendo parecer. Na minha escola acontecia todo tipo de coisa.

– É você que está dizendo. – Deixo a xícara de café de lado. Isso não está funcionando como eu esperava. Eu me levanto. – Posso usar o banheiro, por favor?

Ele aponta para o corredor.

– À direita.

Pego minha bolsa e saio. Abro e fecho a porta do banheiro, depois tiro os sapatos e subo correndo para o andar de cima. Todas as portas estão abertas, e o segundo quarto que vejo é claramente o quarto principal. Deito na cama e pego rapidamente o celular no bolso. Faço uma selfie. Sento e vasculho o quarto. A mesa de cabeceira de Bella está lotada: livros, esmaltes de unha, algodão e três tipos diferentes de cremes caros para o rosto. Pego um de seus batons, deixo a loção pós-barba de Miles entre os perfumes dela e uma das suas gravatas jogadas sobre uma cadeira. Tiro várias outras fotos do quarto e mais uma selfie sentada diante da penteadeira dela. Quero capturar imagens do seu mundo.

Disparo de volta para o andar de baixo e entro na cozinha, bem quando Miles está saindo, como se estivesse prestes a ir me procurar. Nós quase colidimos. Eu me estico para beijá-lo.

Ele dá um passo para trás.

– Não podemos fazer mais isso. Sinto muito, mas acabou, Juliette. Você é uma mulher maravilhosa, e seu noivo é um homem de muita sorte, mas não posso mais me arriscar, por mais triste que seja. Na verdade, ainda bem que não temos uma relação profissional também. Isso vai fazer com que o afastamento seja muito mais simples.

– Meu noivo e eu nos separamos.

– Ah. Ah, entendo. Sinto muito por ouvir isso.

Estou na frente dele, com os braços nas laterais, e não falo nada. A conclusão de que não vou ser descartada com tanta facilidade parece surgir na sua expressão. Ele parece ter medo de mim, e isso reafirma minha percepção de estar em grande vantagem. Vou usar meu poder totalmente a meu favor. Só não sei muito bem como, ainda. Passo por ele e fico parada em frente a uma janela, olhando para o jardim. É o tipo que corretores imobiliários descreveriam como um jardim maduro e bem estabelecido com freixos e faias enfileirados na fronteira distante e canteiros de flores bem planejados. Daqui a alguns anos, aposto que Bella imagina enchê-lo com balanços, um escorrega e uma estrutura de escalada.

– Você tem uma linda casa – digo.

– Obrigado.

Embora exista silêncio, quase posso ouvir seus pensamentos: ele quer que eu saia, que eu não estrague as coisas para ele.

– Vou te deixar em paz – digo, sem olhar para ele.

– Obrigado – diz ele, sem tentar disfarçar o alívio na voz.

— Mas — viro para trás —, se um dia eu entrar em contato com você, por qualquer motivo, por favor, não me ignore.

— Não vejo por que não podemos simplesmente ser adultos em relação a tudo isso e concordar com uma despedida civilizada com boas lembranças...

Interrompo seu discurso, porque, graças ao Nate, já conheço o roteiro. Em seguida, ele vai estar tagarelando que eu tenho que ser *razoável*.

— Adeus, Miles. Por enquanto — acrescento, só para deixá-lo tenso.

Viro, pego a bolsa e sigo em direção à porta da frente.

Estou muito agitada para fazer qualquer coisa útil, então estaciono diante do mar e caminho pela calçada.

Os sentimentos que enterrei desde a noite passada — a raiva, a fúria, a humilhação — me queimam. Não apenas Nate decidiu, mais uma vez, me tratar como quiser, mas agora Miles se virou contra mim.

O vento sopra, e as ondas rugem. A escuridão do mar acena, e eu luto contra o desejo de entrar e me afundar sob a superfície para afogar a dor. Mas odeio o pensamento de meu corpo ser jogado na praia com todas as outras porcarias. Seria muita exposição.

Em vez disso, ando mais rápido, desejando silenciosamente que uma pessoa raivosa tente me assaltar ou me atacar para que eu possa lutar contra o vômito vulcânico que revira dentro de mim.

Respiro fundo o ar marinho. Preciso canalizar minha raiva de maneira construtiva.

Ligo para o hotel onde Bella e Miles vão realizar a recepção de casamento e pergunto sobre empregos de garçonete para grandes eventos. Eles me dão o nome de uma agência externa local, eu os localizo e me inscrevo para o trabalho.

De volta ao meu apartamento, olho as fotos do quarto de Bella e estudo todos os seus pertences. Anoto as marcas dos inúmeros potes de perfumes e cremes.

Verifico Nate. Ele está fora, visitando um velho amigo da universidade em Leeds. Uma nova onda de raiva me atinge frente à ideia de ele estar passeando, curtindo a vida sem uma preocupação no mundo.

Não posso mais ficar sentada aqui e não fazer nada.

Ando de um lado para o outro na cozinha.

Corro pelo Green e entro pela porta do prédio. Enquanto subo a escada, pego uma lata de formicida na bolsa – li que é prejudicial para peixes – e a coloco no chão enquanto enfio a chave na fechadura.

Fica presa. Não funciona.

Acesso negado.

Giro a chave para a esquerda e para a direita e continuo tentando, muito tempo depois de perceber que Nate realmente está decidido a me deixar de fora em todas as áreas da sua vida.

CAPÍTULO 29

Quatro dias antes do Natal, recebo uma carta com redação muito formal do escritório de James Harrington. Os procedimentos de anulação estão em andamento. Nate e eu – agora conhecidos como "o autor" e "a ré" – em breve não estaremos mais juntos.

Sento na minha cama durante horas olhando para as palavras judiciais, fazendo com que tudo pareça tão direto e simples, como se não houvesse nenhuma emoção envolvida no processo. Depois de memorizar todas as palavras dolorosas, vou até a cozinha, pego um isqueiro e, em cima da pia, coloco fogo nas palavras. Pontas queimadas flutuam, caem e pousam, cachos pretos sobre a cerâmica branca.

Ao longe, ouço pessoas cantando "Noite feliz".

Babs me acompanha na minha viagem de Natal a San Francisco no meu bilhete gratuito para família e amigos. Levá-la para passear é uma distração bem-vinda: Alcatraz, a ponte Golden Gate, um passeio de bonde, Fisherman's Wharf; abraçamos todo o pacote turístico.

Nosso almoço de Natal não é tradicional, já que nos reunimos num restaurante de frutos do mar com outros vinte desconhecidos – minha equipe e seus "agregados". Namorados, mães, amigos. Como mexilhões ao molho de vinho branco e tiro lâminas de uma casca de caranguejo. O restaurante faz o possível – tem biscoitos e música de Natal –, mas toda essa tentativa de *animação*, toda essa *diversão* está me matando por dentro.

Quando Babs está dormindo no meu quarto, de um lado da minha enorme cama king-size, eu me torturo lendo todas as mensagens alegres de Nate, de um lado para o outro, como bolas de tênis atravessando o mundo. Ele está em casa, com sua família maravilhosa e amorosa.

Uma mulher – Tara – manda uma mensagem para desejar "um Natal maravilhoso". Ela está ansiosa para vê-lo em breve. Ele também, na resposta a ela.

Bella, Nate, Miles: posso imaginar todos eles sentados ao redor da mesa, cortando o peru, tomando vinho quente, abrindo presentes caros. Felizes, com a vida que acreditam que merecem.

Ligo a TV e escolho um filme, uma comédia romântica, só para me sentir pior.

No setor de retorno, não tenho paciência – nenhuma. Durante o embarque, uma mulher de trinta e poucos anos, que me diz três vezes que é diretora administrativa de uma grande empresa da qual nunca ouvi falar, se recusa a guardar a bolsa para a decolagem.

– Você não pode fazer isso?

Meu maxilar fica tenso.

– Sinto muito, mas não podemos levantar bagagem. E, se você não guardá-la, volto daqui a alguns minutos para colocá-la no porão.

A namorada perfeita

No meio do voo, meu supervisor me diz que a mulher reclamou da minha atitude. Tento parecer arrependida. Estou cansada demais para fazer uma pausa. Em vez disso, sento na cozinha e escuto uma colega, Natalie, que está cheia de conversas sobre a reforma da cozinha da casa dela no próximo mês. Ela trabalha em meio período e não deve voltar ao trabalho até fevereiro.

– Os instaladores disseram que vão manter o caos no nível mínimo.

Algumas pessoas acreditam em qualquer coisa. Na verdade, não me importo com Natalie, e se ela morasse um pouco mais perto de mim – ela mora em Glasgow, que é muito longe para visitas regulares –, eu faria amizade com ela. Já percebi que não me faz bem ficar sozinha demais.

Depois de pousar, quando termino de falar no alto-falante dos passageiros dando a todos boas-vindas a Heathrow, sinto uma pequena pontada de otimismo inesperado. O ano novo está chegando; sempre um bom momento para um novo começo.

Abro o depósito superior, acima do assento da suposta diretora administrativa, e me ofereço para pegar a bolsa para ela. Antes que ela consiga responder, eu a puxo e deixo cair nos pés dela.

Seu rosto se contorce de dor.

– Ai! Tome cuidado com o que faz.

– Sinto muito – digo. – Pessoalmente, sempre acho mais seguro viajar com uma mala leve. – Eu me afasto.

Ela pode reclamar o quanto quiser; não há provas de que não foi um acidente.

Três semanas depois, reservo um hotel perto de onde Miles vai acabar estragando a sua vida se prendendo à Bella e peço um quarto com vista para a igreja.

No início da tarde, conforme os convidados chegam todos arrumados, o dia de inverno – é claro – está perfeitamente ensolarado. Olho pela janela procurando Nate. Quando o vejo, ao lado da mãe e de uma mulher, sem dúvida Tara – uma mulher baixinha, com cabelos escuros –, um grande nó se forma na minha garganta, e não consigo impedir as lágrimas.

Parece que ele saiu de uma propaganda, em seu terno escuro feito sob medida, com uma rosa cor-de-rosa na lapela. Nate ajuda a mãe a ajeitar o grande chapéu bege enquanto "Tara" o observa com adoração.

Bella chega, com dez minutos de atraso, numa carruagem puxada por cavalos e, do meu ponto de vista, parece impressionante como um conto de fadas – uma verdadeira princesa. O buquê que segura é composto de rosas cor-de-rosa e brancas. O vestido comprido e branco de renda brilha. Flashes dourados atraem meu olhar quando ela pega o braço do pai e caminha em direção à entrada da igreja. Ela está vivendo tudo que eu sempre quis, mas nunca consegui de verdade.

Seco os olhos com um lenço de papel; tenho um trabalho a fazer.

A namorada perfeita

• • •

Estudo o plano de mesas antes de começarmos e peço para trabalhar no lado distante da sala, longe da parte principal da festa de casamento. Estou usando uma peruca castanho-escuro e lentes de contato azuis, além de óculos para me sentir mais segura. Fui instruída a prender o cabelo, então fiz um rabo de cavalo, mas deixo alguns fios caindo ao lado do rosto. Eu me sinto bem segura, porque ninguém vai estar me procurando – não quando a linda Bella é a bela do baile.

Estou no meio dos serventes invisíveis.

Ninguém vai se lembrar de mim mesmo que seja necessário. Ouvi dizer que os relatos de testemunhas oculares muitas vezes não são confiáveis.

As pessoas se lembram educadamente de agradecer enquanto sirvo pequenas tigelas de queijo com macarrão gratinado e potes de sopa de tomate, seguidos de filé mignon e batatas. Completo as taças de vinho e os copos de água, depois contorno a mesa com uma cesta, oferecendo pãezinhos extras.

É exatamente como estar no trabalho, mas em solo mais firme.

Antes da sobremesa, distribuímos taças de champanhe para os discursos.

Estou em pé nos fundos, segurando uma garrafa de champanhe, enquanto Miles passa pelos agradecimentos infinitos e pela dedicatória doentia que escreveu para Bella. Ele é um homem "sortudo", ela é "uma em um milhão".

Vou discretamente para uma sala lateral e sirvo uma taça de champanhe para mim mesma. É muito difícil ouvir tanta mentira e falsidade. Do outro lado do corredor, vejo que a cozinha está tranquila. Todos estão usando esse tempo para fazer uma pausa ou terminar a limpeza. Olho ao redor do salão em que estou. Além de presentes e um excesso de casacos, vejo o bolo – surpreendentemente, um bolo branco de aparência muito tradicional, com uma noiva e um noivo simples no topo. Mas é enorme, com cinco camadas, e está em cima de um suporte com rodas, e parece que será carregado de forma teatral, fazendo uma entrada triunfal.

Não penso duas vezes em derrubá-lo. Ele cai no carpete. Resisto ao desejo de enfiar uma faca nele ou destruí-lo ainda mais com o meu sapato. A noiva e o noivo estão enterrados sob o caos de cobertura e massa de baunilha.

Voltando ao salão, o discurso do padrinho está em pleno fluxo, cheio das anedotas de sempre sobre brincadeiras loucas da universidade. Eu devia ter tentado localizá-lo antes – poderia ter acrescentado um sabor extra às suas histórias. Vejo a organizadora do evento sendo levada por um supervisor do bufê com o rosto sério.

Minutos depois, Bella é levada para um lado pelos dois, e eu vejo sua mão voar até a boca, a expressão cheia de clara decepção. Ela tem sorte – se tivesse sido mais fácil me aproximar dela, teria sido o vestido ou o seu rosto.

No momento em que sirvo o próximo prato, descrito no menu como "três opções de sobremesa" – cheesecake de limão, sorvete de chocolate com Baileys e um minibolo de chocolate –, seguido de café, já estou de saco cheio. O champanhe ácido está reagindo no meu estômago vazio, e tudo

A namorada perfeita

está começando a parecer surreal e confuso. Ignoro o pedido de uma colega para participar de uma reunião de pessoal, uma mini-investigação sobre a queda do bolo.

– Provavelmente foram apenas crianças se divertindo – digo, fingindo estar ocupada com o pedido especial de um convidado.

No momento em que estou prestes a abandonar meu emprego temporário fingindo estar doente, um DJ começa a se instalar na lateral da pista de dança. Vou esperar até a primeira dança, depois eu saio.

Escapo e roubo mais uma taça de champanhe. Preciso de alguma coisa para me ajudar a chegar até a parte final de hoje, e é pouco provável que eu me transforme na minha mãe depois de duas taças. Sinto o álcool fluindo na minha corrente sanguínea, e isso ajuda a entorpecer a minha dor e a sensação de isolamento.

Talvez Amelia não fosse tão burra.

Voltando para dentro, as luzes diminuíram enquanto Bella e Miles assumem a pista de dança para a primeira dança dos dois – "The Wedding Song", de David Bowie. Minha garganta dói quando a música termina e Nate, com o braço nas costas de Tara, guiando-a com delicadeza, se junta à multidão enchendo o espaço ao redor de Miles e Bella. Sr. e sra. Yorke. Não se encaixa tão bem em Bella quanto Goldsmith; ela não parece uma Bella Yorke.

Estou achando difícil respirar, então puxo uma cadeira de uma mesa vazia e a coloco perto das cortinas ao lado. O paletó de Miles está pendurado nas costas de uma cadeira próxima. Eu discretamente enfio as mãos nos bolso e vasculho. Sua carteira. Seu celular. Tiro a carteira e a coloco dentro da minha bolsa. Continuo assistindo.

Eu me lembro da noite da festa da escola, quando me apaixonei por Nate. Respiro fundo; não quero pensar nisso agora. Não é o momento certo. Mas ver Bella e Nate tão felizes – e toda a cena familiar feliz – está me sufocando.

No dia em que Will morreu, eu só queria alguns momentos de paz. Mas, desde então, não tive nada parecido com isso.

A pancada na água não foi completamente registrada.

Era o jardineiro que tentava me ajudar a salvar Will. Ele nunca contou isso a ninguém, porque tentou me proteger. Ele me deixou fingir para minha mãe que eu vi Will cair e reagi imediatamente. Que eu pedi ajuda, mas que tudo tinha sido cruelmente rápido. Qualquer mentira se torna verdade depois de um tempo. Ele nunca disse que fui preguiçosa nem negligente, ou que eu provavelmente cochilei.

Antes mesmo de olhar para a piscina, eu senti o que tinha acontecido. Corri, desci. A inclinação em direção à parte funda era terrivelmente escorregadia. Um galho comprido estava perto dos meus pés. E os sapatos e as meias estranhas, que ele sempre tirava antes de se aproximar da água. Foram necessários segundos vitais para encontrá-lo na água turva. Eu o agarrei, mas ele escorregou.

O jardineiro apareceu. Ele tinha me visto descer correndo, percebeu a confusão e também correu. *Ele* conseguiu puxar Will para fora, não eu. Eu o observei tentar ressuscitar

A namorada perfeita

o monte descalço de roupas encharcadas. A água escorria por baixo dele e descia pela inclinação, voltando para a água lamacenta. Eu gritei enquanto ele tentava salvar meu irmão. Minha responsabilidade. O ruído que ecoou foi muito pior do que qualquer coisa que já havia saído da sua boquinha inocente.

O resto desse dia são fragmentos espalhados de lembranças, além da expressão nos olhos da minha mãe quando me viu. No começo, pensei que ela fosse me abraçar, mas seus braços continuaram abaixados.

Em vez disso, ela caiu no chão e soluçou.

O que descobri sobre a culpa é que em alguns dias dá para viver com ela. Em outros dias, ela atinge – como o luto – sem aviso prévio e queima, exaustiva e ácida. E o pior dela é que não há nada que você possa fazer.

Você não pode corrigir um erro. Nunca. Em vez disso, ele abre caminho dentro de você, se torna uma parte embutida, uma parte ruim, podre e sufocante.

Em todos os meus sonhos e pesadelos, tudo o que eu sempre quis foi uma máquina do tempo para me levar de volta para corrigir o passado. Quando conheci Bella, achei que tinha uma chance de seguir um caminho diferente – que um dia eu ia poder me curar e ter uma vida normal, se andasse atrás dela. Eu queria tanto isso que doía.

Quando ela se recusou a me dar essa chance, o destino me ofereceu uma segunda oportunidade ao me entregar Nate. Ele me deu foco, a possibilidade de ser alguma coisa diferente do que eu temia – uma versão vazia e oca de mim mesma. Um robô por fora.

Dentro de mim existe uma sensação de pavor que nunca me deixou de verdade. E, sem uma grande mudança – uma coisa maravilhosa na qual me concentrar –, tenho medo de que ela nunca me abandone.

Porque, sem amor e aceitação, tudo que resta é algo escuro e odioso.

Eu me levanto e vou em direção à pista de dança. Paro. Estou tão perto. Tão perto da vida que poderia ser minha que eu poderia estender a mão e pegar Nate nos meus braços. Ele está dançando com Bella. Fico de longe, assistindo. Eu me esforço para respirar.

Foco.

Eu me obrigo a me afastar. Deixo todos eles no conto de fadas.

Do lado de fora, o frio agradável me atinge.

– Você está bem, querida? – pergunta um homem idoso. Ele está fumando um cigarro.

– Não – respondo. – Tive um caso com o noivo. Ele disse que me amava, mas... – Dou de ombros.

– Não? – diz ele, com os olhos arregalados. – Miles? Ele é meu sobrinho. Não, tenho certeza que ele...

Dou de ombros outra vez.

– Sinto muito. Se eu soubesse... mas é que ele me magoou. Muito.

Eu me afasto, deixando para trás a vida que me foi negada.

A namorada perfeita

No caminho de volta para o hotel, passo por uma mulher sem-teto na entrada de uma loja de sapatos. Pego todo o dinheiro que Miles tem e entrego a ela.

Deve ser pelo menos duzentas libras; algum bem surgiu de algo ruim.

Ao amanhecer, guardo meus pertences e faço check-out no hotel depois de uma noite sem dormir.

Em vez de dirigir para casa, vou para Dorset. Primeiro, estaciono no centro da cidade de Dorchester. Depois de enviar uma mensagem à Babs avisando da minha visita iminente, abro a porta de uma floricultura. Espero com impaciência enquanto uma jovem faz quatro buquês, amarrando cada haste com uma corda. Ela adiciona um balão de ursinho, preso a uma vareta, e o coloca junto com um monte de cravos brancos.

Quando toco a campainha de Babs, ela está pronta, com o casaco já fechado.

– São para você – digo, entregando as flores mais caras, uma mistura de rosas cor de pêssego e amarelas.

Ela insiste em organizá-las num vaso antes de irmos para o cemitério.

Começamos com William Florian Jasmin. Babs faz uma oração, mas eu peço desculpas a ele em silêncio.

Eu devia ter cuidado de você. Devia ter sido uma irmã mais velha melhor.

Em seguida, visitamos a minha mãe. Não sei o que dizer ou fazer, então, em vez disso, descrevo as flores que coloquei ao lado da sua lápide.

– Qual era a flor preferida dela? – pergunto a Babs, de repente percebendo que não sei.

– Ela amava todas – diz Babs, tremendo.

– Volte para o carro – digo, entregando as chaves a ela. – Ligue o aquecedor. Não vou demorar.

Ela não discute.

Observo enquanto ela segue para o estacionamento. Procuro a lápide do jardineiro que tentou salvar Will e me protegeu. Não há nada ao lado do seu túmulo, até os vasos de flores estão vazios. Coloco meu último buquê no chão.

Michael John Simpson 1946-2004.

Ele morreu de câncer de pulmão enquanto eu estava no internato. Amelia mencionou isso casualmente quando fui para casa nas férias. Eu chorei.

– Obrigado por tentar – digo em voz alta.

Recuso a oferta de Babs para passar a noite lá quando a deixo em casa.

Preciso voltar para a minha casa e trabalhar nos meus planos, apesar de o meu aplicativo não funcionar mais. Nate deve ter atualizado o celular e não transferiu tudo. Ou foi apagado, de alguma forma.

Ele também mudou todas as senhas. Deve ter alguma coisa em que não pensei ainda. Simplesmente tem que ter.

Faltam apenas alguns meses até ser tarde demais.

A ideia me vem nas primeiras horas com um pulo de *obviedade clara* a ponto de eu sentar na cama: Nate ainda me deve uma lua de mel.

A namorada perfeita

No entanto, vou ter que trabalhar dentro dos únicos limites disponíveis, por enquanto. Ele vai viajar para Whistler em breve – eu me lembro das datas exatas que estavam na pasta que vi na casa do Miles. Digito anotações no meu celular enquanto refino meus pensamentos e ideias. Preciso rever as táticas de novo, porque as ações sempre falam mais alto que as palavras.

Uma coisa é certa, no entanto. A anulação vai ser cancelada. Um novo mantra me vem à mente.

Se você ama alguém, liberte-o.

Se a pessoa voltar, ela é sua. Se não voltar, obrigue-a.

CAPÍTULO 30

Faço um nó com o meu cabelo e o prendo com clipes antes de reaplicar um batom que peguei na penteadeira de Bella. Respiro fundo, sorrio para o meu reflexo, destranco a porta do banheiro e entro na cozinha da primeira classe. Usei meu cargo de embaixadora de segurança para ser selecionada para esta posição específica, depois de argumentar que não posso representar todos os pontos de vista se nunca tiver a chance de trabalhar em todas as cabines. Depois de comparar o bufê com o cardápio, assino para confirmar que o fiz.

– Tchau, tenha um bom dia – diz um dos caras do bufê, sempre animado, enquanto se dirige a outra cozinha para terminar a próxima rodada de verificações.

Conto as cobertas, roupas confortáveis e bolsas de brindes, garantindo que haja um item para cada passageiro, e organizo cravos cor-de-rosa pálido no vaso de prata fixo na cabine. Terminadas as preparações, eu me ocupo lendo a LIP – lista de informações dos passageiros. Apesar do ressurgimento familiar e penetrante de um ciúme bruto, verde, amargo, horrível e doentio que me inunda, me mantenho calma. Lembro a mim mesma que, embora não sejam as circunstâncias ideais – ninguém mais deveria ter que lutar contra outra mulher tão cedo no casamento –, tudo está funcionando conforme planejado.

A namorada perfeita

Tenho alguns obstáculos para superar que vou enfrentar metodicamente, passo a passo. *Tripulação de cabine, prepare as portas para a decolagem.*
A voz do supervisor ecoa pelo sistema de comunicação. Isso significa que as portas de carga estão trancadas, toda a documentação está preenchida e a última porta dos passageiros foi fechada. Armo a minha porta, trancando as fivelas de emergência, e confirmo com o membro da tripulação do outro lado. Recuamos. Do lado de fora da minha janela, a passarela está se retraindo. Mais uma vez, neste ponto, o mundo encolhe para o tamanho do interior do avião. Estamos presos; à mercê dos pilotos, dos elementos da natureza, da tecnologia e da fé coletiva de que a segurança e a engenharia foram verificadas de maneira minuciosa.

Taxiamos em direção à pista de decolagem e nos juntamos à fila, seguindo devagar, um avião de cada vez. Chega a nossa hora. O avião vira para a direita num semicírculo. Uma pausa antes de um rugido crescente, uma onda de energia e movimento conforme as rodas se movem para a frente e a aeronave ganha velocidade. Subimos para o ar. Fecho os olhos e imagino nossos detalhes de voo desaparecendo – pop! – como uma bolha nos monitores de partida no terminal, agora já a milhares de metros abaixo.

Sumiu.

Eu me ocupo com a preparação da comida. Meus dois colegas, Martin e Nicky – responsáveis pelo serviço de cabine – oferecem bebidas e anotam pedidos de comida, que eu aqueço, coloco no prato e enfeito. Limão e salsa para o salmão, hortelã fresca para o cordeiro. Atingimos um trecho de turbulência mais ou menos na hora em que estamos servindo chá e café – uma ocorrência bem típica. Depois que o serviço acaba e os restos – copos, pratos e comida – são retirados, Martin e Nicky puxam as persianas e eu diminuo as luzes.

Fico em pé nos fundos, na entrada da cabine, observando. Está silencioso e escuro, exceto pelas telas cintilantes. Várias pessoas estão dormindo – montinhos embaixo das cobertas – e há os bebedores exagerados, agarrados a um copo de uísque ou vinho do Porto. O ar-condicionado geme mais alto que os motores. Alguém ronca. Inspiro o cheiro de comida fria, pés suados e vento, misturados com o purificador de ar e o aroma de "Eau-de-Boeing", como é conhecido – o cheiro inconfundível do interior de um avião. Tudo está calmo.

Meus colegas saem para o intervalo. Fico apenas eu, sozinha.

No comando. No controle.

Paro por um instante.

Dá para ver a lateral da cabeça de Tara. Seu cabelo escuro é comprido e liso; lustroso e brilhante como num comercial de TV. Fechando os olhos, respiro fundo e repasso meus planos, mas palavras feias invadem os meus pensamentos; frases de cartas oficiais enviadas pelo escritório de James Harrington. Esses pedaços de papel aparentemente inocentes, mas poderosos, indicam claramente o início do fim. Faltam apenas meses para que Nate e eu não tenhamos mais nenhum laço. A lembrança penetrante me dá uma nova determinação. Não tenho nada a perder.

A namorada perfeita

Entro na cabine; o carpete abafa os meus passos. Miro no guarda-roupa na frente da cabine e o abro, como se estivesse procurando alguma coisa. À minha esquerda está o assento 1A, um dos preferidos de VIPs e celebridades. Hoje não é exceção: tem um ator de televisão canadense ocupando o espaço vendo um filme e mordiscando o resto dos queijos e biscoitos. O passageiro à minha direita, uma versão mais velha de Nate, está lendo o *Financial Times*. No assento diretamente atrás dele, a mãe de Bella e Nate, Margaret, dorme em paz. No próximo ano, sou eu que estarei num desses assentos, bebendo champanhe ou um gim-tônica. Fecho silenciosamente a porta do guarda-roupa e viro. Bella está sentada, vasculhando a bolsa. Miles está reclinado, vendo um filme, os fones de ouvido com cancelamento de ruído abafando as orelhas. Em sua mesa lateral há uma taça de vinho do Porto intocada. Uma alegria vingativa me atinge.

Fico parada ao lado dele, aceno rapidamente e dou um sorriso.

Ele começa a acenar educadamente para mim, como se presumisse que sou uma comissária de bordo atenciosa que realmente se preocupa com seu conforto, mas sua expressão muda para confusão. Ele senta reto e tira os fones de ouvido. Seus olhos descem até o meu crachá.

– Miles! Miles Yorke! – digo, radiante.

Bella olha para trás.

– Você não costuma pedir vinho do Porto – digo, um pouco mais alto do que o necessário.

Ele me encara, mas não dá uma palavra.

Bella também me encara.

Eu simplesmente não consigo resistir a pressionar um pouco mais.

– Deixe eu pegar um complemento. Gosto de cuidar dos nossos clientes *especiais*.

Seguro a haste da taça entre os dedos e, segurando a base, eu a levanto rapidamente. O líquido vermelho se espalha na calça de Miles.

– Ah, me desculpe. – Levo a mão livre à boca. – Venha até a cozinha e eu pego alguma coisa para limpar isso.

Saio da cabine, passando pelo assento do Nate. Ele não levanta o olhar. Miles não está muito atrás. Apesar de eu apenas cumprimentá-lo com um beijinho na bochecha quando chegamos à privacidade da cozinha, ele afasta o rosto.

– Minha *esposa* – Bella – está a bordo. Do que se trata essa porcaria toda? Você mentiu. Disse que trabalhava numa empresa de viagens.

Não vou me preocupar de salientar que as companhias aéreas desempenham um papel significativo no setor de viagens.

– Você tem sorte de eu estar falando com você. O modo como me tratou não foi justo. Você e Nate têm mais em comum do que você imagina.

Ele me encara.

– Nate?

– É. Nate.

– Não é Nick? Ai, meu Deus. – Ele faz uma pausa. – Você me induziu ao erro. Desde o início. Por quê?

Atrás dele, Bella aparece.

– Miles? Querido, você limpou a calça?

Ele vira para trás ao som da voz dela.

– Quase.

Passo um guardanapo sob a torneira, aperto e entrego a ele. Miles esfrega a coxa direita com muito mais vigor do que o necessário.

– Eu te conheço, não? Da escola. – Bella me encara. – Você é Elizabeth Price. Você estava naquela festa. Em Bournemouth.

Miles continua com a remoção desnecessária de manchas. Sua calça é cinza-escura, nem dá para ver o vinho do Porto.

– E Stephanie mencionou que você a visitou na academia.

– Aceita uma bebida? – ofereço. – Se não, você precisa me dar licença, porque tenho coisas para fazer.

– O que você quis dizer sobre Miles não ter o costume de beber vinho do Porto? – Ela vira para Miles. – Você nem voa com tanta frequência.

Decido ajudar Miles. Por enquanto.

– Sou cliente dele.

– Você? Cliente do Miles?

Seu tom incrédulo me irrita.

– Era – diz Miles, levantando o olhar. – Na verdade, não, isso nem é verdade. Nada se materializou depois da nossa reunião inicial. Isso é confuso. Achei que seu nome fosse Juliette.

– É mesmo. Agora.

– Por que você escolheu a empresa do Miles? É coincidência demais. Você fez isso na escola. Sempre me seguindo, me imitando, roubando as minhas roupas, a minha maquiagem. Puxando o saco das minhas amigas.

Miles parece que vai vomitar.

— Miles, querido, ela fez perguntas pessoais quando esteve no seu escritório? Você tem alguma suspeita em relação a ela?

— Não. Por quê?

— Porque estou com um mau pressentimento sobre tudo isso.

Sinto minhas mãos se fecharem. Esta não é a conversa da minha imaginação. Eu esperava algum tipo de vergonha ou medo crescente vindo dela. Simplesmente *alguma coisa*. Porque é claro que ela não pode esperar sair dessa conversa cheirando a rosas malditas. Olho de relance para uma unidade de depósito baixa que contém um pé de cabra. Seu uso oficial é em caso de incêndio, para alavancar painéis abertos. É metálico e pesado e tem um gancho horrível na ponta.

— Com licença.

Nós três olhamos para o lado direito. Um passageiro, o ator canadense, está em pé ali.

Invoco meu lado profissional.

— Posso ajudar?

— Sim, por favor. Minha tela está congelada.

— Vou dar uma olhada – digo, seguindo-o até a cabine. Finjo me interessar pela situação, apertando alguns botões no controle. — Vou reiniciar o sistema para você – prometo.

Ele sorri.

— Obrigado. Agradeço muito.

A namorada perfeita

No caminho até a parte dos fundos da cabine, eu me agacho ao passar pelo assento de Tara.

– Oi – falo sem som.

Ela dá uma pausa no filme – a comédia romântica mais recente – e tira os fones de ouvido.

– Oi – diz ela, hesitante.

Percebo que ela está tentando desesperadamente não deixar óbvio que está olhando para o meu crachá.

– É Juliette. Lembra? Fizemos Atenas juntas, no mês passado. Ou foi Cairo? De qualquer forma, como *está* você?

– Bem, obrigada.

Ela ainda parece confusa. Tem todo o direito de estar; nunca voamos juntas. Enquanto ela se esforça para recuperar uma lembrança inexistente, aponto para Nate. Ele olha para mim.

– Esse é o novo cara?

Ela sorri.

– É.

Faço uma careta amarga.

– Ah. Boa sorte. Eu tomaria cuidado, se fosse você.

Nate tira os fones de ouvido e senta reto, olhando para mim. Nunca pensei no termo "uma expressão ameaçadora" até este momento. Agora consigo ver exatamente o que significa, porque todo o rosto dele está espremido numa careta gigantesca. Eu me levanto antes que ela possa responder e vou para a cozinha. Nate consegue chegar antes de mim. Ele se aproxima e agarra o meu braço.

Bella e Miles, que claramente estavam numa discussão acalorada, param e olham.

— O que você acha que está fazendo? – pergunta Nate.
– Por que está falando com a minha namorada?

Dou de ombros para afastar a mão dele.

— Estou no trabalho. Parecia que ela precisava de uma bebida.

— Você rompeu o nosso acordo.

— Como? Não posso fazer nada se você é passageiro deste voo. Peça para mudar para a classe econômica, se está tão incomodado. Sério. Tem muitos assentos vazios nos fundos.

— Isso não é coincidência, e é desesperadamente irritante.

Dou de ombros.

— Acredite no que quiser. O destino claramente tem grandes planos para nós.

— Então, você também conhece essa mulher? – Bella pergunta a Nate.

Respondo por ele.

— Ah, Nate e eu nos conhecemos extremamente bem.

Tara escolhe esse momento para se juntar a nós. Atrás do ombro direito dela está o ator.

— Me desculpa – digo, antes que ele possa falar. – Demora alguns minutos para a sua tela voltar à vida. Vou verificar de novo daqui a cinco minutos.

Ele parece que quer pedir outra coisa, mas acaba desistindo. Vai para o banheiro, em vez disso. Ficamos todos em silêncio até a tranca clicar e fechar. Vou até o interfone localizado acima do assento de tripulante, ligo para o supervisor e peço que reinicie o assento 1A. Volto para o grupo cada vez maior na cozinha.

Tara está agarrada ao braço de Nate.

— Eu disse que tinha um mau pressentimento em relação a tudo isso — diz Bella para Miles. — Não falei?

Ele acena com a cabeça, evitando o contato visual comigo.

— O que está acontecendo? — pergunta Tara.

— É que ele gosta de namoradas bem mais novas, não é, Nate?

Nate levanta a mão como se fosse me dar um tapa. Bella agarra o braço dele e o mantém preso na lateral.

— Você vai me apoiar, não vai, Bella? Não se lembra do que costumava dizer na escola? — Imito a voz dela. — *Varas e pedras, Elizabeth. Seja superior a isso. Varas e pedras.*

— Achei que você não conhecia Bella tão bem na escola — diz Nate.

— O que eu disse foi "todos conheciam a Bella".

Tara tenta outra vez.

— Ainda não consigo entender o que está acontecendo.

— Pergunte a *ela*. — Aponto para Bella.

— Ah, nós a provocamos um pouco porque ela dormiu com um garoto na escola quando tinha apenas quinze anos. O resto de nós costumava fingir que tínhamos dormido — para se exibir ou parecer melhor —, mas ela realmente foi até o fim. Essa é Elizabeth. Sempre teve que levar as coisas um passo adiante.

É a vez de Nate parecer enjoado.

— Provocar um pouco — digo. — Imagens terríveis na minha escrivaninha. Xingamentos constantes. Piranha. Fracassada. Prostituta. Vagabunda. Lily-Sem-Amigos. E esses nem eram os piores. Você costumava se gabar dos seus namorados e do quanto se *divertia*. Foi em parte por *sua* causa que eu achei que estava fazendo uma coisa de adulto. Uma coisa que faria você me respeitar. Em vez disso, foi totalmente o contrário.

— Ah, meu Deus, não tenta colocar essa culpa em mim — diz Bella. — Você é dona da sua cabeça, não é? Ninguém te obrigou a fazer nada.

— Você me disse que o garoto sempre ia pensar em mim como alguém sem valor. Que os homens não se casavam com mulheres fáceis. Mas você estava errada. Ele casou. Foi um amor para toda a vida, como eu disse tantos anos atrás. Conta para eles, Nate. Conta do nosso casamento.

Há um silêncio. Todos olham para ele. Nate não fala, simplesmente me encara, como se acreditasse que, se ficássemos parados ali por tempo suficiente, o encontro surreal ia acabar, e ele ia acordar num hotel de cinco estrelas com nada muito pesado para começar o dia além de escolher aonde ir para dar uma corrida ou o que comer no café da manhã.

— Casamento? — diz Bella. — E, naquela época...? Ah. Meu Deus. — Ela coloca a mão sobre a boca e balança a cabeça, como se fosse coisa demais para absorver. — Nathan?

Tara também consegue falar.

— *Casado?* — E acrescenta: — Com *ela*?

Percebo que ela soltou o braço de Nate.

— Não. Sim. Não exatamente. Foi por isso que nunca mencionei. Foi uma coisa de Las Vegas. Está sendo anulado.

— Não altera o fato de que aconteceu — observo.

A porta do banheiro é destrancada. Todos ficamos calados quando o ator sai.

A namorada perfeita

– Sua tela deve estar funcionando, senhor – digo, lutando para me lembrar do nome dele. – Aceita uma bebida?

Ele parece examinar a cena diante de si e balança a cabeça.

– Não, estou bem, obrigado. – Ele desaparece.

– Então – diz Tara. – Deixa eu entender tudo direito na minha cabeça...

Miles se intromete.

– Me parece que Nathan e Juliette têm muitos assuntos inacabados para discutir. Que tal deixá-los a sós por um tempo?

Bella concorda. Claro que sim. Agora que ela sabe que estava me intimidando por causa das ações do próprio irmão, ela mal pode esperar para fugir, para juntar as lembranças com seu conhecimento recém-descoberto. Posso imaginá-la reestruturando tudo, ainda tentando explicar que ela não era tão má assim. Tara, no entanto, está menos entusiasmada. Ela balança a cabeça quando Bella tenta guiá-la para fora da cozinha. Ela fica parada, jogando o cabelo algumas vezes.

Nate se aproxima do bar e pega uma garrafa de conhaque em miniatura. Ele nem se preocupa em pegar um copo: vira a garrafa diretamente na boca. Tara e eu observamos enquanto ele bebe. Nate expira, coloca a miniatura de lado e passa as mãos no cabelo.

– Essa é a ex-namorada que você mencionou? – pergunta Tara a Nate. – Aquela que não te deixava em paz?

– Ex-namorada não, esposa atual – eu a corrijo.

Ela me encara, como se tudo isso fosse culpa minha. Nate se aproxima dela e sussurra alguma coisa no seu ouvido. Ela me lança um olhar de desdém antes de ir para o banheiro mais próximo. A porta se fecha, e a luz de *ocupado* se acende. Nate e eu ficamos sozinhos. Vou até a porta do lado direito e levanto a persiana. Sobre as nuvens escuras, o horizonte está revestido com uma luz azul-e-laranja distante. Ele me agarra pelos ombros, me vira para trás e coloca o rosto perto do meu. Sinto o cheiro de conhaque no seu hálito.

– Que porra é essa! – diz ele. – Nada disso era apenas sobre mim, era? Você também arrastou Bella para isso. Como se atreve a insinuar que eu gosto de mulheres jovens? Você também foi culpada.

– Continua repetindo isso para si mesmo. E me solta.
Ele solta.
Suspiro e tento outra vez.

– Nate, você se casou comigo. Sua irmã transformou a minha vida na escola num inferno por sua causa. Você me deve. Sua irmã me deve. Quero um felizes-para-sempre, e você vai me dar isso.

– Um erro. Um erro estúpido e irrefletido que cometi muitos anos atrás. – Embora ele esteja falando em voz alta, é como se estivesse falando consigo mesmo. – Um único momento imprudente.

– Para ser justa, o único erro que você cometeu foi pensar que eu ia desistir.

Ele abre o carrinho de bar e pega outra miniatura. Resisto ao forte desejo de fechar a porta, prendendo a sua mão.

Continuo.

– A aceitação é a chave para essa situação. Eu não vou embora. Aceita isso, e tudo vai ficar bem. Continue lutando

A namorada perfeita

contra mim e você vai acabar pagando. O amor machuca. Pode se acostumar. Eu tive que me acostumar.

– Achei que, se eu fosse justo, você ia acabar sendo sensata em algum momento. Não tenho mais nada a acrescentar.

– Ótimo. Vou à polícia. Vou dizer que você me forçou. A questão de ser menor de idade vai ser um problema a mais.

– Que ideia ridícula! Por que você se casaria comigo se eu tivesse te atacado?

– Porque você disse que estava arrependido e queria me compensar por aquilo. Porque, apesar das suas falhas – e, acredite, são muitas –, eu te amo.

– Eu desisto, Juliette – diz ele. – Você está descendo a um nível ainda mais baixo. Pedidos simples e diretos não funcionam. Ameaças não funcionam. Argumentar não funciona.

O simples fato de ele me chamar de Juliette me alerta para o fato de que está tentando me levar a uma falsa sensação de segurança.

Mas eu continuo paciente.

– E nada jamais vai funcionar – digo com calma.

De repente, ele parece desabar. Como se tivesse desistido. Ele suspira alto e se vira de costas para mim para se afastar. E existe algo relacionado àquele gesto, algo sobre toda a irrefutabilidade do nosso casamento se precipitando em direção a um fim brutal e frio, a menos que eu o pare, e pare agora, que faz com que alguma coisa em mim desperte. Olho ao redor e solto um extintor de incêndio do suporte, pronta para golpeá-lo. Ele deve ter percebido alguma coisa, porque vira de repente e o tira das minhas mãos. Ele puxa com tanta violência que eu caio. A dor no meu braço direito é momentaneamente chocante. O ar frio me atinge saindo dos resfriadores, e eu me concentro nos restos na parte de baixo dos carrinhos – uma colher de chá, uma azeitona e uma rolha – antes de olhar para cima e ver a expressão horrorizada de Tara olhando para baixo.

Há também outro passageiro; um homem idoso, que parece totalmente confuso. Nate tenta me ajudar, mas ignoro sua oferta e me levanto, esfregando o braço.

– Você está bem? – pergunta o homem.

Faço que sim com a cabeça.

– Acho que sim.

– Vou buscar um de seus colegas – diz ele.

– Está tudo bem. Mas obrigada, vou falar com alguém se achar necessário.

Apesar de parecer inseguro, o passageiro se dirige para a prateleira de revistas e se demora analisando as opções, olhando deliberadamente para nós de tempos em tempos.

Olho para Tara.

– Precisamos de privacidade, por favor.

Ela parece dividida, mas Nate faz um ligeiro aceno. Ela nos lança um olhar de perplexidade antes de voltar lentamente para o santuário do seu assento.

– Termina com ela – digo, enquanto guardo o extintor. – Estou sendo teimosa, algo que eu devia ter feito há muito tempo. Se tem uma coisa que lamento é não ter lutado o suficiente por você. Cedi rápido demais à pressão que você e James exerceram sobre mim. Bem, não mais. Diz a ela que está tudo acabado. Diz para ela pegar o próximo voo de volta para Londres. Diz à sua família que eu vou me juntar a vocês em Whistler num tipo de miniférias de lua de mel para-conhecer-a-família.

– De jeito nenhum.

– Tudo bem. – Listo as minhas armas, uma para cada dedo. – Sexo com menor de idade, forçado ou não – sua própria irmã pode testemunhar –, além de adultério e agressão, testemunhada agora mesmo pela sua própria namorada e outra pessoa isenta. E não se esqueça que posso mostrar a todos as fotos *recentes* de nós dois nos casando *felizes*. Posso criar uma boa história com isso, confia em mim. – Faço um rosto triste e uma voz patética. – Eu o perdoei pelo passado, porque ele estava tão arrependido. Mas eu não devia ter permitido que ele me convencesse a aceitar um casamento rápido, porque isso significava que ele achava que podia continuar brincando com os meus sentimentos. Eu nunca soube qual era o meu lugar no mundo. Foi terrível. – Volto para a minha voz normal. – Em quem você acha que eles vão acreditar?

– Eu não te amo.

– Bom, se esforça mais.

Na verdade, estou ficando cansada de implorar e suplicar e ser tão pateticamente paciente, maldição. Ele não tem escolha. Eu só quero tudo isso resolvido para podermos seguir a vida.

– Vai falar com ela – digo com calma. – Seu tempo está se esgotando.

— Não é justo falar isso para ela em pleno ar. Vou falar com ela quando estivermos sozinhos, e explicar a situação corretamente. Também não é justo com a minha família.

— Tudo que pedi não é negociável. Ponto final. Não me estressa mais do que você já fez.

— Preciso de tempo para pensar. — Ele faz uma pausa antes de acrescentar: — Por favor — como se reconsiderasse. — Olha, eu entendo. De verdade. Mas você não vai a Whistler conosco. Quero tempo para falar com a minha família. Sozinho. Pelo menos, me dá isso. — Ele faz uma pausa de novo. — Seu intervalo noturno vai ter — o quê? —, no máximo, umas trinta horas. Então nem vai ser tão bom para você.

Na verdade, talvez seja melhor, neste momento, se Nate não souber dos meus planos imediatos. Vou revelar as coisas aos poucos. Porque, pensando bem, não há nenhum glamour em ser formalmente apresentada aos pais dele ao lado de um carrossel de bagagem ou num saguão de chegada superlotado. De agora em diante, as coisas vão ser feitas de maneira correta e com estilo. Pretendo fazer uma grande entrada em Whistler e transformar isso numa ocasião verdadeiramente memorável.

— Simplesmente se livra da Tara — digo. — E eu te aviso sobre os nossos planos futuros.

Nate anda lentamente até o assento de Tara, olha para mim, me vê observando e senta no banco diante dela. Ele se inclina para a frente. Volto para a cozinha, mas observo pelo outro lado. Nate parece estar tentando acalmá-la com muito afinco.

As coisas parecem bem.

A namorada perfeita

• • •

Martin e Nicky voltam do intervalo, mas de jeito nenhum eu vou sair no meu. Tem muita coisa para eu prestar atenção. Finjo ler um jornal, verificando a cabine de vez em quando. Há muitas trocas de assentos, como uma dança das cadeiras, e conversas aparentemente intensas entre todos eles.

Peço a Nicky para entregar a Miles um bilhete dobrado discretamente "... porque ele me pediu conselhos sobre um presente para a esposa". Na verdade, é mais um bilhete de *Olha para mim.*

Momentos depois da entrega, Miles me encontra na cozinha da classe executiva.

– Você consegue guardar um segredo? – pergunto. – Ah, sim, como nós dois sabemos, é claro que você consegue. Que bobagem a minha.

– Não tenho muito tempo – diz ele. – Bella virá me procurar.

– Vou me juntar a todos vocês em Whistler. Mas não quero que mais ninguém saiba antecipadamente. Tudo que você precisa fazer é me ajudar a me misturar. Seja um rosto amigo. Quanto mais você tentar lutar ao meu lado, menos provável eu te dedurar.

– Por favor, não... – ele começa a dizer.

– Eu tirei fotos. Dentro da sua casa. E de você, dormindo em Tóquio. Então, posso supor que temos um acordo?

– Não posso. Por favor. Eu entendo que as coisas foram difíceis para você no passado, mas Bella está arrependida. Ela não merece isso.

Meu Deus, como ele é fraco. Dou de ombros e sigo pelo corredor em direção à frente do avião.

– Espera! – grita ele.

Vários passageiros olham para nós.

– Okay – diz ele. – Não gosto da ideia, mas okay.

O cheiro de café fresco me atinge quando me aproximo da cozinha. Martin e Anna já estão ocupados com o serviço. Todo mundo pede comida quente e há pedidos de última hora na duty-free.

Olho para a cabine várias vezes, mas todos os seis agora estão colados nas telas – como se, ao se concentrarem em outro mundo, eles pudessem ignorar o atual.

Quando eu sei muito bem que a realidade sempre encontra um jeito de voltar à tona.

No topo da descida, Bella me procura.

– Posso falar com você?

– Você deveria estar com o cinto de segurança afivelado. – Aponto para o sinal iluminado.

– Então – diz ela, ignorando o meu comando. – As coisas parecem um pouco complicadas. E parece que eu fiz a minha parte sem querer. Sinto muito pela época da escola... você sabe, em relação ao Nathan. Acho que todos nós podemos concordar que éramos jovens e imaturos.

Não respondo.

Ela parece encorajada pela minha falta de reação, então respira fundo e continua.

– O negócio é que a Tara é uma pessoa legal. Ela e eu somos muito amigas. Por que você não deixa os dois continuarem juntos? Você não pode querer Nathan depois do comportamento dele, é claro. Você merece coisa melhor.

– Não foi isso que você disse na escola.

– Bem, como acabei de dizer, sinto muito. Tudo foi meio idiota.

Martin nos interrompe.

– A senhora precisa prender o cinto de segurança.

Bella me dá uma olhada – como se "já estivesse tudo acertado, agora" – e obedece a ele.

Na aproximação de Vancouver, me sinto quente e fria. Mas garanto a mim mesma várias vezes que Nate compreendeu. Ele finalmente entendeu. No entanto, a falha é que eu nunca vou poder confiar plenamente nele por causa da sua propensão a mudar de ideia. Este é o teste final; se ele fracassar, vou ter que recorrer a medidas mais fortes.

E, quanto à patética tentativa de Bella de pedir desculpas, ela agiu como se estivesse esclarecendo um mal-entendido. Eu me sinto com mais raiva dela do que nunca.

Olho pela janela, mas não consigo ver nada além de luzes dispersas na escuridão. Eu sei, por viagens diurnas anteriores, que estamos voando sobre uma vasta extensão de água; e, no fundo, montanhas majestosas com picos de neve são visíveis ao longe.

Conforme as rodas encostam no chão e a aeronave perde velocidade, quase sou consumida pela empolgação e pela nostalgia.

Não falta muito, agora. Não mesmo.

Acho que finalmente consegui colocar Nate no ponto que eu quero. Minha tenacidade e engenhosidade estão prestes a compensar.

A aeronave chega à parada final. Fico em pé na porta do desembarque, com um sorriso genuíno no rosto.

Tara sai primeiro. Ela não olha para trás.

Os pais de Nate saem em seguida, seguidos por Miles e Bella.

E, finalmente, Nate.

Seguro o braço dele.

– Então, está tudo certo, não é?

– Está.

– E eu te vejo de volta na nossa casa daqui a uma semana? Nada de Tara?

– Tenho que ir.

Ele sai. Eu o vejo desaparecer ao virar a esquina da passarela.

Leva um século até que o último passageiro desembarque. Não demoro muito para sair.

Seguindo os sinais escritos em francês, inglês e chinês, passo pela imigração com o resto da tripulação antes de me aproximar da retirada de bagagens, depois hesito porque vejo Tara se esticar e dar um beijo nos lábios do Nate. Prendo a respiração e observo o que acontece em seguida. Expiro quando ela se afasta e sai pela Alfândega. Olho para os cinco restantes, agrupados ao redor de carrinhos de bagagens, enquanto Nate e Miles pegam as bagagens de todos, mala a mala, quando elas giram no carrossel.

A namorada perfeita

Ignorando-os, vou até a fileira de malas da tripulação e separo a minha. Olho para eles. Miles capta o meu olhar. Aceno de um jeito alegre antes de me afastar na direção da Alfândega.

– Boa tarde – sorrio para o oficial.

– Bem-vinda ao Canadá. Aproveite sua estadia.

– Pretendo fazer isso, muito obrigada.

Saio com a cabeça erguida. As portas automáticas se fecham atrás de mim.

Vejo Tara imediatamente, sentada numa cadeira, fingindo ler um livro. Ela levanta o olhar, mas volta a baixá-lo rapidamente. Ela precisava de umas aulas de teatro. Eu me dirijo ao ônibus da tripulação, mas, enquanto o motorista carrega a minha bagagem, ajo como se tivesse deixado cair alguma coisa. Ignorando os resmungos dos meus colegas – "Não demora", "Estou exausto" –, atravesso de volta até o saguão de Chegadas.

E é claro que, um por um, todos estão entrando numa van. Os pais primeiro – que simpático e respeitoso –, seguidos pelos outros quatro, é claro, inclusive Tara.

Eles devem pensar que sou burra. E talvez eu seja. Porque ousei ter esperança de que, desta vez, Nate entenderia.

Balanço a cabeça. Ele já deveria me conhecer melhor. Fico parada e vejo o carro se afastar do meio-fio.

Todos pensam que estão bem. Eles deviam pensar melhor, porque Nate acabou de fracassar no teste.

E já chega. De verdade.

CAPÍTULO 31

Dígitos vermelhos iluminam a escuridão. O relógio marca 1h38 da manhã.

Estou presa aqui, numa pequena suíte de hotel na área do centro de Vancouver, porque o primeiro ônibus para Whistler só sai nas primeiras horas da manhã. Fico deitada, cercada pela escuridão, revivendo o passado. O que vejo agora é que gastei dez anos da minha vida para chegar até aqui. Digamos que eu viva até os setenta; isso significa que vou ter desperdiçado cerca de um sétimo da minha vida. E para quê? Para tentar encontrar um homem inferior? Aceitar uma vida medíocre? Até parece.

Sem conseguir me acalmar, acendo a luz lateral, carrego uma cápsula de café na máquina e sento de pernas cruzadas na cama, repassando todos os meus planos, revisões e fotos. Verifico duas vezes se tenho a chave da casa de férias de Whistler – um dos muitos itens que peguei ou copiei enquanto estava na casa do Nate, porque a experiência me ensinou a me preparar para qualquer eventualidade. Tomando goles ocasionais do café, conto minha pilha de moeda local antes de me levantar, tomar banho e pedir um sanduíche no serviço de quarto.

Guardo tudo e me mantenho ocupada até que finalmente chega a hora de sair. A última coisa que faço é guardar meu

A namorada perfeita

notebook, meu celular, meu passaporte e meu cartão de identificação dentro do cofre. Preciso viajar com poucas coisas.

A porta do quarto clica ao se fechar atrás de mim. Estou perfeitamente vestida para a temperatura implacável: gorro de lã, luvas e um grande cachecol. Dentro da mochila e da sacola de viagem, tenho todas as minhas roupas de esqui: calça de esqui num cinza discreto com listras azul-marinho finas, uma jaqueta combinando, óculos de proteção antirreflexo e botas de esqui.

O ônibus é pontual.

Eu me ajeito perto dos fundos, atrás de um jovem casal australiano que não demonstra nenhum interesse em mim. Deixo o rosto o mais coberto possível, sem atrair atenção desnecessária, e finjo cochilar – isso é normal, porque outros passageiros também estão tirando uma soneca.

Está escuro, e as janelas estão embaçadas, e eu esfrego um pequeno trecho para ver lá fora. Os faróis iluminam a neve e o gelo que cercam a Sea to Sky Highway. De vez em quando, o motorista avisa sobre pontos despercebidos: parques, cachoeiras, florestas.

Quando nos aproximamos dos arredores do resort, quase duas horas depois, a luz do dia revela montanhas nevadas perfeitas como cartões-postais, salpicadas de árvores e trechos de pistas de esqui retangulares.

Sinto uma pontada de expectativa nervosa quando desembarco. Fico parada enquanto os outros se aproximam para pegar o equipamento de esqui na mala do ônibus. Respiro fundo antes de atravessar a rua e me dirigir a uma calçada, e ando na direção da casa de férias que memorizei o melhor que pude pelo Google Maps. Eu poderia pegar um ônibus, mas é uma caminhada de apenas dez minutos. Estou correndo um pequeno risco ao assumir que todos acordaram cedo – dada a diferença de fuso horário –, prontos para a abertura dos teleféricos. Preciso de tempo para me orientar sem esbarrar em ninguém.

No início, é fácil. A calçada foi alisada e limpa; a neve suja está empilhada nas laterais. Atravesso uma ponte, sob a qual há um rio suave. Mas as imagens que analisei foram feitas no verão, então a rota não está como imaginei. Depois de subir a rua errada, volto até reconhecer uma curva na estrada. Quando vejo o casarão parecido com um chalé, tenho certeza de que é o certo, e o número confirma isso. Ele fica afastado da rua, subindo uma curta entrada de carros, que também foi alisada.

Passo pela lateral da propriedade e contorno até os fundos, seguindo uma trilha que sobe uma ladeira e entra numa área arborizada, pisando com cuidado por causa do chão congelado. No meio do caminho, paro, coloco a mochila nos pés, me apoio num abeto, tiro uma garrafa de água e bebo um gole. O lugar é ainda mais magnífico do que parecia pelas fotos. As paredes de madeira ajudam a construção a se misturar com os arredores. Consigo ver direto através das janelas altas a espaçosa sala de estar e de jantar. Pontas de gelo se penduram nas bordas das persianas de madeira. Bem acima dessas salas, duas grandes varandas me encaram, e uma

A namorada perfeita

delas abriga uma banheira de hidromassagem. Abaixo, há uma área coberta com bancos, uma pilha de troncos e racks que abrigam equipamentos de esqui: uma mistura de esquis, bastões e botas sobressalentes. Olhando ao redor, à minha esquerda, vejo um dos teleféricos próximos e as montanhas com picos de neve ao longe. À minha direita, mais casas com design semelhante.

Nenhum sinal de ninguém.

Apesar das luvas grossas, meus pés e mãos parecem congelados, mas espero um pouco mais, ouvindo o farfalhar suave de uma brisa fraca entre as árvores, antes de decidir que é seguro voltar lá para baixo. Enquanto escondo minha mochila atrás da pilha de troncos, vejo uma entrada nos fundos. Tenho uma esperança ousada de que a chave do Nate funcione, mas é o tipo completamente errado para a fechadura. Vou ter que descartá-la e contornar o casarão para subir os degraus que levam à porta da frente.

Bato na porta, preparada para fugir, mas ninguém aparece.

Sinto uma pontada de medo enquanto empurro a chave na fechadura; é um pouco desajeitado porque estou usando luvas, mas graças a Deus funciona.

Estou dentro.

Silêncio. A luz se espalha pelas janelas enormes.

Olho ao redor, analisando o espaço: o teto alto com vigas de madeira, as superfícies brilhantes de mármore e vidro, a sala de estar acolhedora com seus ricos sofás vermelhos e laranja e grandes almofadas.

Um surto de raiva me atinge, porque consigo perfeitamente me imaginar aqui.

Impregnada com uma nova indignação, eu me arrisco a explorar ainda mais subindo a escada, abrindo e fechando a porta de cada quarto até encontrar o do Nate. Não consigo pensar no quarto como sendo de Nate e Tara. Eu me sinto enjoada como se tudo estivesse girando. Apesar de eu achar que estava mentalmente preparada, ainda é um soco no estômago ver a evidência física. Ela nem sequer se incomodou em desfazer completamente as malas; algumas de suas roupas continuam dentro da mala, enquanto as do Nate estão penduradas e organizadas.

Tenho um desejo muito esmagador de destruir todos os pertences dela. Então, como distração, abro a porta da varanda e inspiro fundo o ar frio. Passo pela banheira de hidromassagem coberta e me inclino contra o peitoril de madeira. Vasculhando a deslumbrante área arborizada, procuro o local exato onde estive recentemente. A área ainda está deserta. Olho para baixo. É muito mais alto do que parece pelo lado de fora, o que torna impossível usar essa solução como rota de escape, se eles voltarem de repente. O pensamento me faz agir, e eu volto para o calor do quarto.

Procuro na bolsa de Tara até encontrar alguma coisa útil: um recibo de aulas de esqui agendadas. Essa informação é útil, porque vou encontrá-la e dizer por que ela precisa ir embora. Ela precisa saber por que nunca vai dar certo entre eles. Não consigo resistir a vasculhar rapidamente os pertences de Nate também, antes de sair. Senti muita falta de ter acesso ao mundo dele. É viciante, como ser reintroduzida a uma droga.

A namorada perfeita

Lá embaixo, saio pela porta dos fundos, deixando-a destrancada. Recupero minha mochila no esconderijo e coloco a vestimenta de esqui por cima das roupas. Há uma abundância de esquis e bastões sobressalentes, o que vai me salvar de ter que alugar algum. Escolho um par que parece servir e enfio os pés nas minhas botas de esqui, ajustando a pressão.

Refaço os passos na direção do povoado de Whistler e entro numa fila comprida.

– Onde ficam as escolas de esqui? – pergunto à mulher atrás da cabine quando entrego o dinheiro para comprar um passe de um dia. – Existem pistas para aprendizes?

Ela me entrega um mapa e aponta para a estação Olympic na Whistler Mountain.

Espero numa fila diferente, a de solteiros – história da minha vida – antes de me juntar a um grupo numa das gôndolas, descendo na primeira estação. O lugar é movimentado. Cores brilhantes de esquis se aglomeram na área. É difícil encontrar Tara. Mas pretendo insistir, porque esse é o meu plano, e eu preciso abordá-la sozinha. Procuro nos diferentes grupos, mas o sol que reflete a brancura da neve significa que todos estão usando óculos de proteção, além de gorros e capacetes.

Ao meio-dia, desisto. Minhas bochechas estão ardendo, e meus lábios, secos. No topo da pista, tenho um momento de hesitação antes de me afastar usando os bastões de esqui. Eu tinha me esquecido do medo inicial, do sacolejo da expectativa nervosa antes de me soltar. No entanto, a euforia assume, e eu caio no ritmo. Observo a minha sombra, escura contra o branco, quase inconsciente dos outros esquiadores.

Parece surreal eu estar aqui, agora. No entanto, hoje à noite, estarei voando de volta para Londres.

E Tara estará desiludida e com o coração partido.

Depois de um sanduíche e um café, refaço meus passos até a casa.

Vários outros pares de esquis estão encostados numa parede nos fundos, então não me parece sensato subir a ladeira e espiar; parece exposição demais. Devagar, em silêncio, tento a porta dos fundos. Está destrancada. Eu a abro o suficiente para conseguir entrar. Há uma fileira de botas em prateleiras de sapatos e uma pilha bagunçada de luvas, capacetes e óculos de proteção. Meu coração bate com força enquanto fico parada no pé da escada, ouvindo. Estão todos lá em cima, incluindo Tara. Os trechos de conversa flutuam por entre os sons de talheres e porcelana.

– Que manhã esplêndida.

– Alguém quer ir na outra montanha hoje à tarde?

– Eu não poderia pedir um clima melhor.

Rezo em silêncio para que Tara anuncie que está cansada, que vai ficar para trás e tirar um cochilo, mas não tenho essa sorte. Quando eles fazem ruídos de sair, eu escapo e me escondo na floresta, atrás de um tronco largo de árvore, ligeiramente à esquerda da propriedade. Descobri que eles vão esquiar na outra direção. Bella e Miles saem primeiro, seguidos pelos pais dela. Nate e Tara continuam lá dentro. Enquanto luto para conter a minha raiva e o meu ciúme, me obrigo a ir ao lugar seguro na minha mente, porque percebo que estou perdendo o controle. Sei que, se eu não me controlar, vou entrar lá de maneira tempestuosa. E, se eu vir os dois juntos, vou surtar.

Demora meia hora para eles aparecerem. E cada momento doloroso aumenta o meu ódio contra Tara.

Eu os sigo, e isso é fácil, porque eles andam perto um do outro. Ela está vestindo um casaco laranja e um gorro combinando. Nate, todo cavalheiro, está carregando os esquis dela e os dele. Os dois entram na fila para a gôndola. Eu os sigo, um passo atrás e desço no mesmo lugar de antes. Nate acompanha sua futura-ex até a aula. Ela está atrasada. Assim que ela se junta ao grupo discrepante de velhos e jovens, do sexo masculino e feminino, Nate coloca os óculos de proteção, ajusta os esquis e, depois de acenar para ela levantando um bastão de esqui, vai embora.

Eu a observo. Um instrutor demonstra posições. Eu a vejo tentando tão pateticamente se encaixar com Nate e sua família. Tentando muito agradá-los. Quero esquiar até ela e dizer que não se preocupe; dizer que ela está perdendo tempo. Precisei de dez anos de trabalho árduo. Alguns dias nas pistas para iniciantes não vão fazer porcaria nenhuma por ela. E ela é um lixo: muito cheia de medo. Muito cautelosa.

Eu me aproximo de um esquiador vestido com a mesma roupa de esqui azul que o instrutor de Tara.

– Com licença. Sabe que horas as aulas acabam? – Aponto para o grupo de Tara.

– Normalmente, uma hora antes do fechamento das pistas.

– Obrigada – digo, verificando meu relógio.

Ela tem uma hora e meia. O ônibus para Vancouver sai em menos de três horas. Se eu não conseguir, vou perder o voo, o que não seria bom.

Para me manter aquecida, desço a pista mais próxima duas vezes enquanto preparo mentalmente o que vou dizer a ela. Quando o grupo se separa, embarco numa gôndola em frente à dela, de modo a estar pronta para ela lá embaixo.

Ela desembarca, tira os esquis do suporte lateral e os carrega desajeitadamente. Eu a sigo. Vou falar com ela quando houver menos gente por perto. Ela caminha devagar, como se estivesse com dor, em direção aos arredores do povoado. Ela fica em pé na fila do ônibus, o que me desconcerta por um instante. Hesito, antes de decidir andar, para poder pegá-la de surpresa quando se aproximar da casa.

Menos de alguns minutos depois de eu sair, vejo o ônibus passar por mim. *Droga.* Acelero o máximo que consigo, ignorando as botas esfregando nos meus tornozelos. Mas não há nenhum sinal dela na estrada para o chalé. Eu me aproximo da casa pelos fundos. Sinto um medo crescente, porque ela precisa estar lá, e estou ficando sem tempo para falar com ela. Nate e os outros estarão de volta logo depois que as pistas fecharem, se não antes.

Quando tiro os esquis, vejo um pedaço de neve descer por outro esqui e cair no chão. Um par. Só podem ser da Tara. Troco minhas botas e tiro as luvas de esqui, substituindo-as por outras mais finas. Subo a ladeira para verificar se é ela e confirmar que definitivamente está sozinha. Dou uma espiada. A sala de estar está vazia, mas então... que felicidade!

A namorada perfeita

Ela está sozinha. Na varanda. Eu a observo. Ela tira o roupão e entra na banheira de hidromassagem. Eu a vejo se deitar. Com medo de perder a chance, quase corro até lá.

A porta dos fundos está trancada; claro que ela é do tipo cauteloso. Assim, sou obrigada a entrar pela frente outra vez.

Lá dentro, está quieto. Subo a escada e abro a porta do quarto do Nate. Vejo a parte de trás da cabeça dela através do vidro. Na lateral há uma taça de vinho branco, o celular dela e dois alto-falantes pequenos. Deslizo a porta de vidro. O som de uma estação de rádio local ecoa acima do barulho da água que borbulha na banheira de hidromassagem. Eu me aproximo. Ela parece completamente relaxada, com os olhos fechados. Eu poderia empurrar a cabeça dela para baixo e segurá-la ali, mas não vou fazer isso. Fico parada. Seu maiô cor de cereja cintila com as bolhas brancas. Pego seu celular. Quando desligo a música, seus olhos se abrem de repente, e ela vira a cabeça para trás. Sento na beira da banheira azul-claro, fora do seu alcance.

– Olá, Tara.

Ela me encara.

– O que você está fazendo aqui?

Faço um aceno simpático para ela.

– Como estão as coisas? Eu não te culpo por estar aí dentro, aposto que está toda dolorida. Eu me lembro de como foi quando aprendi a esquiar. Mas é tudo um desperdício, sabe. Todo esse trabalho árduo e esforço.

Ela procura o celular.

Eu o mostro a ela.

– Que tal eu cuidar disso?

Ela sai e alcança uma toalha próxima.

– Me dá!

– Ainda não. Precisamos conversar sobre o Nate. Ele não tem coragem de te contar, então cabe a mim. Ainda estamos juntos. Você é apenas a outra.

Ela se esfrega e fica meio seca.

– Não é isso que ele diz.

– Sou a *esposa* dele. Você sabe disso. E também sabe de outra coisa: você viu ele me atacar a bordo. Ele estava furioso porque quer que eu fique calada sobre nós dois, que eu não conte nada a você. Nate, sabe, como sempre, quer tudo do jeito dele, nos termos dele. Esse é o Nate de verdade. E você está deixando ele se livrar disso.

Tara se atrapalha com as mangas enquanto tenta vestir um roupão branco. Depois que o veste, ela parece mais confiante.

– Você está mentindo. E o motivo que conheço é que ele vai pedir um mandado de proteção.

Não dou a ela a satisfação de uma reação, apesar de ser uma notícia dolorosa. Ainda agarrando o celular dela, tiro minha mochila do ombro e pego uma foto de Las Vegas. Eu a seguro de modo que ela possa ver como ele estava relaxado e normal.

Ela dá uma olhada rápida antes de encarar os meus olhos.

– Isso não significa nada. Ele diz que você distorce tudo. Por que não passa um fim de semana num spa ou se inscreve num site de namoro, como uma pessoa normal? Agora, me devolve o celular. Todos estarão de volta aqui a qualquer momento. Então, se eu fosse você, iria embora.

Afastando a foto, seguro o celular por sobre a água.

– Não! Minhas fotos não têm backup.

Ela vem na minha direção, e eu me levanto e dou um passo para trás em direção ao peitoril.

– Olha, Juliette... – Ela faz uma pausa. – Isso não vai te levar a lugar nenhum.

Eu a ignoro.

– Preciso que você arrume as suas coisas agora e venha comigo.

– Para quê?

– É a única maneira. Você pode escrever um bilhete de despedida para Nate, depois vamos embora juntas. Devolvo seu celular assim que estivermos a bordo do voo para casa. Você não tem nada que estar aqui.

Ela olha para trás, em direção ao quarto, depois vira e olha para baixo, como se desejasse desesperadamente que Nate aparecesse como seu cavaleiro brilhante.

Isso me lembra de que estou perdendo um tempo precioso.

Dou uma chance final.

– Você não pode ficar com o Nate, porque ele não é seu. Simples assim.

– Me dá meu celular. Vamos ligar para o Nate e aí podemos sentar, nós três, e ter uma conversa adequada.

Dou um sorriso.

– Não.

Nenhuma de nós fala por um tempo, até que sou obrigada a quebrar o silêncio.

– Ninguém jamais vai amá-lo do jeito que eu amo.

Ela me encara. Acho que percebe que estou falando sério, que não vou a lugar nenhum. E essa percepção também acontece em mim, porque agora sei que Tara nunca vai ser sensata. Ela vai contar ao Nate que estive aqui.

Quando ela se aproxima de mim, gotas de água escorrem dos cabelos ensopados até o rosto. Ela tenta agarrar meu pulso direito para pegar o celular, mas eu sou mais alta do que ela, então consigo segurá-lo no alto. Eu me inclino para trás, por cima do peitoril de madeira. Ela tenta alcançá-lo. E...

Eu faço. Faço a única coisa possível que me resta. Eu me viro e a empurro.

Acho que, de alguma forma, eu sabia o tempo todo que íamos chegar a alguma coisa assim.

Ela fica momentaneamente atordoada; seus olhos se arregalam. Ela agarra o meu braço, mas eu me solto. Ela grita quando me chuta e tenta me agarrar de novo. Mas eu dou dois empurrões fortes e ela se vai.

Ouço um baque poderoso, como gelo quebrando.

Olho para baixo, respirando fundo e pesado.

Ela está parada. Serena. Branca de Neve.

O cabelo molhado está meio espalhado sobre o chão congelado branco, a perna esquerda está dobrada para trás de maneira desajeitada. A cabeça está virada para mim, o nariz parece ensanguentado. Não consigo entender os olhos; parecem meio abertos. Eu me inclino – não o máximo possível, mas até onde acho que ela conseguiria – e tiro várias fotos da vista nevada ao longe. Camadas de neve cobrem as

A namorada perfeita

árvores e os galhos, tudo está em paz e calmo. Solto o celular. Ele cai perto dela.

Talvez agora, quando Nate perceber que está destinado a ter azar no amor, ele aprecie o que sempre descartou com tanta rapidez. Sou confiável e coerente. Sempre estarei lá, ao contrário de todas as outras.

Meus olhos disparam. Deixo tudo como está e desço correndo até a porta dos fundos.

Eu me movimento com rapidez. Pego minha mochila e subo mais a trilha, de modo que eu consiga olhar para baixo e vê-la. O anoitecer está se aproximando, e eu me pergunto quanto tempo eles vão demorar para encontrá-la.

Olho para o meu relógio; o ônibus de volta para Vancouver só sai daqui a quarenta e dois minutos. A escuridão cai e, pouco depois, vejo flashes de lanternas brilhando enquanto os outros voltam e se reúnem em massa nos fundos, andando com esquis e botas, sem prestar atenção a Tara, a poucos metros de distância. Eu observo.

Lá dentro, as luzes se acendem. Depois de vários minutos, todos estão sentados na área do café da manhã bebendo vinho. Nate pega o celular. Ouço o de Tara ganhar vida e o vejo brilhando na escuridão, até que fica tudo escuro de novo. Fico ali, paralisada, observando Nate e sua família como um reality show. Há uma cadeira sobrando. Eu encaro e imagino que esteja guardada especialmente para mim.

Anseio poder fazer parte daquilo. Quero desesperadamente alterar a cena diante de mim para que eu possa me incluir e tudo termine com: *E todos viveram felizes para sempre.*

Em vez disso, vou embora em direção à estrada principal, o capuz na cabeça e o cachecol apertado no pescoço.

Esperando o ônibus, sinto como se tivesse ficado fora durante séculos. Começa a nevar.

Depois de vinte minutos, assim que começo a sentir um pouco de pânico, vejo os faróis do ônibus. Não tenho tempo para atrasos.

A bordo e em segurança, fecho os olhos e penso no corpo sem vida de Tara e lembro a mim mesma que ela pediu aquilo. Outro pensamento vem à tona: Nate. Ele é só meu outra vez. Ele vai ficar triste, claro que sim, mas vai superar. Ela não era o amor da vida dele. E talvez isso o faça pensar. Porque, se ele tivesse terminado com a Tara – como concordou em fazer –, ela ainda estaria viva. Se ela tivesse entrado num voo direto para Londres, não teria encontrado seu fim num acidente bizarro enquanto tirava fotos.

É culpa dele, não minha.

O ônibus para em Vancouver, me deixando com menos de uma hora livre.

Pego um táxi e converso o mínimo possível. Peço que o motorista me deixe a um quarteirão de distância. Jogo minhas botas em duas latas de lixo separadas e entro no saguão do hotel.

Vou para a minha suíte, rezando para não esbarrar em ninguém. Pego meus pertences no cofre, tomo banho, faço as malas e respondo a uma mensagem de texto da Babs perguntando sobre a viagem.

A namorada perfeita

• • •

Uma droga. Passei o tempo todo na cama, com um resfriado terrível. Me senti péssima. xxx

Funcionando em pura adrenalina, pego o elevador para descer e me junto ao resto da tripulação no saguão.

Instantes antes de arremetermos, o capitão anuncia um atraso enquanto esperamos o avião ser descongelado. Mas, depois de uma hora, quando decolamos, sinto alívio – um alívio puro e abençoado – por ter tido a coragem de agir com firmeza. O futuro, pela sua própria natureza, é intangível. No entanto, quando você recupera algum controle, tudo é possível. Acabei de provar isso.

A 35 mil pés de altura, escondida nas nuvens e separada do mundo real, a distância crescente me ajuda a manter o foco no que preciso fazer em seguida.

Conforme as portas da aeronave se abrem, eu meio que espero que a polícia esteja me aguardando.

Mas nada acontece.

E, quando pego as chaves e entro na minha casa, tenho certeza de que nada vai acontecer.

Eu me mantenho ocupada nos três dias de folga.

Ligo para Babs e digo que voltei com meu único amor verdadeiro. Quando Nate retornar, estará esgotado por causa do choque. Mas vamos resolver isso. Mando um e-mail para James Harrington, explicando que Nate e eu vamos fazer uma tentativa com o nosso relacionamento quando ele voltar da estação de esqui.

Também penso muito em Will. Mas, de alguma forma, vendo como Tara estava em paz, também me sinto um pouco consolada.

Cobrindo todas as bases, mando uma mensagem de texto para Nate dizendo que estou ansiosa para vê-lo na quarta-feira.

Ele não responde.

Evito a internet, para não ceder à tentação de procurar notícias de Tara no Google.

No dia anterior à volta do Nate para casa, supondo que eles vão conseguir voltar no dia planejado –, será que o corpo de Tara vai estar no porão de carga? –, vou até o Centro de Informações e verifico o quadro de obituário.

A morte de Tara é anunciada como um trágico acidente de férias. E isso é um pouco verdadeiro. Haverá um memorial – qualquer pessoa que a conhecia é bem-vinda para assistir e comemorar a sua vida.

Não vou, mas enviarei flores.

Lírios, é claro.

Nate não volta para casa na quarta-feira.

Ligo para avisar que estou doente e não posso fazer a próxima viagem, e espero o dia todo. Inquieta, ando pelos cantos, afofando as almofadas. Reorganizo as maçãs na tigela de frutas, faço a mesma coisa com a comida na geladeira e nos armários abarrotados. Os minimuffins de chocolate estão na lateral. Escovo todos os itens do guarda-roupa, especialmente o meu vestido preferido. Tomo café nas canecas que Nate comprou para mim e passo os dedos nos ímãs de geladeira que voltaram à sua casa original. Uma enorme foto de casamento emoldurada ocupa um lugar privilegiado, ao lado dos ornamentos e vasos.

Tudo está nos detalhes.

Na quinta-feira, depois de ver Rainbow nadar no aquário durante horas, ouço vozes – Nate e o zelador – antes de uma chave virar na fechadura. Eu me levanto, aliso o vestido e coloco um sorriso no rosto, pronta para ser seu ombro para chorar. Sua rocha. Sua companheira de vida.

– Olá, querido – digo. – Por que você não respondeu à minha mensagem? Fiquei preocupada.

Ele solta a mala. Seu rosto está pálido.

– Sinto muito sobre Tara. Ouvi a notícia no trabalho – mas você devia ter me contado. Você parece exausto. Entra com calma. Fiz algumas mudanças, por sinal, mudei algumas coisas de lugar, mas tenho certeza que você vai concordar que está melhor assim.

– Minhas chaves? – diz ele.

Sustento seu olhar.

– Eu as peguei no bolso do seu casaco no voo. Fazia sentido.

Ele nunca vai conseguir provar que eu as peguei em Whistler. Porque eu não estava lá. Ele me deu ordens para não ir.

Ele me encara. Não consegue juntar as peças. Isso é ótimo, porque, a partir de agora, vamos fazer as coisas da maneira difícil. Ou da maneira simples. A escolha é dele. E é muito melhor se ele estiver indeciso. As pessoas obedecem mais quando estão com medo. Como Miles vai fazer, quando eu convidar Bella e ele para virem jantar aqui. Ele vai ter que convencê-la a vir, a me tolerar. Talvez ela até seja legal, elogie a comida que eu fizer, esse tipo de coisa.

– De jeito nenhum. Isso não pode estar acontecendo.

– Foi isso que combinamos – digo com calma, mas com firmeza.

E foi. Porque, como eu disse a Nate no diário em vídeo, a garota deu seu coração ao garoto, e o destino dos dois foi selado. Sério, ele devia ter ouvido, porque ninguém pode lutar contra o destino.

Ninguém.

Nate se tornou meu projeto desde o instante em que vi sua foto na mesa de cabeceira de Bella na escola. E o fato de ele ter me procurado subconscientemente perto do rio prova isso. Ele me salvou de mim mesma, de parte da escuridão e da culpa presas dentro de mim. E, mesmo assim, as sombras daquela noite ainda permanecem; redemoinhos invisíveis de cinza e preto me cobrem continuamente.

Nate me devia amor e respeito tantos anos atrás, e ainda me deve isso. Ele sempre vai me dever isso.

Nate não se move, então vou até ele e fecho a porta. Estamos sozinhos. Só nós dois.

O sonho é real. Consertei tudo e nos reuni outra vez.

Eu estava certa em insistir, em não aceitar nada menos. Agora temos um novo começo; um novo entendimento.

Do único jeito que pode ser.

AGRADECIMENTOS

Foi difícil escrever esta parte porque existem tantas pessoas a agradecer que foi complicado até para começar. Depois de muita reflexão (escrevi muitas listas, preocupada em, sem querer, deixar alguém de fora), eu decidi ir em frente e expressar da melhor forma possível meu sincero reconhecimento.

Meu enorme obrigada a Sophie Lambert, minha incrível agente, que é sensata, gentil e uma das mais dedicadas e esforçadas pessoas que já conheci. Muito obrigada pela sua visão fantástica, pela paciência, brilhante orientação e por transformar meu sonho em realidade. Minha gratidão também vai para Alexander Cochran, Emma Finn, Alexandra McNicoll, Jake Smith-Bosanquet e, claro, toda a equipe na C+W Agency.

Outro profundo agradecimento ao maravilhoso trio de brilhantes editores da Wildfire, Kate Stephenson, Alex Clarke e Ella Gordon – uma equipe incrível com energia inesgotável e muito entusiasmo, e que é terrivelmente talentosa. É um verdadeiro prazer trabalhar com eles, e eu sou muito grata por fazer parte da família.

Também estendo esses agradecimentos ao maravilhoso time na Headline – Viviane Basset, Becky Hunter, Frances Doyle, Ellie Wood, Becky Bader, Siobhan Hooper e Sarah

Badhan, e a Shan Morley Jones e Rhian McKay pela sua expertise e visão aguçada.

Minha decisão – e trajetória – para "me tornar escritora" levou alguns anos. Comecei lentamente a mergulhar no mundo da escrita. Participei de inúmeros festivais literários, cursos, encontros com autores e isto me dá a oportunidade de fazer uma menção especial a Jenny Ashcroft, que tem sido uma imensa fonte de cooperação leal e apoio generoso, e uma ouvinte fantástica. Muito obrigada também a Emily Barr e Craig Green, pela gentileza de seu incentivo. Sou muito grata por tudo.

Faço menção também, e agradeço, a meu orientador de escrita criativa, Nicky Morris, que me incentivou a ampliar minhas habilidades nessa área e foi o primeiro a me dar segurança para ler minha obra em voz alta. Trocamos lembranças nas noites de terça-feira. E para todos os meus demais amigos escritores locais e o dedicado grupo que frequentou a fantástica Sociedade de Escritores de Hampshire; valeu a pena assistir aos seus eventos.

Em 2014, depois de abandonar minha carreira na aviação, passei a frequentar o curso "Escreva um romance" na Faber Academy. Lá, sob a habilidosa orientação do diretor, Richard Skinner (muito obrigada por me incentivar a *"seguir em frente"* e por me dar a segurança de acreditar no meu instinto com esse livro), não apenas aprendi muita coisa valorosa, como tive a sorte de me unir a um grupo excelente. Eles formam um time de escritores talentosos, solidários e generosos. Continuamos nos encontrando com regularidade para compartilhar sucessos e contar histórias dos tempos difíceis – o vinho é nosso companheiro frequente! *Obrigada* e novamente obrigada, Laura, Fiona, Mia, Joe, Rose, Rohan, Antonia, Jess, Roger, Maggie, Phil e Helen. Por tudo.

Muita gratidão aos meus primeiros leitores, Geraldine (que leu o livro inteiro várias vezes), a todo o meu grupo Faber, mais uma vez, e, pela ajuda e conselhos, muito obrigada também para Amanda, Ian, Lindsay, Roy e Walter. Obrigada a todos pela generosidade com seu tempo e sua sabedoria, um valioso feedback.

Meu marido nem uma única vez questionou meu desejo de me tornar uma autora publicada. Nunca. E nós fomos tentados muitas e muitas vezes. Obrigada pela sua fé inabalável, pelo apoio e amor. E pelos meus três filhos que me fizeram perceber quanto tempo realmente significa voar, e a necessidade de preencher esse espaço com pessoas e coisas que realmente importam.

Ao restante da minha família: minha mãe, meu pai e minha irmã, com muito amor. Por sempre me fazer acreditar que posso conquistar qualquer coisa. Meu reconhecimento e minha gratidão por todos aqueles, de ambos os lados da família, que me apoiaram cuidando dos meus filhos, pois, sem esta equipe de suporte, eu não teria conseguido frequentar os cursos e eventos necessários para chegar até aqui. Tenho plena consciência e tranquilidade de que a fé de vocês em mim me fez chegar aonde cheguei.

Por último, mas não menos importante, muito obrigada aos meus inúmeros e maravilhosos, gentis, divertidos, leais, generosos amigos, alguns dos quais estão espalhados ao redor do mundo, mas sempre dentro do meu coração. Sem vocês, a vida não seria tão divertida – sua força me fez sair da minha concha. Eu escrevi uma lista (outra!), mas ficou muito longa, então tudo que posso fazer é escrever um vigoroso, amplo e abrangente *obrigada* por tudo, pelo compartilhamento de experiências, por estarem presentes. Sempre. Vocês definitivamente sabem quem são. Inclusive por acreditarem que eu poderia escrever um livro. E todos os meus amigos de voo, passado e presente, haverá sempre uma grande parte de mim que sente saudade do mundo das linhas aéreas: da camaradagem, do espírito de equipe.

Porque esta não é uma exaustiva lista de agradecimentos. Eu poderia ir mais e mais adiante. E mais ainda. Mas, como é óbvio que eu preciso encerrar em algum ponto, meu agradecimento final vai para os leitores: um imenso *obrigada* a vocês por lerem este livro.

Impressão e Acabamento:
GRÁFICA STAMPPA LTDA.